三国故事中的人生智慧

陈树文 / 著

清华大学出版社

北京

内 容 简 介

　　《三国演义》是古代演义小说的经典，充满了令人心潮澎湃的故事，通过描述董卓、袁绍、曹操、吕布、刘表、刘璋、刘备、孙坚、孙策、孙权等人之间的矛盾和斗争，无数智谋之士和英雄豪杰出现在人们的视野中，极其形象地展示出神机妙算的智慧、明察秋毫的智慧、能言善辩的智慧、大智若愚的智慧……

　　本书旨在让这些智慧在当下再"活起来"，以便深刻地启发和帮助人们认识社会、认识人生、认识身心，通达事理，安身立命，演绎出人生和事业的成功。

图书在版编目（CIP）数据

三国故事中的人生智慧/陈树文著. —北京：清华大学出版社，2020.3（2024.1重印）
ISBN 978-7-302-54769-3

Ⅰ.①三… Ⅱ.①陈… Ⅲ.①《三国演义》—谋略—研究 Ⅳ.①I207.413

中国版本图书馆 CIP 数据核字(2020)第 013349 号

责任编辑：杜春杰
封面设计：刘　超
版式设计：文森时代
责任校对：马军令
责任印制：沈　露

出版发行：清华大学出版社
　　　　　　网　　址：https://www.tup.com.cn, https://www.wqxuetang.com
　　　　　　地　　址：北京清华大学学研大厦A座　　**邮　　编：**100084
　　　　　　社 总 机：010-83470000　　**邮　　购：**010-62786544
　　　　　　投稿与读者服务：010-62776969，c-service@tup.tsinghua.edu.cn
　　　　　　质量反馈：010-62772015，zhiliang@tup.tsinghua.edu.cn

印 装 者：天津鑫丰华印务有限公司
经　　销：全国新华书店
开　　本：180mm×250mm　　**印　　张：**18.75　　**字　　数：**333千字
版　　次：2020年5月第1版　　**印　　次：**2024年1月第5次印刷
定　　价：59.80元

产品编号：086234-01

前　言

　　近几年，我把自己的研究重点放在了关于人生和事业的成功方面，《现代汉语词典》关于成功的定义是："获得预期的结果。"人是有预期的高级动物，但有的人预期达成，有的人预期破灭，前者成功，后者失败。这种正反差异缘于人所具有的智慧差异。一个人之所以成功，是因为他能以智慧的思维，明察眼前，预见未来，确定自己事业的走向。古往今来，许多成功者，既不是最勤奋的人，也不是知识最渊博的人，而是拥有智慧的人。大到治国、理政、外交、战争，小到修身、齐家、交友、处事，凡成功之举，无不闪烁着智慧的光芒。因此，想研究人生和事业的成功，就必须溯本求源，而这个"本"和"源"就是智慧。

　　于是，我把研究人生和事业成功的视角转到对智慧的探求上。何谓智慧？《孟子·公孙丑》里说："是非之心，智之端也。"意思是说，能判断是非曲直，就是智慧。汉朝刘安主编的《淮南子·道应训》里说："知可否者，智也。"汉朝史学家班固的《白虎通易·情性》里说："智者，进止无所疑惑。"司马迁在《史记·淮阴侯列传》里也说："知者，决之断也。"三人的说法基本一致：在各种应对中能够做出是进或是退的正确决断就是智慧。现代辞书上的解释是："智慧就是辨析判断、发现创造的能力。"西方的彼得·A.安杰利斯（Peter　A. Angeles）在《哲学辞典》中把"智慧"释义为："对人生的最好目的，达到它们的最好手段，以及成功运用那些手段的实践理性的正确知觉。"综合古今中外对智慧的说法，我认为，智慧就是对不确定事物或危机事件迅速、正确地决疑断惑和机智灵活、出奇制胜地应对的能力。由此而言，见微知著是智慧，通权达变是智慧，谦卑恭敬是智慧，韬光养晦是智慧，化繁为简是智慧，刚柔相济是智慧，赏罚分明是智慧，方圆有致是智慧，有舍有得是智慧，趋吉避凶是智慧，多谋善断是智慧，人情练达是智慧……智慧是最好的"无形胜有形"的资产，老子讲的"无为而治"就是用"无的智慧"来治理世事。智慧是打开人生和事业成功的金钥匙，发现和运用智慧才能有眼光，才能不怕挫折，才能解决人生和事业发展中形形色色的难题，走出困境，也才有可能走上人生和事业成功的制高点。

中国的传统文化是历经几千年文明演化而汇集成的一种反映民族特质和民族风貌的思想文化，是取之不尽、用之不竭的智慧宝库。因此，我就把探求的触角深入到传统文化中汲取智慧。在清华大学出版社的大力支持下，我先后出版了《周易与人生智慧》《先秦诸子中的领导智慧》和这本《三国故事中的人生智慧》。

《周易》的产生、创作、传承和成书，经历了上古的新石器时代，中古的夏、商、周（西周）时期和近古的春秋战国（东周）时期，成就于三个智慧非凡的圣人——伏羲、周文王和孔子之手。《周易》不仅被中华民族认定为"群经之首、大道之源"，而且也被世界公认为人类思想史上绝对的具有独一无二价值的智慧书，瑞士心理学家卡尔·荣格说："如果人类世界有智慧可言，那么中国的《易经》应该是唯一的智慧宝典。"《周易与人生智慧》以天地、阴阳、刚柔、动静之间的相互作用和变化的自然规律，按照天人合一的认识智慧将其应用到人类社会的时空变化中，化作人道，指导人依循易理审时度势、随机应变、趋吉避凶，实现人生与事业的成功。

先秦诸子代表了我们炎黄子孙独具特色的民族文化，是中华文化思想根基之所在，历经千百年后，先秦诸子博大精深的智慧始终能够熠熠生辉。《先秦诸子中的领导智慧》对先秦诸子治国理政的思想精髓和智慧基因进行新的挖掘和阐发，引领领导者和曾经的伟大心灵相遇，分享先贤们在血与火的历史年代中淬炼出的领导智慧，增益自己的智慧，以应对变化无常、高深莫测的领导活动中遇到的各种挑战。

《三国演义》是中国古代长篇章回小说的开山之作，是古代演义小说的经典，充满了令人心潮澎湃的故事，通过描述董卓、袁绍、曹操、吕布、刘表、刘璋、刘备、孙坚、孙策、孙权等人之间的矛盾和斗争，无数智谋之士和英雄豪杰出现在人们的视野中，极其形象地展示出神机妙算的智慧、明察秋毫的智慧、能言善辩的智慧、大智若愚的智慧……《三国故事中的人生智慧》旨在让这些智慧在当下再"活起来"，以便深刻地启发和帮助人们认识社会、认识人生、认识身心，通达事理，安身立命，演绎出人生和事业的成功。

《周易与人生智慧》《先秦诸子中的领导智慧》和《三国故事中的人生智慧》是一个主干上的三个硕果，智慧是它们共同的特点。所以，读者不能偏重哪一本书，更不能忽视三本书之间的连贯性，要相互比照，相互印证，相互贯通，相互补充，以使从中国传统文化中汲取的智慧更深刻、更系统，也更有利于经理世事，尽其所用。

本书除了具有《周易与人生智慧》和《先秦诸子中的领导智慧》的共同点外，还有自己的特点，具体如下。

（1）以问题作为每一讲的标题。问题是智慧的心脏，提出问题和对问题做出正确的判断是一切智慧的真正基础。英国有句谚语："慎重对待问题就是智慧的一半。"我精选了让我有深刻认识和智慧的含金量很高的三十六个问题，构成了本书的框架体系。我们的学生放学回家后，有的家长习惯问："你今天在课堂上学到了什么新知识？"以色列的学生放学回家后，家长总是问："你今天在课堂上问了什么问题？"前者的关注点是知识，后者的关注点是智慧。提不出问题就找不到智慧。有"问题意识"，是认识智慧能力提升的表现，鲍波尔也说："正是问题激发我们去学习，去实践，去观察。"以问题为导向，进一步研究思考，才能进入智慧的心脏。我在大学几十年教学的体会是，最精湛的教学艺术，就是让学生质疑问难，我弘扬的主旋律教学方法就是设疑（设置疑问引发学生思考和讨论）、激疑（通过各种方式激发学生产生疑问）、释疑（在学生百思不得其解时解惑）。朱熹说得透彻："读书，始读，未知有疑；其次，则渐渐有疑；中则节节是疑。过了这一番后，疑渐渐释，以至融会贯通，都无所疑，方始是学。"

（2）以"引导故事"作为每一讲（除第一讲和第三十六讲外）的开场白。引导故事是一个与问题相关联的三国故事，目的是给读者交代一下故事的梗概，也是为引出论述做铺垫，顺便也给对三国故事不熟悉的读者补课。每一个引导故事简单明了，短小精悍，或扣人心弦，或感人肺腑，或发人深省，或沁人心脾，能让读者带着感慨走近三国。通过具有文学意蕴的故事，把干瘪的问题润色成"画卷"，有层次、有宽度、有色彩地展现在读者面前，能够激发起读者阅读的兴趣。我参考关于《三国演义》的各种版本，对引导故事中的一些情节予以改动、增删，这种有意调整使故事内容与研究的问题相辅相成、脉络清晰、结构完整，而非对原著的背离。每个引导故事都暗藏着一个"智慧按钮"，等待着被启动，从故事里抽出智慧性因素，释放出它的光芒，照耀今人。

（3）以"智慧悟语"对三国故事进行哲学式思考。哲学式思考是人高于其他动物的最根本的标志，是心灵的一种特殊能力。过去很多人从文学或史学角度研究《三国演义》，研究的焦点多是它的故事情节、文学艺术或从史学的角度辨析真伪，研究局限在三国故事的艺术层面和真伪的表面层次。本书则不同，它以东西方的哲学、心理学、组织管理学等相关理论为基础，以三国故事为载体，经过深入思考与洞悉，脱去三国故事的外衣，留下智慧的灵魂。"智慧悟语"兼容学术性、知识性和趣味性，从鲜活的故事中提炼出智慧，避开生硬简单的说教，使枯燥乏味变得生动活泼，具有强大的说服力。在笑谈中，把"古今多少事"的人生哲理循循善诱地从多层面、多角度植入读者的心灵，直达人生智慧的最高境界。站在这种境界，再来看社会万象、人生历程，一切是非曲直、真假善恶、主次轻重、成功失败，自然就洞若观火，自然就能做出正确的判断、正确的选择了，当然也能保障人生和事业的成功。

（4）用简练、生动、形象的语言引发出智慧。引用的三国故事以现代口语为主，同时保留原著中精彩的文言文，文言文和白话文有机结合，通俗易懂，又不失文雅古韵。三国故事和故事中的人物本身就很生动，再加上形象的语言表达，就更栩栩如生了。你在茶余饭后，休息之时，轻松地浏览，享受阅读的情趣，不知不觉就会着迷、入神，心田里也就会不知不觉燃起一盏智慧的明灯。本书中的语言还有一个最大的特点，就是使用了大量的歇后语。歇后语是中国的先民和今人在长期的社会生活实践中创造的一种形象风趣、语句短小、寓意深刻、凝聚很多智慧的特殊语言形式。历史上以三国故事或故事中的人物形成了大量的歇后语，在民间广为流传，信手拈来就有：刘备摔阿斗——收买人心；关公面前耍大刀——不自量力；张飞扔鸡毛——有劲难使；诸葛亮的锦囊——神机妙算；吃曹操的饭，想刘备的事——人在心不在；周瑜打黄盖———个愿打一个愿挨；董卓戏貂蝉——死在花下……我在书中的一定语言环境中，自然贴切地嵌入了大量的歇后语，以其绝妙的语言艺术，给读者以深思和启示，助推读者明晓哲理，提升智慧。

（5）适应的读者对象更广泛。《周易与人生智慧》要求读者具备较深的哲学和古文基础，有较强的感悟能力；《先秦诸子中的领导智慧》要求读者有较高的古文水平和一定的领导阅历。这样的要求在一定程度上限定了两本书的读者范围。而《三国故事中的人生智慧》这本书，它的载体是具有最广泛认知度的"三国故事"，几乎每一个中国人都能随口说出几个性格鲜明的三国英雄和他们的事迹来。由此可以说，本书是最接近普通人的书，具有一定的文字基础的读者都能看懂。三国故事中的智慧也是最接近普通人的智慧，只要阅读本书，智慧就如春风化雨般浸润到心田，帮助普通人打牢修身和干事业的基础，创造出不普通的人生和事业。本书也特别适合青少年这一阅读群体，青少年时期是人生观、价值观形成的关键阶段，他们的生命需要鼓舞，他们的心灵需要滋润，他们的成长需要指引。本书涵盖了自信、意志力、实现愿望、阳光心态等诸多与青少年健康成长密切相关的故事和故事中蕴含的智慧，对青少年的成长和智慧的增长具有潜移默化的作用。

（6）为管理学、哲学、心理学等教学提供了丰富的案例。案例教学，是通过各种故事、情境、信息、知识、经验、观点的融合碰撞来达到启迪思维的目的，从而提高学生分析问题和解决问题能力的智者见智、仁者见仁的教学方式。目前，案例教学最受国际认可和推崇。基于问题和探索问题是案例教学的核心特点，把学生纳入案例场景（如故事）中，引发学生思考与争论是案例教学的出发点，从中提炼出某些原理和智慧是案例教学的目的。本书以问题为每一讲的标题，以三国故事为引导，以感悟的智慧为结论，与案例教学法是一致的。书中有些内容，就来自于我在大学为本科生和研究生讲授课程时的案例。所以，本书可以为管理学、哲学、心理学、成功学等教学提供很有价值的案例。我曾经在哈佛大学学过案例教学，我也在课上或课下拿出一些本书中三国故事的案例与同学们互动交流，这种具有中国特色的案例得到了高度的认同和首肯。

三国故事和故事中包含的人生和事业成功的智慧从历史走来，必将以其不朽的价值继续行走在历史的路上……

朱熹说："穷究事物道理，致使知性通达至极。"巴尔扎克也说："一个能思想的人，才真是一个力量无边的人。"中国文化和西方文化都包含着博大精深的智慧，而智慧的研究是没有天花板的。齐白石有句话："不教一日闲过。""不教一日闲过"是一种自强不息的精神，可以防止灵魂和思想枯竭。我生命的炙热点将继续在智慧的探索领域燃烧，以"不教一日闲过"的身心能量去穷究事物的原委、道理，以达到豁然贯通的境界。我知道这是一条漫漫之路，"其修远兮"；我也知道，一代人有一代人的作为，一代人有一代人的局限。我虽然已经接近古稀之年，但我仍然要做"一个能思想的人"，在中西方文化的智慧研究这条道路上砥砺前行，"上下求索"，即使不能快乐得有滋有味，也要痛得有声有色。

西泠印社社员、中国楹联学会会员、中国报告文学学会会员、浙江省楹联研究会常务理事、著名书画家闫大海先生为封面创作了"桃园三结义"的画作，与书名交相辉映，美化了书境，我向闫大海先生表示诚挚的谢意！

作　者
2019 年 9 月

目 录

第一讲　为什么要带着问题
悟三国故事中的智慧

本书是在我近几年来在全国各地讲座稿的基础上充实起来的。我的讲座题目叫"带着问题悟三国故事智慧"。现在研究三国的书籍很多，开设的讲座也不少，应该说各有特色，各有千秋。我的讲座题目和体系结构也是我多年研究的成果，有自己的风格。可喜的是，在我的上百次讲座中，得到的反馈都是正面的、积极的、热烈的。这次书名定为《三国故事中的人生智慧》，但总体的写作脉络还是按照提问题、讲故事（三国故事）、悟智慧展开的。那么，为什么要带着问题悟三国故事中的智慧呢？

现在有些讲座课程是"心灵鸡汤"，没有"勺"，也就是没有问题，没有故事，没有理论支撑，也没有方法和工具，很容易这个耳朵进，那个耳朵出，不过脑，不走心。德国哲学家叔本华就曾经明确指出："不加思考地滥读或无休止地读书，所读过的东西无法刻骨铭心，其大部分终将消失殆尽。"

要突破"心灵鸡汤"的弊端，就要有"勺"；想"刻骨铭心"，就不能"不加思考"，思考是离不开问题的。"现实无非是问题的存在和发展，历史无非就是问题的消亡和解决。"亚里士多德说："思维从疑问和惊奇开始。"带着问题去研究会更有针对性，问题能让大脑产生压迫感，问题可以撕开一个知识缺口，能够发掘研究的深度，问题也会让人产生思考研究的好奇心和兴趣，让内心进入清静空明的状态，通过破解问题，把研究引向深入，进而更清晰地把握事物的本质，找到问题的核心，找出最优解决方案。爱因斯坦说："我没有什么特殊的才能，不过是喜欢寻根刨底地追究问题罢了。"巴尔扎克也说："打开一切科学的钥匙毫无异议是问号。"没有问题，永远不会获得有活力的灵魂和智慧。可以说，问题是学习的第一动力，没有问题的学习是死学习。死学习，就进不了智慧之门。人最大的问题是回避问题，一个人的愚蠢程度与其回避问题的态度成正比。学习就要寻找问题，真正"带着问题学"，在研究问题中不断深化学习，在解决问题中使认知不断升级。

我选择了三十六个问题，构成了一个"问题树"，这些问题都是在现实生活中存在的"真问题"和"大问题"，而且是在与同类事物的比较中形成的问题，对这些问题认识上的模糊会导致行为上的离差，进而导致失败。将这些具有理论价值和实践价值的问题转化为研究的主题，能够引起人们的研究兴趣，激发人们去思考、去创造，加深和扩大我们原有的认知，成为我们正确行动的遵循指南。

那么，为什么要把问题和故事联系在一起呢？因为智慧没有藏在地下洞穴中，而是藏在故事中。故事也是智慧传播的最好载体，是进入智慧殿堂的最低门槛。有蕴藏着智慧的论语故事、庄子故事、圣经故事、禅学故事等，这些故事就是因为浓缩和最好地传播了人类的各种智慧而价值永存。人的大脑不擅长记忆抽象信息，而擅长记忆情境，爱听故事是人的共性。人的接收意识分为显意识和潜意识两种，显意识对接收的信息具有天然的质疑和阻抗的特性，而抽象的道理转化为具象的故事之后，有血有肉的人物形象和丰富多彩的情节能够穿透人的显意识直达人的潜意识，撞击心灵，引发思考，并成为他们的观点和理性认知。好故事犹如润物细无声的春雨，能将智慧渐渐地融入听者的内心，产生潜移默化的作用；好故事也像天空中飞舞而来入地即化的轻盈雪花，进入人们思考的大脑，生发出智慧。美国全国讲故事联合会会长迪茨说得好："故事是一种沟通行为，它包含许多感性材料，能让听众迅速、轻松地传之内化，理解它，并且从中生发出新的意义。"

还有一个问题：为什么要选择"三国故事"呢？法朗士说："最好的书是那些能够提供最丰富的思考材料的书。"在我看来，《三国演义》就是一本能够提供最丰富的思考材料的书。大三国从东汉末年群雄逐鹿到三国鼎立再到三分归晋，是一场旷古大戏，战争在这个历史舞台上频率最高，像打麻将一样和了一圈又一圈。在这个乱世之中，英雄密度最大，蛰伏在英雄最深层的智慧要素被充分地激活，因此，这个乱世中的人最聪明，计谋最多，策略最绝，人物也最富有个性。《三国演义》正是以这段真实历史为基础进行艺术创作的作品，充满了离奇的情节，人物刻画、战事描写、心理分析具有独特的艺术魅力，不但是以军事思想为表现形式的古代军事谋略的结晶，而且是政治、经济、外交、文化多向度领域智慧的典范，使人读起来有历史的趣味，也有文学的趣味。没有好的故事为载体，要想透析智慧的深层含义、输出一种观念是很不容易的。三国的故事恰恰就是"透析智慧的深层含义"和"输出一种观念"的好的载体。三国的故事在中国家喻户晓，基于同宗同族文化的历史渊源，与我们华夏儿女有得天独厚的亲缘性，更有着无与伦比的穿透力。《三国演义》一书出版后，明清以来评书、戏剧等多种艺术形式对其进行宣传和普及，那些脍炙人口、深入人心的众多英雄人物及精彩纷呈的故事惟妙惟肖地得以呈现，展示了极具代表性的中国智慧。自此，三国式的智慧越来越成为诸强争霸及百姓生存和享受生活的智慧。三国谋略、三国人物中的杰出代表（如诸葛亮、曹操等）都已成为中华民族智慧的象征。古代就有"将不阅三国不称将"之说。夕阳西下，曾国藩站在南京城头发出了这样的感慨："以三国之谋略，成天下之大事，不亦宜乎！"美国西点军校将《三国演义》列为必修课，日本把《三国演义》看作经营者和管理者必读书。无论是军事家、企业家，还是各行各业的人员，读三国那些渗透了心情和灵魂的故事，最能享受智力上的乐趣。我每阅读一次《三国演义》，灵魂就会受到一次洗礼，一篇篇故事无不滋养和提升着我的智慧，让我全身心感到舒爽。

为了实现人生意义与生命价值，有一样东西是需要终身追求的，那就是智慧，即解决焦点问题、关键问题、症结问题的智慧。智慧不是天公的恩赐，也没有人给我们智慧，智慧是自己觉悟的收获，我们必须自己去悟。没有自己的深"悟"，智慧就提取不出来，就像不击石到一定程度就不能产生火花一样。即使有人对你说"我有开悟的钥匙"，你也不要完全相信，因为那顶多是开悟的方法或路径。"悟"指的是理解、明白、觉醒。"思考"是"悟"的基础和路径，"悟"是"思考"的升华和根本，是由"思考"而体验到智慧的能力。从故事中获得智慧，不是"探囊取物"，而是要把整个心力投进去，是慧由心生。"悟"的本质就在于下功夫走向自己的内心，即便你不是学富五车，才高八斗，但你有一颗善于思考、能往心灵深处走的心，你也会追求到智慧。南宋的大儒朱熹说得通透："大抵观书先须熟读，使其言皆若出于吾之口；继以精思，使其意皆若出于吾之心，然后可以有得尔。"

中国文化就是以自然为师的一种悟性文化。华夏的伏羲仰观天，俯察地，从大自然中悟出了八卦的智慧；老子从"人法地，地法天，天法道，道法自然"中悟出了"道可道，非常道"的智慧；孔子从《礼记》的"格物致知"中悟到了"天人合一"的智慧。人类社会最初的技能，都不是从书本中学到的，而是从师法自然的实践中悟到的。在中国文化影响下的生活、工作、学习、处世，无不彰显一个"悟"字。化腐朽为神奇，不仅需要高人的点化，更要靠自己来静悟得道，正所谓：静观者自得。汉高祖刘邦在听了郦生"由马上得天下，能由马上治天下否？"而幡然醒悟；颠沛流离的刘备，三顾茅庐，听了诸葛亮的"隆中对策"而茅塞顿开，如拨云雾而见青天；达·芬奇观察天空中飞的鸟和水里游的鱼，产生了问题：鱼在水中阻力那么大，为什么会游得那样快？静静地思考后，领悟了流体力学。苹果的前总裁乔布斯也经常"禅坐"，静下心来专注思考一个问题，从而产生了瞬间的灵思和不同凡响的认知。这都是心静莲花开的大彻大悟的实例。

　　美国的米哈里·契克森米哈赖是积极心理学奠基人之一，一直致力于幸福和创造力的研究，提出并发展了"心流"的理论，他写的《心流》一书自 1990 年出版以来，被翻译成三十余种文字，影响了全球千万研究者和读者。美国心理学会前主席马丁·塞利格曼称誉米哈里·契克森米哈赖是"世界积极心理学研究领军人物"。

　　我在带着问题去看三国故事时，越看越投入，很快就达到了一种专注的"悟"状态，正是在这种专注的"悟"状态下，问题的结打开了，一种豁然开朗的清流涌动而出，让我身心充满了通透的"爽"。后来，读到《心流》这本书，我知道了，这就叫"心流体验"。大家都知道贝多芬创造了许多绝世的乐曲，但贝多芬后来失聪了，他没法用听觉来感知他自己的乐曲的好坏，他是用心，也就是用自己的心流体验来感知和创造出不朽的音乐作品的。

　　"心流体验"，说得通俗一点，就是当我们在做某件事情，如读书、学习、写作、绘画、运动时，那种全神贯注、浑然忘我的状态。在这种状态下，你会获得内心的秩序与安宁，你甚至感觉不到时间的存在，在这件事情完成之后你会有一种充满能量并且非常快乐的感受。这种感受就像蜂巢里流出了蜜一样甜。我赞成米哈里·契克森米哈赖对心流的描述和研究，那确实是一种极为难得、极为美好的感觉。每当我有了这种心流体验的时候，我就有两个愿望：一个愿望是，让这种心流永驻心间；第二个愿望是，让普天下的人都能够有这种心流体验。我也经常邀一些朋友，在葡萄架下或者在茶堂中，一壶浊酒或一杯清茶，促膝交谈三国故事，探究其中的奇谋妙策，经常如醉如痴，其乐融融，时间早被抛到脑后了。这其实也是一种极强的心流体验。

　　心流不仅带给你快乐，还会带给你创造性的价值。你的大脑会有很多念头，其中有些念头又相互冲突，在争夺你的注意力，在抢夺你大脑的控制权，如果你能够选出人们关心的问题，你就不必去刻意寻求注意力，你所有的注意力都集中在这个问题上，你所有的心理能量都会聚集在寻找问题答案上，那些与问题无关的杂念都会被屏蔽，大脑的所有能量都会围绕同一个主题进行组织，向同一个方向高效率地运转，因此，大脑就在你的最佳控制之中，大脑也会因此而创造出很多思想奇迹。达·芬奇就因为始终保有好奇心，处在心流过程中而成就了很多科学上的发现、发明，创造出很多完美的艺术作品。

本书除了第一讲和第三十六讲外，每一讲的体系结构都是开篇先设定一个问题作为标题，然后以"引导故事"的形式简要介绍与问题相关的三国故事，目的是先使读者朋友得到一个具体而相对完整的印象，最后再以"智慧悟语"的形式点拨智慧。为了研究问题方便起见，在"引导故事"中有些故事情节做了相应的删减和改写，考虑到原来故事文字与今人时间的距离，对于选出的每一段故事也做了现代化和艺术化的表达，以增加读者对它的贴近感，产生兴趣。三国时代距今虽然已经过了一千七百多年，但是，那一幅幅壮丽的历史画卷，一篇篇脍炙人口的生动故事，一个个鲜活的人物面容，没有因为岁月而褪色，反而熠熠生辉。在"智慧悟语"中，"悟"的触角伸向故事的深幽处，辩证地阐释了一条条人生与智慧的真谛。在"智慧悟语"部分，也把三国中的一些小故事拆开和打散，作为论据重新揉到了论述中。智慧从纵向上看，会在时间的洪流中永存；从横向上看，是没有国界的。西方有很多学者也发掘了很多智慧，主要体现在他们的著作中。我在大量阅读西方学者著作的基础上，按照相关的问题，把他们的相同思想和观点智慧融入"智慧悟语"中，这样既有历史的深邃度，又有中西的横贯度。这种体系结构把问题、三国故事和中西方的相关理论进行了深度联结，以问题做思维导图，提出问题的真正目的在于诱导大家去思考。以有趣味的三国故事为载体，不需要死记硬背，符合吸引力法则；以感悟为路径，能使大脑产生一种灵性的觉醒，达到智慧的认知。这样得到的智慧就有了理论的支撑，就不是没有"勺"的心灵鸡汤，避免了"这个耳朵进，那个耳朵出"。

会系统思考是唯有人类才具备的能力。世界上的事物是复杂的，复杂的事物是由多方面的相互影响、相互作用、相互制约的关系构成的，系统思考，就是思考问题的因果、关联、相互关系，从而通过打"组合拳"、过"立交桥"，寻求对问题牵一发而动全身的高杠杆解。可以肯定，通过将独特的问题作为研究的切入点，通过三国故事将研究的问题形象表达，通过系统思考聚焦与揭示问题和三国故事之间的内在联系，就一定能眼界通透，醍醐灌顶，洞彻到深层的智慧。

通过系统思考，得到了体现智慧的正确的观念，在实践中简单对号入座，还是灵活、创造性地运用吗？如果能够简单对号入座，那我们就拿着圣人的观念去对号入座，岂不是人人都可以成为圣人了吗？事实上不可能。有了正确的观念，更需要灵活、创造性地去运用。下面我们来看一下人们耳熟能详的"空城计"，先简单体会一下问题—故事—智慧的内在联系以及得到的正确观念如何灵活、创造性地运用。

"空城计"中，诸葛亮就是要在"空"上做文章，也就是要实现"无中求有"的效果。怎么求？是在司马懿的脑子里求，如果司马懿认为有，那就是有。这就需要灵活、创造性地落实这个观念。

首先，诸葛亮熟知司马懿的性格——多疑，诸葛亮知道对多疑的人，就要专攻他多疑心理的弱点。诸葛亮更知道，对多疑的人你就要打反常牌，偶尔夹杂着正常的东西，这样就会把他的疑虑强化到极致，就会走向反面，没有的东西也就变成有了。这实际上也是"攻心为上"的智慧体现。诸葛亮是怎么打反常牌的呢？当司马懿的十五万大军兵临城下的时候，正常的反应应该是城上旌旗林立，壁垒森严。但现实是，诸葛亮城楼没有布兵，而是自己领两个琴童在城楼上弹琴。司马懿心想，这叫打仗吗？这不是来开音乐会吗？还有，正常情况下，司马懿十五万大军兵临城下，城门应该是紧闭的，若是打开，就是将军领着大军出来列阵迎战。而诸葛亮是把城门打开了，反常吗？城门打开让司马懿看到什么景象呢？老弱残兵在打扫街道，这是真的，诸葛亮确实没有多少兵了。但在这种情境下，司马懿会认为：这是假的，以一个没有多少兵的假象诱骗自己进城。当然司马懿也很精明，他想看一看底层的老百姓是什么反应，没想到诸葛亮也做了精心安排：有大声喧哗和惊慌者立斩。司马懿看到出城的老百姓是种田的种田，放牧的放牧，旁若无人，神色轻松，一派平和景象。司马懿会想，连底层的老百姓都这样平静、淡定，那就说明城里一定有伏兵。诸葛亮知道司马懿懂韵律，就弹琴和司马懿进一步沟通，传递什么信息呢？开始传递出的是音正、音清、音纯的悠扬琴声，这是内心淡定的表现，显示背后是有实力的。接下来弹出的琴声暗含杀机，这让司马懿想到了伏兵。诸葛亮弹的琴声回荡在西城的上空，也回响在司马懿的心头，让他云里雾里，不知所措。如果诸葛亮一直这样弹下去，也许会露出破绽，但是弹着弹着把琴弦给弹断了，本来是个偶然事件，可是司马懿认为这是诸葛亮有意安排的行动信号，我们不杀进去，人家还要杀出来，赶紧下令：快撤。

其次，诸葛亮为了使自己"无中求有"的效果得到落实，还动用了一切可以动用的资源。西县县城在什么地方？坐落在群山环绕之间，如果是在平原地带，这出戏就不好唱了，因为有没有伏兵一览无余。而群山环抱之中，群山就是藏伏兵的最好环境，至于藏没藏再说，只要是藏兵的好场所，司马懿在这种情境下就会宁可信其有。司马懿的心理严格按照诸葛亮的预判活动着，诸葛亮就是这样灵活、创造性地运用并智慧地达到了"无中求有"的效果，也转危为安。

后来，诸葛亮在与司马懿对决于渭滨的时候，永安城李严手下有个都尉叫苟安，他的主要工作是为蜀军解送粮草。一次，苟安运送粮草比预定时间晚了十天，被诸葛亮重责八十大板。苟安本来就是疤上生疮——根底坏的人，这次又被责打，更是恶向胆边生，怀恨在心而投了魏军。司马懿让苟安回成都散布谣言，说诸葛亮勾结魏国，阴谋篡夺皇位。刘禅相信了，下旨召回诸葛亮要问个究竟。蜀军一下子从进攻者转为撤退者。要安全地撤回成都，关键就是不被司马懿咬住追着打，这是蜀军将士们的共同隐忧。诸葛亮做了这样的退军安排：蜀军分五路撤退，每日撤军，添灶而行。说得具体一点，就是今天撤兵造一万个灶，明天就造两万个灶，后天就造三万个灶，一天比一天多。战国时代，孙膑用添兵减灶，使庞涓误以为齐军大都溃散了，就带少数精兵如影随形地追赶，孙膑在马陵道设下埋伏，让庞涓命丧黄泉。诸葛亮不是"减灶"而是"增灶"，就是为了激发司马懿的多疑心理。蜀汉的长史杨仪有些不解地问诸葛亮：你已经对司马懿玩过空城计，他已经知道是上当受骗了，这种类似空城计的"增灶不增兵"的计谋，还能瞒天过海，让司马懿第二回上当吗？一旦饺子破皮——露馅了，我们不就大难临头了吗？诸葛亮脸上绽放出了微妙的笑容，这笑容里洋溢着那种直指人心、穿透人性的智慧魅力。诸葛亮知道，上过当的人比从没上过当的人更容易上当，尤其是对司马懿这种有着多疑思维惯性的人来说。多疑的人的一个通病，就是自我禁锢大脑，首鼠两端地思考问题："减灶"不一定减兵却可能增兵，当然了"增灶"不一定增兵，但也不排除增兵的可能性。司马懿围着蜀军那些不断增加的锅灶纠结着：是撤退？还是诱敌深入？司马懿不敢排除任何一种可能性，因而始终不敢下达追击令，而蜀军则在司马懿的犹豫不决中缓缓而退，安全地回到了成都。得知真相后，司马懿也只能再一次仰天长叹：多疑的惯性思维害死人啊！

就像思想者都具有个性风采，不是同一模子铸造出来的一模一样的人物一样，三国故事蕴含的智慧也是多方面的，需要不断地做广度的拓展和深度的挖掘，如同是一个"空城计"的故事，在后面的讲授中，我还会从广度和深度两个方向做阐述。而且同样的故事，带着的问题不同，思考的程度不同，仁者和智者的不同，就会有的"见仁"，有的"见智"，各有千秋。这就像同一块土地，同样的营养成分，可以种西红柿，也可以种黄瓜，但是不同的根去吸收同样的养分，长出来的西红柿很红，长出来的黄瓜很绿，各有特色。

"学林探路贵涉远，无人迹处有奇观。"我提出的三十六个问题、我引用的三国故事以及我对故事的智慧感悟，都只是提供一些线索，有兴趣的人可以做深入挖掘。我真诚渴望读者朋友和我一起按照问题—故事—智慧的"觉知"逻辑路数掘进、涉远，在无人觅处，与那些智者的灵魂互动，同饮那沁人心脾的甘泉，共听那股心流的叮咚声。

第二讲　人生智慧是英雄单打独斗，还是团队打天下

引 导 故 事

　　东汉末年，朝廷的大权被外戚和宦官操控，他们贪赃枉法，无恶不作，还大设"文字狱"，把那些忧国忧民、敢说正义话或公道话的人列为"党人"，或杀头，或投入监狱。地主、富商也趁机兼并土地，放高利贷，大肆盘剥农民，加之连年的灾荒和疫病，老百姓苦不堪言。

　　这时钜鹿郡的张角、张宝、张梁率领农民起义，成为乱世中的一股拍岸惊涛。起义军的头上都裹着黄巾，被称为"黄巾军"。他们火烧官府，开放粮仓，惩办赃官、土豪，不到十天工夫，天下纷纷响应。大将军何进请汉灵帝下了一道诏书，吩咐各州郡防范和抵抗黄巾军。郡县因官兵太少，怕抵挡不住黄巾军，就借着这道诏书张贴榜文，招兵买马。

　　东汉十三个州最北面的幽州太守刘焉得知张角来犯，也贴出布告招募义兵。幽州刺史部的最南部有个郡治涿县，涿县的楼桑村有一位人物，生得有奇相，身长八尺，两耳垂肩，双手过膝，双目能看到自己的耳朵，若排起家谱来，还是汉景帝的儿子中山靖王刘胜的后代子孙，姓刘名备，字玄德，时年二十八岁。他家附近有一个突出的地标——一棵像四层楼一样高的大桑树，远远望去如同车盖。一位相士叫李定，专门跑来看过这棵大树后预言："树下这一家要出贵人。"刘备小时候跟小朋友们在树下玩耍，曾经拍着肚子挺着脖子说："将来我成为天子，应该坐这车。"刘备的叔叔听到刘备说的这些话很害怕，赶紧训斥刘备说："汝勿妄

言，灭吾门也！"就是你不要口无遮拦地瞎说，这让官府知道了，会把我们满门抄斩。刘备对叔叔的话不以为然，心想叔叔是把脚踩的草绳当成蛇——大惊小怪。刘备从小丧父，家道败落，家境是嘴巴一张看得见肚肠——一贫如洗，只好跟着母亲贩卖草鞋、席子过苦日子。但是刘备的母亲却是一位有远见的人，面对血统与现实的巨大反差，为了让儿子将来有大出息，硬是从自己的嘴里和身上省下钱来，供儿子读书。刘备十五岁的时候才有机会读书，曾拜当时名气很大、做过九江太守的卢植为师，学习经学，刘备的学习成绩一般，但是他做人的能力则是一流的，与辽西的公孙瓒是同学，又是好朋友。

刘备看到幽州太守刘焉招兵的榜文时，心想自己已经二十八岁了，年龄这么大了，还是冷水冲茶——没有一点儿起色，不由慨然长叹。某天长叹时忽听背后有人高声责问他："大丈夫不为国家出力，叹什么气？"刘备回头看，那人身高八尺，头像豹子，眼像铜环，燕子下巴，络腮胡子根根直立，如同虎须，说话就像打雷，其势宛如奔马，就问对方姓名。那人说："我姓张名飞，字翼德，祖辈居住涿郡，有些家产，靠卖酒杀猪为生，专好结交天下豪杰。刚才见你看榜长叹，所以来问。"刘备说他看到朝廷在募兵，也想破贼，想在如此混乱的世道出来重整乾坤，却心有余而力不足，也就只能在这里感慨叹息。张飞说他愿出钱募兵，跟刘备共举大事，二人就到一家酒店饮酒。

正饮着，见一个大汉推一辆车子到店门前停下，进店就喊酒保快拿酒，吃了赶入城去投军。刘备见大汉长相不俗，身高九尺，胡子长二尺，脸色如红枣，丹凤眼，卧蚕眉，相貌堂堂，威风凛凛，是一种很酷的侠客形象，就邀他同坐，问他姓名。大汉说："我姓关名羽，字寿长，后改云长，河东解良人。因打抱不平杀了土豪，逃出五六年了。听说此处招兵，就来投军。"刘备邀关羽坐在一起喝酒，问他意下如何。关羽心想，这可是口渴逢甘泉——正合心意啊！于是，坐到刘备、张飞的酒桌一起饮酒。

三人几杯酒下肚，手拉着手，说起了掏心窝的话，越说越投机，刘备得着风便扯蓬，趁机提出要和关羽、张飞商议大事。张飞性直，率先提出："我庄后有一桃园，桃花正盛开，明天我们到园中祭拜天地，结为兄弟，齐心协力，共图大事。"

第二天，张飞在桃园中备下乌牛、白马等祭礼，三人焚香跪拜，在鲜艳桃花的映衬下，各自捧着融有三人鲜血的一碗酒一饮而尽，立下誓言："我三人结拜为异姓兄弟，同心协力，救国扶危，上报国家，下安黎民。不求同年同月同日生，只愿同年同月同日死。皇天后土，可鉴此心。背义忘恩，天人共戮！"刘备年长为大哥，关羽为二哥，张飞为三弟。然后宰牛设酒，聚起乡中勇士，有三百人之多，建立了鲤鱼跳龙门、匡扶汉室的团队起点。

单打独斗通常是指依靠一个人的力量打拼，一个人独自行动，比喻势单力薄。团队是由组织成员和管理层组成的一个共同体，它合理利用每一个成员的知识和技能协同工作，解决问题，以达到共同的目标。古往今来，成功路上没有单打独斗，因为任何人都不可能离开别人独自生存。轻霜冻死单根草，狂风难毁万亩林。个人不够强大，但团队能使个人的力量变得强大，能使懦夫变成金刚。拳头攥紧，手上的全部力量都凝聚在拳心，比巴掌的力量大得多。1+1=2，这是数学公式，1+1>2，这是团队合作的力量。也就是说，一个人的努力，顶多能产生加法效应；一个团队的努力，却能产生乘法效应。成功的组织不光是能人"一马当先"，还要团队的"万马奔腾"。所谓"众志成城"讲的就是这种力道。三国的后期，诸葛亮北伐中原失败有很多原因，团队的不强大可以说是一个重要的原因。诸葛亮虽然足智多谋，但是他的团队中能征善战的将领死的死、老的老，凋零不堪。君主刘禅又昏庸无能，亲小人而远贤臣，听信谗言，是糊不上墙的稀泥。而诸葛亮对立面的曹魏团队则相对强大，一个司马懿就智谋过人、深通战策，足以与诸葛亮相匹敌，还有张郃、张辽、徐晃、李典、邓艾等驰骋疆场的猛将，这一点就大大优于诸葛亮团队的同比因素，更重要的一点是，魏的君主曹叡相对贤明通达，亲贤臣而远小人，察纳雅言，是有一定作为的君主。从团队力量和作为的对比上看，一个是常人，一个是巨人，胜负就已经见分晓了。

"桃园三结义"正史无载，是《三国演义》中虚构出来的情节，却为后世留下了道不尽的话题，令人深思：

桃园三结义的目的是建立打天下的团队。历史的舞台，是综合实力和能量整合竞争的舞台，英雄的单打独斗不济事，孤军奋战无益于大局，即使你有三头六臂和经天纬地的智慧也成就不了大事。对这一点，刘备的认识很到位，刘备在袁绍处致信关羽，道出了他们为什么要结为兄弟："恐独身不能行其道，故结天下之人，以友辅仁。"用今天领导智慧的话说，就是建设团队，用团队打天下。俗话说得好："一个篱笆三个桩，一个好汉三个帮。""恶虎也怕群狼。"人是社会中的人，落单的人，光有生命的热情，是玩不出什么花样来的，任何时代想成就一番事业都不能只靠个人的努力，必须建立合作度高的团队作为成功的基石。刘备、关羽、张飞都想成就一番事业，但当他们在老爷庙旗杆独挑时，刘备虽然有汉室宗亲的名分和满腔抱负，可这么多年来光靠自己单打独斗也只能是"织席贩履"，无钱无粮，连养家糊口都难以为继，到了二十八岁还穷困潦倒，更不要说招募兵勇了。关羽尽管有一身盖世武功，孤家寡人时也只能替人打抱不平，是一个东躲西藏的在逃犯。张飞也不过是个杀猪卖肉的小商小贩，没有经营之道，更没有政治谋略。对于有着皇族血统却又以织席贩履为生的刘备来说，通过团队的组织形式积蓄一批有生力量，延伸自己的能力，对完成自己的事业必不可少。张飞、关羽这两位了不起英雄的及时出现，让想在这乱世中成就一番大事的刘备看到了希望，当然就会抓住这千载难逢的机会和他们联合在一起。张飞虽然以屠猪卖肉为生，但家里也有些钱财，正好可以帮自己招兵买马。关羽虽无家产，孑然一人，但有一身的好武艺，日后可以成为统兵领将征战沙场的将军。张飞提议结盟，正合刘备心愿，三人达成共识："结为兄弟，协力同心，然后可图大事。"刘、关、张义结金兰后，像千斤的磨盘——一个心眼"图大事"，这里的"大事"，就是指匡扶汉室。以结成异性兄弟的方式组成干一番"大事"的战斗团队。实际上，匡扶汉室的团队就是从桃园三结义起步的，并产生了协同的团队效应。吕布英勇，够得上战神的称谓，张飞与其单打独斗，不能取胜，关羽加入战斗，也没有取胜，刘备也冲来助战，就迫使吕布收兵。显然，再英勇的独斗者也寡不敌众，团队的协同效应能无往而不胜。关羽、张飞二人追随刘备风里来、雨里去，刘备就像长了两只飞天的翅膀，事业蒸蒸日上，把"图大事"的愿望变成了现实，成为蜀汉大厦的坚实栋梁。历史的竞争舞台表明，在乱世中争雄，谁能建立起优秀的团队，胜利的天平就会向谁倾斜。

桃园结义的目标是报国安民。有人认为桃园结义盟词的核心是"不求同年同月同日生，只愿同年同月同日死"。其实这句江湖豪气极浓的盟词不是核心，核心是"既结为兄弟，则同心协力，救困扶危；上报国家，下安黎庶"。说它是核心，是因为这句盟词反映出他们的共同志向是为了国家民众，结拜的出发点是要救万民于水深火热之中。这就是桃园结义的政治目标。桃园结义就是政治化行为的道德化表现。为什么那么多人看了募兵告示，却没有与这三个人一样的反应呢？那是因为其他人没有"上报国家，下安黎庶"的政治目标，也许就看看热闹而已，或者即使去应募当兵了，也就是为了解决自身吃不上饭的生存危机问题。在桃园结义之前，刘备、关羽和张飞三人素不相识，那是什么因素让这三个"不曾相识"的陌路人能够相逢，而相逢后又能够终身相守在一起呢？就是在国难当头、民不聊生之际，他们都有一个共同追求的目标——"与国家出力""上报国家，下安黎庶"。没有这种追求目标，不仅不是"同年同月同日生"，而且也不是同一个地方的人，又怎能在同一个时空点上相遇、相识和相约"同年同月同日死"呢？几何学上有个定理，两条直线如果不能相交，那么这两条直线就是平行线。孔子讲："道不同，不相为谋。"道不同就不会相交。有了这种政治目标，就有了一心一意为天下苍生着想的相同之道，三个人的热血才能相交，血管里才能澎湃起决堤而涌的冲动。也正因为有了这种政治目标，才能关注"招募义兵"的榜文，看后就有了报国安民的志向，才成为相识、相知的志同道合者，三个人就不是黄瓜、萝卜、大头菜盖上一层酱的沙拉菜，各是各的，混不到一起，而是成了三鲜馅的饺子，把各自的味道融合成一个更鲜的味道，你中有我，我中有你，你我是一体。三个结义兄弟不管是在一起，还是被迫分离的状态下，都始终没有放弃共同追求的政治目标，因而也才能分而复合，终生不悔。保国安民的政治目标，后来又具体化为"匡扶汉室，平定天下"。这种道德化表现政治化行为的结拜之交，才是道义之交，才能经远。诚如宋代刘炎在《迩言·卷六》中所说："博戏之交不日，饮食之交不月，势利之交不年，惟道义之交可以终身。"吕布虽然也打过"义"的招牌，为了获得丁原的重视就拜他为义父，为了获得董卓的重视，得到董卓送来的金银财宝和赤兔马这些利益，竟然将自己的义父丁原的头砍下，提着丁原的首级前往董卓那里去请封赏，一见董卓就立即跪拜其为义父。后来为了和董卓争夺貂蝉，又血刃了义父董卓。足见吕布根本不知道什么是"义"，他的"义"就是"利"，有奶便是娘，有利就是爹，谁出的利大，谁就是现在的爹，而前一个爹就要惨死在他的画戟之下。吕布为利杀义父，最终也毁掉了自己的性命。最可笑和最可怜的是，吕布本来是多行不义必自毙的，可是他至死都没有搞明白什么是"义"，还在骂向来以仁德为怀的刘备忘恩负义。

桃园结义形成匡扶汉室团队的最核心层，即刘、关、张。后来经过三顾茅庐等过程，逐步建立起了以刘备为董事长，以诸葛亮为CEO，以关羽、张飞、赵云等五虎上将为执行经理的优秀团队领导结构。这个结构完全符合"和而不同，差异互补"的法则，他们的优势和能力不存在重叠竞争，但彼此谁也离不开谁（不能各立山头），在没有组成团队时，谁也成不了什么气候，可是一旦组成团队，就具备了打天下的战斗力。

后来，关羽败走麦城被杀，蜀国完整的核心团队结构开始残缺，紧接着，张飞又被部下所杀，核心团队裂解。刘备为了报关羽被杀之仇，起兵伐吴，在夷陵又大败，并很快病死白帝城，至此蜀国领导团队核心层的全部成员都消失了。核心团队瓦解了，刘、关、张的后核心团队又没有建立起来，就失去了打天下的依托和战斗力，注定了三国鼎立中蜀国最早灭亡的命运。

桃园结义从建立起打天下的核心团队纵横天下，到核心团队的瓦解，以及由此导致的国运衰败，还给我们留下一条宝贵的教训：建立团队的灵魂和基因很重要，是团队能否稳固和可持续发展的关键。桃园结义的基因是"仁""忠""义"。刘备、关羽和张飞三人结为兄弟，就是结在"仁""忠""义"三种基因上。刘备、关羽和张飞三人都是小商小贩出身，因此，他们深知，合伙经营以利为灵魂，在开始的蜜月期又是秧歌又是戏，一旦涉及利益分配的时候，就会翻脸不认人，争得你死我活，斗得四分五裂。以"义"结盟，以"情义"为灵魂、为基因，就能相对增大彼此的相互信任度，提高舍名、舍利、舍身而取义的忠诚度，有利于长期合作和吸引更多的精英人才来加盟。刘备就是因讲究"仁""忠""义"而得到关羽、张飞的以死相随，得到天下民心的归附。袁绍说刘备"弘雅有信义"；曹操说刘备堪称"天下英雄"；曹操的谋士郭嘉说刘备"有雄才而甚得众心"。刘备任平原相时，有人派刺客行刺，由于他"待客甚厚"，这名刺客被刘备的仁厚所感动，便向刘备说出真相后离去。徐州牧陶谦临终前，推举刘备为徐州牧，就是因为他看到刘备实行仁政，是个能使百姓"知有依归"的"治乱之主"。但是这种"仁""忠""义"的基因，既有凝聚团队的积极作用，又有不可忽视的破坏性。因为抛开"仁""忠"不讲，就"义"而言，有"大义"和"小义"之分，而且"大义"和"小义"不是鸿沟，是可以相互转化的。刘备、关羽、张飞三个异姓人为图"报国安民"的大事，在当时的历史条件下，能够使人团结起来最好的方式就是结义。结了义，便是志同道合、同生共死的兄弟，刘备能够更好地得到关羽、张飞的辅佐，关羽、张飞也能够得到刘备的重用。这时候的"义"，应该说是"大义"，正是有了这种千秋大义，他们三人在报国安民的奋斗道路上，无论遇到多大的困难和挫折，都没有分开，而且越是艰难，他们三人团结得越紧密，真的是"有难同当"。经过出生入死的共同打拼，打下了半壁江山。

但是"义"也有"小义"，桃园结义这种结义基因和结义方式，从不好的方面讲，具有小集团和党派性质，使他们三个人成为一个封闭小集团，对外来人具有强烈的排斥倾向和巨大的排斥力，谁也插不进这铁三角里。刘备三顾茅庐，得到了诸葛亮，犹如鱼得水一般，但是关羽、张飞则不然，他们怕诸葛亮分走了刘备对他们的重视和关爱，一再对刘备说："孔明年幼，有甚才学？兄长待之太过！又未见他真实效验！"刘备集团中的几个主要人物都遭遇过关羽、张飞这样或那样的刁难与排斥。刘备进位汉中王后，关羽问从成都来的费诗："汉中王封我何爵？"费诗说："'五虎大将'之首。"关羽问道："哪五虎大将？"费诗答道："关、张、赵、马、黄是也。"关羽听后勃然大怒："翼德吾弟也；孟起世代名家；子龙久随吾兄，即吾弟也：位与吾相并，可也。黄忠何等人，敢与吾同列？大丈夫终不与老卒为伍！"因此，拒绝受印。尽管诸葛亮与刘备的关系情同鱼水，赵云也备受刘备器重，但他们始终被二元化、边缘化在桃园集团的核心层之外，最终核心运作与重要人事布局，仍以刘备、关羽与张飞为主。这种褪了色的"义"对于"图大事"和报国安民政治目标的实现是不利的。而且这种"小义"的最大危害是把三人关系私人化、感情化，很容易使"公情"变为"私情"，以致法外开恩。张飞因醉酒而失去了徐州，自觉对不起大哥，便要自绝而谢罪。刘备急忙阻止，劝说道："兄弟如手足，妻子如衣服。衣服破，尚可缝；手足断，安可续？"从这个比喻中，可以看出刘备把三人的兄弟情义看得高于妻子，重于一切。因而，即使张飞给组织造成了丢失徐州这么重大的损失，刘备也竟然徇私情而放过张飞。这种"小义"还有一大危害就是很容易产生将"私仇"等同"公仇"，以感情代替理智的不堪设想的后果。当张飞得知关羽被孙权所害时，悲痛欲绝，说："我三人桃园结义，誓同生死；今不幸二兄半途而逝，吾安得独享富贵耶！"而且专程赶到成都，泣不成声地对刘备说："他人岂知昔日之盟？若陛下不去，臣舍此躯与二兄报仇！若不能报时，臣宁死不见陛下也！"张飞用"私仇"来逼迫刘备，实际上是在叫板皇帝，也是要把"私仇"强化成"公仇"。当刘备得知张飞也被害时，也是痛心疾首地说："朕想布衣时，与关、张结义，誓同生死；今朕为天子，正欲与两弟同享富贵，不幸俱死于非命！"又说："二弟俱亡，朕安忍独生！"无论是张飞的话还是刘备的这些话，都是感情上的话，没有理性的含量。虽然两人都提到当初的结盟，而且都异口同声地强调"誓同生死"这句江湖义气很浓的"小义"盟词，而"既结为兄弟，则同心协力，救困扶危；上报国家，下安黎庶"这种"大义"的核心盟词都被他们抛到九霄云外了。特别是那句"誓同生死"的"小义"盟词，成为当下刘备心中最痛苦的负担。不替关羽报仇，就违背了誓言，平日的仁德表现就会被人讥笑为作秀。刘备称帝以后，本应该与吴国继续结盟好，共同灭魏，但刘备却溺于与关羽的桃园结义的"小义"情，置江山社稷之"大义"于不顾，为替关羽报仇，孙刘反目，大动干戈，毁坏了刚建立的蜀汉基业，破坏了三分天下的局面，因求"小义"而失了"大义"。

　　现代社会开放度越来越高，信息量越来越大且信息传播速度越来越快，组织结构也越来越庞大，专业化分工也越来越细致，无论多么优秀的人，自己单枪匹马在现代社会是不会有作为的。尤其今天的市场经济舞台风起云涌，波涛澎湃，更不适合英雄单打独斗，一个人单靠自己充其量也不过是沙漠里的一盆水、草原上的一朵云，成不了什么气候。既然市场的竞争不是个人赛，而是团体赛，那么要创造出一番事业来，更需要建设好团队，把团队成员的各自特长集合成团队所长，形成智慧和力量的海洋，同心协力创业。从桃园结义的故事中，我们能得到这样的智慧认知——建设好团队必须：第一，有明确的目标。团队因目标而产生，为目标而存在，为追求目标而发展。团队设置目标，是让团队成员向前看齐，目标是团队的旗帜，它引领团队成员朝着共同的方向去努力、拼搏，去取得预期的结果。第二，有强烈的创业精神和事业心。要用团结协作、苦干奉献和叠罗汉的团队精神和事业心，去创造一番惊天动地的事业，报效国家和人民。第三，有先进的思想理念和符合"大义"要求的核心价值观。要让团队成员脱去凡胎，使每个团队成员被先进的思想理念和体现真理的"大义"团结在一起，这种"大义"的获得和每一个团队成员孜孜以求的坚持是一个优秀团队得以建立并健康持续发展的标志。切不可搞小团体主义，更不可以"小义"妨碍"大义"，破坏"大义"。这也可以说是刘关张桃园结义留给我们的由宝贵经验和血的教训熔铸在一起的不朽智慧。

第三讲　是刘备选择了诸葛亮，
还是诸葛亮选择了刘备

引 导 故 事

　　刘备四十岁时，往荆州投靠刘表，刘表知道刘备与曹操有仇，就派给他少量兵马镇守新野，以抵抗来犯的曹操。刘备一住达十年之久，年近半百，犹如龙游浅水，虎落平阳，很不得志。刘备曾经向刘表献计：趁曹操与袁绍大战官渡而许都空虚之际，派兵偷袭许都。刘表没有采纳。

　　一次，刘表和刘备商量荆州立嗣之事，刘表对刘备说："长子刘琦乃前妻陈氏所生，人虽然诚实，但太软弱，不能承担重任以成就大事。小儿子刘琮乃蔡氏所生，聪明伶俐。我想废长立幼，又恐怕不符合礼法；若是立长子刘琦，又怕蔡氏族中人出来争闹，而军队大权又都掌握在蔡家手中，因此，拿不定主意。"刘备说："自古废长立幼，取乱之道。若忧蔡氏权重，可徐徐削之，不可溺爱而立少子。"没想到此话让隔墙的蔡氏夫人偷听到了，心生不满并记恨。

　　还有一次酒席上，刘表问起青梅煮酒论英雄之事，刘备乘着酒兴，失口答道："备若有基本，天下碌碌之辈，诚不足虑也。"蔡夫人怀疑他有"吞并荆州之意"，便与其弟弟蔡瑁密谋杀掉刘备。刘备知道荆棘丛中并不是鸾凤的栖身之地，为了躲避蔡瑁追杀，逃到南漳。这时刘备的心头上交集着半生蹉跎、功业未酬的伤感和举步维艰、前途未卜的惘然。

　　后来有幸遇到了水镜先生司马徽，司马徽帮助刘备分析：刘备闯荡半生，颠沛流离，屡屡失败，无立锥之地，像一个毽子总是在别人的脚上踢来踢去的根本原因就在于"左右不得其人"，光有武将而没有谋臣。刘备还从司马徽那里得知"伏龙、凤雏，两人得一，可安天下"。司马徽还特别强调伏龙"可比兴周八百年之姜子牙，旺汉四百年之张子房"。为了摆脱当前的困境以图霸业，刘备便决定要寻访贤良，请"伏龙""凤雏"出来辅佐自己。但谁是"伏龙"？谁是"凤雏"？司马徽并没有明说，刘备也就不知道。

遇到司马徽后不久，刘备又遇到了颍川的徐庶。徐庶擅长兵法和内政，被刘备聘为军师，干得有声有色，刘备赞赏其有"王佐之才"。徐庶在新野用计杀了降曹的吕旷、吕翔，并大破八门金锁阵，杀退曹仁占领樊城，开创了刘备起事以来最大的胜利局面。刘备心中十分喜悦，暗想自己这回可算是周文王请姜太公——找到明白人了。

可让刘备万万没有想到的是，曹操害怕他在徐庶的帮助下成长壮大，更怕汝南、颍川的英雄豪杰被徐庶拉到刘备帐下，便设计用一个山寨版的徐母劝降书把徐庶骗来。徐庶是大孝子，接到"母亲"的劝降书，不辨真伪，决意要走。刘备刚刚热起来的场子又要冷下来了，可刘备是个"仁"字行走天下的人，尽管不愿意徐庶走，又不好强留。徐庶临行前，向刘备推荐了住在襄阳城外二十余里的隆中"卧龙"诸葛亮，并称赞他"有经天纬地之才，盖天下一人也"。徐庶还用自己来衬托诸葛亮："驽马并麒麟，寒鸦配鸾凤。"徐庶到了曹操那里也把自己和诸葛亮的才能做了一个鲜明的对比，说自己的才能就像天上的萤火虫发出的光，诸葛亮的才能就像天上的满月，光芒无处不在，当然，这是后话。这时刘备方悟此前司马徽荐贤所指，决定姜子牙搬家——访贤（房闲）去。

一天，刘备兄弟三人备了厚礼来到隆中卧龙岗，但诸葛亮不在，他们失望而归。回到新野后，刘备四处派人打探诸葛亮归期，听说回来了，叫人立即备马，准备二次去拜访诸葛亮。张飞说："量一村夫，何必哥哥自去，可使人唤来便了。"刘备斥责他说："汝岂不闻孟子云：欲见贤而不以其道，犹欲其入而闭之门也。孔明当世大贤，岂可召乎！"

于是，兄弟三人第二次到了草屋，书童说诸葛亮被人请走了，三人又怏怏而空回。刘备求贤若渴，又准备第三次前去请诸葛亮，关羽和张飞都很不情愿，关羽还说："想诸葛亮有虚名而无实学，故避而不敢见。"满怀王霸之心的刘备不为左右所动，并以"周文王谒姜子牙之事"开导关羽和张飞，带领他俩三访诸葛亮。

离草屋还有半里多地时，刘备便下马步行。这时，诸葛亮仰卧于草堂几榻上午睡，为了不打扰他，刘备恭敬地立于廊下等候。张飞气坏了，要一把火烧了茅草屋，被关羽劝阻。

过了好长时间，诸葛亮才慢悠悠地伸了个懒腰醒来，并口中念念有词，得知刘备在廊下站立，很是感动。

相见后，刘备没有一点怨言，急于问计于诸葛亮，诸葛亮谦虚地回应："当今德操、元直都是高人，你为什么不去请教他们而来问我呢？这不是舍美玉而求顽石吗？"刘备说了一通抬人的话。诸葛亮又说："如此愿闻将军之志。"刘备表达了自己愿意匡扶汉室，救黎民于水深火热之中的抱负。于是，诸葛亮命童子取出一轴画，挂于中堂，诸葛亮指着画对刘备说："此西川五十四州之图也。"接着，诸葛亮提出"隆中对策"："将军欲成霸业，不与占天时的曹操、占地利的孙权争锋，利用自己占人和的优势，和孙权结盟，先取荆州为家，再取益州，最后图取中原，实现匡扶汉室大业。"诸葛亮的"隆中对策"尽管言语不多，却把天下形势分析得十分透彻，如同春雷在刘备心中乍响，让刘备仰慕和折服。刘备想请他出山随时聆听教诲，帮助自己一统天下。诸葛亮说自己久卧隆中，躬耕陇亩，懒于应世，不可。刘备马上跪拜，又拿出了自己的"撒手锏"——哭起来了。刘备的眼泪具有一种比刀枪和鲜花更能打动人、征服人的力量，不是说"刘备的江山是哭出来的"吗？诸葛亮跪地扶起刘备，并表态："为图将军之志，亮愿效犬马之劳。"

刘备终于如愿以偿，如鱼得水。随着诸葛亮才智的发挥，历史也开始向刘备缓缓地展开了青眼，刘备的事业也在三分天下战略思想和总路线的指引下，开始转折和发达。

智 慧 悟 语

这是一个事业伙伴的选择问题，那么，是刘备选择了诸葛亮，还是诸葛亮选择了刘备？

谈到选择，一定要提出选择的标准，如选对象还要有什么长相、什么学历、什么职业、什么家庭背景等标准，选择事业伙伴更需要确立选择的标准。第一个标准就是：价值，又细分为个人价值和共同价值。刘备的个人最大价值就是要圆皇帝梦，要把皇叔变成皇帝。诸葛亮的个人最大价值是什么？如果他也是要当皇帝，他就不能选择和刘备在一起，即使暂时选择在一起，最后也终有一搏，因为天无二日，国无二君。《魏略》记载："亮在荆州，以建安初与颍川石广元、徐元直、汝南孟公威等俱游学，三人务于精熟，而亮独观其大略。每晨夜从容，常抱膝长啸，而谓三人曰：'卿三人仕进可至刺史郡守也。'三人问其所至，亮但笑而不言。"简单点讲，就是早晚闲暇，四外俱寂，诸葛亮抱膝长啸，评论他的三个朋友，说如果你们要出山为官，可以当到刺史、郡守，就是一方大员。对于他自己却"笑而不言"。其实用不着再"言"了，因为诸葛亮平时总是自比管仲、乐毅。那管仲、乐毅是干什么的？管仲是春秋时期著名的政治家、军事家，是辅佐齐桓公九合诸侯称霸天下的著名宰相，也被称为"春秋第一相"；乐毅是战国后期杰出的军事家，辅佐燕昭王振兴燕国，公元前 284 年，统帅燕国等五国联军攻打齐国，连下七十余城。两人都是名相。诸葛亮"每自比管仲、乐毅"，也就是说，把职业生涯的坐标高度定位在名相上，帝和相之间就有了互补的可能性，客观上不排斥了，主观上还要看双方的价值观是否一致。刘备要推动什么事业来实现皇帝梦呢？因为他是汉室宗亲，就是要"匡扶汉室"。诸葛亮是不是也要把实现"匡扶汉室"作为共同价值观呢？这要做些分析。诸葛亮是荆乡九郡的知识分子，应该是儒家知识分子，儒家知识分子讲"名分"，别看到了东汉末年，汉室江山岌岌可危，但在儒家知识分子心里，汉室江山还是正宗，这种观念已经成为深入他们内心的一种意识形态。而且在诸葛亮看来，汉朝越是处在危难之际，自己要是能力挽狂澜，那名相的含金量不是更高吗？所以，诸葛亮的价值观也是要"匡扶汉室"，有了这个共同的价值观，刘备和诸葛亮就有可能成为志同道合的人。

　　刘备要实现皇帝梦和匡扶汉室，他的人力资源结构应该是什么样的呢？刘备乘东汉末年群雄逐鹿的天下大势，"交结豪侠"，凭"汉景帝之子中山靖王刘胜之后"的名分，拉起队伍以图大业。但是刘备从投曹操、奔袁绍、依刘表的十数年亡命奔波的体验中，从司马徽先生的指教中，从军师徐庶的作战成就中深刻地体验到，要实现皇帝梦和匡扶汉室，他的人力资源结构必须是武有驰骋疆场的猛将，文有运筹帷幄、决胜千里的军师。武将他是有的，连他自己也是个英雄，三英战吕布，他就是其中之一，外号还叫"枭雄"。而且他还有"百万军中取上将首级如探囊取物"的万人敌的超级武将关羽。军师有没有？有一个徐庶，帮助他破了曹操的八门金锁阵，他在城楼上观敌瞭阵，看到此情境，他的内心更感到，战场上的争夺，单靠武力是不够的，要靠谋略，军师的一个计谋能敌百万之师。从把握方向、驾驭大局的意义上讲，军师比只能改变一时凶险的武将显得更重要。刘备的连战连胜，着实地尝到了军师良谋的甜头。而曹操连吃败仗，损兵折将，也从苦头中认知了徐庶的才干，便把徐庶的母亲接到军中，并叫人模仿徐庶母亲的字体，把徐庶给骗走了。有军师又变成没有了。在这种状态下，刘备有两个选择：

一是放弃圆皇帝梦和匡扶汉室的价值追求，另谋职业去，这就不需要军师了；二是继续坚持圆皇帝梦和匡扶汉室的追求，那么就必须把残缺的人力资源结构补上来，也就必须再选军师。刘备自知东征西讨，奔走半生，未有立足之基，这和自己政治军事集团的人才结构不合理——缺少顶级管理的智囊人物——有直接的关系。水镜先生是个大托，他说："伏龙、凤雏，两人得一，可安天下。"那刘备就必须在这两个人中选一个为军师。后来是两个人都来了。可是当下，从人缘关系上讲，徐庶"临行前"向刘备推荐的是诸葛亮而不是庞统，庞统还没有进入刘备选择的视野；从地域关系上讲，庞统尚在东吴，空间距离很远，而诸葛亮在襄阳，距离很近。所以，诸葛亮就是必然选择。刘备三顾茅庐，请诸葛亮出山，拜为军师，刘备政治军事集团有了定海神针，人才结构合理了，结束了东奔西走的局面，继而走上了三分天下的创业之路，开创了刘蜀的千秋功业。

再看诸葛亮，他隐居隆中，作为隐士而又"每自比管仲、乐毅"，显然并非真的避世，心中装着建功立业的雄心，但他讲求的是"有道则见，无道则隐"。在隆中，诸葛亮已经把自己塑造成蛹的状态，只待化蛹为蝶的那一天，他的心中热望有可以辅佐的明主访贤，脱颖而出。所以，诸葛亮说："凤翱翔于千仞兮，非梧不栖；士伏处于一方兮，非主不依。乐躬耕于陇亩兮，吾爱吾庐；聊寄傲于琴书兮，以待天时。"在对形势和前途没有充分把握，在没有预见到"而仕"的明"主"之前是不肯轻易出山的。刘备第一次、第二次去拜见，他都不在，别人说：或游览名山，遍访高人去了；或泛舟于湖上。虽然没有干"政事"，就是没有干政界上的事，但是是为干政界上的事去收集信息、调查研究去了，否则，怎么和刘备一见面就能提出"隆中对策"呢？也就是说，诸葛亮出山也是必然的，并不是要老死林泉，而是不肯轻易择主，是"以待天时"。陈宫也是一个很聪慧的大才，也想要有一番作为，可是始终找不到一个明主，于是开始追随曹操，他看出曹操不是自己要选择的明主时，落得个不欢而散，而后去投吕布，吕布更不是让自己可以有一番作为的明主，自己为吕布所献的正确计谋几乎都被吕布当了耳旁风，下场更惨，和吕布一起身死白门楼。诸葛亮对此不会没有耳闻，也会从陈宫的教训上提升"择主而仕"的认知。当然诸葛亮可以有很多选择，一是因为自己的才华；二是诸葛亮的叔叔在刘表处做大官，诸葛亮到荆乡九郡就是奔他叔叔来的，他的亲哥哥诸葛瑾又在东吴做高僚，有个堂兄在曹操那里做将军，这叫砸开的核桃——有人（仁）啊，依靠这些亲属在这些军事集团里谋个一官半职不难。但诸葛亮骨子里是"士人"，从选择的价值标准上看，诸葛亮要"匡扶汉室"，那就不但不能选择曹操，而且直接打击的对象就是曹操，因为曹操名为汉相，实为汉贼。诸葛亮也不能选择孙权，孙权也不是汉室宗亲，就是也不正宗。那么正宗的还有刘璋、刘表，刘备是皇帝当着众大臣的面认了的皇叔，脸上才贴了一层正宗的金，那还没有经过 DNA 的鉴定呢。而刘璋、刘表不用鉴定就是名正言顺的刘氏宗亲，而且他俩的个人价值也是圆皇帝梦，共同价值也是要"匡扶汉室"。问题到这里，还确定不了诸葛亮必然选择刘备。

接下来我们再看选择事业伙伴的第二个标准：志向。

诸葛亮是要当名相，这本身就是很大的志向。诸葛亮一生也特别注重志向，在他写的家书《示子侄儿》里，就明确告知后人要有大志向，他说："人无志，无异于禽兽乎！"也就是说，人如果没有大志向，就同圈里的禽兽一样。现在流行的诸葛亮的两句名言——"淡泊明志，宁静致远"就出自这封家书。诸葛亮要当名相，就不是自己挑杆子干，而是要依附一个人来干，也就是"良禽择木而栖"，这个"木"也必须是能够立得住的"木"，如果这个"木"没有大志向，是个橡皮"木"，靠不住，一靠就倒，那他的名相的价值追求怎么能够实现？东汉初年马援有句话："当今之世，非但君择臣，臣亦择君。"也就是说，无论明主求贤，还是俊杰择主，都有一个君臣遇合的问题。作为依附于君的智囊人物，"择君"的正确与否不仅关系能否大展宏图大志，而且也关系能否得以安身立命。选对了君主而事，就能功成名就；选错了君主而事，就会身败名裂。袁绍的谋士田丰自刎前就曾经说过一段发人深省的话："大丈夫生于天地间，不识其主而事之，是无智也！今日受死，夫何足惜！"孔子曾经说过："邦有道则仕，邦无道则可卷而怀之。"诸葛亮正是有这种择君的慎重和明智，他的隐不是甘老林泉，而是隐而求志，以待天时，即"乐躬耕于陇亩兮，吾爱吾庐；聊寄傲于琴书兮，以待天时"。曹操、孙权虽然有大志，但在"匡扶汉室"这个共同的价值观的标准面前已经被排除掉了。刘璋、刘表虽然符合价值选择的标准，但是没有大志。最后，符合价值和志向这两个选择标准的就剩下刘备一个人了。所以诸葛亮选择刘备，是心灵的遇合，也是必然的。综上分析，结论是：刘备与诸葛亮是双向选择，而且是绝配。

当然，我们也可以对诸葛亮的选择做进一步的引申分析，看看诸葛亮能不能选择孙权和曹操。答案也是否定的。如果诸葛亮去投孙权，孙权不会把周瑜撤下来，让诸葛亮做大都督，而且诸葛亮充其量也只能在周瑜的手下谋个一官半职，尽受周瑜给他的窝囊气。如果诸葛亮去投曹操，曹操本身就是丞相，更不会把位子让出来给诸葛亮做丞相。如此一来，那诸葛亮不知何时才能当上丞相，更不要说成为历史上的名相了，自比管仲、乐毅的话也只能是空谈，成为当时周围几个听到他这话的人的笑柄而已。刘备在逐鹿中原的角逐中，是最弱的一个，说得可怜一些，连个立锥之地都没有。诸葛亮选择此时的刘备，立即就可以得到一个军师的高位，为自己展示才华提供舞台，提供成为名相的最充分发展机会。如果说刘备选择诸葛亮是如鱼得水，那么，诸葛亮选择刘备则是如乌鸟投林，如卧龙飞天。我把这称为"洼地选择效应"。

在传统观念中，一般人是被"高地选择效应"所吸引，如"背靠大树好乘凉""人往高处走"就是"高地选择效应"的写照。实际上，"高地"的高层位置往往已经被先来者占满，你去了不能得到重用，得不到重用就显露不出才华，日后的发展机会就相对较少，便难有出头之日。这对于大学刚毕业的择业者的启迪是：不要专选择大企业、世界五百强企业，而要选择正处于创业阶段的中小企业，以获得更多脱颖而出的机会资源。

第四讲 马谡是庸才，还是放错了位置的人才

魏太和二年（公元 228 年）春天，诸葛亮亲率诸军进攻祁山，发动第一次北伐。诸葛亮北伐令天水、南安和安定三郡叛魏响应，关中震动，曹魏惊恐，魏明帝令曹真前去防守郿县，并派张郃抗击进攻祁山的诸葛亮，自己还亲自到长安督战。

诸葛亮得知孟达归降事败被司马懿所杀，司马懿又与张郃引兵出关，十分震惊，料到："今司马懿出关，必取街亭，断吾咽喉之路。"这时，众人都建议用旧将魏延、吴懿等人去守街亭，这些人都是蜀国当时响当当的将军。

《三国演义》中有很多人说马谡只会纸上谈兵，用今天的话形容，那就是展览会上的陈列品——样子货。马谡得知后心里不平衡，暗自用心寻找机会以证明自己不是徒有其名。就在选将的关键时刻，马谡夜见诸葛亮，哭着求诸葛亮派他带兵去镇守街亭，也好在人前显示一下自己的能力。诸葛亮说："街亭虽小，干系重大呀。如果街亭有失，吾大军休矣。"马谡说："丞相放心！街亭是五路总口，地势险要，易守难攻，只要是细心据守，敌纵有百万之众，能奈我何？"诸葛亮说："司马懿非等闲之辈，更有魏之名将张郃为先锋。司马懿诡计多端，张郃骁勇善战，你恐怕不是他们的对手。"马谡说："我自幼熟读兵书，精通兵法，别说是司马懿、张郃，就是曹叡亲自领兵杀来又何惧哉！"诸葛亮又说："汝虽深通谋略，此地奈无城郭，又无险阻，守之极难。"马谡看出诸葛亮还是不放心，又说："军师让我镇守街亭，如有差池，请丞相将我全家问斩。"马谡这些话是字字如钉，堪称豪言

壮语。诸葛亮也确实为之心动了，可马上又眉头一皱，说："军中无戏言。"马谡说："愿立军令状。"马谡执笔就写下了军令状。于是，诸葛亮不顾众人的反对，任命自己赏识的参军马谡率领两万精兵到军事重地街亭防御曹魏将领张郃的进攻。

马谡高兴了，心想过去别人都把自己当作鞋垫，踩着不让自己露脸，这回终于有机会出来透透气，表现表现自己了。本来诸葛亮告诉马谡在街亭路中央排上十几个大栅栏，筑起一座城垣，司马懿纵有几十万大军也休想越过去！可是，马谡到了街亭，见街亭南侧有一座孤山，四面不相连，却树木茂盛，认为此乃天赐之险，便违反诸葛亮的节度，舍弃路中央和水源，选择登上南山据守而非占据山下的城镇。裨将军王平反对说："今观此山，乃绝地也；若魏兵断我汲水之道，军士不战自乱矣。"王平虽曾多番规劝，但马谡都置之不理，还振振有词："兵法云：'凭高视下，势如破竹。'孙子云：'置之死地而后生。'若魏兵绝我汲水之道，蜀兵岂不死战？以一可当百也。"魏将张郃打了一辈子仗，他已经是袁绍部下的一位高级将领的时候，马谡还是个小孩子。现在长大了的这个小孩子自视甚高，夸夸其谈。

身经百战的张郃作战经验十分丰富，他到了街亭，看到马谡不占大道上的要塞，反而上了山，立即意识到了水道是马谡的致命软肋，遂下令把山包围得像棵大头菜，里三层，外三层，层层叠叠，又断绝山上马谡军的水源，山上无水，蜀军将士和马匹无法饮水，营里连做饭都不成，军不得食，张郃又派人沿山放火，并且大举进击，蜀军士卒四散，溃不成军，马谡军大败。王平此时命自己所领的军队鸣鼓自守，张郃怀疑有伏兵，不敢进逼，王平得以有时间收拾残军，并率领败军撤回。马谡失守街亭后，诸葛亮失去进攻的前进基地，被迫退军汉中。第一次北伐就此失败。

街亭之战发生于诸葛亮第一次北伐战争期间，也是这次北伐战争中的一场决定性战事。以上这段故事表面上看失街亭是马谡的问题，但说到底，我认为还是诸葛亮的问题。

马谡是人才，史称马谡"才气过人"，好论军计。马谡是职能部门的人才，也就是参谋人才，而且在参谋岗位上的表现也很优秀，连蜀国的重量级人物蒋琬也称赞马谡为"智计之士"。我们仅举两例可见一斑。

据《三国演义》叙述，诸葛亮率军征西南之初，马谡奉后主"敕命"，携带"酒帛"前来劳军。办完公事后，诸葛亮将他留在帐中，问对此次征南有何"高见"。马谡郑重其事地说："愚有片言，望丞相察之：南蛮恃其地远山险，不服久矣；虽今日破之，明日复叛。丞相大军到彼，必然平服；但班师之日，必用北伐曹丕；蛮兵若知内虚，其反必速。夫用兵之道：攻心为上，攻城为下；心战为上，兵战为下。愿丞相但服其心足矣。"一番深入浅出的分析颇为深刻，与诸葛亮一贯的指导思想吻合，也是《孙子兵法·谋攻篇》中"上兵伐谋"的一种体现。尤其是马谡的"攻心为上，攻城为下；心战为上，兵战为下"的观点，诸葛亮很是赞同。西南一带属于少数民族地区，有许多特殊性，需要坚持"和抚"政策，使其归服。若单单以武力去征服，必然是征而不服，后患无穷，这是其一。其二，从西蜀刘氏政权统一天下的战略全局来看，对西南的平定绝不在于一次军事上的胜利，关键是要把西南变为一个长治久安的大后方，以利于将来集中兵力，北伐中原。正如马谡指出的，虽然单凭军事力量可以打败孟获，但一旦中原战事紧张，西南仍会随风而起，即"其反必速"。这一分析点明了问题的关键所在，堪称高瞻远瞩。也正基于此，诸葛亮听了马谡的意见后，不禁为之赞叹："幼常（马谡）足知吾肺腑也！"他在南征孟获时提出的"攻心为上"的主意还是相当精彩的，因此诸葛亮非常信任马谡，不仅任命他为参军，还经常通宵达旦地和他商量大事。

诸葛亮第一次北伐，与司马懿对阵苦无良策的时候，参谋马谡对诸葛亮说："司马懿虽是魏国大臣，曹叡素怀疑忌。何不密遣人往洛阳、邺郡等处，布散流言，道此人欲反；更作司马懿告示天下榜文，遍贴诸处，使曹叡心疑，必然杀此人也。"诸葛亮接受了马谡献出的这条妙计，派人到魏国，四处散布司马懿要谋反的谣言，一传十，十传百，传到皇帝耳朵里，还真起到了离间的作用。皇上一度剥夺了司马懿的兵权，贬为贫民。后来因前方战事失利，选拔不出更合适的大将，才重新启用了司马懿。司马懿这条狡猾的狼，也中了马谡一个邪招。

诸葛亮用马谡的过失主要表现在以下几点。

（1）把人才放错了位置。公允地讲，马谡不是一包草的绣花枕头，是个出色的人才，但不是全才，有他的局限性。马谡是职能部门的高参人才，从他给诸葛亮出的两计所取得的成效来看，马谡作为参谋人才的运筹能力是无须质疑的。但是马谡的才能不在实战能力上，马谡不是执行部门的人才，也就是说他不是一个率军打仗的将才，更不是帅才。马谡自己没有自知之明，非要到执行部门当大将，要独当一面。诸葛亮也没有意识到马谡熟读兵书，胸藏韬略，出谋划策是他的强项，却拙于战术。没有实战经验，就容易死搬教条。本来诸葛亮叫马谡"下寨必当要道之处"，可他却把兵马驻扎于山上，副将王平提醒他这样屯兵违背了军师的要求，马谡张口就背出了兵法上的话："凭高视下，势如破竹。"也许马谡心里还在想，《孙子兵法》讲得很清楚，"高陵勿向""背丘勿逆"，就是讲攻击的一方不要向上攻击，反过来，山上布阵居高临下就有优势。你王平连这一点兵法都不懂，太可笑了！王平又警告马谡说："万一魏军四面包围，断绝汲水通道，岂不危险了吗？"马谡马上反驳说："水源切断也没有什么关系。《孙子兵法》有云：'置之死地而后生。'"马谡不考虑战场上的具体环境和其他条件，战理如同棋理，光想到自己落子，不去想对方如何出招，把兵法上的话变成了死板的教条。结果，张郃率领的魏军一到街亭，就发现了蜀军的重大破绽，把马谡屯兵的山头围得水泄不通，蜀军将士和马匹无法饮水，营里连做饭都不成，军不得食，张郃又派人沿山放火，并且大举进击，蜀军士卒四散，溃不成军，哪还有什么"势如破竹"和"置之死地而后生"的壮举。诸葛亮硬是把这么一个熟读兵法而不知变通的职能部门参谋人才放到了一个执行部门带兵打仗的战地指挥官的岗位上，岗能不匹配，结果失去了街亭，最后把马谡的身家性命也断送了，被杀头时只有三十九岁，还没有到不惑之年，蜀汉也失去了一位军事理论家。诸葛亮尽管没有用自己的生命来为用人失察造成的巨大损失埋单，但也自贬三级，而且数年磨成剑锋的蜀军从此一蹶不振。

（2）忽视了人才成长的经历和规律。人才的使用上是提倡不唯资历、不拘一格的。但不唯资历不等于可以不要经历，不拘一格也不等于可以不遵循规律。实践出真知，这是认识的规律，也是人才成长的规律。实践又是有层级、有台阶的，层级和台阶之间又有基础和提升的支撑关系，无论是普通人才成长的台阶，还是优秀人才成长的捷梯，都有其共有规律和特殊规律，台阶与台阶之间虽然不是机械地逐级上升，可以跨越，但没有一定的台阶经历做基础，是不能一下子就跨越到很高层级和台阶上的。没有当过亭长，就想一步当皇上，那无异于天方夜谭。早在先秦的《韩非子》中就明确指出："宰相必起于州部，猛将必发于卒伍。"横行欧洲的拿破仑元帅也是从炮兵一点一点干起来的。马谡虽然跟随诸葛亮多年，却一直仅是"高参"，马谡没有独立带过兵，更没有亲临战场做过任何层级的战地指挥官，没有这方面的"必要经历"和"必要体验"，更不要说积累出了实地指挥的"必要经验"，诸葛亮一下子就把毫无实战经验的谋士安排为镇守如此战略要地的指挥官，这就违反了人才成长的台阶规律，出现了断层，就像空中楼阁，没有必需的根基，失败也是不足为奇的，必然要为此付出沉重的代价。我们不妨设想一下，如果马谡在几个层级上做过指挥官，多经历一些实战，多一些磨炼，积累了丰富的经验，整出一些气象来，再把他安排为大将去镇守街亭，结果或许会大不一样。

（3）太相信军令状而不相信自己的判断。本来诸葛亮已经跟马谡说了："司马懿非等闲之辈，更有魏之名将张郃为先锋。司马懿诡计多端，张郃骁勇善战，你恐怕不是他们的对手。"诸葛亮这个判断是理智的，也是对的。但马谡看出诸葛亮是不放心自己，就说："军师让我镇守街亭，如有差池，请丞相将我全家问斩。"诸葛亮眉头一皱，说："军中无戏言。"马谡说："愿立军令状。"马谡执笔就写下了军令状。诸葛亮一看，马谡把身家性命都押上了，脑子开始犯浑了，不相信来自自己心灵的判断，而相信一纸军令状，相信马谡的信誓旦旦。于是，诸葛亮不顾众人的反对，不顾自己的正确认知，"街亭虽小，干系甚重：倘街亭有失，吾大军休矣"，拍板马谡去守街亭，犯下了他人生中最致命的错误。

（4）犯了用人偏情的错误。诸葛亮用马谡不能说是任人唯亲，任人唯亲是任人唯贤的对论，诸葛亮还不至于犯这样的错误。但的确当时启用马谡有偏情的问题。诸葛亮和马谡兄长马良的关系非同一般。《三国志》中记载马良在给孔明的信中称其为"尊兄"，可见他们情同兄弟。诸葛亮平时与马谡关系不错，以前马谡给诸葛亮出的点子都很好。街亭虽小，但它是汉中的咽喉要道，诸葛亮知道蜀军占领了它就等于占领了通往汉中以外的门户，是关乎这次北伐能否胜利的命门。司马懿也知道，占领街亭，便可截断蜀军粮道，蜀军就不能安守陇西，就会退回汉中，所谓的北伐也就会无功而返。如此要地应该派久经沙场、屡建奇功的赵云、魏延一类的大将去守，可是马谡却挺身而出，要当一回大将，如果赢了，他就是蜀军首次北伐的第一功臣，能够证明自己的价值，能够名垂青史。那输了呢？马谡没有考虑，好像不关他的事。但是，诸葛亮应该想到马谡输了是什么后果啊！在这成败攸关甚至是生死攸关的择将上，蜀国输不起，诸葛亮也输不起。可就在这关键时刻，诸葛亮的人性弱点遮掩了理性的光辉，于是，诸葛亮就想，从人情上讲，不给他机会不太好，让他去当一次主角证明一下自己是个复合型人才也好。

刘备临死之前，马谡也在旁边，刘备让他出去，私下告诉诸葛亮："我观马谡其人，言过其实，只会纸上谈兵，只能在帐中出策，不可大用，切记。"当然，马谡并不是纸上谈兵的赵括，而是有一定真才实学的。问题是这种真才实学必须在"岗能匹配"中才能发挥好作用，也就是刘备说的马谡"只能在帐中出策"。民间一直流传这样一种认知：说诸葛亮用马谡而失街亭，就是因为诸葛亮忘记了刘备临终留下的马谡"不可大用"的遗言，而"小才大用"不能胜任的结果。然而诸葛亮的毛病说到底，并不是"大用"了马谡，而是"错用"了马谡。刘备说"马谡不可大用"也是含糊其辞，如果把人才放错了位置，"小用"也是错误的；如果人才放对了位置，"大用"又何妨。诸葛亮在评价马谡时曾经说过："此人亦当世之英才也。""当世英才"并非是全才，也是属于某种类型的偏才，只要"偏用"得当，理应"大用"。当然，"当世英才"放错了位置，也会变成庸才。诸葛亮给后主刘禅上书求自贬的信中说："臣以弱才，叨窃非据……咎皆在臣授任无方。臣明不知人，恤事多暗，《春秋》责帅，臣职是当。请自贬三等，以督厥咎。"意思是，我以低下的才能，担当了不能胜任的职务，街亭之败，其责任完全在于我用人的错误。我既无知人之明，考虑问题头脑也不够清醒，按照《春秋》军事失利先罚主帅的典则，自请降职三级，以罚我的过错。从诸葛亮的信中话语分析，诸葛亮也没有说自己的责任是"大用"了马谡，从"臣明不知人"这句话讲，责任还是在"错用"了马谡。

　　人才不一定是全才，也许是偏才，因而人才是有不同类型的。简单而言，人才有思想型人才、组织型人才、智囊型人才、执行型人才、管理型人才、专业技术型人才等。现实中对人才的需求，都是带有特殊性的，不同的业务性质、不同的工作岗位、不同的工作环境、不同的工作任务等，都会对人才类型提出不同的具体要求，人才的类型只有和人才的具体需求相吻合，才是正确的使用，在这个基础上，才有"大用"和"小用"之分。如果人才的类型与人才的具体需求有强烈的反差，那就是"错用"，在"错用"的情况下，去谈"大用"和"小用"就毫无意义了。如果让郭嘉、诸葛亮、荀彧这样的人骑着战马，手提大刀长矛冲锋陷阵，是创造不出"温酒斩华雄"这样的奇迹的。相反，对方的一个无名小将就会结果他们的性命。你说这是"大用"还是"小用"？都不是，是"错用"。

　　孙策对人才的类型以及如何因才使用是很有见地的，周瑜、张昭跟随孙策多年，是东吴两个举足轻重的人物，而且各有所长：周瑜有统帅三军的才能，能够抵御外敌的入侵；张昭具有管理的才能，能够妥善处理好朝中政事和内部事责。孙策临终前，曾郑重地告诫弟弟孙权："内事不决问张昭，外事不决问周瑜。"这一方面告诫弟弟孙权要"大用"这两个人，另一方面告诉孙权要知人善任，什么样的人才类型就赋予什么样的职务。假如把周瑜和张昭颠倒过来用，"内事不决问周瑜"行不行？不行。周瑜主外，他有韬略，有计谋，而且有大刀阔斧这种气度，但是他缺少细致的沟通能力，也没有精于计算的特长，所以，让周瑜主内，人才就错位了。那"外事不决问张昭"又怎么样？张昭精于计算，善于理财和协调内部的各种关系，主内他是不可多得的人才，可是他缺乏胆识和韬略，还没等战争开始，他就主张投降曹操，让他主外，东吴早就灭亡了。可见，东吴的外事、内事既不能不问周瑜或张昭他们中的一个人，也不能在内事、外事问计上把两个人搞颠倒了。

曹操也讲究"因材授任"，让人得其位，位得其人。像曹仁、张辽这种智勇双全、文武兼备、有胆有识，而且深明大义、以大局为重的人才，就让他们统帅诸军，独当一面；像典韦、庞德、乐进这样性格刚烈、视死如归的人才，就派他们身先士卒，冲锋陷阵，横刀立马，攻城拔寨；像郭嘉、荀彧、程昱这些好做学问、举止儒雅、见解深刻、腹有良策的人才，就让他们做智囊。曹操"唯才是举""因材授任"，对自己队伍中的人才能够仁者用其仁，智者用其智，武将任其勇，文官尽其智，给各类英雄以用武之地，最大限度地用人才之所长。曹操正是因为没有错用人才，而是"大用"了人才，才为他成就一世霸业奠定了最坚实的基础。

"失街亭"给了我们一个重要的智慧：为了防止人才变成庸才，每个人才都要根据自己的"类型"找好自己的"岗位"；每个领导者都要根据自己属下人才的"类型"安排好他们的合适"岗位"。古人也早就有这方面的智慧："熟识韬略者，让他运筹帷幄，勇猛无畏者，让他持刀杀敌，位能匹配，相得益彰。"把合适的人才放在合适的岗位，做合适的事，并"大用"其才，才能有效地发挥出人才的价值，干出非凡的事业。

第五讲 人生的智慧是重视血缘，还是重视资源

引 导 故 事

关东十八路诸侯起兵讨伐董卓，各领兵将在洛阳外围驻扎，平原令刘备带领关羽、张飞等人也随北平太守公孙瓒来了。各诸侯共推袁绍为盟主，歃血为盟。会后，长沙太守孙坚为讨贼先锋，直抵汜水关挑战。董卓以华雄为骁骑校尉，迎战孙坚。华雄是很有实力的，孙坚被华雄打败。袁绍又问哪个敢去战华雄，骁将俞涉从背后闪出，说：“小将愿往。”袁绍大喜，遂派俞涉出战华雄。俞涉出战不一会儿，就有快马飞报，说：“俞涉与华雄战不三合，被华雄斩了。”这么快就被砍了，众人都吓坏了。

这时太守韩馥说：“我有一个上将叫潘凤，武艺高强，取华雄首级，如同探囊取物。”袁绍就命大将潘凤出战。潘凤威风凛凛，手持一把劈山巨斧去战华雄，也没多长时间，快马来报：“潘凤将军与华雄战不多时，又被华雄斩于马下。”

袁绍举目四望，见北平太守公孙瓒背后站着几个人，容貌异常，其中更有一人与众不同。不由得问道：“公孙太守背后何人？现居何职？”公孙瓒呼刘备而出，答道：“这是我自幼同舍兄弟，现居平原令的刘玄德。”曹操惊问道：“莫非是破黄巾贼的刘玄德？”公孙瓒笑道：“正是。”即令刘玄德拜见各诸侯，并将刘玄德前功及其汉室宗亲的出身介绍一番。袁绍动容道：“既是汉室宗派，取坐来。”命坐。刘备持礼逊谢。袁绍轻慢地说道：“我非敬你名爵，我敬你乃汉室之后也。”刘备于是坐于末位，关羽、张飞侍立在后。

面对华雄的汹汹来势，众诸侯你看我，我看你，大眼对小眼，都是干瞪眼而无良策。袁绍无奈地感慨道："可惜我的上将颜良、文丑没到！哪怕他们中有一个人在，还怕他华雄不成！"话音未落，只听台下有一人声如巨钟般地喊道："小将愿去取华雄人头，来献于帐下！"众人寻声而望，只见那人身高八尺开外，面如重枣，卧蚕眉，丹凤眼，胸前飘洒二尺长髯，站在帐前。袁绍问是什么人，公孙瓒答道："这是刘备的弟弟关羽。"袁绍又问他居什么职位，公孙瓒说是刘备的马弓手。袁绍一听这话马上就瞧不上眼了，这边几个大将军都"挂"了，你一个小小的马弓手，哪儿来这么大自信和勇气。再说，派你出去，显得我这儿多没人啊？我的面子往哪儿搁？于是怒吼："你是嫌我们诸侯中没有大将了吗？区区一个马弓手，也敢讨令！快给我拉出去！"袁绍真是狗眼看人低，愚昧到不知"莫小池中水，浅处有卧龙"的道理。曹操见此连忙阻止，说："主公息怒。这个人既然能口吐狂言，想必有惊人本领。且让他出马试试又何妨，若能战胜华雄也罢，若不能取胜，再责罚他也不迟啊！"袁绍一听有理，把令箭举起来，举到半空又放回桌上，说："让一个马弓手出战，岂不被华雄笑掉大牙！"曹操摆了摆手，说："此人气度非凡，相貌堂堂，华雄怎么就知道他是个马弓手？"关羽也趁势说道："如不取胜，请斩我首级！"一个小小的弓箭手居然敢夸下这样的海口，袁氏兄弟嗤之以鼻。但曹操十分欣赏，把令箭接过去，并亲手给关羽倒了一碗热酒，要敬关羽一杯，说："云长，喝了这杯酒，再战不迟。"关羽接过酒杯，放在桌上说："谢谢曹公厚意！等我回来再喝吧！"说完出帐，手提青龙偃月刀，飞身上马而去。关羽说话的口气和这种上阵的豪气令在场的所有人都很震惊。随后营门外鼓声大振，喊声震天，众诸侯都惊慌失措。袁绍心想，又是一个纸糊的大鼓——不堪一击。袁术冷眼看着曹操，心里嘀咕着："关羽被斩，我看你这脸往哪儿搁。"正要派人打听战况，只听马走銮铃声，关羽提着华雄人头下马，跟着腾腾几步径直走到军中把它扔在地上。曹操忙拿起桌上的酒杯递给他，此时杯中的酒还是温的呢。关羽不仅斩了华雄，还是秒杀！

刘备背后的张飞这时比谁都高兴，禁不住冲着二袁高声大叫："俺哥哥斩了华雄，你们还不赶快传令，借此杀进汜水关去，生擒逆贼董卓，还等什么时候！"袁术听了大怒，呵斥道："我们这些大臣都尚且谦让，一个县令手下的小卒，怎敢在此耀武扬威？虎贲军，给我赶出帐去！"曹操说："立功就该奖赏，何计贵贱之分呢？"袁术说："既然您一直看中这个县令和小卒，那在下就告退了。"袁术真是恶木多斜纹。曹操忙解围说："何必为几句话误了大事呢？"于是命令公孙瓒带刘备、关羽和张飞回寨去，众官也各自解散。

至此，对立功之士进行嘉奖的常理在这里一直无人问津，而曹操随后却暗自派人送牛肉、美酒抚慰刘备、关羽和张飞三人。曹操的这番做法博得了各路诸侯的好感，暗暗称赞曹操办事有方。

斩华雄是关羽一生英雄的战斗历程的开端，不仅使一个县令手下的马弓手声名大振，而且也为十八路诸侯讨伐董卓的联军赢得了第一个胜利，为联军进入汜水关，大破虎牢关打开了胜利之门。但是在这场战斗中，联军高层领导人物中针对关羽的言论和表现却值得我们从领导者用人智慧方面进行审视。

（1）重职位、轻人才是偏见。关羽请战，像一块巨石投入湖中，激起涟漪。袁氏弟兄出身四世三公，满脑子的门第偏见，袁绍第一句问话："现居何职？"就明显地带有重职位、轻人才的偏见，尤其是听到关羽不过是刘备手下的一个马弓手后，这种偏见就更强了，竟然怒吼起来："你是嫌我们诸侯中没有大将了吗？区区一个马弓手，也敢讨令！快给我拉出去！"英雄是战场上杀出来的，而不是从娘胎里生出来的。袁氏兄弟因关羽是区区县令手下的马弓手，歧视和阻挠关羽出战华雄，真是目光如豆，有眼不识英雄。曹操则持不同看法："此人气度非凡，相貌堂堂，华雄怎么就知道他是个马弓手？"和袁氏兄弟一再力争："且让他出马试试又何妨，若能战胜华雄也罢，若不能取胜，再责罚他也不迟啊！"最后达到了让关羽上阵战敌的目的。结果温酒斩华雄，关羽这棵被巨石压住的野花终于有机会绽放了异彩。三国中的董卓也是一个重职位、轻人才的人。朝廷派中郎将卢植率兵攻打黄巾军，卢植曾经是刘备的老师，所以刘备就带着关羽、张飞两个兄弟来帮助卢植攻打黄巾军。因卢植没有取胜，朝廷又派时任西凉刺史的董卓取代卢植，并将卢植押解回京治罪。后来董卓被黄巾军围困，刘备、关羽、张飞三兄弟在乱军中奋力冲杀，救回了董卓。董卓开始还表达了感激之情，但是问起三人担任什么官职，知道他们都是没有一官半职的白身时，立刻拉长了老脸，轻蔑地走开了。张飞气得要杀了董卓，幸亏刘备和关羽及时劝阻，才没有闹出人命。董卓和袁绍属于一路人。《抱朴子·博喻》上讲："贵珠出乎贱蚌，美玉出乎丑璞。"意思是，珍贵无比的宝珠是由不值钱的蚌产出的，价值连城的美玉是从难看的璞石里分离出来的。英雄不问出身，领导者不应过分看重一个人过去的头衔，应该敢于给没名气、没光环的能人崭露头角的机会。干事业需要人才，干大事业更需要发现和提拔使用那些开始没有什么名气的顶尖级的人才。曹操曾经三下求贤令，推行的就是"唯才是举"的政策。吴国的使者赵咨到访魏国，当魏国的人问他孙权有什么长处时，赵咨说：我主孙权的长处很多，其中之一就是从"凡品"中提拔重用了鲁肃。曹操和孙权比袁绍和袁术大有作为，其中最重要的一条就是曹操和孙权都会破除门第和职位等级，大胆提拔和重用人才。

（2）重血缘、轻资源是腐朽。无论是政治资源，还是经济资源、军事资源，与血缘出身并不是孪生姊妹，你即使继承了家族的政治资源、经济资源、军事资源，它也是一种不稳定的资源，更不会是跟着你一生的资源。你自己还要成长，还需要在不断的历练中获得能力，并成为你独有的特殊资源，这样才能够巩固继承的资源，开发出更大的资源。袁绍就是重视血缘而轻视资源的偏见者，当公孙瓒把刘备汉室宗亲的出身介绍一番后，袁绍马上就动容了，并说："既是汉室宗派，取坐来。"命坐。刘备持礼逊谢。袁绍轻慢地说道："我非敬你名爵，我敬你乃汉室之后也。"意思是，我不是敬重你个小县令和灭黄巾军有什么功劳，而是敬你血统好。袁氏兄弟就是重自己贵族出身的血缘、轻自己资源开发的无能鼠辈。他们始终把自己"四世三公"的出身和自以为高贵的血统作为资本和金字招牌，自己据此养尊处优，不思进取，还用这个标准衡量别人，打压别人，即使当上了讨伐董卓的盟主，也始终抱持着狭隘的门第观念。袁绍之所以在各路诸侯中最强大而又最早地由强转弱，以致彻底从历史舞台中消失，不能说与此无关。曹操第一个起来号召南北十七路诸侯讨伐董卓，他本来可以做盟主，但他不愿意做表面上的出头鸟，以免四面受敌，而要做一个实质上的盟主，号召群雄，角逐天下，于是就假意捧着袁绍说："袁本初四世三公，门多故吏，汉朝名相之裔，可为盟主。"几句话就触到了袁绍兴奋的神经，美滋滋地当上了表面的盟主，兴高采烈地成为曹操的冤大头，最后被曹操整死了。袁术更是这个德行，当关羽斩了华雄，张飞大喊"借此杀进汜水关去，生擒逆贼董卓"之时，对这种英雄的见地和杀敌勇气，袁术听了竟然大怒，"我们这些大臣都尚且谦让，一个县令手下的小卒，怎敢在此耀武扬威？"这又是重血缘、重出身的鼠辈之见，最愚蠢的是竟然下令："虎贲军，给我赶出帐去！"从他那骄横无礼的行为中更让人看到了昏庸腐朽贵族的丑恶嘴脸。正如曹操所说："袁术是坟墓里的乱骨头，我早晚得捡了他。"后来，袁术从孙策那里得到了传国玉玺，本来就是一个物件，可是在重血缘、重名分的袁术眼里，不得了了，认为这是天意让他这个贵族出身的人称帝，从此他的人生和事业就会顺风顺水，扶摇直上九万里了。可结果呢？袁术只重视血缘，而不重视自己资源的开发和周围资源的利用，落得个天下声讨，玉玺也不顶用，皇帝梦也不过是黄粱一梦而已。曹操与袁氏兄弟的不同之处是，他认为打仗和血缘以及身份没有什么关系，英雄不是生出来的，而是在战场上拼杀出来的。他看到关羽身高体壮，相貌堂堂，再加上在大家面对气势汹汹的华雄毫无招法时敢于请命出战的精神气质，相信他并力保他出战。当然，曹操也不得不兼顾袁氏兄弟的门第观念，画蛇添足地加上一句话："此人气度非凡，相貌堂堂，华雄怎么就知道他是个马弓手？"把袁氏兄弟逼到了无话可说的墙角，不得不让关羽出战。这是曹操胜过袁氏兄弟的地方，也是曹操能够成功的不同凡响的地方。纵观历史，寒微出英雄，纨绔少伟男。那些出身卑贱的人，没有高贵的血统，但也往往因此而有一颗不甘如此的心，通过努力奋斗开发出了自己的发展资源，创造出了辉煌的事业，改变了自己的命运，如刘邦、朱元璋。相反，那些重血缘、轻资源的人，在丛林法则的竞争中，命运都很悲催，以致不能自存，如袁绍、袁术。这一历史的经验和教训，应该为今天的领导者吸取，永为明鉴。

（3）重出身、轻功赏是昏庸。根据激励原理，应该论功行赏，不分贵贱，不分等级，同功同赏。关羽得胜归来，可谓大功一件，而且是在几个著名大将接连被华雄斩杀的情况下秒杀华雄。仅凭这一点，关羽就可以称得上超级将军，无出其右。俗话说得好："三军易得，一将难求。"袁氏兄弟也应该对关羽刮目相看并予以重赏了吧？帅才惜将，这是天经地义的。但袁氏兄弟偏把关注点放到重血缘、重出身上，仍然以"县令手下的马弓手"的出身为由不给奖赏，认为这么一个马弓手战胜一个大将军也就是凭一时的运气而已，如果给马弓手奖赏，传播出去大家都丢份子。对立功者因身份低贱就歧视，就觉得难堪，甚至有功也不封赏，这是袁氏兄弟不智少识的昏庸表现。试想，一个把立有大功的下属不当回事，不给予相应奖励的领导，谁还会真心地继续帮他做事，继续为他卖命？与此不同的是，曹操不仅战前给关羽斟满酒预祝胜利，让他先饮一杯，然后出战，而且关羽得胜回来，他又针对袁氏兄弟对关羽的不公正待遇，高喊道："立功就该奖赏，何计贵贱之分呢？"曹操战前敬关羽这一杯酒和战后与袁氏兄弟争辩坚持给关羽奖赏，以及又在事后暗中送牛肉、美酒抚慰刘备、关羽和张飞，表现了曹操识才爱才的政治家风度，同气量狭小、见解偏激和腐朽昏庸的袁氏兄弟形成了鲜明的对比。一切有智谋的领导者，都应该以袁氏兄弟为戒，公平对待奖赏，绝不能因出身低微之类的邪理而歧视立功者。

家族企业中的家族式管理，就是重血缘而轻资源、重出身而轻能力的一种表现形式。家族企业的家族式管理，最典型的特征就是企业的所有者和经营者都是按照血缘关系来确定和传承的。但所有是"财气"，经营是"才气"。所有者的"财气"凭着血缘关系是可以获得的，但是经营者的"才气"却不是凭着血缘就能自然获得的，它是通过一定的资源积累才能够获得的。有"财气"，不一定有"才气"。企业竞争的胜败取决于人才的多少和优劣。靠血缘关系这种狭隘的范围选拔优秀的人才，满足不了企业无限的成长和永续性发展对经营人才在数量和质量上的要求和渴望。为什么很多明星家族企业很快变成了流星企业，根本原因就是经营人才资源枯竭了。一个家族式的企业要想基业长青，就必须将重视血缘、轻视资源的做法做个彻底的易位，即重视资源、轻视血缘，在制度上创新，把所有权和经营权适度地分离开来，按照血缘关系拥有和继承所有权，按照人才关系向经理人让渡经营权。这样就可以突破血缘关系，在广阔的空间范围去选择优秀的经理人来经营自己的企业。即使开始选择的优秀经理人一定时间后知识水平降低，能力老化，也可以很容易地在经理人资源市场上获得新的更好的经理人。这就解决了家族式企业经营者拉链中因出现薄弱环节而导致整个拉链崩溃的问题，也满足了企业无限的成长和永续性发展对经营及各种人才在数量和质量上的要求和渴望。

一个人的成长与成功，也必须重资源而轻血缘，否则，仰仗血统好，而忽视成长资源的积累，就会成为废人。因为发展资源才能造就成功的人，而血统和特殊的出身有可能会让人游手好闲，坐吃山空，以致成为破落者。

第六讲 人生的智慧是重视资历，还是重视能力

引 导 故 事

刘备为报关羽被杀之仇，亲率大军讨伐东吴。在战场上打拼数十年的刘备，一开始东征孙权，犹如秋风扫落叶，攻无不克，战无不胜。当时，东吴的名将周瑜、吕蒙都已经去世。朝中上下一片哗然，大臣们纷纷主张割地求和。但是派出的大臣回来报告孙权，"蜀不从讲和，誓欲先灭东吴，然后伐魏"。意思是，你想求和，那是鸡蛋上刮毛——痴心妄想。孙权也惊慌失措。

就在这危急关头，谋士阚泽站出来对孙权说："现有擎天之柱，主公为何不用啊？"孙权急忙问是何人。阚泽说："昔日东吴大事，全靠周瑜；后鲁子敬代之；子敬亡后，决于吕子明；今子明虽丧，现有陆逊在荆州。此人名虽儒生，实有雄才大略，在臣看来，不在周瑜之下，先前破关公，都是他的计策啊。主公若能用之，破蜀必矣。如果有闪失，臣愿与他同罪。"

阚泽的话，就像落进油锅里的一滴水，让平静的场面一下子噼啪作响。

这时，一直在旁边的张昭头摇得像拨浪鼓似的，连说："不行！不行！陆逊乃一书生，不是刘备的敌手啊！"意思是，让一个书生上阵，顶不了多大的事。

又一个"大神"顾雍也上前谏言说："陆逊年幼望轻，恐诸公不服；若不服则生祸乱，必误大事。"

步骘像被蝎子蜇了一下，腾地站起来，也说："陆逊确实有才，但是他的才能处理州郡这样的行政事务没有问题，倘若托付他军国大事，好像不太合适。"

还有一些反对者，像口袋里装茄子——叽叽咕咕。

阚泽听了这些尖锐的话后，心想，这些人真是俗眼不识神仙，大声喊道："主公，如果不用陆逊，我们东吴就完了啊！臣愿以全家人的性命担保陆逊！"

孙权想了想，一拍桌子对朝堂上的大臣说："孤也听说陆逊是一奇才！孤意已决，你们就不要吵了。"于是命召陆逊。

孙权召见陆逊，说："现在蜀国大军已经开始进攻我们吴国了，我想让你领兵破敌。"

陆逊说："江东文武，皆大王故旧之臣；我年幼无功，怎么能担当这样大的重任啊？"

孙权说："阚泽以全家人之命力保你，我也知道你才华出众。所以今天拜你为大都督，就不要推辞。"

陆逊又问道："如果文武百官不服从我怎么办？"

孙权取出自己所佩之剑交给陆逊，说："如有不听号令者，先斩后奏。"

但是陆逊仍然担心众人不服，向孙权请求道："还是希望大王于来日会聚众官，然后赐臣之剑。"阚泽也在旁边建议孙权应该设坛拜将，整出点场面来，这样既尊重陆逊，也能够威震众大臣服从陆逊的统帅。孙权听从他们的建议，命令手下的人连夜起造金台，大会百官，在造足了声势之后，请陆逊登坛，拜为大都督、右护军镇西将军，进封娄侯，赐以宝剑印绶，令掌六郡八十一州兼荆楚诸路军马。

孙权同时又对众人宣布说："阃以内，孤做主；阃以外，陆将军负责。"意思是，城门里边的事我负责，城墙外边的事我就全交给将军你啦。这就是说，江东六郡八十一州以及荆州等地所有的疆土都交给陆逊支配了。众将听了这话，就像掌秤杆的报数——句句有分量，大部分就都心服口服了。东吴的将军朱然、潘璋、韩当、周泰都战功赫赫，有的是孙策的部将，有的还是孙坚手下的部将，他们对孙权委任年轻书生陆逊做大都督，内心很不服气，但是陆逊有"尚方宝剑"的"先斩后奏"大权，也只好咸菜煮豆腐——不再加言（盐）了，也不敢不听从陆逊的号令。

陆逊领命后马上率军到了前线，根据敌强我弱的情况，力排众议，采取了诱敌深入、疲敌师志的方针，主动放弃大片土地和一些战略要地，把五六百里的山区让给蜀军。

当刘备连营七百里于夷陵林木之中时，马良多次提醒刘备：偷袭荆州就是陆逊出的计谋，并说："陆逊之才，不亚周郎，未可轻敌。"但刘备却依旧蔑视陆逊，他说："朕用兵老矣，岂反不如一黄口孺子耶！"后来由于陆逊审时度势，相机行事，待蜀军"兵疲意沮，计不复生"时，夷陵之战一把火烧了蜀军连营七百里，烧得刘备仓皇逃跑，差点丧命，保全了东吴，为三足鼎立立下了大功，也让那些对陆逊抱有各种成见的文臣武将心服。就连被陆逊打得大败的蜀国皇帝刘备也又是惭愧、又是懊恼地说："吾乃为逊所折辱，岂非天邪！"刘备的话里话外，好像在说我一个寿星打算盘——老谋深算者，还真败在陆逊这娃娃手里，不是天数吗？

智　慧　悟　语

中国历史上不乏拜将的动人故事，但是孙权拜陆逊为将，其智谋更高一层：孙权扩大识人视野，注重实际才干，不论资排辈；注重人才主流和长处，不为各种非议所左右；搭建相应舞台，扶人才上马，严明军纪，树人才威望；放心放权放手，让人才充分发挥作用。我们从中也可以得到一些智慧的认知，具体如下。

（1）资历不等于能力。资历是年限、证书、学历和实践经验的一种反映，而能力是在获得资历过程中形成的知识水平的运用、深化和创新的实践过程。资历是能力的一种来源和基础，具有提高和推进能力的作用。一个人的资历虽然能反映出他的工作和知识的积累程度，但是资历并不能自然变成能力，要有一个转化过程，这就如同山楂串到一起并不是冰糖葫芦，还要有蘸糖过程一样。资历转化成能力的过程，是更具有意义的过程，是人才还是庸才不在于工作和知识的积累程度，而在于资历到能力的转化水平。资历丰富并不等于能力超强。这就是为什么有些资历不深的人却有雄才大略，有些资历深的人却是名声很高、实质秕糠的庸才。同样是初出茅庐，诸葛亮能"博望烧屯""白河用水"，以少胜多，打得曹兵大败，一鸣惊人；赵括却在纸上谈兵，丢了身家性命，在历史上留下了笑柄。

成就领导事业的是能力而不是资历。领导者要克服只看资历、不问能力的论资排辈的做法，因为用有能力的人还是用有资历的人关系到组织的兴衰。当年陆逊年仅二十六岁，而率兵来攻的刘备已经六十岁了。二十几岁的小伙子，论资历，论战功，都不能与身经百战的前辈比。当阚泽一举荐陆逊，老臣张昭、顾雍、步骘就极力反对，而且反对的理由是"陆逊年幼望轻，恐诸公不服；若不服则生祸乱，必误大事"。张昭、顾雍均系东吴老臣，忠心耿耿，为什么反对孙权用陆逊呢？原因之一是论资排辈的思想在作祟。这反映出提拔陆逊为帅，首先就遭到来自内部的重资历、不重能力的传统守旧思想的阻力。但孙权知道吕蒙破关羽的谋略就出于陆逊，那时的陆逊更年轻，因此坚信用陆逊抗击刘备是当时东吴的最佳选择，他力排众议，决定越级提拔，让陆逊统领三军，全力抵抗刘备的进攻。正因为孙权能够突破论资排辈的陈旧观念，去提拔有能力的年轻将领并委以重任，如周瑜、鲁肃、吕蒙和陆逊，才能坚守江东数十年。同样是一方君主，刘备就没有孙权认识高，当马良告知刘备"陆逊之才，不亚周郎，未可轻敌"时，刘备却说："朕用兵老矣，岂反不如一黄口孺子耶！"这也是重资历、轻能力的意识，甚至刘备彻底败在陆逊手中后，仍然说："吾乃为逊所折辱，岂非天邪！"自己的失败不归罪于自己把资历和能力画等号的主观认识错误，而归于天数使然。幸亏刘备再没有机会了，否则这样的错误理念不知要给蜀国造成多大的损失！一个权威机构调查统计的资料显示：1500—1960 年，世界 1 249 名杰出科学家大部分年龄在 25～45 岁。由此可见，作为资历的年龄并不与能力等同。

（2）能力不等于威望。张昭、顾雍、步骘反对孙权用陆逊，第二个原因是未悉陆逊之才。在张昭等人的眼里，陆逊"乃一书生耳，非刘备敌手；恐不可用""才堪治郡耳"。一个有才能的人，在其才能未释放出来之前，是不会形成社会公认的威望的，相反，其才能还会遭到嫉妒和偏见。能力转化成威望有一个由"潜"到"显"的过程。因此，领导者不能以一个人的威望不足为借口，对有能力的人搁置不用，而是要重用和充分信任有才能的年轻人，并支持其才能的全面发挥。陆逊年轻，虽然不是洒在沙漠上就找不到的一粒沙子，但在威望上，还欠点火候，需要在一定的光环下才能够让人们注意和重视。为弥补这一短板，树立陆逊的威望，孙权命人连夜筑坛，大会百官，营造声势，请陆逊登坛，拜为大都督、右护军镇西将军，进封娄侯，赐以宝剑印绶，令掌六郡八十一州兼荆楚诸路军马。授任命仪式隆重、热烈、严肃，在众人面前，清楚地、准确地、强烈地表明孙权对陆逊的信任、倚重，树立了陆逊的威信、威权、威严：一方面，使陆逊有了威仪，"众人自无不服矣"，从而能够统帅号令三军，将自己的意图贯彻到全军，做到令行禁止，步调一致；另一方面，陆逊在感受到风光、体面、荣耀的同时，增强了使命感、责任感、神圣感，有了战胜蜀国、捍卫吴国的动力。

正因为威望有一个由"潜"到"显"的过程，尽管陆逊上任时，孙权为树立陆逊的威望，筑坛会百官，拜为大都督，授权统领六郡八十一州诸路兵马，并授予其"如有不听号令者，先斩后奏"的特权，一些老将还是表面上服从但内心不服，特别是武将韩当、周泰还发出这样的惊问："主上如何以一书生总兵耶？"武将对陆逊不服的心理因素，使他们对陆逊的总体战略思想和战略部署不理解、不信任。蜀国大军气势正盛，陆逊传下号令，让诸将各处关防牢守隘口，不许轻敌。诸将都以为陆逊"懦"。直到陆逊与刘备在夷陵相持六七个月后，等到了刘备兵疲意沮，才下令火攻，一夜之间把刘备苦心经营的七百里连营之阵彻底摧毁。夷陵一战的胜利，保住了江东的安全，巩固了政权，韩当、周泰等老将才对陆逊用兵的韬略、指挥战争的才干心服，并俯首听命。陆逊的真正威望才开始树立起来，东吴的人才真正对陆逊投以青睐的眼神。

（3）人才资源不等于矿藏资源。矿藏资源是无生命资源，暂不开采资源还在。人才资源负载在人的生命体中，在一定时间内不"开采"，就会随着生命过程的演变和消逝自生自灭了。矿藏资源的最大开采量就是资源的存量，而人才资源得到合理的"开采"还能够使原有的资源扩大，形成资源的增量。埋没人才和用错人才一样都是领导者的过失。因此，领导者要及时发现和大胆"开采"人才资源。假如孙权不在一片反对声中大胆起用陆逊，陆逊这个"内藏韬略""不露于外"的"书生"便不会有火烧连营七百里的战绩，再丰富的"资源"也会被埋没。人才，尤其是能够洞明世事，站得高、看得远的人才，更是极度稀缺的资源，他们是领导事业兴衰成败的决定因素，得者兴，失者亡。这样的人才开始就像矿藏资源，以"藏"的状态存在，那些鼻孔望人——有眼无珠的领导者是发现不了，也开采不出来的。韩信是个能带兵打仗、驰骋疆场、冲锋陷阵的战神级将才，这样的将才就在项羽的眼皮底下，项羽就是不能发掘，让韩信任炊事兵与守门官，韩信曾经数次向项羽献策，但项羽没有采用。韩信认为项羽也就是掉进酱缸里的鹅卵石——糊涂蛋一个，跟着他干没有前途，于是当汉王刘邦进入巴蜀时，韩信逃离楚营，投奔汉王刘邦，其才干被萧何发现后荐给刘邦，拜为大将军，成为灭项羽的中坚力量。诸葛亮是一个具有高瞻远瞩能力的旷世奇才，就在刘表的身旁，可遗憾的是，刘表就是没有发掘，与上天赏赐给自己的最大人才资本失之交臂，也葬送了自己本该前途似锦的事业。刘备正是在高人水镜先生的指点下，请到了诸葛亮出山相助，才摆脱了寄人篱下、亡命天涯的困境，使自己领导的事业从此如日中天。

（4）将军的威名是从敌人手里夺来的，而不是从内部"争来"的。陆逊不仅出山挂帅之前，内部对他排挤很厉害，就是捧了"尚方宝剑"，有了"先斩后奏"的生杀大权，实际上也只是有了权威，将军们也只是不敢不听陆逊的指挥，并没有建立起让将军们心悦诚服的威名。直到"一介儒生"的统帅，一把火把戎马一生、久经沙场的刘备及其数万大军烧得片甲不留，迫使刘备烧铠塞道，败还秭归，退守白帝城，才威名扬天下。所以，将军的威名不是从内部同僚手里"争"来的，而是从敌人手里夺来的。中国人有一个根深蒂固的观念，认为其在组织内部的职位高低、排名先后就代表着资历深浅、威望高低，所以总是眼睛向内，触斗蛮争蜗角中，争着往前挤，以鹤立鸡群，甚至不惜用排挤同僚的各种不光彩手段，来与内部的所谓竞争者争位子、争威望。这种人也可能一时因为排挤同僚的能力强而得到一定的位置，但决然得不到与位子相应的威望，到头来会因为同室操戈，造成组织内耗，能力低下，给组织造成损失。

毛泽东在20世纪60年代提到三国时期吴蜀的夷陵之战时曾经指出："年轻的无名小辈战胜了年老的庞然大物。""年轻的无名小辈"就是陆逊，"年老的庞然大物"就是刘备。刘备被陆逊火烧连营七百里，还有一个重要因素，就是刘备也是重资历而轻能力了。在刘备眼里，陆逊不过是一个"黄口孺子"，没有什么资历，因而也就没有什么能力。刘备气势汹汹、不可一世地来进攻东吴，最后遭到了彻彻底底的失败，而且就败在一个他眼里的"黄口孺子"手里。我想，这也是刘备心里想不开、转不过弯来的最郁闷的一点，刘备之所以夷陵失败后大病不起，乃至最后离开人世，与此心病不无关系。在《三国志》中除了君主之外，独立立传的只有两人：一个是诸葛亮；另一个就是陆逊。由此可见陆逊的地位和作用。

全面地看待孙权的用人智慧，其中有一个一以贯之的显著特点，那就是大胆破格地起用有能力而无资历的青年拔尖人才。一个成熟和渴望成功的领导者是绝不能按照论资排辈的原则来用人的。赤壁大战是关系东吴生死存亡的一场决定性战役，孙权任命年仅三十四岁的周瑜为大都督，统领全国兵马，迎战曹操，结果以少胜多，以弱胜强，取得了东汉末年第一场最大的赤壁之战的胜利。周瑜向孙权推荐鲁肃时，鲁肃才二十多岁，资深老臣张昭甚至向孙权说反对话："肃年少粗疏，未可用。"孙权没有理会张昭的话，相反，对鲁肃"贵重之"，留在核心层，参与重大决策。鲁肃为孙权制定了与刘备结盟共同抗曹的正确国策，周瑜死后，孙权又提拔鲁肃继任都督。吕蒙十五六岁就跟着姐夫出来东征西讨，二十多岁就被封为横野中郎将，鲁肃死后接任都督，无人能敌的关羽就败在他的手上。孙权如此大胆地起用有能力而无资历的青年拔尖人才，会使这些被委以重任的青年才俊从心底里激发起"士为知己者死"的信念，尽忠尽力，效命疆场。这不能不说是孙权坐镇江东，与蜀、魏鼎足而立于天下的一个极其重要的因素。

根据人才的资历推断人才的能力，这是不科学的；根据人才的资历而选择是否重用人才，这是不明智的。重视能力，而不是只重视资历，应该成为今天领导者用人的智慧认知。要给有能力而没有资历的人机会，让他在实际工作中施展能力，建功立业。

第七讲　选贤任能是伯乐相马，
　　　　还是赛场比马

引导故事

　　在赤壁大战之前，周瑜和程普在东吴一片沸腾着投降的声浪中，是坚决主张抗曹的，并共同说服了孙权下定决心与曹操决战。但是，在谁当抗曹的主帅问题上，孙权让周瑜为左都，程普为右都，也就是孙权决定了周瑜负责这次抗曹行动，但是程普却不能接受自己被一个年轻人领导的现实。

　　两个人的背景都不简单，孙策临死之前就留下了"外事不决问周瑜"的遗言，而且孙策刚刚去世，孙权就去向周瑜请教如何守父兄之业。程普是东汉末年东吴的武将，打过几百次仗，历仕孙坚、孙策、孙权三任君主，他曾跟随孙坚讨伐过黄巾、董卓，救过孙坚将军的性命，又助孙策平定江东。孙策死后，他与张昭等人共同辅佐孙权，讨伐江东境内的山贼，功勋卓著。程普在东吴诸将中年岁最长，被人们尊称为"程公"。在程普眼中，周瑜不过是追随孙策的娃娃，功劳也远不如自己，现在却成为自己的顶头上司，程普认为孙权不会用人。关系东吴成败兴亡的重担，怎么能让周瑜这个娃娃去挑呢？他甚至还想，周瑜与孙策是连襟，孙权做出这样的任命，是裙带关系的选择，这不是拿东吴的命运当儿戏吗？程普越想越不平衡，心里叽里咕噜地往外冒酸气，并以撂挑子的消极行为来对抗。

　　孙权为此也很为难。他担心三军正副都督不和，会直接影响这次大决战的胜负。孙权知道选择周瑜为这次抗击曹操战役的主帅是没错的，问题是：如何把自己的选择变成程普的认知呢？一般的说辞，程普是不能接受的。经过仔细考虑，孙权决定让周瑜先提出这次抗曹战役的对策，让程普提出竞争性的对策挑战周瑜，如果程普提出的对策确实比周瑜的对策好，就改任程普来做这次抗曹大战的主帅，如果程普提不出比周瑜更好的对策，就还是由周瑜做主帅，程普只能做副帅。孙权的做法是让程普"这匹马"到赛马场上与周瑜来竞争，来认知自己，来认知周瑜。程普认为孙权这样安排还算公平，开始绞尽脑汁思考和设计抗曹的方案，以战胜周瑜。

周瑜去行营，升中军帐高坐，左右立刀斧手，两旁聚集文官武将，准备随时听从号令。程普托病不去，让他的长子程咨代他出营。周瑜令旗一举说："现如今曹操弄权，比董卓更过分，把天子囚禁于许昌，屯暴兵于荆州境上，虎视江东，意欲吞并我们。我今奉主公之命讨贼，众位请各守其职，奋勇向前。大军所到之处，不得惊扰当地的民众；王法是不讲情面的，论功行赏，论罪惩处，不会徇私枉法。"说完，"啪"的一声把令旗往下一放，说："黄盖、韩当，命你二人为第一队先锋，领本部五百只战船、四千精兵即日出发，前行至三江口下寨，再听将令；蒋钦、周泰率领三百只战船、三千精兵为第二队；凌统、潘璋率领三百只战船、三千精兵为第三队；太史慈、吕蒙率本部战船和人马为第四队；陆逊、董袭率本部战船和人马为第五队；吕范、朱治带领本部人马为四方巡警使，催督六郡官军粮草。我命令各路先锋及各队战船和人马水陆并进，在规定的时间内到三江口聚齐。违命者，斩无赦！"众将官一看周都督调拨有方，个个暗挑大拇指，然后各自收拾船只军器准备出发。

程咨回去见过父亲程普，说起周瑜的调兵遣将，动止有法。程普倒吸了一口冷气，大为惊讶地说："我一向以为周郎生性懦弱，不适合当大将军，现在见他能如此用兵，思虑缜密，对策周详，真是将帅之才啊，其雄才大略确实比我强，孙权选周瑜当主帅完全出于公心，我还不服，看其年轻就蔑视人家，这就是老朽的不对了。"于是亲自到行营向周瑜谢罪，周瑜也客气地礼让，又一起商量了一番进兵破曹之策。

孙权闻听，对程普夸赞道："老将军知错就改，以国家大事为重，尊贤、重贤、辅贤，不愧为江东三世老臣！"周瑜和程普的结解开了，二人心里都很痛快。后来在赤壁之战中，程普完全听从周瑜的指挥，孙权也取得了火烧赤壁的全胜。

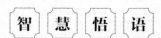

智 慧 悟 语

孙权让周瑜任这次抗曹行动的主帅，程普任副帅，这是"相马"，但是，周瑜和程普两个人都可称为千里马，历史中真实的周瑜"性度恢廓，大率为得人""雄烈，胆略兼人""建独断之明，出众人之表，实奇才也"。因此，孙策临死之前才能留下"外事不决问周瑜"的遗言。程普历仕孙坚、孙策、孙权三任君主，功勋卓著。陈寿在《三国志》中说："先出诸将，普最年长，时人皆呼程公。性好施与，喜士大夫。""凡此诸将，皆江表之虎臣，孙氏之所厚待也。"郝经："程普诸将皆江表虎臣，麾兵卫主，攻坚轧敌，兴王定霸，孙氏兄弟卒立国建号，诸将之力也。"

从理性上讲，在孙权眼里可能用周瑜做大都督、程普做副都督更合适，但是程普不相让，对于程普来说，这既有程普在国难当头，勇当重任的可贵精神，又有轻视周瑜不堪重任的不服气心理。程普认为孙权的这种安排，是对自己的轻视，是对周瑜的偏爱，甚至是"裙带关系"的选择，还以撂挑子的方式来对抗。当然"撂挑子"不是撂周瑜的挑子，而是撂孙权的挑子，是把不满情绪朝孙权发泄。在这种情况下，靠做程普的说服工作是很难奏效的。如果孙权说：我让周瑜当主帅，不是看在裙带关系上，而是从能力上讲周瑜当主帅比你当更合适。程普能接受吗？这是在赤壁大战之前而不是赤壁大战之后，也就是说，虽然周瑜有才，但并没有指挥过像赤壁之战这样的大战，更不要说取得胜利了。仅凭"相马"的语言，是说服不了程普的。如果孙权硬性做出任命，特别是对程普"撂挑子"的对抗行为进行处罚，那么会伤害程普的感情和勇于担当的精神，甚至进一步加深下对上的矛盾。

从感情上讲，孙权又不愿意让自己的选择伤害到程普老将军，而且程普老将军在国难当头勇当重任的精神极其可贵，是绝不能伤害的。可是让程普当主帅、周瑜当副帅又不合适。如果程普一直想不通，带着情绪上战场，特别是到了战场上不服从周瑜的指令，不配合周瑜的统一行动，甚至怄气再"撂挑子"，那后果不堪设想。在关键时刻孙权难就难在这里。

孙权的智慧在于把"相马"产生的矛盾通过"赛马"让程普对周瑜有了新的认知，并自愧不如，心悦诚服地挑起了副帅的挑子，这样很棘手的矛盾就得到了圆满的解决。在赤壁之战中，程普完全听从周瑜的指挥，协助周瑜取得了火烧赤壁的全胜。在《三国志·周瑜传》里这样记载：老将程普因为周瑜年轻但地位却比自己高，对他十分不服，多次侮辱他，周瑜都不跟他计较，程普终于渐渐地被周瑜的才德所折服，跟他成为好友，并说"与周公瑾结交，如喝美酒"。程普的这些话甜到了周瑜的心里。

孙权"赛马"选拔人才的艺术，因人而异，灵活多样。孙权每逢大战，都要选拔起用年轻新人，但是，如何让一些战功赫赫的老将军听命于小字辈的新人指挥调遣，这是一个大难题。孙权破题的办法主要是"赛马"。例如，孙权让出身寒门的平虏将军周泰镇守濡须坞，老将军朱然、徐盛出任周泰的副手，二人不服气，发了很多牢骚。孙权专程到濡须坞，酒席间，孙权突然让周泰把衣服脱了，众人惊讶地看到周泰身上遍是箭伤和刀痕。孙权又以一问一答的形式，让周泰历数每个箭伤和刀疤的由来，大家开始敬佩周泰。接着孙权双手抚摸周泰的双肩，哽咽道："将军，我与你亲如兄弟，将军在战场上战如熊虎，为我出生入死，以至于受伤数十次，身上伤痕累累，我孙某又怎能不知恩图报，委将军以兵马重任呢？"朱然与徐盛自愧弗如，从此再不敢发牢骚，而是诚心听命于周泰的调遣。

"伯乐相马"是中国人耳熟能详的故事，已流传两千余年。从春秋秦穆公时起至今，无论社会如何变迁，人们在选拔人才时，总不忘用"伯乐相马"做比喻，人们常把具有赏识人才的眼力的人比作"伯乐"，而把有用的人才比作"千里马"。有的人自诩为人才，没有得到重用，就抱怨没有识才的"伯乐"；有的组织人才匮乏，领导者就会哀叹，当今"千里马"太少。现实中，伯乐相马的识才荐才的方式存在很多问题，具体如下。

（1）千里马多，伯乐少。"千里马常有，伯乐不常有"，这难免造成千千万万匹"千里马"没有机会进入伯乐的视野，就很可能永远待在冷宫里不被起用。千里马与伯乐没有机会相遇是悲剧。现实生活中人才很多，可是成才的不多，被重用的不多，其中一个重要的原因就是没有得到伯乐"相一相"的机会。现在有些地方"由少数人选人，在少数人中选人"就是这类问题的突出表现。唐朝韩愈在其《杂说》中就对这种数量上的不匹配说得很透彻："世有伯乐，然后有千里马。千里马常有，而伯乐不常有。故虽有名马，只辱于奴隶之手，骈死于槽枥之间，不以千里称也。"意思是，世界上有了伯乐，然后才会有千里马。千里马经常有，但伯乐不是经常有。因而即使有了驰骋千里的千里马，也只是屈辱地被埋没在平凡马夫的手里，和普通马一同困滞在马厩里，不能以千里马的名声让世人了解。宋朝的王令在《韩干马》中也有同样的认知："冀北骏足无时无，生不逢干死空朽。"意思是世间的千里马层出不穷，但是如果不遇上能够识马的伯乐，也就空负其才，等待老死了。

（2）相马的机制主观色彩太浓。"人非圣贤，孰能无过。"伯乐也不是一个全能的人，会受他的知识、经历、性格、素质的影响，会有认知上的局限性和个人的价值偏好，这就难免有错认黄金当废铜或者错认废铜当黄金——看走眼的时候。"千里马"也不是等闲之辈，也会研究伯乐的相马术，揣摩他赞成什么，反对什么，并主动做出各种表演去迷惑或者取悦伯乐。这就增加了相马的主观性，不能客观公正地对马做出实事求是的评价，这种机制下产生的"好马"，就要打上一个大大的问号了。有这样一则笑话：某人为了卖掉一匹平庸的马，请出伯乐，伯乐绕着马转了一圈后直点头，结果这匹马立刻身价百倍。在今天干部升免体制下，所谓"相马"的"伯乐"都是有名望或有权力的领导者，一般人是没这份权力的。假若"相马"的"伯乐"品德高尚，那么真正的人才会脱颖而出，这的确是福。如果"相马"的"伯乐"品德低劣，那么就会任人唯亲、唯近，以权谋私，结党营私，那将是祸。人都是有感情的，作为各级领导者也不例外。领导者作为社会的一员，最直接的社会关系就是上下级的关系，此外也和普通人一样有亲戚关系、师生关系、同窗关系、同乡关系、战友关系等，在这些关系的交往中建立感情，产生友谊，也实属自然。但是，若把这些感情因素带到工作中，带到选人用人上，甚至以个人感情的厚薄为标尺，以关系的亲疏为半径划圈子，决定干部的升迁调换，则会造成干部队伍中用人的腐败。被提拔的人，认为某某领导者提拔了自己，是自己的恩人，于是：不谢组织，谢个人；不跟组织走，跟个人走；不履行组织使命，而为个人尽忠。作为提拔人的领导者，认为某某下属是自己鼎力提拔起来的，一定会对自己感恩戴德，也会忠于自己并唯命是从，成为维护自己权威和利益的"铁杆"，就会推行任人唯亲的组织路线，编织关系网，拉帮结派，把身边工作人员安排到重要的岗位上。董卓死后，最有实力一统天下的是袁绍。但袁绍多以门第取人，任人唯亲。把几个儿子派为外任，各据一方，拥兵自重，如其长子袁谭被封为青州刺史，次子袁熙为幽州刺史，而留小儿子袁尚在冀州，外甥高干为并州刺史，建立了一个体系严密的巨大亲属网，那些真正的"千里马"根本无法得其门而入。袁绍死后，儿子们兄弟之间不睦，各有自己的势力，明争暗斗，内讧内耗，互相残杀，后被曹操各个击破，"四世三公"的望族彻底覆灭。

人都有自己的好恶，领导也有自己的好恶，但领导者选人用人是不能凭个人好恶的。如果领导者凭个人好恶和主观印象选拔人才，势必会增加用人的主观随意性。再高尚的人也会有个人的喜好，难免会把个人的好恶作为衡量人才的尺度。那些品行不端、才识平庸的"被相者"，则会投其所好，阿谀奉承，博得"伯乐一顾"，跻身于"千里马"之列。而那些凭真本事堂堂正正做人的"被相者"，即使有本领恐怕也会被排除在外，难有出头之日。所以，受这些主观情绪因素的消极影响，即使高尚的"伯乐"，"相马"能否选出真正的人才也值得怀疑。

（3）相马的标准僵化。伯乐年老的时候，根据自己几十年相马的实践经验，写了一本书《相马经》。《相马经》上记载说，千里马的额角高而丰满，眼睛闪闪发光，四个蹄子大且端正。伯乐的儿子很想把父亲的相马本领学到手，继承下去，他把《相马经》背得滚瓜烂熟。于是，他四处寻找千里马，并严格按照书上描绘的各种千里马的形态，去对照，去辨认，结果找到了一只癞蛤蟆。伯乐是根据"额角高而丰满，眼睛闪闪发光，四个蹄子大且端正"这些特征和标准去相马的，不仅标准单一，而且千古不易。而人才是个多面体，事业发展对人才的需要也是多方面的，并且不同时期又会有不同的标准。用一个固定不变的"白驹图"去相马，这就违背了不拘一格选拔和任用人才的时代要求和多变性智慧。

（4）同样是"千里马"，谁主谁副是相不出来的。相似的条件不好取舍，两人必须选出一正一副的统帅，用"伯乐相马"的方式去选，就不好选，不在相上面，看相是相不出来的。

解决"伯乐相马"缺陷的智慧，就是要营造一个"赛马场"，建立竞争机制，变"相马辨才"为"赛场辨才"。没有竞争就无法鉴别，大老虎和大花猫打仗，谁的爪子硬，拿出来比画比画不就一目了然了吗？民间也有这样的说法：是骡子是马，拉出来遛一遛不就知道了吗？没有竞争就发现不了人才，"赛场比马"可以使所有的"马"奔腾起来，使"驽马""良马"同场竞技，一比高下。万马奔腾，孰快孰慢尽收周围观众眼底，最终因为具备了公平、公开的竞争环境，就有了公正的结论。"马"是否是"千里马"，不是"相"出来的，而是"赛"出来的，这样变"相马"为"赛马"，就会建立一个稳定的选拔人才的竞争机制和竞争平台。在擂台上选将，有本事就上。那些像大气球一样没有实质内容的人，就会顿现原形；那些叫卖自己的所谓人才，就会望而却步，不敢上赛台比试；那些混饭吃的人，自己就识趣地跑掉了。这就给那些有志之士一个一显身手的空间和机会，使他们能在竞争中胜出。领导者通过"赛场比马"的出口，就可以发现和得到人才。领导者就不用像在杂货店购物一样，挑挑拣拣了；也不用再为今天培养一个张三，明天考虑一个李四，后天又想选择王五而举棋不定和忧心忡忡了。

只有引入"赛"的机制，才能发现真正的"千里马"。变"相马"为"赛马"，把所有的"马儿"放在同一起跑线上，给予相同的负荷，不仅解决了"马"多而"伯乐"少、"相马"的机制主观化、"相马"的标准僵化等问题，而且由于"赛马"是公开进行的，比赛公开，结果公开，哪个在前、哪个在后，尽收眼底，没有暗箱操作的空间，"千里马"与平庸的"马"优劣分明。在这种赛的机制下，也能有效地杜绝人才选拔和任用中的"裙带风""关系风"，使那些不学无术者、拍马逢迎者、依仗权势者无容身的机会和条件，对提高人才素质、治理用人上的腐败也会起到巨大作用。

孟子讲："出乎其类，拔乎其萃。""赛场比马"就是在那些同类中选拔、聚集精英人才。当然，通过"赛场比马"的竞争机制来发现人才、产生人才，领导者也不是消极地等在出口，由于机会有限或个性差异，会使一些人才产生心理障碍，不敢或者没有机会进场比赛，领导者也不能只让"周瑜"和"程普"进场比赛。同时，领导者还要注意防止另一种倾向——只有"一般的马"或者"劣马"进场比赛，掉进"霍布森选择"陷阱。1631 年，英国马贩子霍布森设了一个圈套：承诺无论是买还是租他的马，买家可以一个相同的低价随意挑。问题是他的马圈只开一个小门，能通过这个小门出来的都是一些小马、瘦马、劣马，而那些大马、壮马、好马都被拒之于门里，表面上霍布森允许人们在马圈里自由挑选，但是在有限的空间里和有限的劣马群里做有限的选择，这就是伪选择，选来选去都是在"歪瓜裂枣"中选择，再挑也挑不出好的来，买者自以为完成了满意的选择，实际上得到的还是一批劣马。领导者要把"赛马场"的入口开大，为各种各样的"马"创造进入的机会和条件，让他们进入竞争的赛台，充分展示自己的才能，这样领导者才能充分认识众人之所长，按其德才与政绩进行选拔使用和决定职务升降，这样才能不断地提升组织的效率和效益。

第八讲 庞统是智商的失败，还是情商的失败

　　周瑜居江东期间，通过鲁肃多次请教庞统，并多用其谋。庞统的第一次正面出场是在曹操二十万（号称八十万）大军压境，直逼东吴时。周瑜派鲁肃问策于庞统，庞统先献出"火攻"曹操计策，周瑜顿时茅塞顿开，深服庞统之计。后来，为了能把曹操的战船、军营烧得干净彻底，庞统又去曹营献上了名义上是为了曹操、实际上是要坑害曹操的"连环计"。曹操被称为"乱世之奸雄"，生性多疑，要想对其施计谈何容易！非智谋超群、胆识过人者莫敢当此大任。但庞统却把这无间道演得游刃有余，圆满完成了巧施妙计的任务。

　　庞统在献完连环计，为赤壁之战的胜利立下大功以后，就再也没有什么可以记载的事了，基本上是在郁郁寡欢的状态中虚度时光，内心充满了怀才不遇的失落感。周瑜死后，诸葛亮到柴桑吊丧，吊丧事毕，正准备上船返回荆州，庞统突然出现拦住了他，说："你气死周瑜，又来吊孝，这明明是欺我东吴无人啊！"诸葛亮一看是久别的庞统，马上说："此处不可久留，请船上说话。"到了船上，诸葛亮问了庞统今后的打算，庞统说："身在东吴，自然是效力东吴了。"诸葛亮看出了庞统的伤感，就说："孙仲谋虽然不失为明主，但是能用人，并不能尽其才。我料其必不能重用足下。我为君修一封荐书荐于我主刘皇叔，以后不如意可到荆州，与我共扶刘皇叔。此人宽仁厚德，总揽贤才，必不负公之所学。"庞统未置可否，笑笑而走。

　　鲁肃继周瑜为都督。鲁肃向孙权推荐庞统，说他"上通天文，下晓地理；谋略不减于管、乐，枢机可并于孙、吴"。又说："往日周公瑾多用其言，孔明亦深服其智，现在江南，何不重用？"孙权说：可以请来一见。当孙权见到庞统时，"见其人浓眉掀鼻，黑面短髯，形容古怪，心中不喜"。也就是孙权见庞统浓眉、掀鼻、黑面、短须，长相古怪，有些不顺眼。于是问庞统："你最擅长的是哪一种学问？"庞统回答："我不拘执于某一种，根据需要而随机应变。"孙权又问："你的学问与周公瑾相比如何？"庞统大咧咧地说："我的学问与周公瑾大不相同。"语气中透露出的意思是自己的才能大大地盖过周瑜。孙权本来最喜欢周瑜，见庞统如此轻视周瑜，心里非常不高兴，便来个纸糊的房子——不容人，对庞统说："你先回去吧，将来有用你的时候，一定相请。"

　　鲁肃知孙权不肯用庞统，问庞统意欲何往，庞统无奈，对鲁肃说："吾欲投曹操去也。"鲁肃急忙阻拦："此明珠暗投矣。可往荆州投刘皇叔，必然重用。"又说："刘备非池中之物，久后必成大器。"鲁肃还给刘备写了一封荐书，推崇道："庞士元非百里之才，使处治中、别驾之任，始当展其骥足。"并特别提醒道："如以貌取之，恐负所学，终为他人所用，实可惜也！"

　　庞统来到荆州，在江东家门口穿什么衣服，到了帅府还穿什么衣服。诸葛亮巡查四郡不在家。庞统见了刘备，长揖不拜。刘备见庞统相貌丑陋，衣衫不整，早有几分不喜欢，又见庞统不讲礼节，心中更加不快，便说："先生远道而来，一定很辛苦吧？"庞统见刘备不提正题，便说道："闻皇叔招贤纳士，特来相投。"庞统也怪，你倒把那两封推荐信拿出来给刘备呀，他就是在兜里揣着不拿给刘备，想试探刘备到底怎样求贤敬贤。刘备说："荆楚之地刚刚稳定，没有闲职。离这里一百三十里有个耒阳县，缺个县令，你先任此职。待日后有缺再行调换。"刘备的这种安排，叫张飞剁肉馅——大材小用。

　　庞统见刘备并没有重用自己，给了一个县宰，这就好比是在洗脸盆子里扎猛子——扑腾不开，但又没有别的选择，勉强前去耒阳上任。庞统来到耒阳百余日，事事不问，什么都不管，只是饮酒取乐。喝完了就睡，睡醒了接着再喝，"一应钱粮词讼，并不理会"。庞统在耒阳县只喝酒不干事的消息传到刘备耳朵里后，刘备十分生气，便派张飞、孙乾前去查办。庞统当着张飞的面，只用半日就办完了百余日的公事，庞统明察善断的洞察决断能力、干练果决的理事能力和快捷神速的办事效率让张飞大为惊叹，连说："先生大才，翼德失敬，我当在兄长面前大力推荐先生。"

张飞告知刘备庞统是大才子。这时诸葛亮也从外地回来了，庞统拿出鲁肃的推荐信，刘备才知道庞统非等闲之辈，于是拜庞统为副军师中郎将。刘备有了伏龙、凤雏一起辅佐，真是如苍龙入海，似凤凰飞天。

智　慧　悟　语

孙权和刘备都是欲成霸业的明主，他们知道人才是开创基业、实现霸业的根本，因此，求才心切，广纳贤良。尤其是孙权刚刚失去大都督周瑜，正处在如饥似渴的求贤之际，鲁肃推荐来了"江南名士"庞统，并说他"上通天文，下晓地理；谋略不减于管、乐，枢机可并于孙、吴。往日周公瑾多用其言，孔明亦深服其智"。按道理说，孙权与庞统这样的大腕级人才相见，应该是正中孙权下怀，有一种相见恨晚的感受才是，然而相反，孙权却将这个"伏龙、凤雏，两人得一，可安天下"的凤雏拒之于门外。刘备虽然没有赶走庞统，但也是很不情愿地留下了"凤雏"，只让他当了个耒阳县令，这是把"凤"当"鸡"来用。一个经邦济世的大才子却招致了两次"面试"的失败，从庞统自身分析，庞统犯了智商高、情商低的错误，具体表现在以下几个方面。

（1）不善于打造形象。形象是物质文明的体现，又能产生"首因效应"。孙权和刘备怠慢庞统的起因都是他长得难看，是"浓眉掀鼻，黑面短髯，形容古怪"。"浓眉掀鼻，黑面"这是来自于父母的基因，是先天不足，这不是庞统的过错，可是后天你可以修饰，既然你是"浓眉、黑面"，那为什么要留几根稀稀拉拉的短须呢？那个年代喜欢留长须，关羽、张飞、孙权都是留着长须，如果庞统把长须蓄起来，那浓眉就显得黯淡了，面黑也会让人感觉是胡子映衬的。既然是"掀鼻"，见人为什么还要昂着头"长揖不拜"呢？这不是要把鼻孔杵到天上了吗？你是掀鼻，如果见到别人，略含一下下巴，"掀鼻"也能得到一定程度的矫正，既可掩盖这一缺陷，又给人彬彬有礼的印象。这样进行形象的打造，产生的"首因效应"就会好得多，也就不至于孙权见了"心中不喜"，刘备见之"心中不悦"了。

（2）不善于推销自己。一个人不要自视甚高，要让别人高看你；不要自己以为能干什么，要让别人认为你能干什么，这就有一个把自己推销出去的过程。推销自己时，话说大了不行，会产生逆反心理，话不说也不行，人们会对你缺乏认知，应该执中、持中、守中。《菜根谭》中也讲："爽口之味，皆烂肠腐骨之药，五分便无殃；快心之事，悉败身散德之媒，五分便无悔。""帆只扬五分，船便安。

水只注五分，器便稳。"这些话对执中、持中、守中地推销自己也是很有启示的。

庞统在孙权那儿推销自己把话说大了。孙权问他："你最擅长的是哪一种学问？"庞统说自己的学问"不拘执于某一种"，意思是全会，而且可以"根据需要而随机应变"。这就把话说大了，学有专攻，术有所长，怎么能"不拘执于某一种"，全会呢？刘备原来没有军师，求贤若渴，三顾茅庐，诸葛亮午睡未醒，自己立于廊下也没想法。但现在有了诸葛亮等人才，心态已经发生变化了。庞统觉得自己的才气不输诸葛亮，摆了架子，受到了冷落，说明庞统的学问也不是"随机应变"的。孙权又问他："你的学问与周公瑾相比如何？"他竟然傲慢地回答："我的学问与周公瑾大不相同。"孙权从这样的话里听出了庞统的自吹自擂，言外之意就是"拿我和周公瑾放到一起去比就是掉我的价"，目空一切而且还贬低别人，结果自失身份，被孙权拒绝。到了刘备那儿，刘备见他长相丑陋又不讲礼节，就敷衍说："先生远道而来，一定很辛苦吧？"庞统只说了一句："闻皇叔招贤纳士，特来相投。"凭什么呀，对自己的才学一句也没说，又走向了另一个极端，在刘备那里碰了个软钉子。庞统虽然满腹经纶，却因不会推销自己，在孙权那里没有卖出去，在刘备这里是"骡子卖了个驴价钱"。相比之下，卧龙已经腾飞在天了，可凤雏还困在鸡笼里。那时庞统一定是犹如万根针插在心上，要多难受有多难受！

（3）不善用资源。资源是成就自己和伟业的条件。成功者的一个显著特点，就是充分利用各种资源来满足自己发展的需要。庞统在这方面也有缺失，他兜里就装着诸葛亮和鲁肃的推荐信，可他就是不拿出来，似乎就要凭着自己的真本事试试。你为什么不拿出来呢？要不你就别接诸葛亮和鲁肃写的推荐信啊，如果把诸葛亮的推荐信打开看，诸葛亮的推荐信上说的"士元非百里之才，胸中之学，胜亮十倍"固然有诸葛亮的谦辞，但是把鲁肃的推荐信再打开看，鲁肃说："庞统是大才子，其才学绝不在诸葛孔明之下。"这样的推荐信交给刘备，刘备得格外重视。庞统不利用这些资源，只是自己简略陈述，错过了推荐良机，因此，被举荐遭冷遇，自荐又不得重用。就这样一位才华横溢的栋梁之材，只被委任一个区区县宰，大贤处以小仕，落得个无用武之地。人力资源不同于矿物资源，如玉矿资源今天没被发现，再过几万年可能玉化得更好了。人力资源是和人的生命体结合在一起的，而且人的生命有限，老得太快，有生之年未被发现或者能力未发挥出来，随着生命体的消逝就没了。派到耒阳县当县令，还百余日不理政事，幸亏刘备派张飞和孙乾去查办，孙乾稳重，张飞在三国是粗中有细，真要是个粗人，一长矛把你戳死，就没有"安天下"的人才了。

（4）不讲礼节。树讲枝叶为源，人讲礼节为先。礼节不是别人的规定，而是大多数人的认可，是表示尊重和友好的言行举止规范，也是人类文明的显著特点。《晏子春秋》上就说过："凡人之所以贵于禽兽者，以有礼也。"礼节不用花钱，但却价值连城。在人与人交往中，礼节是一封最有价值的自荐书。庞统虽有才智，但他自视甚高、过于狂放，在语言上轻视周瑜，在行动上，"统见刘备长揖不拜"。连民间谚语都有"低头的是稻穗，昂头的是稗子"的说法，成熟饱满的麦穗把头低垂，空空瘪瘪的稗子才把头抬得高高的。庞统的做法是给自己掘了一个潜伏失败的可怕陷阱。"统见刘备长揖不拜"，这对奉行礼仪的刘备来讲无疑会留下不愉快的印象，既不谦卑又失礼节。庞统最后就死在不讲礼节上。刘备入川的时候，诸葛亮算到必折一员大将，设置了两条行军路线，一条是由刘备和庞统带一支队伍先走，还有一条路线是诸葛亮带领人马后走。庞统拿过诸葛亮设计的行军路线图一看，虽然他和刘备先走，诸葛亮后走，但是诸葛亮会先到成都，大功就被诸葛亮夺去了。于是，庞统把诸葛亮设计的行军图藏了起来，没有交给刘备，又自己设计了一条行军路线。结果蜀道难，难于上青天。一天，庞统的坐骑一路劳顿，把他从马上颠了下来。刘备爱将，让庞统骑他的马，庞统虽然推让了一番，最后还是坐上去了。那是皇帝的坐骑，你能坐吗？行军到了落凤坡，进入了敌方的埋伏圈，敌方指挥官告诉部下擒贼要先擒王。有人立即报告：曾见过刘备骑着一匹高头白马。指挥官立即下令，乱箭集中射那个骑高头白马的。射下来了，结果不是刘备，而是庞统。这也是庞统为自己僭越君臣之礼而付出的最沉重的代价。

刘备白帝城托孤时，专门把诸葛亮叫来，他对诸葛亮说："你的才能胜过曹丕十倍还多，治理一个国家不成问题。我的儿子阿斗能行时，你就辅佐之，不能行，你就取而代之。"刘备为什么能说这样的话，那不是一件衣服，今天你穿，明天我穿，那是江山，今天姓刘氏，明天姓诸葛氏，那是辱没祖宗的行为，刘备哪会有这么大的胸怀。不要说刘备，就是翻遍中国的历史书籍，也找不出有哪一位皇帝是因为自己的儿子平庸，就拱手把江山社稷转让给大臣的，所有的皇帝都希望自己家族的统治在子孙万代中传承。刘备告诉诸葛亮，阿斗不行你就"自取之"，这种没有正当性的"自取之"会是什么结果，刘备心里明白，诸葛亮心里当然也不糊涂。想当初孙权上表请曹操称帝，曹操一眼就看穿了孙权的歹意，说："这是孙权小儿要把老夫往火炉上烤。"曹操把皇帝当作傀儡就被世人骂为"汉贼"。刘备让诸葛亮"自取之"也是在玩弄把诸葛亮往"火炉上烤"的权术。刘备一生玩权术，对临死之前的托孤大事更不会忘记权术，否则就愧称枭雄了。可以说是刘备托孤于诸葛亮，又怀有猜忌，于是"阴怀诡诈"而出此言。由是思之，刘备的这番话实际上有两层意思：一是对诸葛亮的忠心进行检验；二是逼诸葛亮在众大臣面前做出郑重的承诺。当时诸葛亮听了这通话，不是高兴，史书上记载是"汗流浃背"，也就是吓出一身冷汗。诸葛亮知道"非剖心出血以示之，岂能无疑哉？"（王夫之《读通鉴论》），立即跪拜表尽忠之态："不管阿斗能不能行，我都要忠心辅佐，鞠躬尽瘁，死而后已。"诸葛亮躲过了一劫。这要是庞统听了刘备的这些话，就可能说："你放心地走吧，阿斗能行就他干，不能行就我干。"那推出去就会被问斩，照样成为从梧桐树上落地的凤凰。

讲到这里，不妨再赘述一下孙权和刘备的问题。孙权与刘备所犯的共同错误：①标准的错位。把选美的标准应用到选拔人才上来了，犯了以貌取人的错误。当孙权和刘备见庞统相貌不佳，不符合都督或军师的标准，且又狂妄欠恭敬，便认为不宜录用或不可重用。标准的错位就如同系衣服的纽扣，第一个纽扣扣错了，接下来的就都错了。②刘备和孙权还因为心理因素而变得不理智。孙权由对周瑜的怀念，而对庞统产生恶感，错失人才于交臂之间。一般人都知道，三国时代实际上是两条战线：一条是明线，战场上的武力冲杀；另一条是暗线，千方百计甚至是不择手段地争夺人才。人才择主的取向就是君王成就霸业的走向。庞统是个人才，这是已经得到了验证的。赤壁大战之前，为了把曹操的战船烧得干净彻底，需要派一个人去曹营献连环计，表面上是替曹操出主意，实际上是要坑害曹操。曹操多睿智啊，担当这一任务的人，如果没有超凡的智慧，想在曹操面前上演瞒天过海的大戏，比登天还难，把戏演砸了，不仅使命完不成，就连自己的身家性命也要搭上。大家推荐了庞统，庞统在曹营恐怖的血窟里把这出戏演得异常精彩，不辱使命，为火烧赤壁创造了极为有利的条件，自己又全身而退。庞统仅就这一件事，也可以配称举世无双的人才。孙权却因感情因素遮蔽了识别人才的理智慧眼，把一个送上门来的大才子推给了别人。再说刘备，因为有了旷世奇才诸葛亮辅佐，已没有了先前那种"三顾茅庐"，人家躺着睡着，他站着看着那种求贤若渴的心态，庞统只是"长揖不拜"就挑理见怪了，也差点失去一个筷子夹豌豆——不可多得的"可安天下"的大才子。

孙权和刘备还各自犯有不同的错误。就孙权而言，还犯有两个不同的错误：①犯了投射效应的错误。所谓"投射效应"，就是自己认定的标准，或者自己认为某个人的标准就是正确的标准，然后投射到别人身上或别的事情上，符合这个标准的才是正确的，否则就是错误的。鲁肃推荐庞统，是想让庞统任大都督，于是孙权就问庞统："你的学问与周公瑾相比如何？"此话的意思是，你的学问与周公瑾一样，才能当大都督。其实，一个职位能够胜任的人也是多面体，不能用头脑先入的模式来套用。这种先入为主的"投射效应"是领导者的大忌，在哲学上也叫主观唯心主义。领导决定一件大事或者布置一项工作任务，以领导者自己的认识代替下属的认识，以领导者自己的视野代替下属的视野，而不去做更多的思想沟通工作，不去提高下属的认识，这就会脱离实际，增加工作的阻力。②犯了刚愎自用的错误。领导者有两大对立的忌讳：一是刚愎自用；二是优柔寡断。没有理由的自信，就是刚愎自用；有理由而不自信，就是优柔寡断。鲁肃推荐庞统时，赤壁大战已经结束多年，其中庞统向曹操所献的连环计，对东吴取得赤壁之战的胜利关系重大，也表现出了庞统的大智慧。但孙权因其"相貌丑陋"和语出狂言而不喜欢，说出了刚愎自用的话："你先回去吧，将来有用你的时候，一定相请。"甚至孙权还对鲁肃说："此时乃曹操自欲钉船，非此人之功也。吾誓不用之！"孙权即使自己不喜欢庞统，也应该给他个闲职，养起来，自己不用，也要防止被别人所用。尽管被赶走的庞统到了盟军刘备那里，但孙权和刘备最后终有一搏，孙权这是为渊驱鱼，为丛驱雀。

刘备也因庞统的长相不佳和不懂礼节而抱有成见。虽然没有像孙权那样刚愎自用，把庞统立刻打发走，而是留下放到基层去了，让一个能够滚动地球的人去滚动一个鸡蛋，让大贤处以小仕。比起三顾茅庐时，诸葛亮午睡，他立于廊下、耐心等待的情形，反差多大呀！究其原因，就是那时没有军师，求贤若渴，而现在已经有了军师诸葛亮，再多一个或少一个也无所谓了。这是以实用主义态度来对待人才。其实作为一个明智的领导者，无论人才缺乏，还是已经人才济济了，始终都要一以贯之地保持求贤若渴的心态和姿态，这样人才才会趋之若鹜。

还有，刘备看人偏重于关注人的情商，往往因此而忽视了对人智商的关注，刘备对庞统如此，入川后对刘巴也是这样。刘备对经济工作是个外行，曾经问诸葛亮怎样解决当前遇到的物价飞涨和官府财政危机的经济难题，诸葛亮向刘备推荐了有经济才能的刘巴。但是刘巴这个人清高孤傲，瞧不起一般人。刘备因此对刘巴不满。有一次，刘巴和张飞在一起，刘巴沉默不语，对张飞很冷淡，张飞特别生气。刘备知道后，对刘巴的感情降到了冰点，曾经生气地对诸葛亮说："我要平定天下，但刘巴总是和我拧着干，哪里是帮我成就事业啊！"诸葛亮对刘备说，刘巴在琐事上不拘礼节，但是要论运筹帷幄，我远比不上他。如果论提槌播鼓、集会军门、召集百姓这些事，那就另当别论了。诸葛亮如此坚持，刘备才勉强把刘巴招来商量如何破解当前经济难题。刘巴提出了四个字的解决方案：平诸物贾。就是平抑物价。刘巴提出的具体对策是：铸造一种新的货币，一枚新币等同于当时市场上流通的 100 钱，并以行政手段强制推行。刘备接受了刘巴的对策方案，下令由官府铸造和发行大面值货币，增加货币供应量。这使现有财富缩水，等于是在变相掠夺财富。货币新政推行后，几个月时间，平抑了物价，收回了人心，府库也得到了充实。刘巴的对策虽然不能从根本上解决问题，但为从根本上解决问题创造了条件和赢得了时间。后来刘备也这样盛赞说："刘巴这个人，确实是才智过人。"可是，这个"确实是才智过人"的刘巴，却差点被刘备因其情商的问题而弃用。所以，领导者应该从刘备对待庞统和刘巴问题上吸取教训，在选拔人才上，一定要全面地观察，不能因为他的情商不足而忽略了他过人的才智，把人才的路给堵死。

第九讲　是曹操的情商高，还是刘备的情商高

　　曹操在白门楼勒杀吕布后，带着刘备、关羽、张飞三人回到许昌，刘备说自己是中山靖王之后、孝景皇帝阁下玄孙，献帝和刘备论上了亲戚，并称刘备为皇叔，而且叔侄关系日益密切。荀彧等一般谋臣对曹操说："天子认刘备为叔，恐无益于明公。"并劝说曹操早日除掉刘备，免得其日后做大。曹操嘴上说："吾留彼在许都，名虽近君，实在吾掌握之内，吾何惧哉？"实际上还是有所顾虑，表面上又不露声色。对此刘备明白，蛇行无声，行奸无形。刘备每每想到背后可能有曹操那阴森的目光，浑身就感觉凉飕飕的。

　　为避曹操锋芒，他采取韬光之计，在后园种菜，每日亲自浇灌。把关羽、张飞急坏了，二人来问刘备道："兄不留心天下大事，天天在这里种菜，这要干什么呀？"刘备不动声色地说："二位贤弟不必多问了，我种菜就是为了消遣消遣。"

　　一天，刘备正在浇菜，曹操派人请刘备，刘备是肚子里敲鼓——心里乱扑腾，忐忑不安地入府见曹操。曹操脸色很阴，语气也很冷地对刘备说："在家做得好大事！"说者有意，听者更有心，这句话让刘备的头嗡一下涨得斗大，但刘备毕竟是当今英雄，依然沉得住气。曹操又转口说："你学种菜，不容易啊。"这才使刘备稍稍放心下来。曹操说："刚才看见园内枝头上的青梅已熟，想起以前一件往事（即望梅止渴），今天见此梅，不可不赏，所以邀你过来喝几杯青梅酒。"刘备听后心神方定。随曹操来到小亭，只见已经摆好了各种酒器，盘内放置了青梅，于是就

将青梅放在酒樽中煮起酒来了，二人对坐，开始饮酒。

酒至半酣，突然阴云密布，天空中出现龙挂。龙是中国人所崇敬的图腾，曹操借机大谈龙的品行，说："龙能大能小，能升能隐；大则兴云吐雾，小则隐介藏形；升则飞腾于宇宙之间，隐则潜伏于波涛之内。方今春深，龙乘时变化，犹人得志而纵横四海。"又将龙比作当世英雄，说："龙之为物，可比世之英雄。玄德久历四方，必知当世英雄，请试指言之。"意思是，刘备，请你说说当世英雄是谁？刘备说："我肉眼凡胎，怎么能辨识英雄？而且我才学疏浅，天下英雄实有未知啊！"曹操说："不要过于谦虚，既不识其人，亦闻其名。"于是刘备装作胸无大志的样子，说："淮南的袁术，兵粮足备，能称为英雄？"曹操笑着说："袁术不过已经是坟墓里的枯骨，吾早晚都会抓住他的！"刘备说："河北袁绍，四代中有三代是公卿，家门中有很多故吏；今虎踞冀州之地，部下能事者极多，能称为英雄？"曹操笑道："袁绍这个人色厉胆薄，好谋无断，干大事却爱惜性命，看见小利却不顾性命，不是英雄。"刘备说："有一人人称八俊，威镇九州，刘景升能称为英雄吗？"曹操说："刘表虚名无实，不是英雄。"刘备说："有一人血气方刚，领袖江东——孙伯符是个英雄吗？"曹操说："孙策借着父亲的威名，不是英雄。"刘备说："益州刘季玉，能称为英雄吗？"曹操说："刘璋虽然是宗室，却只能是守门的狗而已，怎么能称作英雄呢！"刘备说："那张绣、张鲁、韩遂等人又怎么样？"曹操鼓掌大笑说："这些碌碌无为的小人，何足挂齿！"刘备说："除此之外，我实在是不知道了呀。"曹操说："能称得起英雄的人，应该是胸怀大志，腹有良谋，有包藏宇宙之机、吞吐天地之志的人。"刘备问："那谁能被称为英雄？"曹操用手指指刘备，然后又自指向自己，说："现今天下的英雄，只有玄德和孟德呀！"刘备一听，大惊失色，拿筷子的手不由得一抖，筷子掉在地上。正巧此时半空中"轰隆"打了一个霹雳，刘备灵机一动，趁着雷声从容地低下身拾起筷子，并掩饰说是因为害怕打雷，才掉了筷子。曹操信以为真，才放心地说："大丈夫也怕雷吗？"刘备说："连圣人对迅雷烈风也会失态，我还能不怕吗？"刘备经过这样成功的掩饰，使曹操认为自己是个胸无大志、胆小如鼠的庸人，将他从英雄的行列中除去了，对他放松了警惕。

刘备当下的最大愿望就是尽快逃离曹操。此时，恰逢袁术要离开寿春，去投奔袁绍，途径徐州下邳，曹操准备出兵截杀袁术。刘备对下邳可是情有独钟，立即借着这个机会向曹操借一支人马去下邳截杀袁术。曹操当时心情正好，也未加深入思考，就拨了一支人马给刘备，并叮嘱："快去快回。"曹操的谋士郭嘉、程昱和董昭闻听后，立即赶来，对曹操说："刘备是最大的野心家，千万不能放他走。"曹操也醒悟了，立即派人要把刘备追回来。

刘备一出曹营，就像打了鸡血一样狂奔起来，关羽、张飞在马上问："兄今番出征，何故如此慌速？"刘备说："吾乃笼中鸟、网中鱼，此一行如鱼入大海、鸟上青霄，不受笼网之羁绊也。"曹操派人狂追也没有追上。刘备遂打出反曹旗号，去打天下了。这颗蒙尘的明珠从此开始大放光彩了。

智　慧　悟　语

刘备被皇帝当着众大臣的面认作皇叔，脸上贴了一层正宗的金，一般人就会招摇起来了，走路都像踩在云彩上："我，可不是原来编席子、卖草鞋的我了，我是当今皇帝的叔叔，有事找我，没事请我吧！"一个人登上了高处，得到的阳光是多了，可是寒意也会随之袭来。世界上有很多人就是在盛名之下忘乎所以而栽了大跟头。刘备的情商很高，他知道，虽然自己是皇族，本该血统高贵，但是在皇帝都贬值的当下，皇叔也就不值钱了。古语讲："君子藏器于身，待时而动。"在充满杀机的屋檐下，刘备知道现在他必须做一个蛰伏的龙，因为好事的背后隐藏着杀机，有些行动是"见光而死"，必须隐蔽起来，暗地行动。那他就以"鸭子划水"的韬略，放低姿态，种菜浇园子，蓄藏实力，以待来日。今天的弯腰种菜，就是为了来日仰首坐天下。他的两个兄弟关羽和张飞对刘备只图一块菜园子而别无他图的行为都不理解，责怪他：为什么专做"小人之事"而"不关心国家大事"？他有难言之隐，那就忍住，不外露，包括自己的结义兄弟。在泰山压顶的环境下，忍就是一种最具战斗力的智慧。

看过三国的人都知道，曹操也是懂得低姿态这种情商智慧的。当曹操把象征汉朝正统的汉献帝控制在自己的手中后，拥有了"挟天子以令诸侯"的独特政治优势。曹操清醒地认识到，老仇人，如自己东边徐州的吕布、南边偏东的淮南袁术、西边南阳郡的张绣、北边对岸的势力最大的袁绍，不会让自己独享这种独特的政治优势，而且一些原来并非仇人的人也会眼红这种政治优势而成为新的敌人。为了避免四面受敌，曹操放低姿态，并让老仇人们分享挟天子所得到的红利。曹操以东汉朝廷的名义封吕布为左将军，还送去了一封颇具吹捧和示好意味的书信，吕布喜不自胜，派了当地名流陈登代表自己到朝廷谢恩。曹操还趁机把陈登拉拢过来，成为自己插在吕布腋下的一把匕首。曹操还把本来由自己担任的大将军的最高军职辞让给袁绍，而自己屈就于三公中地位最低的司空，这让袁绍也喜出望外。麻痹了主要的敌对力量，解除了四面受敌的不利环境后，曹操腾出手来，先把董卓残余武装力量的张绣打得大败，回过头来又把吕布彻底歼灭。曹操的地盘和势力迅速增大。有的大臣向他献计："何不趁此时，除掉汉献帝，自己当皇帝。"他说："朝廷股肱甚多，还不到时机。"要通过狩田围猎以观动静。后来，孙权上表，愿意称臣，让曹操做皇帝。多好一个机会呀，三足鼎立中，最强大的势力是曹操，其次是孙权，最次的是刘备。自己强大，第二个强大的也靠过来了，一般人很容易就会借机登上最高权力宝座。但是，曹操还是低姿态，说："这是孙权小儿要把老夫往火炉上烤！"后来众大臣们都一起跪拜，求他当皇帝，他仍然是低姿态，说："如果天意真的在我，那我也就做个周文王。"什么意思？我是不当皇帝了，要当以后就让我儿子当吧！他不仅是这么说的，也是这么做的。

我要说的是，一个这样懂得低姿态的人竟然让一个更懂得低姿态的刘备给骗了！

"青梅煮酒论英雄"中，曹操的一句"玄德久历四方，必知当世英雄，请试指言之"，如同一把寒光四射的剑，直指刘备的眉宇间，回答不好就有生命危险。刘备来了个难得糊涂，胡诌了一大圈，独不说核心人物是谁！当曹操说出英雄的素质应该是胸怀全局、志向远大、韬略满腹、坚韧不拔，即"胸怀大志，腹有良谋，有包藏宇宙之机、吞吐天地之志"，并点破说："现今天下的英雄，只有玄德和孟德呀！"一般人也许会兴奋起来了，说："英雄所见略同啊！来，干！"那脑袋就得搬家。刘备吓得筷子都掉落地上了。刘备知道，曹操的这句话里包藏着杀机。因为真正的天下英雄不是两人，只能是一人，俗话中的"一山不容二虎"讲的就是这个道理。后来刘备借着闻雷和"连圣人对迅雷烈风也会失态，我还能不怕吗"这种不错的演技，把曹操糊弄过去了。曹操想："什么英雄？一个雷声就把他吓哆嗦了，狗熊！"再加之整天种菜，抱负也不大，谈论英雄见识也不高。因此，曹操就把刘备从英雄的行列中除去了，解除了对刘备的防备心，刘备就有了可乘之机。有一天，刘备借着讨伐袁术的名义，向曹操借了一支人马，去打天下了。打什么天下？就是和曹操争夺天下去了，曹操悲哀不？

刘备按照曹操提出的标准衡量，确实是当时天下的英雄。曹操手下的著名谋士都有这样的认知，据《三国志·武帝纪》中记载，程昱认为："刘备有雄才。"《三国志·郭嘉传》中记载，郭嘉"言于太祖曰：'备有雄才'"。与曹操同时代的一些有识之士也都有这样的共同认知，周瑜给孙权上书也说："刘备以枭雄之姿，有关羽、张飞、赵云之将，更兼诸葛亮用谋，必非久屈人下者。"一个人在高位又能把身段放低，别人不会把你看低，相反，一个人位置提高了，又把自己的姿态抬高了，别人也不会把你看高，甚至由于你抬高了身段而招致攻击。一个人发展到高位的时候，也恰恰是他最脆弱的时候，因为他站位太高，卓尔不群，盯着他的人必然会很多，只要他稍微露出一点点弱点，就会横遭非议，就会有无数的人像饿狼捕食一样蜂拥而上。《后汉书·黄琼传》中的"峣峣者易折，皎皎者易污"，讲的就是这个道理，世事常如此。古语也讲："猛虎藏于山野之中，伺机而动；俊才隐于众生之中，待机而行。是故真人杰也，不彰、不矜、不显、不明、不扬、不呈，如此则外可保其才，内可养其性，为凡人所不能为之事，成凡人所不能成之大业也！"刘备践行的就是此话中的智慧。

　　袁术就不懂得低姿态的智慧，落得个可悲的下场。袁术出身于四世三公的豪门，本该在军阀混战中，为东汉风雨飘摇的政权做些力挽狂澜的贡献，可是他却对预言书上的一句话——"代汉者，当涂高也"做了一厢情愿的解释：自己的字为公路，"术"与"路"意思相通，"涂"又与"途"相通，也有路的意思。所以"代汉者，当涂高也"，也就是说，自己可以"代汉"而立。此外，袁术手里还有一块出自秦始皇之手、刻着"受命于天，既寿永昌"的玉玺。这块玉玺汉朝代代相传，在袁绍诛杀宦官的混乱之中丢失，后来董卓从洛阳撤退时火烧宫殿，孙坚带队伍进入洛阳，在一片废墟中的一口井里意外地找到了这块玉玺。孙坚手下一个内奸把这一消息告诉了袁术。袁术为了得到这块玉玺把孙坚夫人押做人质，最终从孙策手中得到这块玉玺。袁术认为，既有预言书上的话，又有皇帝即位的玉玺，自己称帝乃是天意。其实，戴着凤冠的人并不一定是娘娘，还可能是个"土鸡"。袁术自不量力地高调称帝，因此而成为练兵场上的靶子——众矢之的，成为公敌，那些有势力的军阀像杀人蜂一样飞过来，扑向他。袁术原来的一些所谓铁杆部下看着他因做皇帝而犯众怒，怕他被挫败得遍体鳞伤时溅自己一身血，也纷纷弃他而去。在内外交困、众叛亲离、四面楚歌中，袁术只好去投靠他一贯瞧不起的同父异母的兄弟袁绍，但走在半路上就病死了，袁术的势力也随之土崩瓦解了。

　　孙权就比袁术高明。曹丕和刘备先后称帝，孙权的部下也劝他称帝。孙权也并非没有称帝的野心，但是孙权冷静地分析了内部和外部的形势，从内部讲，自己不是汉室宗亲，也没有接受禅让的条件，山越还经常闹事；从外部讲，还可能受到刘备和曹丕的进攻。孙权决定放低姿态，先不考虑称帝，而是与许都保持着联系向魏称臣，被册封为吴王，做了个土皇帝。面对魏国对吴珍宝和人质等的种种无理要求，孙权都默默地忍受了。大臣们都劝他自称九州伯独霸一方，孙权还是没有答应，并上书曹丕表达忠心。孙权的隐忍自重，使魏国失去了攻打的最佳时机，发展壮大了自己。后来曹丕大军南下迫近长江的时候，孙权建元黄武。按理说年号权专属皇帝，既然孙权向魏称臣就应该用魏的年号，而不应该使用自己的年号，而且孙权用的年号也有说法，是从魏的年号黄初、蜀的年号彰武中各取一字而成，可见孙权的隐忍是包藏着称帝的野心的。虽然，建元本身就已经说明其是皇帝了，但是孙权毕竟还没有对外公开称帝，直到黄武八年后，孙权才正式登基，改元黄龙，即吴大帝，这与迫不及待地登上帝位又很快垮台的袁术形成了鲜明的对照。

盛气凌人地出风头、耀武扬威地争势头这种低情商的人，最后没有不栽跟头的。自高自大本来就是愚人之举，有的人稍稍有点成就，就自我膨胀，就开始发烧，话也不会说了，路也不会走了，一副狂语狂态，由一个愚人又变成了一个狂人，到处出风头，争势头，卖弄乖巧，成为别人攻击的靶子，遭人冷嘲热讽、诋毁诽谤、施放冷箭，结果栽了一个很难再爬起来的大跟头。在历史的大舞台上，有一条铁一样的规则：高调者比低调者更容易被淘汰出局。所以，早在两千年前，庄子就告诫人们："直木先伐，甘井先竭。"

三国中有个人物叫许攸，因为自己在官渡之战前，从袁绍营中投奔到曹操营中，献计把袁绍的要害——藏粮的乌巢给火烧了，断了袁绍的粮草供给，使曹操能够由弱势转变为强势，创造出了历史上以少胜多的著名战例，也因此奠定了曹操统一北方的基础。建安九年（公元 204 年），许攸还为曹操出谋水淹邺城，曹操攻破邺城，占领冀州，建立了真正的魏都权力中心。对曹操来说，许攸是立了大功的。苏东坡说："灿烂之极，要归于平淡。"但是，许攸不知道把"灿烂"的喜悦"内化于心"，归于平淡，而是对此十分自得，喜形于色，四处散播。当曹军攻破了袁绍的大本营冀州城，曹操带领着谋士和将领们来到冀州城门下，准备进城之时，许攸驱马抢在前面，用马鞭指着冀州城门，得意扬扬地对曹操大喊："阿瞒，没有我你能进入这个城门吗？"曹操哈哈大笑，身后的将领们却愤愤不平：许攸可太狂了，竟敢直呼我们主公的小名。还不只这一次，许攸经常不分场合，无论是在开会商讨国家大事，还是私下朋友聚会时，都直呼曹操小名阿瞒。一个人的小名，一般都是长辈对晚辈的称呼，许攸叫着曹操的小名，这对曹操是非常的不尊重。当时曹操属下的人都尊称曹操为曹公、明公、丞相，连汉天子也十分惧怕曹操，更显得许攸狂傲且不知天高地厚。许攸对曹操原来的手下将领就更加鄙视了，不愿意与他们共事，遭到曹操手下众臣的厌恶，皆欲杀之而后快。有一天，许攸遇许褚于东城门，又耐不住旧事重提："你们没有我，能这样出入此城门吗？"许褚愤怒地驳斥道："我们千生万死，拼死血战，才夺得城池。你怎么胆敢这样夸口呢？"许攸不知死活，骂道："你们都是匹夫，是酒囊饭袋，没有什么了不起。"许褚是曹操的侍卫长，也是曹操最为信任的人，许褚对曹操一直都是实行君臣之礼的，在许褚眼中许攸调笑曹操本就罪不可赦，而今居然又辱骂自己，原本许褚就是硫黄脑袋——点火儿就着，让许攸一骂，不禁勃然大怒，拔剑把许攸杀死。许攸一个喜欢用嘴说话的人敢去戏弄一个喜欢用刀说话的人，这是飞蛾扑火——自己找死。值得玩味的是许褚杀了许攸后曹操的反应。许褚提着许攸的头来见曹操说："许攸无礼，被我杀了。"曹操开始是麻秆打老虎——不痛不痒，他说："许攸与吾旧交，故相戏耳。"曹操大概也清楚话只说到这个份儿上不好，于是又"深责许褚，令厚葬许攸"。许褚砍下许攸的头只被曹操"深责"和"厚葬"一下了之，没有为许攸偿命。可怜许攸，这么有名的一个大谋士，而且曾经为曹操立过大功，智商不可谓不高，可是不要说在曹操眼里，就是在曹操的将领眼里，他的一条性命也仅等同于一个蝼蚁。曹操的价值取向是自我尊严与自我利益高于一切，这一点曹操的将领们都懂，就许攸不懂，而且屡屡冒犯。大概许攸至死都不一定明白，自己的死因是出风头、争势头，高姿态惹怒了主公和将领。许攸出风头、争势头，即便智商再高，再深谙谋略，最后还是栽了跟头，而且是彻彻底底、再也无法挽回的大跟头。

低姿态在历史上叫"韬光养晦"。在历史上，如果你不懂得韬光养晦的策略，那么随时会遭到杀身之祸。祢衡才华出众，能力比别人强，但他不会低调行事，他在乱世中唯一能看得起的两个人是孔融和杨修，一个是他嘴里的"大儿子"，另一个是"小儿子"。除此之外，所有的人他都投之以白眼。祢衡丧失了自我收敛的情绪掌控力，必然对攻击别人有一种瘾君子对毒品一样的冲动和疯狂，有谁一旦落入他的嘴里，就会招致破口大骂，落得个凄惨下场。曹操见祢衡衣服陈旧，借此加以责难，可是祢衡竟然在厅堂之上就换起衣服，招致非议后却坦言自己是"清白之体"。祢衡总是做出一些与自己地位和身份不相称的丑陋行为，没有做人的最佳姿态。祢衡还总是以一种赴死的凛然气概讥刺和羞辱当政者。他讽刺曹操"天下虽阔，何无一人也"，并将曹操手下的谋士荀彧、荀攸，武将张辽、满宠、于禁等统统羞辱了一番。在击鼓骂曹中，说曹操"不识人才、不读诗书、不听忠言"，把曹操骂得一无是处，把嗓子眼儿变成枪眼儿了。曹操把这块烫手的山芋转给了刘表。祢衡到了刘表处仍目空一切羞辱刘表，刘表就以自己的庙小养不起你这个大菩萨为由，把祢衡踢到性情急躁的黄祖那里。黄祖起初对祢衡的才学十分敬重，任为书记。黄祖的儿子章陵太守黄射对祢衡更是佩服得五体投地。一次，黄射大会宾客，有人送来一只鹦鹉，黄射请祢衡以鹦鹉为题作赋助兴。祢衡挥笔疾书，立成一赋，这就是汉赋名篇《鹦鹉赋》。祢衡虽然有一个睿智的头脑，但总是以高姿态狂悖示人，再加上一张如虎噬兔、口不留情的嘴，碰上黄祖这种煞神恶鬼，就该倒霉了。有一年，黄祖在江中船上大会宾客，祢衡言行不逊，让黄祖在众宾客面前丢了面子，黄祖就大声呵斥了他几句。结果祢衡两眼瞪得溜圆冲着黄祖说："死老头子，你骂什么！"黄祖心想：你这块臭石头竟敢越上我的额头，胆大包天了！黄祖的怒火从骨头缝中渗出来，又涌入心头，即刻下令将他推出去斩了。才华横溢的祢衡就这样成了黄祖刀下之鬼，死时才二十四岁。

曾国藩说："天下之才人，皆以一傲字致败。"其实，不仅是致败，祢衡用自己的经历告知人们，甚至致命。祢衡就是自视才气过人，又不肯藏锋，结果是吃窝头就辣椒——图爽快，却把命搭进去了。

有一次，曹操出征，曹植和曹丕送到路旁，曹植为了博父亲高兴和旁边人的赞赏，也为了压制一下哥哥的表现，依仗自己比哥哥曹丕有文采，抢先用华丽的言辞为曹操歌功颂德。大家听了都啧啧称赞。曹操也点头赞许。曹丕正心怀失落感又不知如何是好的时候，济阴人吴质过来在他耳边低语道："魏王即将上路的时候，什么也不要说，只要流泪哭泣就行了。"曹丕深以为然，到了和父亲辞行的时候，他什么话也不说，泪流满面，趴在地上不起来。见到此情此景，曹操的眼圈不知不觉地红了，曹操的部下们也都很感动。对比之下，曹植称颂的言辞太多，华而不实，诚心不足。曹丕虽然没有说一句恭维的话，但以哭着下拜的具体行动表达出了对父亲出征以及随父出征的将士们的伤感情怀，再加上平时曹植言行不加掩饰，喜欢搞一些花里胡哨的东西，而曹丕则言行内敛，不露真情，所以宫里宫外的人都觉得曹丕比曹植更心诚，就都在曹操面前替他说好话，曹操最终决定立曹丕为太子。左右长御向曹丕的母亲卞夫人道喜说："曹丕将军被立为太子，天下人皆大欢喜，夫人应该把家中所藏财物拿出来赏赐大家。"夫人从容淡然地说："魏王只是因为曹丕年长，才立他为太子。我也就是庆幸自己免去了教导无方的过错而已，有什么理由拿出财物赏赐别人呢！"长御回去向曹操如实地禀报了卞夫人的话。曹操感触道："愤怒时脸不变色，喜悦时不忘节制，原本是最难做到的。"

从曹操对卞夫人赞赏的话语中，可以看出曹操对低姿态的重视程度。

现在时代好了，黯淡了刀光剑影，也远去了鼓角争鸣，即使你不懂得低姿态的韬光养晦，也不会招致杀身之祸。但是出头的钉子先挨砸，你的能力比别人强，不学着藏拙，而是喧闹，矫揉造作，甚至咄咄逼人，就会让别人感到紧张，产生一种逆反心理和对抗行为，就会自觉和不自觉地卷入是非中，遭人嫌，遭人嫉，就会给你的发展或你所承担的事业的发展处处增添人为的障碍。败事多因得意时，古今中外概莫能外。因此，我们有必要从三国这些历史案例中汲取今天时空下的生存智慧。

第十讲 是刘备的逆境商高，还是曹操的逆境商高

曹操败袁绍、破乌桓，基本统一北方后，头脑发热，自信心也爆棚，觉得自己可以笑傲江湖了。建安十三年（公元 208 年）七月，曹操亲率二十万大军（对外号称八十万大军），自宛（今河南南阳）挥师南下，想先消灭刘表，再顺长江东进，击败孙权，以统一天下。

建安十三年八月，刘表被惊吓而病死。建安十三年九月，曹军进占新野（今属河南），杀奔荆州而来。刘表的次子刘琼背着刘备暗中投降曹操。依附刘表屯兵樊城（今属湖北）的刘备得知曹操南下，已措手不及，仓促率军民南撤。曹操收编刘表部众，刘备在向南逃跑的过程中，又被曹操打败，只好退到夏口（今湖北武昌），与刘表的长子刘琦合兵一处。

在诸葛亮、鲁肃、周瑜的劝说下，孙权终于下定决心与刘备结盟抗曹。孙权命周瑜为主将，程普为副将，率三万精锐水军，联合屯驻樊口的刘备军，共约五万人溯长江西进，迎击曹军。

建安十三年十一月，孙权和刘备的联军与曹军对峙于赤壁。曹操接受了庞统的建议将战船首尾相连，结为一体，以利于演练水军，伺机攻战。周瑜采纳部将黄盖所献的火攻计，并令其致书曹操诈降，曹军被黄盖的诈降所迷惑，以为黄盖真的来投降了，都伸着脖子观望。正当曹军将士兴高采烈之时，黄盖指挥各舰同时燃起火来，迅速向曹操的水军船舰冲去。风助火势，火借风威，火烈风猛，霎

时，曹军船舰就燃烧起来，烈焰冲天，那些战船因被铁索连锁，仓促间无法拆开，曹操水寨化为一片火海，士兵们被烧死、淹死、互相践踏而死者不计其数。曹军在岸上的营寨也燃起火来。孙权和刘备的联军乘势出击，曹军死伤惨重，曹操也只带着几十坐骑逃了出来。有句歇后语说得妙：曹操下江南——来得凶，败得惨。

据正史的《山阳公载记》记载：曹操率领仅剩的几十人马从华容道上逃出去后，回头看看地形，竟然仰天哈哈大笑，同行的众将面面相觑，心想：笑什么笑啊？你看让人家烧得灰头土脸的，连眉毛胡子都烧没了，怎么还能笑得起来呢？完了！主公一定是败疯了。可是曹操笑完之后，冷静地分析了眼前的地形——不是替自己分析，而是替刘备分析，他的心多大啊！他说如果刘备事前派一支人马在这个地方设下埋伏，待我们过来再放一把火，我们恐怕连骨头渣子都找不到了。没过多久，刘备真的跑过来放火，但曹操已经走了。经历这么大的打击，已经五十四岁的曹操自信心不减，意志力不衰，重整资源再战，又活了十二年，六十六岁寿终正寝。

章武二年（公元 222 年），刘备为报关羽被杀之仇，不听诸葛亮等众大臣的劝告，一意孤行，起四万大军伐吴。在夷陵被陆逊打得大败，巧了，也是火烧，叫火烧连营七百里，蜀军兵败将亡，刘备也险些丧命，退回白帝城，自觉没有颜面回成都去见自己的大臣和子民，就住在了白帝城。在这次失败的沉重打击下，刘备一病不起，第二年四月二十四日，在白帝城去世。

智 慧 怡 语

逆境商是指人们面对逆境时的反应方式，即面对挫折、困境的自信心和坚韧不拔的奋斗意志能力。现实中人生成长和事业发展所遇到的"苦难""困境""坎坷""挫折""关隘"就是逆境，人们面对逆境的"自信心和坚韧不拔的奋斗意志能力"，也就是逆境商。逆境如同霜雪，它能凋叶摧草，也能让菊香梅艳。呈现出哪一种境况，取决于逆境商的高低。美国的保罗·史托兹写过一本书《逆商：我们该如何应对坏事件》，书中指出，面对逆境的高峰，有三种人：一是放弃者，这种人在逆境面前退出、放弃、变卦，以求所谓的安逸、舒服。二是扎营者，这种人在困境中攀登到一定地位以后心劲儿就松懈了，就安营扎寨，不再攀登了。三是攀登者，不为所谓的安逸、一定的地位、头衔而生活，面对逆境，尤其是越来越艰难的逆境，不停留，不放弃，生命不息，攀登不止。为什么社会上很多智商和情商都很高的人，没有与智商和情商相匹配的应有成就或事业？就是因为他们面对困境、挫折、压力时，没有正确的认知，缺少那种自信心和意志力。面对逆境最可怕的就是认知无助，丧失了自信心和意志力，把一个小的、阶段性的逆境看作一辈子的逆境，把一个影响度不大的逆境看作无限大的逆境，这种无助加无望会使人被逆境彻底击垮，成为逆境高峰下的"放弃者"或者逆境高峰某一低段的"扎营者"。逆境商高的人，才会成为"攀登者"，也就是说逆境商决定一个人和一个组织的事业高度。人生和事业的最终高度，就是战胜一个个逆境叠加起来的高度。

逆境商高的人最显著的思维和行为特征，就是不研究局限性，只研究可能性，研究怎样把局限都变成无限，把绝望都变成希望。站在高处固然让人仰慕，可是在谷底那种如球坠地的反弹能力，甚至反弹到超越原来高度的能力会更让人羡慕。历史上不乏这样的实例，如越国的国王勾践、晋国的公子重耳等；当代也有很多这样的实例，如南非前总统曼德拉和韩国前总统金大中，他们都是经历了人生最底层逆境历练后绝地反弹成功的卓越领导者。这些领导者都有一颗坚强的心和坚韧不拔的意志力，把别人看来的不可能变成了现实，把别人看来不可逆转的谷底也变成了让人惊叹仰止的高峰。

曹操的逆境商很高。曹操从二十岁时被举为孝廉，入洛阳为郎。后被任命为洛阳北部尉，黄巾起义爆发，曹操被拜为骑都尉，后因战功又升迁为济南相，再后又被册封为魏王。曹操一生中赢过许多次，如官渡之战，以少胜多，就打得非常漂亮。曹操也输过许多次：董卓专权，曹操就想诛杀国贼，打着"献宝刀"的旗号，大白天就要去刺杀董卓，刺杀未遂，曹操逃走，官职也丢了，这可以算作曹操的第一次失败；曹操逃回老家，得到父亲的指点，知道干大事必须有兵马、资金、人才，在有了这些起事的资本，力量壮大后，牵头号召十七路诸侯讨伐董卓，征战开始双方互有胜负，可是曹操急功近利，奋勇追董卓，结果反被董卓士兵活捉，幸亏被手下人救走，这是曹操的第二次失败；最惨的失败就是赤壁之战，在周瑜的火攻下，樯橹灰飞烟灭，二十万大军也只剩下了几十坐骑。当年曹操已经五十四岁，面对彻彻底底的失败，曹操依然自信心不减、意志力不衰，重振雄风再战，其间三次南征孙权，有一次差一点要了孙权的小命。还西征马超，连带拿下汉中，又活了十二年，到了六十六岁才寿终正寝。

不论多大的失败，曹操从不"放弃"，从不"扎营"，而是始终"攀登"，大不了从头再来。在经历了一次又一次的失败之后，曹操逐渐形成了不屈的毅力、无畏的勇气、坚韧的性格和超强的抗打击能力。在重大挫折面前，曹操能正视挫折、驾驭挫折，直至战胜挫折，用自信心、意志力一次又一次地重塑了一个全新的自我，一路艰辛一路歌，实现了自己的人生价值。

可是相比曹操，刘备的逆境商就不高。刘备的夷陵之战，即便全军覆没也就四万大军，比赤壁之战曹操的二十万大军损失小得多。如果刘备逆境商高，自信心强，抗打击能力强，从纠结情绪中突围出来，回到当时富饶的益州（今成都）重振旗鼓再战，还是有资源的，这从后来诸葛亮六出祁山、北伐中原中就会得到证明。可是刘备这时的逆境商很低，面对挫折表现出一副输不起的样子和一副活不起的样子，就像腌过的黄瓜——再也恢复不了往日的青翠了。在大臣和亲友的苦苦哀劝下，好不容易挺到了次年四月二十四日，就在极其悲凉的心境中离开了人世，留下一个本事平平的阿斗，由诸葛亮拉扯成人。刘备以自己活生生的经历告诉世人一条亘古不变的真理：面对失败或者绝境，绝不能对自己绝望，否则你将没有未来。

刘备与曹操最大的差距不是智商和情商，而是逆境商。一个领袖级人物或组织的一把手在某些方面智商缺失，不要紧，当然全缺失也不行，部分缺失，你的部下会给你补上来，实在不行你可以学学刘邦，一到关键时刻，就问一声部下："为之奈何？"部下就把计谋和韬略给奉献出来了，这也行，也可以成就惊天动地的伟业。可是，作为领袖级人物或组织的一把手，一旦逆境商缺失，是任何人也弥补不了的。看看现在我们的周围，那些能够带领企业从零起步走向强盛的企业家，哪一个不是在市场"优胜劣汰"铁的法则选择面前，拥有极强的出自信心和意志力所产生的抗压能力。相对的，那些高高在上，没经历过逆境与压力的企业家遇到困境的时候多束手无策，甚至在企业被击垮前自己先行倒下。没有把自己和组织从逆境中带出来的本领，失败的结局自然不可避免。在逆境中挣扎，只有逆境商高的人才有活路。曹操在逆境中揪着自己的头发也要让自己站起来的抗逆境能力，值得我们今天组织或企业的领导者以及追求成功的人士重视和效法。

公允地讲，拿刘备与曹操比，我们说是曹操的逆境商更高，但绝对不是说刘备没有逆境商。如果刘备没有逆境商，也不会从一个"织席子、卖草鞋的小贩"成为蜀国的开国皇帝。在这个过程中，刘备被人打、被人追，多次险些被人杀，他就是不气馁，这就源于他有一个坚强的信念：自己是皇室宗亲，一定要匡扶汉室，把皇叔变成皇帝。就是这样的信念支撑着他熬过了各种逆境、险境，精神抖撅地一步一个台阶地上，最后圆了皇帝梦。从刘备的这一段发展过程看，刘备的逆境商是无可挑剔的，也不比曹操的低。但是，人的逆境商并非一旦拥有就自然地永远拥有。有一点是毋庸置疑的，没有了逆境商或降低了逆境商，一旦遭遇挫折或失败的打击，就必然会丧失自信心，意志力衰退，失败就是注定的结局。刘备自身的表现，为这一论断提供了最佳的注解，也为今天的领导者、企业家和追求成功的人士提供了正反两方面最好的教材。

刘备的儿子刘禅从小就没有经历过逆境的磨难，是在顺风顺水的"安乐窝"里长大的，长期处于顺境，一路铺满鲜花，闪耀着光环，享受着荣华富贵，过于依赖"顺境"的作用，而缺失应有的勇气、信心、思考、奋进。刘备去世后，遗诏托孤于诸葛亮，但刘禅是个庸主，是一个"扶不起来的阿斗"。诸葛亮在世的时候，全依赖于诸葛亮掌管着军政大事，而他却每日里过着花天酒地的生活。到后来虽有蒋琬、费祎、姜维一些文武大臣辅佐他，可是刘禅没了诸葛亮的管束，更是荒淫无度，到蒋琬、费祎死去后，竟让宦官黄皓专权，自己整天浑浑噩噩，无所作为，朝政日益腐败，蜀汉时局每况愈下。魏国攻打蜀国，刘禅没有一点战斗的信心和勇气，为了保命，他不顾一国之君的体面，竟赤着上身，反绑双臂，叫人捧着玉玺，出宫投降，在魏将邓艾面前浑身不停地颤抖。为了苟且偷生，把形象和志气以及父辈开创的蜀国基业统统抛到了九霄云外。尽管如此，司马昭还是不放心，就派他的心腹贾充把刘禅接到洛阳，以割断他与蜀地的情感联系和蜀人的势力联系。有一次，司马昭大摆酒宴，请刘禅和原来蜀汉的大臣参加。宴会中间，还特地叫了一班歌女演出蜀地的歌舞，一些蜀汉的旧臣看了这些歌舞，油然涌起国破家亡的伤怀之情，个个泪流满面。只有刘禅麻木不仁、嬉笑自若。司马昭观察了他的神情，宴会后，对贾充说："刘禅这个人没有心肝到了这步田地，即使诸葛亮活到现在，恐怕也没法使蜀汉维持下去，何况是姜维呢！"贾充说："不是如此的话，殿下怎能吞了蜀汉。"过了几天，司马昭在接见刘禅的时候，问刘禅："您还想念蜀地吗？"刘禅乐呵呵地回答说："这儿挺快活，我不想念蜀地了。"这就是一个快六十岁的皇帝只要他乡，不要故乡，只要快乐，不要奋斗，置人民的生死于不顾而说出来的不要脸的话！

逆境商高的个人，能够承受超常的磨难，因而能够主宰自己的命运，创造出奇迹。法国诗人维尼说得好："上帝把地球投入太空，他同样把人投入命运。""平凡的人听从命运，具有伟大的性格的人起来斗争。""强者创造事变，弱者受制于上帝给他安排的事变。"维尼这里所说的起来与命运做斗争的"伟大的性格"，主要就是指主宰命运的逆境商。凤凰每次死后尸体都会燃起大火，在熊熊的烈火中又获得了比以前更具生命力的新生，这就是涅槃。当人生跌入谷底时，也许正是涅槃。牡蛎经历了痛苦才凝成了珍珠。我们的亚圣人孟子早在两千年前就说过："天将降大任于是人也，必先苦其心志，劳其筋骨，饿其体肤，空乏其身，行拂乱其所为。"这就是说，人要做些事情或者成就伟业，总要经受磨难与锻炼。而且你要做一般人、一般的事情，你可能会经历一般的磨难；你要做伟人，干伟大的事业，你就必须承受超常的磨难和历练。在中国传统文化中早就有这样的智慧语言："宝剑锋从磨砺出，梅花香自苦寒来""有志者，事竟成，破釜沉舟，百二秦关终属楚；苦心人，天不负，卧薪尝胆，三千越甲可吞吴"。纵览历史不难发现，绝大多数伟人和人才都是在逆境中成长起来的。其中的道理在于：一是逆境中往往蕴藏着巨大的创造奇迹和成才成功的机遇；二是处在逆境当中而不甘于被逆境所主宰，希望摆脱逆境，这就会激发出努力奋斗的自信心和意志力，塑造出更高的逆境商。在中国古代这样的例子不胜枚举：文王拘而演《周易》；仲尼厄而作《春秋》；屈原放逐，乃赋《离骚》；左丘失明，厥有《国语》；孙子膑脚，兵法修列；不韦迁蜀，世传《吕览》；韩非囚秦，《说难》《孤愤》；《诗》三百篇，大抵贤圣发愤之所为作也。这些经天纬地之才都是在逆境中成才的，可以说没有逆境就没有他们的成就和辉煌。西方的培根也说过这样的话："奇迹多是在厄运中出现的。"闻名海内外的经济学家贝弗里奇也说："人们最出色的工作，往往是在逆境的情况下做出的，思想上的压力，甚至肉体上的痛苦，都可能成为精神上的兴奋剂。"这些话是对提高逆境商与提升事业关系最为经典的描述和概括。海明威说："我可以被毁灭，但是不能被打败！"英国文学家狄更斯七岁时，他的父亲因还不起债而入狱，母亲靠给人洗衣服维持家中的生活，他从小就不得不去鞋厂做工，饱受贫穷困扰，但是他没有被打败，在思想压力和肉体痛苦面前能够正视自我，不气馁、不消沉，好学而上进，终于成为英国杰出的现实主义作家。别人的尊重和赞许，就来源于你面对苦难而不甘平庸的心态和行为，特别是从谷底那种高能量反弹的能力。拿破仑信奉的就是"世上没有不可能的事"，因此缩短了他与梦想的距离，创造出了许多奇迹。

人生有两种境况：顺境与逆境。遭遇逆境，一波三折是人生的必然，但逆境不是绝境，人生的每一个阶段都会遇到各种不同的逆境，在逆境面前吐露苦衷，顶多也就博得几滴同情的眼泪，自暴自弃得到的更是数不清的白眼。《瓦尔登湖》的作者梭罗说："最害怕死亡的人是那些从未认真活的人。"身陷逆境，没人请你吃肉，就奋力自救，把自己当成柴火，当成肉，让自己的鲜血和生命充分燃烧起来，你就会像日食边缘的钻石那样更显光华，照亮天下，历史的聚光灯也会再一次打在你的身上。诚能如此，多一次逆境，就多一分成熟，多一些为自己寻找奶酪的本领，多一些谷底反弹的能力，就会在逆境中磨炼出不一样的人生，打拼出一番不一样的事业，体会别人体会不到的快乐，赢得别人的敬佩与尊重。

当今社会虽然物质相对丰富了，但人们精神上要随时面临社会带来的压力和竞争，"压力"和"竞争"就是逆境。法国教育思想家埃德加·富尔于1972年向教科文组织总干事递交了一份研究报告，随后联合国教科文组织国际教育发展委员会编著了《学会生存》，联合国为21世纪提出的教育口号是"Learning to be（学会生存）"。我理解这句口号的实质，其是要人们念好逆境这本最难念的经。在飞速发展的时代提出这样的口号，那就是让人们都掌握在充满"压力"和"竞争"的逆境中生存的本领。人生和事业是在"压力"和"竞争"的逆境中前行的。这些逆境有的来自于社会方面，如社会文化、经济环境、生态环境、社会治安、就学与医疗条件等；有的来自于职场方面，如职务升迁、同事的钩心斗角、薪酬的多少、下岗失业等；有的来自于个人和家庭方面，如身体健康、心理精神、家庭负担、住房条件、夫妻以及其他家庭成员的和谐状况等。逆境是客观存在的，"学会生存"最重要的就是要知道自己为什么活着，知道逆境商是上帝赋予人类的特权，是免费的压倒苦难的良药，是打开逆境阀门的不可替代的力量，从而提高自己的逆境商，以改变逆境。哲学家尼采早就说过："如果一个人知道他为什么活，就会忍受生活加诸他的一切痛苦。"美国的心理学家曾经进行了一项连续三十年的实验，对1 000名智力超常的儿童进行跟踪调查。结果发现，这些智力相近的儿童后来的成就却有很大的差别。有的举世瞩目，有的则平庸无奇。这个实验又对20%最有成就的对象和20%最无成就的对象进行了研究，发现他们之间最显著的差别在于：前者知道自己为什么活着，从而意志坚强、自信、有进取心，遇到困难不屈不挠；后者是"从未认真活的人"，因而缺乏自信心，缺乏毅力和进取精神，没有勇气面对挫折和失败，总为打翻的牛奶哭泣。勇敢与风险是并行的，总是让孩子远离风险，就会让孩子变成懦夫。对于成长中的孩子，一定要进行逆境的历练，让他们经风雨见世面。"金树银树"不能种在屋子里。沙发里长不出参天大树，小鱼缸里养不出蛟龙。孩子在家是"中心"，是"小皇帝"，可是一到学校和社会，他就不是"中心"，也不是"小皇帝"了，而且社会环境的气候很残酷，没有很高的逆境商，一旦逆境袭来就会惨败。人生和事业就是逆流而上的行为，泥巴经受了火的涅槃，才会有坚强的体魄。父母抱着你走过的山路，最后自己必须重新走。把自己难为够了，生命有了强度，别人就为难不了你了。你想让你的孩子将来成为人物而不是废物，就应该让孩子接受逆境的洗礼，积蓄将来人生的后劲和战胜困难的力量。洛克菲勒给他年轻的儿子——第二代继承人小洛克菲勒写了一封信，信中说："你要想使一个人残废，只要给他一双拐杖。"就是因为洛克菲勒家族不给自己的后代"拐杖"，让他们在困境中不断地磨炼自己，精进自己，修炼自己，开发出了身体的潜能和精神毅力，抓到了逆境商这一人生最硬的底牌，才成功地打破了"富不过三代"的魔咒。

第十一讲　激励是重视显能，还是重视潜能

　　黄忠，字汉升，原是刘表麾下中郎将，自跟随刘备以来屡立战功，为蜀汉基业立下了汗马功劳，是蜀汉五虎上将中最年长的一位，史上黄忠的名字成了老当益壮的代名词。刘备攻打汉中期间，年近七旬的老将黄忠随同出征，黄忠虽然年老，但并不服老，一心想着建功立业。

　　张郃立下军令状，攻打巴西，张飞巧借地利出奇兵，首战告捷，乘胜追击至宕渠山。张郃求援曹洪，曹洪不肯，张郃大败，退守瓦口关，张飞又攻克了瓦口关。张郃落荒而逃，投奔曹洪。张郃带兵攻打葭萌关戴罪立功，葭萌关守将孟达迎战，战败，向成都告急，法正主张找一员大将前去抗敌。由于张飞驻守瓦口关，马超屯兵下辨，此时刘备帐中大将只剩赵云、黄忠、魏延三人。军师诸葛亮建议说："老将黄忠足以抵御张郃大军，只是要以言语激之，否则虽勇亦不能胜。"刘备听后笑着点了点头，随后升帐议事。

　　诸葛亮说道："葭萌关乃西川咽喉，张郃更为魏之名将，必须调翼德将军，才能胜任。"黄忠要求出战，诸葛亮说他年老恐难担此重任，黄忠听了，白发倒竖，没好气地说："军师为何看不起人，我虽老，但两臂尚能开三担之弓。"随后黄忠为了证明自己的实力，愤然轮刀拉弓，拉断了两张硬弓，在座诸将和刘备赞不绝口。诸葛亮遂命黄忠率军出征。

　　张郃出马迎战，见了黄忠，笑曰："你许大年纪，犹不识羞，尚欲出阵耶！"

黄忠怒曰："竖子欺吾年老！吾手中宝刀却不老。"一战击溃张郃大军。

在接下来的定军山战役中，诸葛亮又施激将之计，先夸赞了一番敌将夏侯渊如何勇武，然后说在座诸位谁也不能敌，要去荆州请关羽来才可战胜夏侯渊。黄忠听了诸葛亮一番议论后，不知是计，气冲冲地说道："昔日廉颇八十尚能出征，诸侯畏惧其勇，不敢犯赵，我还不到七十，定能取夏侯渊首级，献于主公军师。"诸葛亮遂命冷静、有智谋的法正辅佐黄忠领兵出征，黄忠依照法正之计，刀劈夏侯渊于马下，为刘备夺取汉中立下了奇功。

关羽死后，刘备率四万大军伐吴，那些曾经跟随刘备出生入死的将领均已年迈，军中涌现出了以关兴和张苞为代表的一大批小将。在战争初期，关兴和张苞表现出众，而随军的老将黄忠却表现一般。

刘备看黄忠表现平平，想起夺取汉中时，诸葛亮两次智激黄忠的计策，于是在一场宴会上感慨地说："果然是英雄出少年啊，昔日跟随朕南征北战的将军们都已老迈无用，不过有关兴、张苞二位贤侄在，何愁东吴不灭。"刘备说上面那些话，为的就是激将黄忠，使其能够发挥最大战力。果然，此话一出，本来笑呵呵的黄忠立刻站了起来，愤然离开了大帐。有人报老将黄忠投东吴去了。刘备笑着说："黄忠不是反叛之人，他只是不服气，故去与东吴争锋。"而事实也的确如此，黄忠率本部人马冲向了吴军阵中，前去与吴兵作战，一上阵，便力斩史迹，胜了潘璋，不幸的是，第二日遭遇敌军埋伏，中了马忠的冷箭，因失血过多而身亡。

潜能是指人具有的但又未表现出来的潜在的能量。人人都具有神奇到不可思议的无限潜能。潜能来源于潜意识，潜意识相对于意识而存在，又称"右脑意识""宇宙意识""祖先脑"。弗洛伊德有个冰山理论：人的意识组成就像一座冰山，露出水面的只是一小部分（意识），隐藏在水下的绝大部分（潜意识）却会对露在水面上的部分产生影响。美国知名学者奥图博士说："人脑好像一个沉睡的巨人，我们平均只用了不到 1%的大脑潜力。"西方的历史学家陆哥·赫胥勒说得更鲜明："如果撰写 20 世纪的历史，不要忘记：本世纪的最大悲剧，不是连年战争，不是恐怖地震，甚至不是美国将原子弹投向日本广岛，而是人们活着、劳作着，但是直到他们离开人世时都没有意识到，他们身上还潜藏着尚未被开发的巨大能量。"人们体内的亿万细胞中，有着巨大的未被开发与利用的潜能。唤醒这种潜能就能做出许多神奇的事情来。潜能的动力深藏在我们的深层潜意识当中，潜能分为生理潜能和心理潜能。激励的目的就是让平凡的人干出不平凡的事业，让不平凡的人干出更卓越的事业，这就要把激励的着力点主要放在潜能上。潜能的发掘和发挥都存在着极大的心理因素，能够激发一个人的潜能的三大心理因素是：充满自信、意志顽强、愿望强烈。

从军事角度讲，激将法是利用人的自信心和逆反心理，以"刺激"的方式激起不服输情绪，将其潜能发挥出来，使将领出战从而得到不同寻常的战果的一种方法。诸葛亮善于在战场上斗智斗法，又善于了解手下大将的自信心、意志和愿望，艺术地运用激将法，调动了他们的显能和潜能，取得了惊人的战绩。诸葛亮用黄忠就靠一"激"字，黄忠有勇有谋，年虽老却不服老，这就是有自信的表现，民间有句俗话叫"黄忠七十不服老"。黄忠如服老，就真的老了，就没人用他了，诸葛亮就不能用"年老恐难承担此重任"来激励他；因其不服老，就最怕人说他老，诸葛亮用此话激励，打压了他的自信心，让他产生逆反心理。黄忠果然不服气，引起了他的抗争，"白发倒竖"，并反驳说："我虽老，但两臂尚能开三担之弓"，并且当着众人的面"愤然轮刀拉弓，拉断了两张硬弓"。黄忠已七十余岁，舞刀弄枪不减当年，足见其平日练功之深和意志力之强。黄忠"一心想着建功立业"，并立下了军令状，不打败张郃不回来，这就是有着强烈的愿望。诸葛亮就是在自信、意志、愿望三个精神要素点上发力，把黄忠的潜能激发出来了，遂拨给他人马，命其率军出征。张郃见了黄忠，说他"许大年纪，犹不识羞，尚欲出阵耶"！张郃不了解，黄忠老将出战的劲头和斗志就是被诸葛亮以其不服老而有意说他老激发出来的，张郃又以黄忠已老而讥讽他，这对黄忠又是一个激励，怒骂张郃"竖子欺吾年老！吾手中宝刀却不老"，黄忠的潜能又激发出了一层，一战击溃张郃大军。

接下来的定军山战役中，诸葛亮又以自信、意志、愿望三个精神要素为激励点激励黄忠。诸葛亮先夸赞了一番作为曹军西线最高统帅的夏侯渊如何勇武，然后说在座诸位皆不能敌，要去荆州请关羽来才可战胜夏侯渊。黄忠生气了，表示自己"定能取夏侯渊首级，献于主公军师"。诸葛亮见黄忠的潜能又被激发出来了，遂命法正辅佐黄忠领兵出征。"黄忠一马当先，驰下山来，犹如天崩地塌之势。夏侯渊措手不及，被黄忠赶到麾盖之下，大喝一声，犹如雷吼。渊未及相迎，黄忠宝刀已落，连头带肩，砍为两段。"曾在庐江、太原、渭水、安定、塞北、江左到处作战，立下赫赫战功的夏侯渊，本事并不比黄忠差，之所以连还手的机会都没有，完全是因为黄忠的潜能被诸葛亮激发出来了，而夏侯渊还在显能状态。

黄忠夺取天荡山，攻占定军山，斩将立功，除了他生理老了、心理不老的自身素质在起作用外，还因为诸葛亮的激将法运用得妙。诸葛亮说得好："此老将不着言语激他，虽去不能成功。"黄忠生平事略可考的也就他生命的最后八年了（建安十七年至建安二十五年，即公元 212—220 年），这也是他人生最辉煌的八年。为什么八年前黄忠的生平事略没有可考的，就是因为在八年以前的生平中没有值得大书一笔的擒将夺隘战功，这八年有了，这不能不说，与黄忠晚年遇到了这样富有激将智慧的诸葛亮军师有极大的关系。

诸葛亮也针对张飞的自信心、意志力和实现愿望，采用"激将法"来进一步激发他的斗志和勇气。当马超带大军来攻打葭萌关时，诸葛亮虽然单独和刘备说："只有张飞、赵云二位将军，才能对敌马超。"可是，当张飞主动来请战时，诸葛亮不予理睬，并对刘备说："马超那可是智勇双全的将军，无人可敌，只有派人到荆州请云长来，方可对敌。"张飞一听这话，情绪就上来了，说道："军师太小瞧我了！我曾经当阳桥前独身抵御曹操百万大军，还怕一个马超匹夫不成！"诸葛亮继续刺激张飞说："马超无敌于天下，他渭桥六战，把曹操杀得割须弃袍，差点命归西天，就是云长来了也未必能取胜。"张飞的自信心和实现愿望被激发到了顶点，大声喊道："我今天就出战马超，如若不胜，甘愿受军法处罚！"诸葛亮又顺水推舟地"激"了一步："如果你敢立军令状，便派你为先锋！"张飞立下了军令状，满怀斗志出战马超去了。

激将法作为一种激励的计谋虽然是好计，但是激将法是　把"双刃剑"，在激励时要看清楚对象、环境及条件，还要掌握正确的使用方法和激励的火候，不能滥用。刘备对黄忠的激将法用得就有些过火了，这时的黄忠确已到了衰老之年，尽管他自己不服老，但是抗拒不了自然法则。当刘备看到"随军的老将黄忠却表现一般"的时候，就应该认识到处处逞强好胜、"一心想着建功立业"的曾经"不服老的"黄忠确实衰老了，应该多给予关怀，在使用上量力而用，不宜激励过火，而刘备却当着黄忠的面说出"老迈无用"的话，太过于刺激人了。跟随刘备多年屡建奇功的黄忠在这样的话的强烈刺激下，率军冲入吴军阵中，虽然力斩史迹，胜了潘璋，但最终遭遇敌军埋伏，中冷箭身亡。刘备没有掌握好激励的分寸，一代将星就这样惨淡陨落了！

诸葛亮对于激励的作用、激励的方式等都有很深的了解，他在用激将法过程中，常常根据被激将的对象、环境及条件采用不同的灵活激励方式，以收获激励的效果。诸葛亮为了说服孙权联合抗曹时，黄盖引诸葛亮见孙权。诸葛亮见孙权碧眼紫髯，容貌非凡，料他有自信心，也有强烈的实现愿望，于是用语言相激，刻意夸大曹军数量及战斗力，讲明曹操欲图江东，劝孙权早降。孙权问刘备为什么不降，诸葛亮又言刘备乃汉室宗亲，英才盖世，怎么能降曹操汉贼。孙权的自信心和实现愿望被打压了，气得拂衣而去。孙权知道诸葛亮故意激自己，便出堂与诸葛亮畅谈后决意联合抗曹。随后，诸葛亮拜见周瑜，周瑜假意保全江东，告鲁肃其意欲降。诸葛亮假意不知二乔分别是孙策、周瑜之妻，念了曹植的《孔雀台赋》，曲解其意，说曹操是为了获得二乔而来的。周瑜大怒，表示要与曹操老贼势不两立，决定起兵抗曹。

为了我们人生和事业的成功必须激励潜能，历史上多少英雄豪杰就是靠一"激"字释放了潜能，才做出了惊天动地的事业。激励者一般是领导者，也可以比作放火者，被激励者一般是下属，是燃烧者，但必须有精神的燃料，才能着火。诸葛亮智激黄忠的故事给了我们激发潜能的智慧启迪，能够激发一个人的潜能的三大精神燃料是：充满自信、意志顽强、愿望强烈。

自信是自我激励、奋发进取最具价值的精神素质，自信也是激发潜能最具活力的因子，一个人除非自信，否则无法从别人那里得到自信，也无法带给别人自信。人可以对其他一切绝望，但绝不能对自己绝望。在人的所有缺点中，最不可救药的就是失去自信。谁不自信，谁就像没有芯的蜡烛，不能被点燃，谁就没有将来，谁就等着别人来嘲笑。就像一个即将上阵的将军，还没有真枪真刀地打起来，就先想到输，先把自信心输掉了，那上战场就等于是送命去了。人都行进在信心所指引的方向上。有自信的人相信自己有能力实现既定目标，在事情难度很大和挑战剧烈的环境中也不改变目标，而是彻底唤起激情，引爆内在的生理潜能和心理潜能，为自己鼓掌，也为别人加油，直到实现目标。

意志是激发潜能的灵魂，意志本身又是一种特殊的潜能，它与人类潜意识深层次的力量有一种天然的联系，意志最能体现人的意识能动性，一个人的意志力达到一定程度，潜意识的神奇力量就会被激发出来。古人讲："志不强者智不达。"有些人智商虽然很高，但由于缺乏顽强的意志力，现有的智力都不能得到彻底发挥，更谈不上开发潜能。人体有一种天生向下的自重力，向下走容易，向上走困难。因此，人有一种与生俱来的惰性，而人的显在智力能量和潜在智力能量最容易被惰性给消磨掉。人的智力潜能就好比海绵的水，没有压力时是绝对不会自动释放出来的。人有了顽强的意志力，就会有精神的兴奋点，消极的和负面的情绪就会统统收起来，从而激励自己走向进取的、迎着逆境而上的道路，就给了智力潜能一种外在的压力，他的聪明才智就会像清泉一样从泉眼喷涌而出。一个人能够做到使自己的意志力保持在进取的状态，那么他就能比较充分地发挥出个人的潜能。卓越超群者最大的特点是：在不利与艰苦的境遇里即使眼睛里闪烁着泪光，意志也十分顽强。早在 19 世纪，英国作家狄更斯就说出了这样富有哲理的话："顽强的毅力可以征服世界上任何一座高峰。"不错，有了百折不挠的顽强意志，哪怕是已经受到束缚，也会激发出潜在的神奇力量破茧成蝶。哪怕是被巨石压入谷底，也会激发出无限力量反弹上高峰。碳就是在一定的压力下才变成五彩缤纷的钻石的。

　　顽强的意志力，在现实中表现为惊人的向前坚持力。坚持，坚持，再坚持，就会突破前进道路上的左右断崖和死胡同，以超乎常人的信念坚持到底，必有超乎常人的成就。歌德高度地赞扬过坚持力的意义："不苟且地坚持下去，严厉地驱策自己继续下去，就是我们中间最微小的人这样去做，也很少有不会达到目标的。因为坚持的无声力量会随着时间而增长，达到没有人能抗拒的程度。"爱默生也同样掷地有声地说："伟大高贵人物最明显的标志，就是他坚定的意志，不管环境恶化到何种地步，他的初衷与希望仍然不会有丝毫的改变，而终至克服障碍，达到所企望的目的。"在你生命的征途中和事业的发展中面临绝境，精疲力竭的时候，一定要给自己以这样的激励：有利的境况和主动的恢复，就在再坚持一下的努力之中。

　　愿望是一个人对某件事物、某个既定的目标或者某个美好的前景渴望的心理状态，这种心理状态决定着一个人为了获得某件事物，达到某个既定的目标或者实现某个美好的前景所表现出的精力、能量、决心、毅力和持久的努力的程度。强烈的实现愿望是心灵的方向。没有愿望，这个世界就不能进步。没有愿望，一个人的生命和事业就像不知停泊港口的船只，只能在大海中无目的也无动力地随海浪漂泊。有了强烈的实现愿望，哪怕是驾着一叶扁舟，舵就掌握在自己的手上了，就有了自己选择的人生和事业的前进方向，就不会任凭波涛的摆布。强烈的实现愿望能够唤醒身上的活力，将你的显意识和潜意识调动在实现目标的运作上，使出浑身解数，使心想事成，使万事变成可能。任何领域的领袖人物、顶尖人物，成功的秘密都在于他们始终如一地保持强烈的愿望。刘备在荆州数年，有一天刘表设酒宴安慰他。席间两人相谈甚欢，刘备如厕摸自己的髀，发现因常年骑马而肌肉紧凑的大腿上面又长了厚厚的脂肪，不禁感慨道："日月若驰，老将至矣，而功业不建，是以悲耳。"这段"髀肉之叹"表达了刘备不甘沉沦的强烈实现愿望。但年龄在刘备之上的刘表就没有强烈的实现愿望，只是一个炕上的狸猫——坐家虎，就守着荆州那一块。在袁绍和曹操官渡之战时，刘备劝他乘虚袭击曹操，发展和壮大自己的势力，却被他拒绝了，最终刘表苦心经营的荆州在他死后的很短时间就沦陷了。而心怀匡扶汉室强烈愿望的刘备，则成为坐拥天下的开国皇帝。哈佛大学心理学教授威廉·詹姆士说："不管什么事情，只要满怀希望就会成功。你真诚地希望某种结果，就可能得到它。"有愿望就去追，能把潜能激发出来，十有八九都会见到彩虹。正如高尔基所说："我常常重复这样一句话，一个人追求的目标越高，他的才能就发展得越快，对社会就越有益，我确信这也是一个真理。"潜能学家安东尼·罗宾也说得好："更好地发挥潜能和你的价值观是分不开的。许多人牺牲自己的价值观，去做自己不愿意做的事，这就是他们不能发挥他们潜能的原因。"人生的追求就像一支箭，如果射出的一刹那具备了强烈的实现愿望，就不会懈怠，就会以不同寻常的智慧和力量抵达理想的终点。没有强烈的实现愿望，射出去的箭就找不到靶子，就是一支没有目标的流浪箭。这就是为什么有信心、有意志、有愿望的人能够创造出很多奇迹的缘故。

刘备对诸葛亮也曾经运用过强烈的实现愿望进行激励。刘备三顾茅庐，听了诸葛亮的"隆中对策"后，对诸葛亮说："备虽名微德薄，愿先生不弃鄙贱，出山相助，备当拱听明诲。"但诸葛亮的答复是："亮久乐耕锄，懒于应世，不能奉命。"刘备把握了诸葛亮以天下苍生为念，愿救天下黎民百姓的强烈愿望，立即攻心："先生不出，如苍生何！"这话是很有分量的，你诸葛亮可以不管我刘备，可以放弃你自己的前途，但是你能放弃天下的百姓不管吗？诸葛亮被激励起来了，遂决定出山辅佐刘备。

一个有自信、有顽强意志力、有强烈实现愿望的人是不会老的，因为自信、意志、愿望就是生命力。在人生和事业发展中，要活得精彩，要事业成功，就要不惜一切代价把"充满自信、意志顽强、愿望强烈"的三大心理因素牢固地建立起来，这三大心理因素会深入影响到潜意识，在能够激发你潜能的气氛和环境里纵横驰骋，帮助你做出惊人的事业。

显能量是相对于潜能量而言的，显能量只是物质在运动中所表现或显示出来的一种动能量或作用量，显能量来源于潜能量，又可以增加潜能量。物理学上有个能量守恒定律，这一定律揭示出的原理是：能量既不会消灭，也不会创生，但不同能量之间可以相互转化，转化过程中能的总量保持不变。潜能量转化为显能量，称之为能量的释放；显能量转化为潜能量，称之为能量的吸收。因此，我们不仅要研究能量的释放，还要研究能量的吸收。我们能够发掘出来的潜能虽然只是很小的一部分，即使如此，也还是需要不断补充我们的潜能。显能量转化为潜能量的方式很多，其中最重要的方式就是学习。学习能很好地开发人体的潜能，不断地学习，让潜能无穷尽。我们必须拥有一颗进取的心，不断地学习。一个人的知识储备越多，潜能就越丰富，一旦被激发出来，就会释放出最具生命力的光彩。

第十二讲　人生的智慧是报知遇之恩，还是追求价值的实现

引导故事

东汉末年，汉灵帝倚信张让等十常侍，任其专恣蠹政。因此使朝政日非，以致天下人心思乱，盗贼蜂起。中平六年（公元189年）灵帝死，长子刘辩继立为帝，其生母何太后临朝听政，外戚同宦官的斗争更加激烈。太后的哥哥大将军何进为了剿灭宦官，不听别人的劝告，召并州牧董卓带兵入京，董卓还没有赶到，何进已被宦官所诱杀，袁绍等又杀了宦官。

十常侍被清理后，蔡邕回到了家乡，过起了悠然的隐居生活。董卓进京后，私立皇帝，并自封为相国，权倾天下。这时，李儒劝董卓"擢用名流"，以收人望，提高管理集团的层次，就是笼络早已消失殆尽的人心，并把一些有名望的人拉入自己管理的朝廷中来。董卓想起了赋闲在家的名流蔡邕，于是派人去征蔡邕入朝为官，来为自己装点门面。

董卓的如意算盘打得不错，可是蔡邕开始并不买他的账。蔡邕知道董卓是麻袋片子做龙袍——不是什么好料子，不肯赴任。董卓想用高压手段使蔡邕就范，命人对蔡邕放出狠话："如不来，当灭汝族。"蔡邕惧于董卓权势，只有赴命。

董卓见蔡邕这样的鸿儒能来，非常高兴，一月之内，连升三级，拜为侍中，到了初平元年（公元190年），蔡邕更是官拜左中郎将，从献帝迁都长安，封高阳乡侯，足见董卓对他十分厚爱。尽管如此，蔡邕仍不看好董卓，曾考虑过东奔兖州，远离董卓，不为其效命。但是因为蔡邕相貌比较特殊，极易为常人所辨认，

所以没有去实施这个想法。

董卓是个吃人不吐骨头的主，其嗜杀成性，倒行逆施，祸乱朝廷，引得天下诸侯联合讨伐。但董卓有英勇无敌的大将吕布，加上盟军内部出现分歧，武力讨伐没有成功。后来，司徒王允设下"美人计"，离间了董卓和吕布的关系，假吕布之手将董卓诛杀。董卓被杀之后，抛尸街头。先是百姓们"看尸军士以火置其脐中为灯，膏流满地。百姓过者，莫不手掷其头，足践其尸"。把人的尸体"点天灯"，当然是因为极度仇视所致，颇令人解气。

其后更为酣畅的是，董卓的部将李傕、郭汜等打着为董卓报仇的名义兴兵，"下令追寻董卓尸首，获得些零碎皮骨，以香木雕成形体，安凑停当，大设祭祀，用王者衣冠棺椁，选择吉日，迁葬郿坞。临葬之期，天降大雷雨，平地水深数尺，霹雳震开其棺，尸首提出棺外。李傕候晴再葬，是夜又复如是。三次改葬，皆不能葬，零皮碎骨，悉为雷火消灭"。最后董卓连个全尸也没落下，被重新安葬又遭天谴，坟墓屡遭破坏。《三国演义》作者都忍不住站出来说了一句："天之怒卓，可谓甚矣！"

然而就是这样一位令无数人深恶痛绝的人，还有人"伏其尸而大哭"。

王允大怒曰："董卓伏诛，士民莫不称贺；此何人，独敢哭耶！"于是唤来武士："与吾擒来！"

很快将哭尸的人抓来。众官一见，无不惊骇：原来那个为董卓哭尸的人是侍中蔡邕。王允厉声呵斥道："董卓逆贼，今日伏诛，国之大幸。汝为汉臣，乃不为国庆，反为贼哭，何也？"蔡邕伏罪曰："邕虽不才，亦知大义，岂肯背国而向卓？只因一时知遇之感，不觉为之一哭，自知罪大。愿公见原：倘得黥首刖足，使续成汉史，以赎其辜，邕之幸也。"

众官都各惜蔡邕的才能，同情并想要救他，没有成功。太尉马日磾亦密谓允曰："伯喈旷世逸才，若使续成汉史，诚为盛事。且其孝行素著，若遽杀之，恐失人望。"王允说："昔孝武不杀司马迁，后使作史，遂致谤书流于后世。方今国运衰微，朝政错乱，不可令佞臣执笔于幼主左右，使吾等蒙其讪议也。"意思是，当年汉武帝没杀司马迁，结果世上多了一部谤书（指《史记》）。如今要是留下蔡邕，不是又要多一部谤书来迷惑天子，诽谤你我吗？马日磾无言而退，私谓众官曰："王允其无后乎！善人，国之纪也；制作，国之典也。灭纪废典，岂能久乎？"

当下王允不听太尉马日磾和众大臣之言，以蔡邕仍念董卓的旧情，把他划为董卓的余党，命将蔡邕投入大牢，结果蔡邕在狱中缢死。

智 慧 悟 语

　　什么叫知遇之恩？知遇之恩就是被别人相知并厚爱又加提携重用的恩情。报知遇之恩就是把别人提携你的恩情铭记于心，并以一定的方式予以报答。什么叫人生价值实现？美国心理学家亚伯拉罕·马斯洛1943年在其《人类激励理论》的论文中提出需求层次理论，该理论将人类需求像阶梯一样从低到高按层次分为五种，分别是生理需求、安全需求、社会需求（归属需求）、尊重需求和自我实现需求。其中的自我实现就是人生价值实现。人生价值实现是人的最高层次的需要，是个体追求未来最高理想、实现未来最大抱负的最强烈的人格倾向和成就欲望。历史上和现实中很多事实证明：有理想和抱负的伟人为了自我实现这一追求目标，可以牺牲很多常人看来有价值的东西，甚至是自己的生命，这就是自我实现的价值。

　　蔡邕是东汉著名史学家、文学家和书法家，他在汉灵帝光和年间，遭阉党迫害，受了"刑"，避难江南十二年。那么蔡邕为什么要为董卓掬一把老泪，扶尸痛哭，并且哭掉了自己的性命呢？是蔡邕不珍惜自己的性命吗？不是的。蔡邕所哭，不是哭董卓枉死，用他自己的话来说，是哭其对自己的"一时知遇之感"。

　　董卓进京后，虽然暴虐无道，但出于政治上的考虑，为了收买人心，首先为遭受"党锢之祸"而死的陈蕃、窦武平反昭雪；继而又"擢用名流，以收人望"。《后汉书》是这样评价董卓的："虽行无道，而犹忍性矫情，擢用群士。"也就是说，虽然董卓为人残忍，他却能够忍耐本性，广纳人才。于是，一时之间，"幽滞之士，多所显拔"。郑泰、何颙、荀爽、孔伷等一批清流都出来做了朝官。蔡邕也在董卓的选拔之列。起初，蔡邕知道董卓不是好人，并不愿意响应董卓的征招出来为他做事，即"卓命征之，邕不赴"。董卓知道后大怒，说："如不来，当灭汝族。"蔡邕惧怕，被逼无奈，只得应命而出。可以说，蔡邕开始是刀架脖子上被逼着出来做官的。可后来，董卓对他十分看重，《后汉书·蔡邕列传》中提到"卓重邕才学，厚相遇待"，董卓对蔡邕"甚见敬重。举高第，补侍御史，又转持书御史，迁尚书。三日之间，周历三台"。这令蔡邕不觉生出知遇之感，毕竟受到阉党迫害，久居人下，今日得到重用和提拔，可以有机会和条件一展平生之志了。即使不会对董卓感激涕零，也一定会把董卓看作自己的知遇之主。在这一点上，我们不能站在今天的道德高地来谴责历史上的蔡邕。从历史背景上说，自汉武帝以来，实行了"罢黜百家，独尊儒术"的方针，受儒学潜移默化的影响，东汉末年的士人在内心深处都积淀出了"士为知己者死"的集体潜意识，甚至作为一种道德行为准则。蔡邕作为那个时代的士人，自然也会受到儒学耳濡目染的影响，浸润出"士为知己者死"的意识，在特定的时刻或者特定的事件中，这种潜意识就会激发出"士为知己者死"的冲动和表现。尽管他知道董卓不是什么好人，但自己被其"一月之内，连升三级"，在自己和别人看来，这可算得上名副其实的知遇之主了。当他面对王允的责问：为什么国贼董卓被灭，举国同庆，你却反其道而行之，哭尸？蔡邕回答："邕虽不才，亦知大义，岂肯背国而向卓？只因一时知遇之感，不觉为之一哭。"蔡邕这样做的后果他是知道的，即"自知罪大"，"罪大"就一定会受到严厉的惩罚，甚至掉脑袋，面对这样严峻的后果，蔡邕为什么还要义无反顾地去做，并以身殉主呢？他是在实践他潜意识中"士为知己者死"的道德守则。

蔡邕哭董卓之尸是为了报所谓的"知遇之恩"。为什么说是所谓的"知遇之恩"呢？就是因为董卓施给蔡邕的不是真正的知遇之恩。蔡邕本来就是东汉末年著名的史学家、文学家和书法家，并非董卓一手提拔起来的，与"知遇"不搭界，而董卓之所以"擢用"他，并不是因为真正地爱惜蔡邕这个人才，而是因为董卓这个大逆不道的国贼遭到了国人的反对，为了"收人望"，拉拢像他这样的社会名流来装点门面，为自己的统治集团捧场，欺天下人之心，以达到巩固统治的目的。说得更通透一点，董卓"擢用"蔡邕，就是利用他的名声，把他套在自己的战车上，让他的才华助纣为虐。而且蔡邕知道董卓不是好人，不愿赴任时，董卓为了巩固自己的统治竟然以灭族相逼，这有什么"恩"和"知己"可言？是蔡邕一厢情愿地把董卓当作"知己"，有"知遇之恩"，并为此产生了"结草衔环""士为知己者死"的冲动，去为董卓哭尸，稀里糊涂地做了董卓的殉葬品。

蔡邕哭董卓之尸是做了不该做的事。本来蔡邕是一个有是非观念的人，他对董卓是个什么样的人，要干什么事是清楚的，所以董卓要征召他入朝为官时，他不肯应招为国贼所用；即便王允斥责他为什么要哭董卓之尸时，他也知道自己的行为是"背国"，还"自知罪大"，那么明知是"背国""罪大"，不该为，为什么还要偏偏去为呢？这是因为蔡邕的价值标准是扭曲的。蔡邕的价值标准扭曲早在他被迫出来帮助董卓做事之时就已经开始了。董卓为什么能对他"一月之内，连升三级"，无非是因为他做过让董卓十分满意的事情。而这期间正是董卓祸国殃民最猖獗的时候，蔡邕直接或间接成为董卓的帮凶，做了不该做的事。

蔡邕哭董卓之尸是与他的人生价值追求目标相背离的。蔡邕的人生价值追求目标不是要做名相，而是要做史圣，"续成汉史"。"续成汉史"这一价值目标的实现，无论是对蔡邕，还是对国家民族都具有十分重大的意义。蔡邕知道为董卓哭尸，不被处死，也会被"黥首刖足"，而且付出这样的代价对已死的董卓是毫无意义的，而且和自己"续成汉史"的人生价值追求目标是相背离的。实际上，在哭董卓的时候，蔡邕还是没有忘掉"续成汉史"的人生价值追求目标，虽然抱着以身殉主的必死想法，但还是不愿意死的，当面对王允的斥责时，蔡邕仍请求"愿公见原"，给以一定的惩罚而保留自己的生命。保留生命，不是为了苟且偷生，那是为了什么？"倘得黥首刖足，使续成汉史，以赎其辜，邕之幸也"。可见，蔡邕甘受刑罚而请求保留生命是为了实现灵魂里那个"续成汉史"的人生价值追求目标。当时著名的学者郑玄叹息说："蔡邕死了，汉代的事还有谁能说清楚！"当然，王允没有给蔡邕机会，也就因为"哭董卓"他的生命没了，他的"续成汉史"的人生价值追求目标也随之化成泡影，虽然顶着天下赫赫大才的名声，却也只能是历史上的一个匆匆过客，留下了不太光彩的身影。

与蔡邕同时代的诸葛亮，作为荆襄九郡的知识分子，也有着"报知遇之恩"的意识，不仅在刘备生前，诸葛亮有着这种强烈的意识，就是刘备死后，身受托孤之重的诸葛亮仍然坚守这种意识。在《出师表》中，诸葛亮写道："臣本布衣，躬耕于南阳，苟全性命于乱世，不求闻达于诸侯。先帝不以臣卑鄙，猥自枉屈，三顾臣于草庐之中，咨臣以当世之事，由是感激，遂许先帝以驱驰。"诸葛亮也是感于先主不嫌自己身居山野，没有一丝官爵的"卑鄙"地位，三顾草庐以礼相待的知遇之恩，"遂许先帝以驱驰"；后来，刘备临终托孤，更表明了刘备对诸葛亮的敬重和信任，这在当时的社会就是最大的知遇之恩。诸葛亮把刘备作为"知己"，要为刘备和刘备的事业鞠躬尽瘁，死而后已。这就是"报恩"。可见，诸葛亮与蔡邕不同，报的是真正的知遇之恩。

与蔡邕更为不同的是，蔡邕为了报所谓的知遇之恩，竟然把人生价值实现的目标对立起来，而诸葛亮报知遇之恩，是和自己当名相的人生价值实现目标紧密地联系在一起的。诸葛亮要做管仲、乐毅这样的名相这一人生价值追求目标，在豪强争雄中，高卧隆中，持谨慎的态度，不肯轻易附身于一方霸主，而是"凤翱翔于千仞兮，非梧不栖；士伏处于一方兮，非主不依"。诸葛亮之所以选择刘备，而且乐于"受任于败军之际，奉命于危难之间"，就是看清楚了刘备这个人及其所干的事业，正与自己要实现为君王创立王霸之业的名相的价值目标是一致的。因此，诸葛亮才把刘备看作"知己"，把三顾草庐和临终托孤看成是知遇之恩。怎么来报答知遇之恩呢？诸葛亮在《出师表》中说："攘除奸凶，兴复汉室，还于旧都；此臣所以报先帝而忠陛下之职分也。"由此可见，"兴复汉室"是报知遇之恩的目标，而这一目标与诸葛亮建立管仲、乐毅之功业的人生价值追求目标是完全一致的，换句话说，诸葛亮是把报知遇之恩与自己人生价值实现的目标紧紧地捆在一起的。

还有，王允杀蔡邕，从反面说，他也是为了实现自己所追求的人生价值目标。王允要杀蔡邕，很多人都同情蔡邕，劝说王允不要杀蔡邕，就连太尉马日磾也对王允说："伯喈旷世逸才，若使续成汉史，诚为盛事。且其孝行素著，若遽杀之，恐失人望。"王允说："昔孝武不杀司马迁，后使作史，遂致谤书流于后世。方今国运衰微，朝政错乱，不可令佞臣执笔于幼主左右，使吾等蒙其讪议也。"王允的人生最大价值就是想在青史上留下自己的美名，可是他也侍奉过董卓，也被董卓倚重和提拔，其中也不乏巴结逢迎、苟苟且且的龌龊行为。王允知道，蔡邕如果实事求是地把他的这些行为续写在汉史里，这是极不光彩的一笔，与他的"青史留美名"的人生价值实现是根本对立的，这让他心理扭曲，对蔡邕是又痛恨又恐慌，为了防止这种"谤书"的出现和流传，才对蔡邕痛下杀手。

我们再来看一下曹操是如何处理报知遇之恩与实现人生价值关系的。曹操与袁绍算是相差无几的同龄人，初平元年（公元 190 年），曹操率领的五千人跟随联军讨伐董卓，在洛阳被董卓军队打得大败，曹操成了光杆司令。曹操跑到扬州招兵买马，招到的就不多，又跑掉了很多，最后也就剩下不过千人。没有兵员、没有地盘也就没有立足之地，在无可奈何的困境中去投靠了袁绍。袁绍不仅给予礼待，还送给他一部分兵马，让曹操有了绝地反弹的资源。初平二年（公元 191 年），曹操在东郡一带打败了农民武装黑山军，袁绍闻讯后立即以联军盟主的名义，任命曹操为东郡太守，让曹操有了站住脚的根据地。初平三年（公元 192 年），燕州刺史刘岱战死，兖州的官员请曹操来当刺史，遭到了东汉朝廷的反对，并另行任命金尚为新的兖州刺史。袁绍又以联军盟主的身份任命曹操为兖州刺史，使曹操的职位又升迁了，地盘也大大地扩张了。兴平元年（公元 194 年），吕布趁曹操进攻徐州的陶谦之机占领了兖州，后被曹操回兵夺回，袁绍又上奏东汉朝廷请求任命曹操为兖州军政长官。仅仅举出以上四件事，足以看出袁绍对曹操还是有知遇之恩的。后来，袁绍在讨伐曹操的檄文中还提到"有大造于操也"，也就是说，自己对曹操有大恩大德。但是曹操是一个有君临天下抱负的人，绝不会甘心长久地居于袁绍的羽翼之下，更不会为了报袁绍的知遇之恩而放弃了人生价值实现的追求目标。相反，一旦羽翼丰满，就会义无反顾地朝着君临天下的人生价值追求目标前进，人挡杀人，佛挡杀佛。当袁绍阻碍自己人生价值追求目标的实现时，曹操绝不会因为袁绍"有大造"于自己而心软和让步，与其分庭抗礼、决一死战就是曹操的必然之举了。

曹操对荀彧也应该算是有知遇之恩的。当袁绍是关东军盟主、车骑将军，踩一踩脚黄河以北，甚至整个中国都要地动山摇之际，荀彧就看出袁绍难成大事了，于是就离开袁绍而投奔曹操去了。荀彧投靠曹操时，也就是个二十九岁的年轻人，在袁绍那里也没有什么事略可以炫耀。但是当曹操与初到的荀彧一番交谈之后，就认定荀彧是个大才子，并且说荀彧是自己的张良，马上委以重任，把兖州的大小政务交给荀彧，自己腾出身来东征徐州，并且对部下们说："有了荀令君，万事不用愁。"曹操甚至把家小都交由荀彧照管，并且告知家人凡事都要听荀彧的，表达了对荀彧能力的认同和极大的信任。荀彧为了报答曹操的知遇之恩，也以自己超人的睿智为曹操规划了统一北方的蓝图和军事路线，辅佐曹操由弱变强，由小变大，成为一方霸主。他这样做的目的，是帮助曹操成就袁绍难成的"大事"，也就是把当时已经四分五裂的天下，重新收拾整合交给汉朝皇帝实现一统。荀彧是抱着兴复汉室的理想追求来辅佐曹操成就大业的。特别是他被任命为侍中，身居君侧，虽然每天顾问应对，事务烦琐，但他认为这是在尽一个汉臣的职分，心里还是不亦乐乎。可是当荀彧看曹操把他最初给出的建议"奉天子以令天下"，演变成"挟天子以令天下"的时候，知道这是违背自己的人生价值追求目标的。曹操后来的所作所为更是与荀彧的人生价值追求目标背道而驰，渐行渐远。特别是当曹操提出要晋升魏王的时候，荀彧明白了，曹操是要以魏代汉，要君临天下，在荀彧心中这就是汉朝的乱臣贼子。是报知遇之恩，为虎作伥，还是坚持自己的人生价值追求目标，进行劝阻和抵制？荀彧毫不犹豫地选择了后者，以荀彧的智慧和他对曹操的了解，当然知道这种选择的后果必然是遭到曹操的猜忌，甚至由此引来杀身之祸。但是荀彧和他的祖先一样浸染了浓厚的名士风流精神，你曹操为了野心非要大逆不道，不忠不贞，那我荀彧就要为了清流而以死明志，用死来捍卫自己的理想，绝不做一个助纣为虐的奸臣。历史上就有人怀疑荀彧是因为这个原因而被曹操赐死的。直到荀彧死了一年后，曹操才在一群大臣的簇拥下坐上了魏王的宝座。

三国中以报知遇之恩的形式来追求人生价值实现的故事还有很多，信手拈来，王修就又是一个。建安十年（公元 205 年），曹操兴兵进攻南皮，袁谭虽奋力抵抗，但在曹操急攻之下战败，被曹纯麾下虎豹骑所杀。袁谭的首级被割下挂在北门外示众，曹操下令有为袁谭哭者斩，结果只有王修在袁谭的首级下放声大哭。王修在此之前，因在袁谭面前以死相谏，被袁谭赶走了。今天为什么要冒死来哭袁谭呢？王修的解释是：袁谭生前任命他为青州的别驾，对他有知遇之恩，现在袁谭死了，自己对袁谭"亡而不哭，非义也。畏死忘义，何以立世乎！若得收葬谭尸，受戮无恨！"王修的人生价值追求是以死忠来实现忠的最高境界。曹操被王修发自内心的忠诚感动了，不仅没有杀王修，还重用了他。曹操任命王修为手下的司金中郎将，礼为上宾。

当然，三国时期也有人为我们做了人生价值的实现与生命的关系的反面教员，于禁就是其中之一。于禁在公元 194 年投奔曹操后，几乎每一场大战都有他的影子，破黄巾、讨吕布、攻张绣，于禁锐不可当，特别是官渡大战中，于禁建立了奇功。袁绍渡过黄河进攻于禁坚守的延津，以阻止曹操从延津渡河。袁绍派大军多次猛攻，也未能占领延津。曹操派乐进带领三千人加强于禁固守延津的力量，但是，于禁分析了敌我的力量对比，认为延津靠固守是守不住的，而袁绍率主力大军前来，尾大不掉，既缺乏灵活性，也保证不了行军速度，在这种情况下，与其守株待兔，被动挨打，不如主动出击，以迅雷不及掩耳之势打他个措手不及。在于禁的亲自率领下，五千步骑迅速绕过了袁绍的主力，接连攻下了延津北岸向西的三十几座袁军营区，斩杀了数千袁军，擒获何茂、王摩等二十几位将领，打乱了袁军的部署，拖延了进军速度，也灭了袁军的士气，大长了魏军的威风，为后来官渡之战的胜利奠定了良好的基础。于禁因战功赫赫很快被晋升为正七命左将军。曹操得知"万人敌"的关羽带领三万多人进攻樊城，而此时守樊城的曹仁只有几千人马，樊城岌岌可危，派谁去救援呢？曹操知道只有于禁堪担此重任。于是让于禁带领七个军团、三万人去驰援樊城。于禁本来抖起精神想和关羽试比高，可是天助关羽，他利用八月汉水暴涨的天赐条件蓄水泄洪，平地水有数丈之深，七军被淹，失去了战斗力。被曹操誉为"奋强突固，无坚不陷"的于禁此时为了活命，投降了关羽，七军的其余人也都成了降兵降将。于禁用人生价值换性命，他唯一的追求就是活着，是在可耻和屈辱的难受滋味中苟活，他的人生就像山顶的石头掉进山沟———落千丈。关羽被孙权所杀，于禁又转到了吴军手里。有一天，孙权想拿于禁开心，他把于禁叫上骑马同行，虞翻看到后，大喝一声："你这个投降的不要脸东西，怎么敢和我们的主公并行！"于禁不敢回应，只能忍气吞声。东吴的其他人对待于禁也就像对待庙堂里的木鱼，随意敲打。还有一次，孙权在楼船上与群臣宴饮，也叫上了于禁，席间于禁听到了演奏的乐曲，勾起了心酸，忍不住流下了眼泪。虞翻起身大骂："你想用眼泪来博得大家的怜悯吗？你以为这样虚情假意的表演就会抵消你犯下的罪行吗？"于禁此时大概明白了，作为苟且偷生的俘虏，连流泪的尊严都没有。于禁的心一定是屋檐下挂猪胆——苦水滴滴。公元 221 年 8 月，孙权派使者向魏国称臣，并把于禁作为礼物带给了魏国。一个曾经有过一段也算得上可圈可点的战绩的历史名将，此时却被东吴的人当作脚下的足球踢来踢去。曹丕表面上没有为难于禁，还拜他为安远将军，这对唯一追求就是活着的于禁可谓大喜过望。于是，又像土地佬儿腾空——神气起来。但于禁高兴得太早了，于禁忘记了自己已经失去了自我，是井里的吊桶——任人摆布。很快曹丕就下令让他去拜谒曹操的陵墓。来到曹操的陵园时，他看到陵园的屋子上方有一幅壁画，画的是关羽得胜、庞德发怒、于禁投降。立时于禁的灵魂就像被曹丕手里的鞭子抽打了一样，碎得稀巴烂。回到家里于禁就在绝望的羞愧中死去，带着以前程换性命却没换回几天好日子的耻辱走了。

在封建的人治社会，人才被发现和被委以重任往往由权威人来决定，向这个权威人报知遇之恩是一个被提倡和被看重的行为。今天是法治社会，人才被发现和被重用有一套法定的组织程序，并不是一个人或少数几个人随意就可以决定的，传统意义上的那种向某个人报知遇之恩不应该再存在了，把个人知遇之恩与实现人生价值的追求目标紧紧地联系在一起的行为也不应该继续存在了。要报知遇之恩，就只能是报组织的知遇之恩，把个人自我实现的追求目标与组织的发展目标紧紧地联系起来，在组织目标实现的同时实现人生价值的追求目标。人生匆匆，要不想成为历史的过客，就要活出自我，做一个自我价值实现的强者，充分地、活跃地、忘我地、全神贯注地去追寻自己的理想和抱负，哪怕为此付出生命的代价，也要在人生这个舞台上唱出自己的歌声，留下自己的脚印，实现自我价值，获得淋漓尽致的人生高峰体验。

第十三讲　人生的智慧是追求自尊，还是超越自卑

　　田丰是东汉末年钜鹿郡人，从小就天资聪颖，博学多才。入朝做官后因不满朝政腐败、宦官专权而辞职回乡。在韩馥做了冀州牧后，田丰又在韩馥手下做官，但却因为刚直不阿不会拍马屁而不被重用。韩馥后来被袁绍赶走，袁绍倒是很器重田丰，以谦逊的言辞、厚重的礼物请田丰出山，田丰也因为志在匡扶多灾多难的汉朝皇室就接受了袁绍的邀请，成为袁绍的大谋士。

　　建安元年（公元 196 年），曹操将汉献帝迁往许县，从此开始"挟天子以令诸侯"。袁绍每次接到诏书，总担心对自己不利，于是想要天子搬迁靠近自己，派人对曹操说许县低洼潮湿，洛阳又残缺被毁，应当将都城迁到甄城，以便靠近完整丰足的地区。曹操不答应。田丰对袁绍说："迁都的计策，既然不被采纳，最好早点儿谋取许县，接来天子，动辄假托天子诏令，向全国发号施令，这是最好的办法。不这样做，最终将受制于他人，那时即使后悔也晚了。"袁绍没有采纳。

　　建安五年（公元 200 年），官渡之战之前，刘备袭杀徐州刺史车胄，占据沛城反叛曹操。曹操不得已，亲率主力出征刘备，这就使得许县的防御空虚。田丰对袁绍说："同您争夺天下的是曹操，曹操现在去东边攻打刘备，双方交战不可能很快结束，现在调动全部兵力袭击曹操的后方，一去就可以平定。军队根据时机出动，这就是时候。"田丰更进一步指出，一旦攻下许县就可以"挟天子以令诸侯"，从此取天下就要容易多了！袁绍推辞说小儿子生病，拒绝了田丰的计策。田丰当

着刘备的使者面举着拐杖敲击地面说："哎，大事完了！好不容易赶上这样的时机，竟然因为小孩子生病丧失机会，可惜啊！"并气急败坏地拂袖而去，袁绍很恼怒，从此就疏远了田丰。

曹操害怕袁绍渡过黄河，就加紧攻打刘备，不到一个月将刘备打败。刘备投奔袁绍，袁绍这才率主力精兵十万、战马万匹进兵攻许县。

田丰知道机会已经错过，于是就劝阻袁绍说："曹操已经打败了刘备，许都就不再空虚了。而且曹操擅长用兵，变化无常，人数虽少，不可轻视，现在不如长期坚守。将军据有黄河、太行山的天险，拥有四个州的土地人马，外面我们多结盟友，在内部我们发展农耕，操练军队，然后选择精锐部队作为奇兵，趁曹操不备不断发动进攻袭扰河南。敌人援救右边，我就攻其左边，敌人援救左边，我就攻其右边，使敌人疲于奔命，人人都不能安居乐业，我们还没有疲劳，但对方已经困乏，不出三年便可以轻轻松松地消灭他！现在您放着必胜的策略不用而把国运押在决战上，万一失败，后悔都来不及了！""若不听臣良言，出师不利。"袁绍不听。田丰极力劝阻，得罪了袁绍，袁绍认为他动摇军心，就将他下了大牢。

袁绍先发布讨曹檄文，然后率大军南下。当袁绍兴兵，往官渡进发的时候，田丰在狱中向袁绍上书说："今且宜静守以待天时，不可妄兴大兵，恐有不利。"

曹操听闻田丰不在军中，喜道："袁绍必败。"后袁绍败走，曹操叹道："假使袁绍用田丰之计，胜败尚未可知也。"

官渡一战，袁绍的军队是乌龟进砂锅——丢盔卸甲，十万大军最后他只带着八百残兵逃回。众军士都捶胸而哭："如果田丰在这里，不至于败到这个地步。"听到袁绍惨败的消息，大牢里便有人对田丰说："您这下可要被重用了！"田丰说："袁公表面宽厚但内心猜忌，不相信我的忠诚，而且我多次因为说真话冒犯他。如果他得胜，一高兴，一定能赦免我；打了败仗，心中怨恨，内心的猜忌就会发作。要是出师得胜，我将得到保全，现在既然打败了，我不指望活命了。"

袁绍回来后面对如此惨局，羞愧难当，对逢纪说："冀州人士知道我失败了还是应当同情我的，就是田丰以前竭力劝谏，与众不同，我怕是没脸见他！"逢纪这个坏心肠的人乘机进谗言："田丰听说将军败退，拍手大笑，正为他预言正确而欢喜呢！"袁绍对他周围的人说："我不用田丰的计策，果然被他耻笑。"于是下令杀了田丰。

智　慧　悟　语

　　"自尊"原本是个褒义词，是指一个人尊重自己，维护自己的人格尊严，并希望受到他人、群体和社会尊重的心理状态。自尊心是在后天环境中逐渐生成的心理表现，每个人都有自尊心。传统心理学把自尊分为高自尊和低自尊。高自尊者，关注自我提高，期望他人和社会对自己有很好的认知并给予相应的尊重。低自尊者，关注对自我的保护，不看重别人对他的评价和尊重。

　　自卑是因自尊心扭曲而形成的对自己的能力和品质评价过低，是自己瞧不起自己的心理表现。自卑心理具体表现为自我否定，对自己没有信心，办事无胆量，畏首畏尾，当无力应对危机时，还会以自残或残人这种极端的方式表达自己的情绪。自残自不待言，那为什么要残人呢？心理学研究表明：自卑的人不惜用各种手段（包括杀戮）做出让自己感觉好的事情，更愿意把自己的好建立在别人的不好的基础上。自卑感产生的原因很多，其中之一就是由自尊心极强而逆生的。

　　自尊心极强的人在没有获得外界对自己期望的评价和尊重程度，又不能恰如其分、实事求是地分析自己时，便产生了极强的失落感，原有的自尊心一下子就变成了自卑感，自卑又引起心理压力和紧张，抑制自信，导致焦虑，或对他人产生嫉妒心理，或产生自轻自贱心理，或产生自暴自弃心理，或产生报复心理。这种因自尊心极强而自卑，外在表现愈是"自尊"，内心愈是"自卑"的转化模式，会贻害无穷。不少这样的自卑者为了维护自己极强的自尊心，即便是一点点小事侵害到他的自尊心，也会立刻产生保护自我的心态和强烈的报复反应。

　　其实，人都有自尊心和自卑感，这是人的天性，也是阴阳之道。自尊心属于阳性，从外表能够直接表现出来；而自卑感属于阴性，深藏在人的内心深处，轻易不表现出来。而且自尊与自卑从来就不是孤立存在的，也不是静止不变的，它们相互依存，并且在一定的条件下会相互转化。具有极强自尊心的人，骨子里就想比别人强，对自己的地位等有过高的要求，可现实与理想往往有很大的差距，与人交往的过程中收获的不都是掌声和鲜花，也有冷嘲和热讽，当自尊心一次次受到打击时，就会怀疑自己甚至自惭形秽，这样一步一步就会由极强的自尊心发展成过度的自卑感。王阳明就曾经说过：那些活在别人世界里的人，太在意别人对自己的评价，就是内心不强大，也就是极度自卑的人。

　　袁绍祖上"四世三公"，三公是汉朝自皇帝以下权力最大的职位，分别掌管军队、官吏和钱粮，是朝廷顶级高官。袁绍家族往上数三辈都担任过三公的职务，袁绍虽然没有龙的血脉，但也是龙尾巴上的蝗虫，多多少少也能粘上一点龙气，所以袁绍经常亮出"四世三公"的招牌，用先世华族的荣耀自矜自夸，招摇一通，以博得天下人对自己的尊重。袁绍也曾经有过拥有北方大部分地域和众多人口，总体实力傲视天下的辉煌的时候，但袁绍炫耀的心理太强，经常摆出一种来头大、势力大、派头大的自尊姿态。托马斯·肯比斯说："一个真正伟大的人是从不关注他的名誉高度的。"贪慕虚荣的自我卖弄，是博不来尊重的，人的逆反心理决定了其对别人的卖弄往往是不屑一顾的。袁绍虽生于"四世三公"的名门，但他不是嫡出而是妾所生的庶子，袁绍的弟弟袁术曾经骂他是"败家奴"，指的就是袁绍的生母是袁家的婢女，这种出身背景埋下了他心理缺陷的种子——极强的自尊心和极度的自卑感。袁绍也因为自己是庶出而在骨子里有一种胆量小、心胸小、格局小的自卑心理。因此，袁绍就像过山车一样，总是在极强的自尊心和极度的自卑感两个极端荡来荡去。袁绍因极强的自尊心引发了他的极度自卑，而极度的自卑又使他过度狂暴和残忍，为了他自身的面子，不惜草菅人命。袁绍的双重心理，既成就了他的一段事业，也毁灭了他的生命和事业。

早在官渡战役之前，曹操把皇帝接回许县，实现了"奉天子"的第一步后，就要实现第二步"令诸侯"。曹操以天子的名义下诏，任命自己为大将军，由原来的费亭侯越过乡侯直接封武平侯。大将军是汉武帝以后大汉王朝设置的比"三公"地位还高、权力还大的实权职务。曹操当了大将军以后，为了安抚袁绍，又让皇帝下诏任命袁绍为太尉，封邺侯。太尉名义上虽然是全国最高军事长官，三公之一，但地位却比大将军低。袁绍的自尊心被挑战了，气急败坏地对周围的人说："曹操要不是我救他，早就死过好几回了，现在倒要骑在我的头上耀武扬威了，他还想挟天子以令我吗？什么东西！"这些话传到曹操耳朵里，曹操很理性，知道现在还不到和袁绍决一雌雄的时候，便向皇帝上表辞去大将军一职，让给袁绍。袁绍自以为得到了甜头，自尊心也满足了。实际上，袁绍不在朝廷中，他的大将军的号令也就局限在他自己的管辖范围，没有什么实际意义。曹操可以给袁绍这种毫无实际意义的"面子"，以使他的自尊心膨胀，从而迷惑和稳住他，而绝不会给他实际指挥权的"里子"，更不会听他的胡乱指挥。当后来袁绍发现自己空顶着大将军的头衔，而没有大将军的实权时，自尊心又跌入谷底，恨得咬牙切齿，可是再想闹起来的时候，曹操的力量已经强大起来，不再给他机会了，他的自尊心再也热烈不起来了。

　　袁绍这种极度的自尊和极度的自卑交织起来产生的怪胎就是不自信。关于这一点，刘备看得最透。刘备对袁绍的评价是，袁绍的眼睛里能够看到万种神情，独看不到一点自信。

　　官渡之战，袁绍虽然大败，但还不是热汤泡雪花———一下子全完了，只是损失十万人马，对于占据冀、青、幽、并四州，拥有几十万军队的袁绍，没有多大影响，而且袁绍所占据的区域资源丰富，人口众多。曹操虽然大胜，但是地盘并没有扩大，只是得到一部分钱财，得到一部分良将，袁绍的军队大多数被斩杀和四处逃散，曹操的部队也只是稍有扩充。官渡之战失败后，袁绍就像被吓破了胆，一败再败，极强的因自尊而自卑的心理缺陷也被放大，走到了极端的程度。袁绍因为自卑，怕谋士田丰取笑他，下令斩杀了田丰。詹姆士·哈维·罗宾森教授在其《下决心的过程》一书中，讲了一段很深刻的话："人，有时会很自然地改变自己的想法，但如果有人说他错了，他就会很恼火，更加固执己见。人，有时也会毫无根据地形成自己的想法，但是如果有人不同意他的想法，那反而会使他全心全意地去维护自己的想法。不是因为那些想法本身多么珍贵，而是因为他的自尊心受到了威胁……"阿弗斯特在其《影响人类的行为》一书中也有同样的认知："'不'的反应是最难跨越的障碍。当一个人说'不'时，他所有的人格尊严都已经行动起来，要求把'不'坚持到底。事后他也许会觉得这个'不'说错了，但是他必须考虑到珍贵的自尊心而坚持说下去。"袁绍就是这样的一种典型人物，事实证明田丰是对的，可是这恰恰使"他的自尊心受到了威胁"，袁绍就是"考虑到珍贵的自尊心"而把对自己说"不"的田丰给杀了。田丰临死之前醒悟到了这一点，他说："给黑人出谋，应该一死。"袁绍杀了没有错的田丰，一方面让忠诚谋士寒了心，不知如何是从，在自卑心理的影响下，袁绍内心深处的防备机制过强，提防心重，缺少同理心，也把很多贤才拒之门外；另一方面，让心怀鬼胎的谋士有了献谗言的机会，他们知道唱赞歌比唱反调更能得到袁绍的青睐，自此之后袁绍再也听不到直言而只能听到谗言，依照谗言决策，安有不败之理？孟子说得好：愚而好自用，灾难必降临到他身上！袁绍的所作所为，为亚圣这句话提供了典型的佐证。

　　权力分社会权力和个人权力两种。社会权力是通过继承或依据法定程序获得的权力，主要包括合法权、报酬权和强制权。社会权力是有边界的，从空间上讲，是管辖区域内；从时间上讲，是在位期间。个人权力是通过个人的努力和作为产生的具有影响力的权力，主要包括专家权和典范权（人格魅力）。个人权力是没有空间和时间边界的。从力量的来源上讲，社会权力的力量是从外部资源产生的，而个人权力的力量是从个人内部产生的。有了个人权力，内心会产生强大的力量，顺境中能节制，逆境中能坚忍；相反，只有社会权力而不拥有个人权力的领导者把自己的尊严和外在的荣誉看得很重，得意忘形，失意也忘形。个人权力也会产生归心的效应。一个拥有个人权力的人，即使没有社会权力也会在非正式群体中产生聚合作用和引领作用。如果一个领导者既有社会权力又有个人权力，就会产生倍增的领导力。袁绍就是只拥有社会权力而不具有个人权力的人。他的自尊心就来自于社会权力，拥有了这些社会权力资源，他就颐指气使，用曹操对他的评价来说就是"色厉"。而没有个人的权力，内心就不强大，因而总担心社会权力资源受重创或彻底丧失，他的自卑就是这样来的。因为没有个人权力的魂魄，他就优柔寡断，这就是曹操说的他的"胆薄"。

袁绍"色厉而胆薄"，就像枯心的大树，外强中干。"色厉"是他极强自尊心的体现，"胆薄"是他极度自卑的表现。极强的自尊心和极度的自卑都会产生认知上的偏差。袁绍的谋士很多，作为谋士这个群体，就应该像早上的林中鸟——各唱各的调，然后由领导者做出综合选择。但由于袁绍"胆薄"，遇事不能冷静思考，前怕狼，后怕虎，优柔寡断，一旦众谋士提出多个不同的谋略，他就不知如何是好，导致很多决策失误，丧失了一次次机会。袁绍曾经给公孙瓒写过一封信，其中有这样的话："夫处三军之帅，当列将之任，宜令怒如严霜，喜如时雨，臧否好恶，坦然可观。而足下二三其德，强弱易谋，急则曲躬，缓则放逸，行无定端，言无质要，为壮士者固若此乎！"说别人时说得很明白，可轮到他自己时，却沦为他所蔑视的那种老虎皮兔子胆的人，以致成为历史的笑谈。

从另一个方面看，伤害一个自尊心极强而又自卑的人是很危险的，你会在毫无防备的情况下遭到对方的暗算。特别是如果你的领导者是这种自尊心极强而又自卑的人，不去触动他这根脆弱的神经，是你免遭伤害的前提。田丰就是这方面的牺牲者。历史上对田丰才能的评价是相当高的，与张良、陈平等量齐观，也正是因为如此，袁绍才"卑辞厚币以招致丰"，田丰也"以王室多难，志存匡救，乃应绍命"。这样的主臣结合基础应该是很牢固的，田丰自从投了袁绍，对袁绍的事业始终忠心耿耿、尽职尽责、尽心尽力。当时，袁绍是北方最强大的势力，其次是曹操，袁绍能够打败曹操就能够统一北方，进而统一天下。所以，田丰多次为袁绍出战胜曹操的奇谋良策，如官渡之战前，田丰对袁绍说："同您争夺天下的是曹操，曹操现在去东边攻打刘备，双方交战不可能很快结束，现在调动全部兵力袭击曹操的后方，一去就可以平定。军队根据时机出动，这就是时候。"田丰更进一步指出，一旦攻下许县就可以"挟天子以令诸侯"，从此取天下就要容易多了！这本来是一条好计谋，可惜袁绍推辞说小儿子生病，拒绝了田丰袭击曹操后方许县的计策。袁绍固然不懂"为天下则不顾家"的大道理，可田丰做得也过分，竟然当着刘备的使者面举着拐杖敲击地面说："哎，大事完了！好不容易赶上这样的时机，竟然因为小孩子生病丧失机会，可惜啊！"并气急败坏地拂袖而去。这种不注意场合的话和行为，就是一般人也会觉得没面子，下不来台，对于袁绍这种自尊心极强的主，更是难以接受，结果袁绍很恼怒，从此就疏远了田丰。当曹操打败刘备，刘备投奔了袁绍后，袁绍要率主力精兵十万、战马万匹进攻许县，田丰知道机会已经错过，于是就劝阻袁绍说："曹操已经打败了刘备，许都就不再空虚了。而且曹操擅长用兵，变化无常，人数虽少，不可轻视，现在不如长期坚守。"可惜的是，这样一条妙计又被袁绍给否定了。田丰哭谏劝阻，并对袁绍说："若不听臣良言，出师不利。"结果又被袁绍以扰乱军心的罪名给监禁起来了。当袁绍兴兵，往官渡进发时，已经在监狱的田丰又上书："今宜静守以待天时，不可妄兴大兵，恐有不利。"在出征之前，说"出师不利"这样的泄气话，谁都不爱听，像袁绍这样心理特点的人更容易勃然大怒。这些情况说明，田丰对他的主子袁绍自尊心极强而自卑的心理特点还是没有认识到，所以屡屡冒犯。曹操部下谋臣荀彧曾评价田丰是"刚而犯上"。当然，临死之前，应该说，田丰对袁绍因自尊心极强而自卑的心理特点是认识了，这从田丰和狱卒说的话中可以证明："袁公表面宽厚但内心猜忌，不相信我的忠诚，而且我多次因为说真话冒犯他。如果他得胜，一高兴，一定能赦免我；打了败仗，心中怨恨，内心的猜忌就会发作。要是出师得胜，我将得到保全，现在既然打败了，我不指望活命了。"只可惜田丰觉知得太迟了，他以生命为代价获得了真知灼见。

　　田丰称得上是袁绍的命中贵人，后来的事实证明，田丰为袁绍出的每一个计谋都是正确的。既然田丰有如此才能，为何却不被袁绍认同和采纳，而且最后还会被杀害呢？根本问题就在于田丰不识其主而事之。谋士的精明在于洞悉人性和选择明主，田丰之所以"乃应绍命"，本来是想"志存匡救"，但这需要投一个明主，明主这一桂冠是不能戴在袁绍头上的。在这之前，曹操就这样评价袁绍："色厉胆薄，好谋无断；干大事而惜身，见小利而忘命：非英雄也。"和田丰同时代的郭嘉也曾经就职于袁绍的帐下，后来从人性层面上发现袁绍不是明主，因为"袁公徒欲效周公之下士，而未知用人之机。多端寡要，好谋无决，欲与共济天下大难，定霸王之业，难矣！"郭嘉明白："夫智者审于量主，故百举百全而功名可立也。"因此毅然离开袁绍，另攀高枝。本来田丰也和郭嘉有同样的认知，用他自己的话说："大丈夫生于天地之间，不识其主而事之，是无智也！"田丰虽然眼光超卓不凡，但对袁绍没有曹操和郭嘉这样的认知，开始对袁绍是不是明主看走了眼，到了节骨眼儿上犯糊涂了，非要端袁绍的饭碗，并把"匡救"的"志向"依托在他的身上，这就为自己埋下了悲惨命运的伏笔。田丰对袁绍这种自尊心极强而自卑的心理特征没有认知，更没有把握好。袁绍可以说是田丰命中的丧门星，一个翻脸不认，就要了田丰的命。这就是云缝里的日头——毒极了。

从田丰的实例中，我们还会得到这样的智慧：通常自卑的人比较敏感，内在安全感低，自我价值感低，在乎别人对自己的看法和评价，在乎面子和尊严，会为此体现出敌对性和攻击性。因此，对自卑的人更要关心与关注，让自卑的人有心理的安慰；不要冷言冷语对待自卑的人，轻易不要和自卑的人争论，更不要在争论中咄咄逼人；要仔细去寻找自卑的人的闪光点，予以肯定和赞美，提高他们的自尊心。

和自尊心极强而又极度自卑的像袁绍这样的领导打交道，尤其要讲究智慧，轻易不能点他们自卑这一最薄弱的心理穴位。自尊心极强而又极度自卑的领导内心其实也是非常痛苦的：一方面没有能力做出业绩赢得下属的好评，满足自己极强的自尊心；另一方面又要打肿脸充胖子——外强中干。当这样的领导者太过强势时，到最后一定会对冒犯者实施打击和迫害。和这样的领导拧劲，就会成为他打击的靶子，悲惨的命运就会在不远处向你招手了。所以，和这样的领导相处，在有不同意见和见解的时候，可以讨论，但一定不要争论，更不要正面冲突，要学会迂回地与他较量，在让他感到不失身份的前提下，把自己的意见和建议表达出来。

历史上那些超越了自卑心理的领导者，面对同样情境，处理的方式就与袁绍迥然不同了。汉高祖刘邦要北击匈奴，楼敬谏言劝阻，刘邦大怒，将其下大牢待处。结果刘邦在白登被匈奴围困，险些丧命。幸运突围回来后，刘邦首先想到的就是楼敬，不仅没有加害楼敬，反而亲自向他检讨道歉，并立即释放，加官晋爵。曹操要征乌桓，下边也有人谏阻，曹操没有采纳，率兵出征。当时正逢隆冬季节，不但天寒地冻，而且又遇干旱，几百里内没有水源，粮草也奇缺，就宰杀几千匹战马充饥，掘地三十余仗才见到水，最后艰难地走出险境。曹操回营后立刻下令查一下当初谏阻他征乌桓的人。一些进谏的人惊恐不安，以为大祸临头了。但是，调查清楚之后，曹操不仅没有罪责这些进谏的人，相反还对这些人重重奖赏。曹操说："我征讨乌桓部落，冒着极大危险，虽然成功，全靠侥幸，只能说是上天的保佑，但这绝不是正常的行动。各位的谏言才是智谋之策，应受到奖励，以后大家再遇到类似的事，一定要踊跃进谏！"曹操在取得征乌桓的重大胜利之后，还回顾忠言，奖励反对他出征的谏士。刘邦与曹操没有袁绍那种因自尊心极强而转化成极度自卑的心理，因此两人对待谏士的做法如出一辙，获得的回报也一样，就是得到部属相异的甚至相反的真知灼见，得到部属的效忠和死力。

对人的身心和事业最具杀伤力的是自卑感。官渡战败后，袁绍还没有跌到谷底，就失去了反弹能力，沉溺于痛苦、悲观、颓废中，始终抬不起头，受不了别人那股嘲笑、鄙夷的目光，多愁善感，经常会流眼泪，心态一直不好，悔恨自己，惋惜自己没有一统江山，精神自残，抑郁成病，四十多岁就死掉了。史书上记载：袁绍官渡大战丧师十万，"自军败后发病，七年，忧死"。

既然极强的自尊心会导致极度的自卑，而真正对人有摧残性的又是自卑，那么人生真正的智慧就不在于追求自尊，而在于超越自卑，超越了自卑反而能够得到真正的自尊，这就是老子讲的"反求"的智慧。刘备就是一个以卑求尊的最大成功者。刘备从小和母亲一起以织席贩履换点零星小钱来勉强度日，没有社会地位，也得不到社会的认可和尊重。但刘备不因出身寒微、家贫如洗而自卑。在朝廷腐败、天下大乱之际，刘备不顾清贫而想方设法募集到招兵买马的钱，拉起了一支队伍，去匡扶汉室。群雄逐鹿中原，刘备开始也是一个不值得一提的小人物，而且在发展的过程中也经历了多次挫折和失败，先是被吕布打败，又委身投奔曹操，即使随时随地都处在被曹操杀头的凶险环境之中，他也不自卑，隐忍周旋，以图东山再起。后来借着讨袁术的名义，带领一批曹兵离开曹营。刘备想联合袁绍共同灭曹，结果失败，刘备也险些被袁绍杀掉，不久又投奔荆州，屈居于刘表门下。刘备无论是被打败，有被杀的危险，还是屈居于别人的屋檐下，都不自卑，屡败屡战，不怕看别人的白眼，能受得了别人给自己的各种气，通过不断地超越自卑，硬是从一个织席贩履的小商贩而成为拥有巴山蜀水的至尊皇帝。魏国大将邓艾，从小就失去了父亲，家境很穷，做过放牛娃，他生理上还有先天口吃的缺陷，讲起话来常常憋得脸红脖子粗。长大后碰上战乱，出来逃荒，逃到几百里外的襄城县，被政府收容了。因为当时襄城是曹魏的屯田区，曹魏大规模屯田，把因战乱到处流浪的人驱去耕种，称典农部民，与自耕的农民比身份很低，相当于半农奴。邓艾做过各种苦工，开始他也因自己的出身和处境不好而怀有深深的自卑感。后来，他决定要超越自卑，从发奋读书做起，有了进步，升为稻田守丛草吏，可以管理了。不过他没想到自己生理上的缺陷——说话不利索成了管理工作的阻碍。邓艾就想办法改结巴，但改起来很难，于是就改学习方向，立志当将军。从此后，邓艾读书就着重放在学习兵书上。学习后，每走到高山大河，就观察地形，像个将军似的指指点点："这地方驻一支兵马，敌人就打不过来……"别人说了很多诸如文官都当不成还想当武将之类的闲言碎语，这不仅没有加重邓艾的自卑感，相反，还使他更努力了，最终成为魏国的名将。后来邓艾带兵消灭了蜀国，立下了奇功，获得了应有的尊重。

同样是亡国之君，刘禅自卑到令人不耻的程度。而东吴的君主孙皓被俘后，超越了自卑，仍然在历史上留下了一笔重彩。晋武帝司马炎为了庆祝俘虏了吴帝，在宫中大摆酒宴，并让孙皓侍宴。席间，司马炎得意起来，指着孙皓的座位说："朕设这个座位待卿，已经多年了。"意思是，我早就想抓获你了。孙皓笑了一笑说："臣在南方，也设此座待陛下。"司马炎听了之后，找不出回敬的话来，只是尴尬地笑起来。这时，贾充为了讨好司马炎，赶紧冲了上来，问孙皓："听说君在南方，凿人眼目，剥人皮，不知这种刑施于什么人？"这话是在说孙皓过去实施的是暴政，他就是个暴君。孙皓瞟了一眼贾充，说："人臣有敢为弑逆，及奸邪不忠，方加此刑。"贾充听了孙皓的话，羞愧得无言以对，灰溜溜地把自己撂在了一边，像个哑巴了。这个贾充原本是在魏皇曹髦手下当官，但公元260年，贾充充当司马昭的鹰犬，亲自带领军士闯进魏宫，杀死了曹髦，最后还拥立司马炎当了晋朝的开国皇帝，自己也因弑主得到了司马炎的重用，被封为高官。孙皓的这通话能不让他如芒在背吗？孙皓即使作为俘虏，身在虎狼之窟，也不自卑，很自然得体地痛击了可耻的小人，赢得了自尊。

每个人都有不同程度的自卑心理，个体心理学的先驱、奥地利的阿弗雷德·阿德勒1932年出版了他的代表作《自卑与超越》。阿弗雷德·阿德勒是与弗洛伊德齐名的心理学大师，在《自卑与超越》中，他指出："我们每个人都有不同程度的自卑感，因为我们都想让自己更优秀，让自己更好地生活。"生活中许许多多的行为都与自卑感休戚相关。自卑感通常会在一些特定的条件下表现出来，例如：遇到比自己有成就的人，你会有自惭不如感；在财大气粗的人面前，你会有囊中羞涩感；开始不如你的同事、同学现在比你的地位高，你会嫉妒；等等。有这种自卑感应该说也是一种正常现象，但凡事都有个度，自卑感不能走偏锋，不能走极端，否则，就会走向事物的反面。阿弗雷德·阿德勒在其《自卑与超越》中还指出："我们生活在与他人的联系之中，假如因自卑而将自己孤立，我们必将自取灭亡。我们必须超越自卑。"按照马斯洛的需求层次理论，自我实现是最高层次的需求，自我实现的前提就是对自尊心和自卑感的自我认识和自我矫正，使其保持一个合理的"度"，这样才能从自我设置的过度自尊心和自卑感陷阱里超越出来，这其中最重要的就是不被过度的自卑感所束缚，如此，才能在最大程度上驾驭自己的心理，达到自尊和受人尊重，进而达到自我实现。美国前总统林肯不但是私生子，出生微贱，而且面貌丑陋，言谈举止也没有气质和风度，他对自己的这些缺陷开始也有极度的自卑感。后来他对此有了正确的认知，决定通过学习自我矫正过度自卑感。他比身边的人都努力，而且在自尊心的驱使下产生了弥补这些缺陷的实际行动，拼命自修以克服早期的知识贫乏和孤陋寡闻。他在烛光、灯光、水光前读书，尽管眼眶越陷越深，但知识的营养却对自身的缺陷做了全面补偿。他最终不仅超越了极度的自卑感，而且自己的自尊心升华成民族的和国家的自尊心，成为最受美国人尊敬的总统，实现了人生的最高价值。

孩子是个特殊的群体，孩子的心理健康极其重要。现在很多孩子从小就生活在优越的家庭环境中，是家庭的"小皇帝"，很得宠，潜意识里就有一种自尊感。但进入社会后，环境发生了变化，家中那种宠爱没有了，遇到挫折时原来的那种自尊心很容易就会扭曲，产生自己不好、不被需要、不被认知的心理，这样会使孩子从小就被自卑情结和自卑暗流所束缚。孩子长大以后，因受困于自卑感，会给生活和工作带来麻烦和桎梏，就会画地为牢，就会在人群中自我孤立，也经受不住挫折感考验，就不会有好的人生和事业。因此，不要过度地去满足孩子的自尊心，更不要让孩子因自尊心太强而逆生出自卑感，而是要教育和引导孩子从小就把心态调整在超越自卑感的波段上，塑造出融进血液里的自信和骨气，通过超越自卑而实现自尊。

第十四讲　人生的智慧是挑战人类的极限，还是挑战自我设限

吕布是五原郡九原（现在的内蒙古包头）人，此地处于边塞，"妇女皆能挟弓而斗"，吕布作为男儿自然练就一身弓马骑射的好武艺，他臂力过人，捉敌将就像老鹰抓鸡。吕布初为京城执金吾丁原部下，并认丁原为义父，丁原待这个干儿子也不薄。

董卓为了达到"挟天子以令诸侯"、控制王朝大权的目的，决定废少帝而另立陈留王刘协为天子。董卓大摆宴席，遍请百官。酒过三巡，董卓按剑而起，厉声道："我有一言，请众官静听！"接着说："天子为万民之主，无威仪不足以胜任，如今少帝刘辩懦弱无能，陈留王刘协聪明好学，可以继大位。我要废少帝改立陈留王刘协，大家意下如何？"说罢，按剑怒视百官。文武百官看到他的表情都不敢出声。初到京城的刺史丁原拍案而起，直面怒斥董卓："你是何人，敢说这样大逆不道的话。天子是先帝的长子，刚刚即位，又没有过失，怎么可以随意商议废立之事，难道你想造反吗？"董卓是个阎王脾气的人，一听丁原的话勃然大怒，敢在自己的乐章里发出不和谐的音符，这是耗子给猫捋胡子——找死，遂抽出佩剑，想杀了丁原，丁原没有一点儿胆怯。这时李儒看到丁原身后挺立一员大将，手持方天画戟，威风凛凛，怒视董卓，已经准备好了一场恶杀。为防意外，李儒拉住董卓，并打圆场说："今天饮宴之处，不谈国事，他日在国堂上再议不迟。"丁原哼了一声，袍袖一掸，怒气冲冲地领着背后那人离席而去，那个人就是吕布。

董卓对吕布喜欢得不得了，为了收吕布，接受李肃的建议把心爱的赤兔宝马送给了吕布，又给了吕布一些金银财宝。吕布是一个见利忘义的人，很快杀了丁原投靠董卓，并主动提出拜董卓为义父。董卓有了吕布威势更猛，到哪儿都带着吕布，吕布随时持戟侍立董卓左右，文武百官害怕得只能在背后长吁短叹。董卓于公元 189 年废汉少帝刘辩为弘农王，改立时年九岁的陈留王刘协为帝，被称为汉献帝，然后董卓自认相国。相国本来就是皇帝之下的百官之首，而皇帝又是董卓指定的，实际上是董卓独揽朝政。他掌握大权后便毫不手软地镇压和谋杀反对派，对普通百姓也是残忍横暴。董卓的倒行逆施遭到了各路诸侯的联合声讨。

在虎牢关时，吕布奋勇出战，与张飞对打了五十个回合不分胜负，关羽又冲上阵来帮张飞打了三十个回合也不分胜负。刘备见他们哥俩儿都没有战胜吕布，也挺身而战，吕布被三人团团围住，只能采取守势。后来吕布看出刘备、关羽和张飞阵势的破绽，就朝着刘备虚刺一戟，令刘备往后一退，他得以破阵而出，毫发无损地回到了虎牢关，留下了一勇敌三英的历史美名。董卓能顺利对抗十八路诸侯，有一个非常重要的原因——他手里有吕布。董卓这个"帅"没看出有什么过人的本事，可单凭一个超级"将才"吕布，就够他对抗联军了。

后来曹操令典韦、许褚、夏侯惇、夏侯渊、乐进、李典六员大将出战，也没有战胜吕布。吕布辕门射戟、濮阳奋威，弓马娴熟，臂力过人，无人可匹敌。

时司徒王允与仆射士孙瑞密谋诛杀董卓，用连环计把董卓和吕布这两个色狼拴在了一条绳子上，让他们反目成仇，使吕布杀了董卓，得到了美女貂蝉。王允以吕布为奋威将军，仪比三司，封温侯，共秉朝政。

吕布虽然武艺一流，又有诸如陈宫、张辽等名臣名将，却始终不能发挥他们的作用。吕布与曹操决战时，让陈宫、高顺守城，他则率精兵出城去断曹操的粮道。这本来是一条绝地反弹的好计，但是吕布的妻子魏氏以儿女情扯他的后腿，他便放弃了这一可能自救的机会，终致城破被擒。吕布被曹操俘获后，身子被捆得像粽子一样，厚颜无耻地求曹操放了他，他甘为曹操的副将带领骑兵去给曹操打天下。曹操没有给吕布这样的机会，在白门楼将他斩杀。

智　慧　悟　语

极限就是客观上存在的最大限度。自我设限就是主观上为自己设定的限度。生活和工作中挑战无处不在，人生既要接受外部环境的挑战，又要对自身进行心理挑战。现在有一种通行的说法是挑战人类的极限。曾有家电视台推出了一档节目就叫《挑战人类极限》，但是，参与的人数很少，参与的项目也很少，往往是体育方面的项目。实际上，这种所谓的"挑战人类极限"活动，把人类自己视野的极限当作世界的极限，挑战的也就是人类的自我设限。既然极限是客观上存在的最大限度，如何挑战？还有"客观上存在的最大限度"如何度量？人类能够挑战的过去的"极限"，其实都不是"客观上存在的最大限度"，而是人的主观上认定的"客观上存在的最大限度"。真正的"极限"是不可挑战的，你挑战过去了，那只能说明"客观上存在的最大限度"还在前边。正像弹簧，拉力超过了弹簧的承受极限，弹簧就要断裂。挑战极限不可避免地会有牺牲。当然，一个执着于遥远梦想的人，一个向世人昭示人类非凡卓绝精神的人，还是可圈可点的。人类就是在不断向极限的冲刺中前进的，不断挑战极限才会不断突破自己的自我设限。

要挑战人类的自我设限。行动的欲望和潜能往往被自己扼杀，这就叫"自我设限"。挑战自我设限应建立在对自身能力的认识基础之上，最大限度地发挥自我身心潜能，向自身挑战。因为只有我们认识、了解了自己，我们才有可能挑战自身的极限。自我设限是个心态问题。西方心理学有个心理牵引力定律：创造一个目标或者一个梦想，产生一个向上的行动拉力，从而取得比现实更好的成就。这种成就与现实离差的大小在一定的界限范围内，其取决于目标和梦想的高度。《论语》中也有这种说法，即"取乎其上，得乎其中；取乎其中，得乎其下；取乎其下，则无所得矣"。

《三国演义》中说："言吕布英雄，无人可敌。"三国诸将勇，首推吕布，根据罗贯中先生在《三国演义》中的描述，能争当时"天下第一"武艺的，只有数人也，即吕布、关羽、赵云、马超、张飞等人；其余的如许褚、颜良、黄忠、张辽、张郃、孙策、太史慈、王双、典韦、庞德等都只能是第一流的武艺高手，都没有资格争"天下第一"的武艺最高荣誉。吕布手持画戟，坐骑赤兔马也很威武，被人称"马中赤兔，人中吕布"。他和他的坐骑赤兔马都曾是那个风云时代人们心中的极致。

吕布具有天赋战神的气质，是大家公认的三国头号英雄，但是吕布在三国历史的天空中像一颗流星一样划过，最终并没有成就一番事业。究其原因，就是自我设限，寄人篱下。吕布被封的官爵很多，开始官作中郎将，被封都亭侯，后来王允以吕布为奋威将军，仪比三司，封温侯。但吕布"有勇无谋，轻于去就"，充其量只能算作一个满身流淌着兽性血液的厮杀猛将，只会以勇力换功名利禄。吕布也毫无信义可言，不断变换主人。王夫子在其《读通鉴论》中曾经这样评价吕布："呜呼！布之恶无他，无恒而已。"吕布脑子里就有背叛这根弦，换了东家换西家，谁给的利益多，就投靠谁，张飞的一句"三姓家奴"道出了吕布的这一面。更令人发指的是，吕布会用原来主子的头颅作为投向新主子的见面礼。有的书上把吕布称为狼狗，说对了一个方面，吕布的凶狠善战可与狼狗作比，但吕布只是为了实现自己的私欲而听命于主人，却从来没有效忠于主人，就这一点而言，最忠于主人的狼狗也耻于和他为伍。吕布充其量也就是世上最爱吃腥的猫，而且最可怜的是，吕布就算当狗也没找到好主人。他被曹操俘获后，仍然厚颜无耻地求曹操放了他，任他为副都督带领骑兵去给曹操打天下。这也侧面表现出他没有在乱世中称雄争霸的追求，虽有战神气质、惊世武功，也只能是替别人杀伐，而自己满脑子的想法就是替主子杀伐，然后接受主子奖赏，可谓是天生的黄鳝——成不了龙。

东汉末期群雄割据，天下大乱，水镜先生司马徽精通经学，与宋忠齐名，能穿透人性。荆襄的有能之士，或多或少都和水镜先生司马徽有点关系，诸葛亮、庞统、徐庶这三个顶级谋士都师承水镜先生司马徽。司马徽这么厉害为什么不出山呢？他不想名垂千古吗？司马徽自我设限，自己给自己画像，自己给自己打标签，谦称自己是"儒生俗士，岂识时务""山野闲散之人，不堪世用"，不愿在乱世之间浮沉，选择了隐居，"忙时田园里种菜种瓜，闲时一杯清茶"。实际上，司马徽是天上的老鹰不吃脏东西——清高。虽然有很多人请他出山做官，但都被他一一婉拒，甚至当司马徽客居荆州的时候，刘表亲自去拜访请他出来做官也被他拒绝。后来司马徽想要出山做官了，曹操早就听说了司马徽的学识不凡，在南征之时将他留在了自己的帐下，刚想委以重任的时候，司马徽却忽然病重，不久就去世了。他的才华没有得到展示。

徐庶成为刘备的军师后，在新野用计杀了二吕，并大破八门金锁阵，偷袭樊城并杀退曹仁等，开创了刘备起事以来最大的胜利局面，足见徐庶作为一个军师的非凡才能。当曹操听到这一消息后，便勃然大怒。这个时候程昱出列，详细地道出了徐庶的出身。当曹操问到"徐庶之才，比君何如？"时，程昱回答道："十倍于昱。"程昱是曹操最重要的谋士之一，他为曹操阵营的发展做出了巨大的贡献。在推荐贤才方面，他举荐了郭嘉。论眼光，他曾建议曹操"挟天子以令诸侯"，又曾建议曹操勿行废立之事；早早地看透了刘备的枭雄之姿，曾劝曹操将其杀掉；赤壁之战时，最早识破了黄盖诈降一事。论智计，他促成了关羽的暂时归降，并设计使刘备差点被袁绍斩杀，等等。于是一向求贤若渴的曹操表达了自己想将徐庶收归麾下的心思，程昱则前去谋划。后来程昱将徐庶的母亲骗到了曹营，并假托徐母之名，将徐庶从刘备身边骗了过来。可是徐庶到了曹营就哑巴逛庙会——一言不发，来个"身在曹营心在汉"。此后，徐庶一直携带"不为曹操出一谋，献一策"这个"栅栏"，始终没有走出这个心理沼泽，也把自己的才华埋没了，在历史上也只留下淡如轻烟的一笔而已。

刘备不自我设限，要把皇叔变成皇帝，所以唱出了气势磅礴的生命之歌，建立起了高入云霄、改天换地的功业。

医学界曾经断言，人类的肌肉纤维所承载的运动极限不会超过每秒 10 米，百米运动员海因斯说："三十年来这一说法在田径场上一直非常流行，我也认为这是真的，但是我想自己应该跑出 10.1 秒的成绩。每天我以最快的速度跑五千米，因为我知道百米冠军不是在百米跑道上练出来的。当我在墨西哥奥运会上看到自己 9 秒 9 的纪录后惊呆了，原来 10 秒这个门不是紧锁的，而是虚掩的，就像终点横着的那根绳子一样。在这个世界上只要真心付出，就会发现许多门是虚掩着的。"

人的自我超越的动力源来自于心障的突破，只有突破心理的天花板，才能超越自己。布勃卡是举世闻名的奥运会撑竿跳冠军，享有"撑竿跳沙皇"的美誉。曾经 35 次创世界纪录，有两项世界纪录至今没人打破。在接受总统亲自授予国家勋章的典礼上，有记者问："你成功的秘诀是什么？"他笑着说："很简单，每次起跳前，我都会先让自己的心跳过标杆。"

挑战人类的自我设限，才具有真正的意义。例如，你的能力可以使你自身的发展或事业的发展达到一百米的高度，可你就设在六十米的高度，这就是一种悲哀。

挑战人类的自我设限，就是尽自己最大努力，挑战自己设定的最大限度。人一旦自我设限，就会心无力，心理就会产生障碍，就不会向内用力（自强不息），就容易限制了自己的思维和格局。突破了自我设限，才能得到为梦想而不断拼搏的充实精神，才能得到大大超出原来想象的财富成果。

鲍尔士是 19 世纪俄国最著名的探险家。1893 年，他在斯堪的纳维亚半岛探险旅游时，与瑞典探险家欧文·姆斯相遇。于是，他们决定一同沿北极圈做一次考察和探险。他们从瑞典北部城市约克莫克出发，凭着三只狗、两架雪橇和一张古地图，一路向东行进。一万五千多千米的路程，本来在冬季到来之前就能走完，可他们却走了一年零三个月，原因是在翻越楚可奇山脉时，欧文·姆斯摔断了腿。欧文·姆斯认为，这次旅行没有鲍尔士的帮助是不可能完成的。在约克莫克分手时，他把一块怀表送给鲍尔士作纪念，并再三感激他的关怀。鲍尔士是位大旅行家，整整比欧文·姆斯年长二十岁。他回答说："是你用一条腿走过最薄的冰，是你用一条腿翻过最狭窄的山道，总之，绝境中真正能帮助你的是你自己，我没给你提供过一次真正意义上的支持，何谈感激呢？"后来，在致欧文·姆斯的一封信中，鲍尔士又说："记住，在探险的道路上，你就是你自己的神，你就是你自己的命运。没有人能支配你，同时除你之外，也没有人能哄骗你远离成功。"1902 年，欧文·姆斯来到中国，独自一人走进塔克拉玛干大沙漠，并且成为第一个活着走出来的探险者。他的实例告诉我们：危难中，能助我们突破极限的是自己。

　　在人生的发展过程中会遇到来自敌对者和环境的障碍，但是最大的障碍不是你的敌人，也不是恶劣的环境，而是你自己的心障——自我设限。面对敌人和恶劣环境并不可怕，这是生命中的一种常态，可怕的是面对这种常态时产生的非常态的恶劣心境。不要自我设限，更不要给自己这样的心理暗示，内心深处要有顽强的突破意志，成功就源于不断地突破局限的努力。力克·胡哲在他的《人生不设限》一书中指出："当你打算放弃梦想时，告诉自己再多撑一天，一个星期，一个月，再多撑一年吧。你会发现，拒绝退场的结果让人惊讶。"这里的"再多撑"和"拒绝退场"讲的就是通过挑战自我设限，可以更好更快地开发自己的潜能，实现自己的梦想。挑战自我设限追求的是在跨越心理障碍时所获得的愉悦感和成就感。每个人都有巨大的潜在能量，只是很容易被自我设限所束缚、所消磨。人的自我设限，都是从自己内心的不自信开始的。是鲨鱼就不要把自己困在狭窄的小鱼缸里，是雄鹰就要冲向辽阔的天空。人之所以能，是因为有一种心理的高度，为人的生命赋能，不断地找到燃爆点，向自我设限发起冲击，凡是人力所能及之处，我们都要冲刺一把。

第十五讲　人生和事业的成功者是固定心态，还是成长心态

引　导　故　事

赤壁大战之后，刘备凭借在荆州数年的经营，按照白眉贤士马良的建议，开始南征荆州武陵、零陵、桂阳和长沙四郡，用以广积钱粮，为日后成就霸业奠定基础。

公元 209 年，刘备、诸葛亮自关羽去取长沙后，就带人马随后接应。这天，正行间，青旗倒卷，一只乌鸦自北向南飞，连叫三声而去。刘备问诸葛亮："此应何祸福？"诸葛亮袖占一卦，说："长沙郡已拿下，又表明已获得大将。午时就会见分晓。"很快，一小校飞马来报："魏延杀了长沙太守韩玄，救了老将黄忠，献出了长沙。"

刘备来到长沙，关羽说黄忠托病不降的事，刘备亲自登门去请，黄忠这才投降。关羽引魏延来见，诸葛亮喝令刀斧手把他推出去砍了。刘备忙问："魏延杀韩玄、救黄忠、献长沙，有功无罪，为什么杀他？"诸葛亮说："他脑后有反骨，久后必反，留下他就是肚子里的一根针，会成为心腹之患，斩他以绝后祸。"刘备说："若杀了他，投降者人人自危，请军师饶了他。"诸葛亮对魏延说："非我不杀你，是主公说情，我就饶你性命，你要忠心报主，不得乱生异心，如敢反乱，我必取你人头！"魏延是炎夏天打冷战——不寒而栗，连声说："是，是，是！文长记下。"诸葛亮用下马威震了他这一下，吓得他是诺诺倒退，规规矩矩地往边上一站，再也不敢吱声了。心理却在嘀咕：这是肚皮上磨刀——好险啊！

在诸葛亮第一次北伐时，作为蜀国的大将魏延，曾经提出了一条走子午谷路线直达长安的计谋，也未被诸葛亮采纳。

随着"五虎上将"的相继离世，魏延成了开国元勋中唯一还在的大将，地位越来越高，资格也越来越老。诸葛亮将死的时候就料定魏延必反，留下了锦囊妙计。一方面，把大事托付给杨仪，把兵法授予了姜维，由他俩率军撤退，而不是让魏延来统领；另一方面又让马岱依计行事。

诸葛亮死后，魏延认为从资历和声望上讲，应该由他接替诸葛亮，当得知不是由自己来统军，而是由比自己功劳低、和自己又水火不相容的杨仪来统领，并且撤退了时，他气愤难忍，便率军南归，要杀死杨仪等人。

魏延烧了杨仪撤退须经过的栈道，而马岱假装愿意跟随魏延。当杨仪和魏延两军相对的时候，魏延的士兵有些受了杨仪的鼓动离开了魏延，但马岱的部下则丝毫未动，魏延就认为马岱是真心跟随自己。

当双方对阵在南郑时，杨仪拆开了诸葛亮临终时交给他的锦囊，看过后心中大喜。杨仪手指魏延笑着说："你不就是要兵符、令箭和汉中吗？我全给你，但要试试你的胆量。"魏延说："怎么试？"杨仪说："你敢不敢在马上连说三声'谁敢斩我！'"魏延自持勇武，心想诸葛亮活着的时候我还惧他三分，今诸葛亮已死，天下再没有能敌过我的了，你个杨仪，我从来就没有把你当成一盘菜，今天敢跟我叫板，别说三声，三百声、三万声我也敢喊，便在马上大喊一声："谁敢斩我！"话音未落，脑后的马岱厉声而起："我敢杀你！"手起刀落，砍下了他的头。这就是诸葛亮留下的除掉魏延的计策。

智 慧 悟 语

美国卡罗尔·德韦克出版了一本名为《终身成长》的书，提出了固定型心态和成长型心态，被公认为是近几十年里最有影响力的心理学研究著作之一。固定型心态和成长型心态以及由此形成的固定型思维模式和成长型思维模式，决定着人生结果和事业成功的下限和上限。

具有固定型心态及其思维模式的人，对自己或别人的评估非好即坏，而且一旦形成这种认知就固定不变，一切努力都是徒劳的。这种心态及其思维模式是用固定、僵化、不变的方式看待事物或人——一本经书看到老，墨守成规。因此，固定型思维模式看待人或事物往往容易陷入表面化、片面化、简单化，甚至陷入

认死理的泥潭中不能自拔。固定型心态及其思维模式更看重人的天分，重视初始
印象，不重视发展变化，在哲学上叫形而上。形而上在不同的语境下有两层意
思：一个指的是用超验的思辨方式研究非客观或者无形世界的哲学体系，而非
科学研究现实世界的现象及规律；另一个指的是与辩证法对立的，用孤立、静
止的观点观察世界的思维方式。显而易见，固定型心态及其思维模式就是第二
层意义上的形而上。

　　成长型思维模式不是要改变你的本质，而是解密自己真正的潜力，不再被
固定心态的力量掌控，不再被消极的因果驾驭，让你能够展现出自己最好的一
面，发挥出自己的最强实力，集中精力聚焦于自己的优势。成长型思维模式决
定了我们在面对失败时的复原力、面对成功时的持续力、面对挑战时的承受力，
能够帮助我们发现职场上更多的机会，超越自己，终身成长，取得意想不到的
成功。

　　具有固定型思维模式的人有强烈的自我意识，他们会营造出一个海市蜃楼，
把自己完全封闭起来。这种人缺乏自我反省，脑子里普遍缺少反省智力。因为他
们把自己神圣化和妖魔化了。一旦对某些事物或某个人有了首因印象，就很难改
变，甚至永不改变，这也被称为思维上的"沉锚陷阱"。他们的大脑会对最先得到
的信息特别重视，第一印象或数据就像沉入海底的锚一样，把他们的思维固定在
了某一处。

　　魏延有"反骨"正史并无记载，但在《三国演义》中，魏延一出场就被诸葛
亮认定"脑后有反骨，久后必反。"，喝令推出去问斩。反骨指的就是枕骨，又名
后山骨。上面突出处，称为"脑勺"；下面耳后突起者，名"完骨"。古代的传统
固定思维认为，一些人枕骨突起，就具备了反骨的基础。诸葛亮也是用这种固定
思维来看魏延的。虽经刘备求情，魏延免于一死，但诸葛亮对他进行了严厉警告：
"非我不杀你，是主公说情，我就饶你性命，你要忠心报主，不得乱生异心，如
敢反乱，我必取你人头！"三国时代，经常出现反叛人物，但是以杀主的形式反叛
的并不多，早先的吕布是一个，后来的魏延又是一个。所以，诸葛亮说他"不忠"，
要杀他。在刘备的救护下，虽然免于一死，但"魏延有反骨"这种固定的观念，
就像出了窑的砖——定型了，诸葛亮在内心深处对魏延总是另眼看待。诸葛亮对
魏延出的"出子午谷"的好计谋也不采纳，不管魏延立了多少大功，他也没有去
掉对魏延头上有"反骨"的固定印象，并用一把无形的利剑时时处处直抵魏延的
胸口。诸葛亮临死之前还设下锦囊妙计，让杨仪、姜维和马岱以计杀了"日后反

西川"的魏延。这种内乱导致了蜀国的进一步衰败。

具有成长型心态及其思维模式的人相信自己的能力可以不断得到成长。具有成长型心态的人，是能够自我燃烧激情的人。具有成长型思维模式的人内心充满了不放弃、坚毅的正能量，相信自己具有发展成长的潜能。这个世界的一切障碍都会给有成长型思维的人让路。

成长型心态与固定型心态的一个分界就是努力和不努力。人生隐患来源于固定型心态和固定型思维。认为一切都是固定的人会对未来产生灰色的理解，恐惧未来，甚至一旦面对困境就会对这个世界绝望，不会去努力改变现状。具有固定型心态的人把失败看成是身份而不是行为，因而不敢承认失败，一旦失败，就赶紧找理由撇清责任，而不是从失败的行为中总结经验教训，通过努力来获得成功。人生的亮点就是成长型心态和成长型思维。认为一切都在成长的人会对这个世界充满希望，有那么多事情可做，关注努力，"行所当行"。具有成长型心态和成长型思维的人把失败看成是行为而不是身份，敢于承认失败，他们认为成功不是永远的标签，失败也不会一成不变。努力成长比成功更重要。爬行再慢的蜗牛也能赶上成熟的葡萄，原地打转的人与机会和成功无缘。

魏延就是一个具有成长型心态和成长型思维模式的人。在诸葛亮认定自己"有反骨"，并以此为由头，用"铁血法则"来不公平地对待自己时，魏延一方面"常谓亮为怯，叹恨己才用之不尽"（《三国志·蜀书·魏延传》），另一方面仍然相信自己的能力，在困境中坚持成长。"随先主入蜀，数有战功"，升任牙门将军。刘备当了汉中王，要选一名重要将领来镇守汉川。汉川是蜀汉西北屏障，大家都以为，这人非张飞莫属，就连张飞本人也这样认为。可是新鲜出炉、雷倒众人的人选却是魏延，刘备破格提拔魏延为"督汉中镇远将军，领汉中太守"，刘备的选择让全军上下惊讶不已。当时关羽镇守荆州，魏延镇守汉中，荆州和汉中是蜀国东北两道"国门"，那么关羽和魏延就是两尊门神。有一次，刘备群宴大臣，问魏延如何守住"北大门"，魏延从容回答："若曹操举天下而来，请为大王拒之；偏将十万之众至，请为大王吞之。"意思是，如果曹操率领全部人马来犯，请大王让我为您抗击他；若曹操率领十万兵马前来，请大王让我为您把他吞吃了。刘备及在场的人都"咸壮其言"，就是为他出言豪壮而提神叫好。魏延并不是说大话取宠刘备，日后证明魏延确实守住了"北大门"，比关羽更不负重任。刘备称帝还拜他为镇北将军，就在夷陵大败、刘备病故之时，国内政局不稳，而汉中却安定如山。后主建兴元年（公元 223 年）又封魏延为都亭侯，其殊荣高于当时在世的赵云等诸将。诸葛亮北伐中原，魏延一直是重要将领。试想，如果魏延头上始终悬着"有反骨"的一把大铡刀，在巨大的心理压力下，以唯唯诺诺的奴才心态小心翼翼地行事，哪里还会有蜀国重要将领之说？

　　一个人要想突破自己，终身成长，是一件很难的事情，难就难在他要突破的瓶颈，往往是自己的固定心态和固定心智模式。人最难打开的是心门，最难改变的是心态。因此，为改变以后的命运，必须先改变现在的固定心态。从固定心态转变为成长心态，最重要的路径就是改善心智模式。心智模式又叫心智模型，这个名词是由苏格兰心理学家肯尼思·克雷在 20 世纪 40 年代首次提出来的，之后就被认知心理学家杰森·莱尔德和认知科学家马文·明斯基、西蒙·派珀特所采用。20 世纪 90 年代，麻省理工学院博士彼得·圣吉在其《学习型组织——第五项修炼》一书中，把改善心智模式列为五项修炼之一，并将其定义为：根深蒂固存在于人们心中，影响人们如何理解这个世界（包括我们自己、他人、组织和整个世界），以及如何采取行动的诸多假设、成见、逻辑、规则，甚至图像、印象等。心智模式一旦形成，就会根深蒂固，而且自我感觉良好，很难发现和改变存在的问题。从本质上看，心智模式是人们在大脑中构建起来的认知外部现实世界的"模型"，它会影响人们的观察、思考以及行动方式。因而，心智模式影响我们的个人生活、职业生涯以及更广泛的社会领域的方方面面。所以要改变固定心态，必须改变心智模式。

　　要改变固有的心智模式，重要的是要反省自己，检视自己的思维模式所带来的行为及结果与实际是不是相符合，有没有达到最高境界。还要加强学习，提升自己的系统思考能力。学习能够更新知识，建立新的知识体系；系统思考可以改变思维方式，建立新的价值观念和新的价值体系，这样"新陈代谢"，固有的心态就会被成长心态所替代。

　　成长心态是成功的起点，追求高远，时刻想着提高和进步，是成功者最重要的习惯。能力相对不强，但因为认识到自己的不足而加倍努力，以成长型心态面对人生和工作，这样的人取得的成果会远远领先于能力很强而缺乏成长型心态的人。因此，成长的心态是决定我们成就的标杆。稻盛和夫就是一个成长型心态的成功者。1959 年创立京都陶瓷株式会社，历任总经理、董事长。1984 年创立第二电信株式会社（现在的 KDDI 公司）并任董事长。两家公司都曾位列世界 500 强企业。稻盛和夫认为：人与人天生的差距并不像想象中那样巨大，而最终的巨大离差是由心态以及由此形成的思维方式和成长的热情决定的。稻盛和夫经营的京瓷公司也曾经陷入进退维谷的境地，一起创业的人都抱怨辞职了，只剩下他自己。他不仅没有放弃，而且干脆把精力全部投入做实验的工作中，于是成果不断出现，在他的著作《干法》中，谈到这次神奇的转折以及由此带来的辉煌成就时，他说："在改变自己心态的瞬间，人生就出现了转机。原来命运并非宿命，而是可以随心的改变而改变的。"主动追求，就会得到自己想要的东西。心中唤物，物必至。稻盛和夫坚持正确的人生观，拥有远大的理想，每一天、每件事情都做到精进。稻盛和夫说："要想到未来是有色彩的。""不要害怕大得过头的梦想，所谓不可能，只是对现在的你而言的。对将来的你而言，那是可能的。"他还说："要相信，真正有价值的东西终有一天会被认可。"稻盛和夫就是一个眼睛眺望天空，双脚踏在地上，每天坚持极度认真精进的人。坚持精进，必会成功，时刻不忘创造更多自己的价值，做一个对社会、对他人都有用的人，这正是具有成长型心态的人的人生写照，也是我们应该追求的人生道路。

日本还有一位很值得称道的人，叫日野原重明（1911—2017年），活了105岁，职业是医生，曾任国际内科学会会长等职。他将健康体检带入日本，是日本提倡预防医学的第一人，也是全世界执业时间最久的医师之一。在行医之余，他还写作出版了二百余部著作，并发表了大量演讲。他的《活好》一书中，处处充满了成长型心态和成长型思维方式。从中随意摘取几句，就振聋发聩。在谈到人生时，日野原重明先生说："人生首先就是要鼓起勇气行动起来。"他所倡导的一个概念叫"终身工作"。因为只有在"终身工作"中，才能不断地发掘自己的潜力，获得意想不到的结果。谈到人的心态时，他强调，"不要轻易说我就是这样……不设限，多尝试，能发现和遇见未知的自己。"他还告诫自己和他人要时刻保持"keep on going"的状态，就是不断前进的状态。日野原重明先生105岁时，有人问他："你接下来的目标是什么？"他回答："我接下来的目标是活着，探索未知的自己。"成长型心态让人充满活力，保持年轻态，是每个人须臾都不能放弃的法宝。无论是年轻还是年老，心态固定，不思成长，才是最可怕的衰老。

篮球之王乔丹也是成长型心态下的成功者。他从小就受到了来自于父母的成长型思维和行为的培养。乔丹十三岁那年，有一天，父亲拿着一件旧衣服问他："这件衣服值多少钱？"乔丹说："值一美元。"父亲说："你能将它卖到两美元吗？"乔丹回答："傻子才会买。"父亲用探寻的目光对他说："你为什么不试一试呢？要是卖掉了也算是帮了我们。"他答应道："我可以试试，但不一定卖得掉。"他把衣服洗干净整理好，第二天到一个地铁站，经过六个小时的叫卖，这件衣服以两美元的价格被人买走。过了十多天，父亲又拿回一件旧衣服，对他说："这件衣服你能卖到二十美元吗？"乔丹反驳说："这件旧衣服，最多也就能卖到两美元。"父亲启发他："你为什么不试试呢？好好想一想总会想出办法来的。"他经过苦思冥想后，想出了一个办法，他请会画画的表哥在这件衣服上面画了一只可爱的米老鼠和一只顽皮的唐老鸭。他到一个贵族子弟学校门口叫卖。不一会儿，就被一个来接放学孩子的管家买了，那个十几岁的孩子看了衣服上的图案喜欢得不得了，又给了他五美元的小费。回到家后，父亲又递给他一件旧衣服，说："你能把它卖到两百美元吗？"这次，他没有提出疑问，而是开始思考办法。他获得了一个好机会，当红电影《霹雳娇娃》的女主演法拉佛西到纽约做宣传，记者招待会快结束的时候，他扑到法拉佛西身边，请她在旧衣服上签名。法拉佛西看着这个天真孩子渴望的脸，高兴地在衣服上签了名字。乔丹笑着问："法拉佛西女士，我能把这件衣服卖掉吗？"法拉佛西也笑着回答："当然。这是你的衣服，你有权自由处理。"于是，他就在现场叫卖起来："法拉佛西小姐亲笔签名的运动衫，售价两百美元！"经过竞价，最后被一名石油商人以一千二百美元的高价买走。回到家里，父亲亲吻着他的额头说："一件仅仅值一美元的旧衣服，都有办法高贵起来，何况我们这些活生生的人呢？"父亲的话让他领悟到，"连一件衣服都有办法高贵，我还有什么理由妄自菲薄呢？"乔丹不是因为有天赋而成为球神的，他在上高中的时候，学校篮球队都没有要他，他回家很沮丧地和妈妈讲："我球技不行，没有球队要我。"他妈妈以成长型的思维告诉他："那就练呗！"从此，他满怀着对未来的希望，努力地学习，刻苦锻炼。开始，乔丹每打输一场球，就去拼命练球，找手感。赢一场球时，就沉浸在喜悦之中，不去练球。在乔丹还不太知名时，一场比赛胜利后，乔丹和同伴正在畅说胜利的喜悦，教练却把乔丹拉到一旁，严肃地批评道："你是一个优秀的队员，可今天的比赛场上，你发挥得极差，完全没有突破，这不是我想象中的乔丹，你要想在美国篮球队一鸣惊人，必须时刻记住——要学会自我淘汰，淘汰掉昨天的你，淘汰掉自我满足的你……"乔丹牢牢地记住了教练的这些话语，即使在赢了比赛时，他也总结自己哪些动作没做好，哪些技能没发挥出来，然后去苦练提高。乔丹的球员生涯比所有球员都长，随着年龄的增长，身体素质逐渐下降是必然的，他选择的对策还是"练呗！"后期乔丹打球已经不是靠身体，而是不断刻苦练习，靠出神入化的球技来弥补体能的不足。美国前总统克林顿是这样评价乔丹的："在我的一生中，还没有看到有其他运动员能将头脑、身体和精神诸项素质结合得像他那样精美……"乔丹就是凭借着来自于家庭和教练等方面的成长型心态的塑造和培养，经过努力践行，挺进了芝加哥公牛队，后来成为全美国乃至全世界家喻户晓的"飞人乔丹"。

很多老板也是固定型心态的人，这种老板持固定型思维模式，通常的表现就是看待员工不是看他们有什么优势，能不能成长，一旦认定某个员工适合这个工作，就只能做这个工作，做不好别的工作。或者一旦某个员工在某个方面没有做好工作，就认为这个员工不适合做这样的工作，甚至也不能胜任别的工作。成长型心态或者有成长型思维模式的老板认为不同的员工有不同的优势，员工的能力也是可以发展的，他把主要的职责放在培育员工成长方面，并根据员工现有的能力和成长后的能力安排匹配的工作。

在今天的职场上，稳定身份是很多员工所具有的固定心态。有的人刚参加工作时是个打工仔，就认为自己终身就是个"打工仔"，没有改变身份的欲望，没有前进的方向，没有追求的愿景和目标，因而终身也就固定在一个身份上。而更可怕的是，有这种固定心态的员工，一旦遇到一个失败事件，就会把自己固化为一个失败者，灰心丧气，不思进取，不再成长，以致形成恶性循环，这样的人人生没有自我实现，没有价值，只会被人需要，不会被人尊重。然而，这种固定型心态的员工太看重自己的地位、声望、面子和既得利益，但又错误地认为这些与个人的努力是没有关系的，更为严重的是，这种固定型心态的员工认为世间一切事情都是固定的，一旦遇到困境就会感觉绝望。而有成长型心态的员工即使作为一个"打工仔"，也有当老板的心态，有高峰价值体验的追求，从而产生成就感和自信心，不仅能够享受胜利，还能够承受失败。无论经历多少挫折、失败，都会把它们看作是成功的切入点、机遇和条件，并不懈地努力，以至于形成良性循环。这样的员工人生能够自我实现，能够帮助别人实现价值追求，能够被人尊重，也因此改变了自己的身份，改变了自己的命运。

稳定收入是很多员工所具有的另一种固定型心态，也是很多员工的行动障碍。靠薪水只能满足生存的最基本需要，而满足不了自己和家庭成员的发展需要和享乐需要。老板之所以雇你，是想自己发大财而不是想让你发大财，也不是要让你和他一样富裕。你发财就会走掉，你像他一样富裕就会去另起炉灶。看重稳定收入的员工，骨子里是一种"小富即安"的思想，不会为增加收入而付出努力。具有成长型心态的员工把收入的不断增长看作极具挑战的事情，他们通过努力工作，创造更多的工作绩效，进而获得更多收入，满足家庭成员日益增长的发展需要和享乐需要。

具有固定型心态的孩子家长，关注的是孩子的天分而不是孩子后天的努力，不对孩子进行机会教育，批评孩子选择侮辱、恐吓、打骂等简单粗暴的方式，想用这种最差的方法求得最佳的效果。具有成长型心态的家长更注重孩子的成长而不是天赋，善于发现孩子的后天优势，帮助孩子发现身上的"亮点"，给孩子提供有挑战性的教育环境，通过各种机会教育，提升孩子后天的努力程度和艰苦环境下的自我发展能力。具有成长型心态的家长对孩子的批评是建设性的、指导性的，用这样的方法求得帮助孩子建立成长型心态和成长型思维模式的最佳结果。

第十六讲　人生和事业的胜出者是常规思维，还是超常规思维

引　导　故　事

公元 208 年，曹操率二十万大军（对外号称八十万大军）大败刘备，进逼东吴。东吴的孙权为了自身利益与刘备结成联盟，共同抗击曹军。

当时，刘备派到东吴去的使者是诸葛亮，东吴的三军都督是周瑜。周瑜心胸狭窄，见诸葛亮处处高他一等，不禁妒火中烧，就想寻机杀掉诸葛亮。一天，周瑜会集将领，请来诸葛亮共议实战措施。两人都认为江上作战需多配置弓箭。周瑜便说："如今军中正缺箭用，想请先生十日之内监造十万支箭，不知可否？"诸葛亮已明白周瑜冠冕堂皇的背后包裹着的阴谋诡计。但为了抗曹大局，诸葛亮还是答应道："大战在即，十天太晚了，三天就够了。"周瑜本来就是栽完树就想乘凉——急性子，一见诸葛亮上钩了，更是大喜过望，马上紧盯一步，说："军中无戏言。"诸葛亮正色道："愿立军令状。"周瑜忙取来笔墨，让诸葛亮立下军令状。

随后，周瑜又暗中吩咐匠人拖延时间，单等三日后让诸葛亮伏剑而亡。

其实诸葛亮对周瑜心里的这些花花肠子早就一清二楚，而且心里也早就盘算出了小九九。诸葛亮立下军令状后，一连两天只是饮酒睡觉。到了第三天，鲁肃前来问计，诸葛亮请鲁肃拨给快船二十只，每只船上都扎满草人，以及青布幔子，然后把鲁肃请到船中，于四更时分，命士兵将二十只船划向北岸。鲁肃见这么几个人去冲曹营，很是诧异，忙问诸葛亮干什么。诸葛亮笑而不答。这时候，长江水面大雾弥漫，几十米之内看不清物体。诸葛亮命令士兵们把船头朝西尾向东一

字排开，又命令士兵在船上擂鼓呐喊。这阵势把鲁肃吓得面如土色，想制止又制止不住。

曹军听到震天动地的鼓声，飞报曹操。曹操说："重雾迷江，彼军忽至，必有埋伏，切不可轻动。可拨水军弓弩手乱箭射之。"于是下令手下人放箭射击，阻挡敌军进攻。又命令从军营调弓箭手来支援，共集合了万余名弓箭手放起箭来。没用多久，诸葛亮所带领的船上一侧的草人全部中了箭。诸葛亮陪着鲁肃在船内只管饮酒谈笑。过了一些时候，诸葛亮又命令船队调转船头，靠近曹军水城，让船的另一面草人继续受箭。

日出雾散，诸葛亮命令船队迅速返航。这时，每条船上已有五六千支箭。诸葛亮对鲁肃说："十万支箭如期缴纳。"

鲁肃这时才回过味来，原来诸葛亮用快船和草人是去曹营"诱箭"和"借箭"啊！但鲁肃还有疑惑，就问诸葛亮："你怎么知道今天有如此大雾？"诸葛亮笑道："为将而不通天文，不识地理，不晓阴阳，那是个庸才。我在三天前就已算定今日有大雾，所以才敢提出三日的期限。周都督让我办十万支箭，那时候，工匠料物都不应手，那不是明明白白要杀我吗？周瑜这一招可称得上是老虎爪子蝎子心——又狠又毒啊！可惜我诸葛亮命系在天，他是杀不了我的。"鲁肃赞叹道："先生真是神人啊！"鲁肃把诸葛亮"草船借箭"的事情告诉周瑜，周瑜仰天长叹："诸葛亮真是神机妙算，我不如他啊！"

智 慧 悟 语

思维方式是看待事物的角度、方式和方法，它对人们的言行起决定性作用。常规思维，是指人们依靠以往的知识经验，按旧有的程序，用习惯的方法和固定的模式来认识问题和解决问题的思维。常规思维是以一种显在的状态存在的，其借助于常态感觉器官功能，经过逻辑对思维素材的定式整合，来认知事物表象。

超常规思维，是指人们运用新颖的知识和独到的见解，以超越常规的程序、习惯的方法和固定的模式，甚至反常规的方法去思考问题和解决问题的思维。超常规思维是以一种潜在的状态存在的，其借助于超常智能，摆脱习惯、权威等定式，打破传统、经验的束缚和影响，直接对客观事物整体信息进行整合，认知事物本质和最终结果。超常规思维的潜能是取之不尽、用之不竭的。超越世界常规的状态，依赖的就是超常规的思维形式。

　　周瑜的"造箭"是常规思维，周瑜让诸葛亮打造十万支箭，困难就在于限定的时间，如果时间充分并不是难题，周瑜给定诸葛亮的时间是"十日"。可是诸葛亮明知周瑜是想借造箭这件事来杀自己，却给自己设定的时间是"三日"，又缩短了七天。这不更是把自己往死里推吗？周瑜的思维和常人的思维一样，是一提到"箭"就是"造"，通常的做法是先砌铺子（建厂房），再砍竹子（做箭杆），还要铸模子（做箭头），当然还要造翎、胶、漆等其他东西。这样一个"造"的过程下来，不要说十天，就是再多几倍、几十倍的时间也是枉然。周瑜就是这种思维，心想十天要想造出十万支箭比骆驼钻针眼还难，诸葛亮竟然又减去七天，还敢立下军令状，诸葛亮死定了。鲁肃的思维也和周瑜的常规思维一样，认为"箭"就是"造"出来的，需要一段时日，绝不是十天的事，更不是三天的事，还埋怨诸葛亮不该缩短"造"箭的时限，还签了军令状，自己把自己套牢、套死。当诸葛亮请鲁肃拨给快船二十只，每只船上都扎满草人，以及青布幔子时，鲁肃仍然认为这和"造箭"风马牛不相及，不知诸葛亮葫芦里卖的是什么药。鲁肃甚至被诸葛亮请到船中，于四更时分一起划向北岸。鲁肃见这么几个人去冲曹营，很是诧异，忙问诸葛亮干什么。

　　诸葛亮的"借箭"是超常规思维。诸葛亮草船借箭所运用的智慧十分高明，无论是在古代还是在现代都是无与伦比的。这个超常规思维的精华就在"借"字上。

　　（1）"借"的思维把两点间的距离缩短。诸葛亮不是"造"箭，而是"借"箭。一个"借"箭就实现了"虚拟制造"，把资源外包给曹操了，这是后工业经济时代的思维和行为。用直线把两点间的距离缩短，"不费江东半分之力，已得十万余箭"。这种以最短的思维距离直达目标的超常规思维，解决了用常规思维和行为解决不了的问题。

　　（2）"借"人力而获得资源。诸葛亮不仅没有"造"箭的资源，而且连"借"箭的资源也不具备。为了获得"借"箭的资源，诸葛亮故意把周瑜逼杀自己的责任推到鲁肃身上，然后又恳求"子敬只得救我！"给了鲁肃一个台阶，鲁肃答应"借"诸葛亮提出的"二十只船"和每船三十军士，使诸葛亮在人员和用物等资源上保证了"借"箭的要求。

　　（3）"借"天时而实现人谋。天时是领导者实现自己任务和目标的条件。诸葛亮凭借自己的天文知识，了解天数，知道第三天将"大雾漫天"，并料定"曹操于重雾中必不敢出"。果然，曹操闻报东吴兵到后传令："重雾迷江，彼军忽至，必有埋伏，切不可轻动。可拨水军弓弩手乱箭射之。"在天时的帮助下，轻而易举地得到了十万支箭。

（4）"借"的智谋削弱了敌人的力量，壮大了自己的力量。草船借箭不仅壮大了自己的力量，还削弱了对手曹操的力量。这种一箭双雕的超常规思维体现了借敌之器灭敌的高超智谋。

诸葛亮的超常规思维超越了周瑜、鲁肃的常规思维，用脑子解决了用手和脚解决不了的问题。雄才大略的周瑜，身经百战、腹有良谋的曹操都被诸葛亮玩弄了。诸葛亮的草船借箭这种超常规思维下的出神入化的行为让周瑜难以望其项背，不得不承认"诸葛亮真是神机妙算，我不如他啊！"

历史上是没有诸葛亮草船借箭的记载的。但在《三国志·吴书·孙权传》中有这样的记载：建安十八年（公元213年）正月，曹操与孙权对垒濡须（今安徽巢县西巢湖入长江的一段水道）。第一次交战，曹军大败，于是曹操下令坚守不出。这样相持了几个月，一天孙权借水面上大雾弥漫，便乘一轻舟从濡须口来到曹军前沿，观察曹军部署。孙权的轻舟深入曹军防线五六里，并且鼓乐齐鸣，但曹操生性多疑，见孙军整肃威武，又加之江面有雾，怀疑有诈，不敢出兵船正面迎战。于是，曹操下令乱箭退敌，弓弩齐发，射击吴船。不一会儿，孙权的轻舟因一侧中箭太多，船身向一侧倾斜，有翻沉的危险。孙权灵机一动，立刻下令调转船头，使船身的另一侧再受箭。很快，船身的两边受箭均等，恢复了平衡，孙权安全返航。事后曹操才醒悟过来，自己上当了。孙权就是以超越曹操的思维方式，深入了险境，获得了很多敌箭。

诸葛亮初出茅庐首战的奇功就是他以超常规的思维以"借火"获得的。当时，曹操派夏侯惇引兵十万杀奔刘备所在的新野，而刘备的部队只有几千人，除了诸葛亮，包括刘备在内的将领士兵都十分紧张，几千人对十万人不能不让人紧张。诸葛亮开始布阵了："博望左边有座豫山，右边有片安林。关羽引一千兵马埋伏在豫山，等曹军到了不可交战，放他们过去。他们的辎重粮草一定在后面，看到南面火起时，全面出击，焚其粮草。张飞引一千人马去安林背后山谷中埋伏，也是看到南面火起，纵兵出击，向博望城旧屯粮草处放火。关平、刘封引五百军，准备好引火之物，在博望坡后两边等候，初更敌兵到，便可放火。又从樊城召回赵云，令他为前部，和敌人交战时，只许输，不许赢，诱敌深入。主公自引一军为后援。"诸葛亮最后强调："各位必须依计而行，不可有失！"关羽、张飞质问诸葛亮，"我们都到前线冲锋陷阵去了，那你干什么？"诸葛亮说："我在县城观敌瞭阵，准备给你们庆功。"关羽、张飞嘲笑诸葛亮，诸葛亮捧出剑印，严厉地说："剑印在此，违令者斩！"关羽、张飞等将领只得依计而行。当夏侯惇和于禁带着十万精兵走在博望的山间路上时，赵云挡住了去路，简单交手后，赵云领兵败退。退了一段距离，刘备又出来接应，边打边退，退进了树木丛杂遍生之地。直到此地，夏侯惇才意识到如果诸葛亮用火攻，那可是灾难性的。夏侯惇的话音未落，火已经起来了，刹那间四面八方都是火，火借风势越烧越猛，曹军被大火烧死的、在火中自相践踏丧生的不计其数。赵云回军赶杀，夏侯惇侥幸逃脱；李典也被关羽杀得大败；夏侯兰、韩浩被张飞追杀，夏侯兰死于张飞丈八蛇矛。这一仗诸葛亮借一把火的超常规思维，几千人打败了十万人。

当刘备要退走樊城时，曹仁、曹洪引十万人马为前队，最前锋的是许褚的三千铁甲军，杀向新野。行至鹊尾坡遇到了刘备部分人马的对阵，当西边的太阳快要落山的时候，蜀军消失得无影无踪。过了一段时间后，山顶上突然出现一簇旗，在旗丛中两把伞盖下分别坐着刘备和诸葛亮，二人对饮而欢。许褚号令曹军冲上山顶活捉刘备和诸葛亮，遭到了山顶上打下来的檑木炮石的袭击，同时，山后喊杀声四起，许褚想去厮杀，又找不到目标，只好去到新野城。新野四门大开，城中空无一人，许褚放下心来，士兵们也疲惫不堪，饥肠辘辘，纷纷夺房造饭。初更时分，新野城狂风大作，城西、南、北三门骤起大火，满城上下通红，比博望坡那把火更猛烈，曹军死伤无数。后来发现，城的东门没有火，曹军就组织向东门突围。赵云、糜方、刘封先后带着人马冲杀出来，像赶鸭子似的把突围的曹军赶到了白河边。已经到了四更时分，曹军人困马乏，见白河水浅，曹仁下令人马都到河里饮水，解解乏再作打算。曹仁不知道，其实白河水很深，是关羽一大前奉诸葛军师之命，带领士兵在河的上游用布袋堵住了河水，致使下游断水。当关羽听到河的下游人喧嚷、马嘶鸣时，立即下令士兵一起撤掉遏制水流的布袋，滔天的水流冲向那些在河里喝水的曹军人马，曹军人马大多数被汹涌水势夺去了生命。指挥官曹仁在众将的簇拥下上了岸，逃到了博陵渡口，又遭遇了张飞的追杀，在许褚的拼命掩护下，总算拣回一条小命，可以回去向曹操报告情况了。曹操听完情况汇报，气得咬牙切齿，说道："诸葛村夫，安敢如此？"曹操根本就没有想到诸葛亮会两次借火，这次又加上借水，而使自己占绝对优势的军队被打得大败。

"借"的超常规思维和行为被诸葛亮多次运用，屡见奇效。公元 208 年，刘备被曹操打得落花流水，败当阳，弃新野，奔夏口，走樊城。诸葛亮知道，光靠自己的力量与曹操对抗只能是死路一条。因此，他向刘备提出了联吴抗曹的主张，刘备采纳后，诸葛亮还亲自前往东吴，历经波折，说服孙权，实现了孙刘联手抗曹的局面。就孙刘两家的力量对比而言，实质上是借吴抗曹，赤壁之战的正面战争都是东吴打的。诸葛亮"借"的超常规思维，不仅挽救了自己的军队，也奠定了后来的三国鼎立之势。

赤壁之战周瑜的总战术是火攻，从双方所处的位置看，周瑜能否实现火攻，关键要看有无东风。当曹操采纳庞统的连环计时，谋士程昱曾提醒曹操，船皆连锁，须防火攻。曹操大笑，说："凡用火攻，必藉风力。方今隆冬之际，但有西风北风，安有东风南风耶？吾居于西北之上，彼兵皆在南岸，彼若用火，是烧自己兵也，吾何惧哉？若是十月小春之时，吾早已提备矣。"诸将皆拜伏曰："丞相高见，众人不及。"显然，关于有无东风，曹操的思维和诸将的思维都是常规性思维。周瑜开始设计火攻战术时，并没有思考冬天有无东风的问题。直到有一天，他引领众将立于山顶，遥望江北水面战舰，忽见曹军寨中，中央黄旗被风吹折飘入江中，周瑜大笑，说这是曹军"不祥之兆"。当西北风把旗角吹到他脸上时，他突然想到，冬天时节，是不刮东风的。想到这个，不禁忧急如焚，昏厥倒地。众人都被惊住了，不知所以然。但诸葛亮心知肚明。几天后，鲁肃陪诸葛亮到周瑜大帐问安，说："连日不晤君颜，何期贵体不安？"周瑜说："人有旦夕祸福，岂能自保？"诸葛亮笑答："'天有不测风云'，人又岂能料乎？"周瑜一听吃了一惊，就用话语试探诸葛亮："欲得顺气，当服何药？"诸葛亮笑着用笔密书了几个字拿给周瑜看："欲破曹公，宜用火攻；万事俱备，只欠东风。"周瑜知道诸葛亮已知其意，乃向诸葛亮求教。诸葛亮说："在南屏山设七星坛，于台上作法，可借三日三夜东南风，以助都督火攻曹操。"曹操、周瑜在隆冬之际有无东南风这一问题上，都是以常规性思维做出不会有的判断。而诸葛亮则以非常规性思维，以冬至阳生，常态中会有非常态出现，藉以判断出了那几日必有东南风。当然，"借东风"不过是一种表演而已。

诸葛亮的"借"功，还体现在善于"借力"上。当曹操大军已经占领了东川，而西川危如累卵时，西川百姓人心浮动，惊恐不安。刘备要诸葛亮拿出对策来，诸葛亮说："请主公放心，我有一计，曹操自退。"刘备请诸葛亮快说退敌之计，诸葛亮说："曹操分军屯住合肥，是害怕东吴的孙权，我们如果把江夏、长沙、桂阳三郡归还东吴，再派一名善辩的使者出使东吴，晓以利害，让东吴起兵袭击合肥，牵动其势，曹操就不敢向西川进兵了。"刘备大喜，写下书信，并派舌辩之士伊籍前往东吴。伊籍到了东吴，说服了孙权，孙权遂派兵攻取合肥。汉中的曹操见自己的后方出现了危机，就没敢向西川进军。这里，诸葛亮巧借东吴之力，用借来的优势遏制了曹操的进攻态势，演绎出了诸葛亮版的"围魏救赵"，保住了西川。

诸葛亮乘雪破羌兵，是综合借助"天时、地利、人和"的因素而赢得的一场战役。曹真以和亲为条件，请羌兵来助战打诸葛亮带领的蜀国军队，西羌起兵十五万直逼西平关。诸葛亮派关兴、张苞、马岱带五万军马前去战羌兵。羌人的"铁车兵"让关兴等人束手无策，诸葛亮亲自带兵来救。姜维问他有什么好的计策破敌，诸葛亮观察天象，知天将要下雪，又知道前边就是山谷沟壑，于是心中有了一个利用雪天来破敌的计策。诸葛亮的原话是："今彤云密布，朔风紧急，天将降雪，吾计可施矣。"羌兵是乘车追击蜀军的，地面上有冰雪，车很容易打滑，刹车又刹不住。于是诸葛亮引诱敌人进入山谷沟壑的陷阱，羌兵的铁车在这沟壑中不能停下来，互相追尾，自相践踏。而后路又被姜维、马岱和张冀堵死，羌兵也就不攻自破了。羌兵丞相雅丹被捉后，诸葛亮动之以情，赐酒压惊，晓之以理，申明大义，说："吾主乃大汉皇帝，今命吾讨贼，尔如何反助逆？吾今放汝回去，说与汝主：吾国与尔乃邻邦，永结盟好，勿听反贼之言。"诸葛亮这段话的意思是，我们的蜀国皇帝才是汉室正宗，我们皇帝命我讨伐曹魏逆贼，你们和我们蜀国接壤，应永远和平相处才是，怎么反而帮助曹魏反贼？现在把收缴你们的羌兵及车马器械全部还给你们，快回去吧，不要再听曹魏反贼的话了。雅丹丞相对诸葛亮十分感激，自此羌人归服。

当然，周瑜也有用超常规思维把"借"功用得惟妙惟肖的案例。赤壁备战双方优劣势很明显，曹操兵多，孙刘兵少，南方士卒擅长水战，北方士卒不善水战。但曹操为了把短板拉长，命荆州降将蔡冒、张允为水军都督，布置水寨，日夜操练。周瑜亲自探看曹操水寨后，不禁惊叹："此深得水军之妙也！"周瑜内心思虑："吾要破曹，必设计先除掉此二人。"赤壁大战之前，在三江口有一小战，曹军失败，曹操正待思谋计策，蒋干主动请缨，说周瑜是自己的同窗故交，可以前往江东，说服周瑜来降。曹操闻听此言，暗自思忖，若蒋干游说成功，江东不攻自破。遂派蒋干前往江东。周瑜一下就识破了蒋干的来意，并马上思考出了一个"借刀杀人"之计。周瑜当众点破蒋干的来意："子翼良苦，远涉江湖，为曹氏做说客耶？"蒋干矢口否认，也把自己说降的口子给堵上了。周瑜宴请蒋干，并告知出席宴会的百官："此吾同窗契友也，虽从江北到此，却不是曹家说客。"并解佩剑交给太史慈监酒，说："今日宴饮，但叙朋友交情，如有提起曹操与东吴军旅之事者，即斩之。"把蒋干的口封得严严实实的。席间周瑜起舞作歌，洒洒脱脱，好不快活。宴罢佯装大醉，携蒋干入帐共寝，并诱使蒋干偷看书信，盗书返回曹营，神不知鬼不觉地把蒋干拖进了反间计的圈套。周瑜借曹操之刀杀了"深得水军之妙"的蔡冒、张允两位水军都督，除却了心腹大患，为赤壁大战又增加了胜算。

马腾及长子在许县被曹操杀害，其子马超与西凉太守韩遂联手讨伐曹操。潼关一战，曹操被神勇的马超打得割须弃袍，狼狈逃窜。渭河再战，若不是许褚等部下的死力相救，曹操就会性命难保。与马超斗力没有占到便宜，曹操就开始与其斗智。曹操认为马超"乃一勇之夫，不识机密"，于是决定变换招法，以反常规的超常规思维方式和行为方式玩"反间计"。一天，曹操趁韩遂巡逻之机，穿上便装只身骑马来到两军阵前，不言军务只言京师旧事，说到有些地方曹操还故意仰天大笑，让别人感觉好像两个亲密无间的老朋友在交谈。谈了一段时间后才散去。马超听说了此事，就问韩遂与曹操的交谈内容，韩遂告诉他，只谈了一些在京城的旧事。马超说："怎么能不谈军务之事呢？"从此，马超对韩遂心生疑虑。接下来，曹操又趁热打铁，依谋士贾诩的"抹书"之计进一步离间马超与韩遂之间的关系。曹操又亲笔作书一封，将信中的一些"紧要处"全部用笔涂抹改易，派人送给韩遂亲启，还故意散布消息使马超知道曹操来信一事。于是马超到韩遂处要看曹操的信，信中的那些涂抹引起了马超的怀疑，问韩遂："信中为什么许多地方被涂抹过了？"韩遂回答："原书信就是这样，不知道什么原因。"韩遂进一步解释："可能是曹操军务繁忙误将书信草稿送来。"马超认为曹操是个精细之人，不会有这样的失误。马超怀疑韩遂与曹操之间有秘密交易，怕自己知道，就先行涂改。韩遂为表真心和马超约定，他邀曹操阵前说话，马超乘机刺杀。此计失败后，韩遂就是黄河里的水——难说清了。马超大怒，砍断韩遂一只手臂，二人反目。曹操趁马超和韩遂内讧之机，杀得马超只带三十余人仓皇败逃，韩遂也投降曹操。曹操以反常规而求得超常规。哪有两军阵前闲谈昔日往事的，曹操那样精明的人又怎么会误送书信呢？正是这些"反常规"才取得了"超常规"的效果，这种出奇制胜的韬略，真是让人拍案叫绝。

前几年，我在汉中讲学，在当地又听到了另一个版本的黄忠刀劈夏侯渊的故事：黄忠能一刀劈死夏侯渊，得益于法正巧妙借用天时的超常规思维方式。法正是四川人，当时的汉中归属于四川，所以法正对汉中的自然气候很熟知，知道汉中夏天早晚的温差很大，经常差十七八摄氏度。法正就借助于这一温差大的天时，大败了比蜀军强大的魏军。老将黄忠取了定军山，虽然居高临下，但是夏侯渊认为蜀军在山上，自己只要把山围住，山上的人马没有水喝，就会困死在山上。法正告诉黄忠："你带一队人马到山半腰待命，我带二百士兵在山上分为两队，一队是白旗，一队是红旗，晃动白旗是要你按兵不动，不管夏侯渊怎么骂阵都不要动。晃动红旗的意思就是冲下山开战。"黄忠依计而行，把人马带下去一部分。这时夏侯渊看见黄忠下来，等了一会儿也没看到黄忠出兵，夏侯渊着急了，带领士兵前去骂阵，骂了半天黄忠假装没听见。因为黄忠看了一眼法正，法正正在摇白旗呢，说明让按兵不动。夏侯渊没办法，只好继续围山。魏军的士兵都穿着带铁的盔甲，早晨和上午气温在二十几摄氏度，穿着盔甲也没有不舒服，可是到了正午，温度上升到近四十摄氏度，铁盔甲晒热后，皮肤就有烧灼感，疼痛难忍，夏侯渊就让士兵们在山脚休息了，甲也卸了，衣服也脱了，夏侯渊心想反正你黄忠也不敢下山。这时黄忠吩咐手下士兵悄悄地向夏侯渊的部队移动，随时等待进攻。法正看到夏侯渊他们已经人困马乏了，天时已经帮蜀军削掉了魏军的一半战斗力了，就命令摇晃起了红旗。黄忠看见后高兴坏了，大喊一声杀下山去。黄忠的队伍以迅雷不及掩耳之势杀向魏军，夏侯渊万万没想到黄忠的人马竟然来得这么快，立刻就站起来仓促迎战，黄忠举起手中大刀，向夏侯渊劈了过去，夏侯渊还没反应过来，黄忠的大刀已经落下，可怜夏侯渊被老将军一刀劈成两段。曹军一看主将被斩，都懵了，没等黄忠的人马杀过去就开始自相践踏，死伤无数，黄忠率领人马一顿猛杀，曹军侥幸跑回定军山的不足百人。

无论是历史上，还是今天，凡是有"借"的超常规思维，能够把"借"功发挥好的人，都是有大智慧的人。这样的事例可以说是数不胜数。

在中国革命战争时期，我们的游击队也有这种超常规的思维，通过"借"的谋略解决了武器、装备等各种资源极度短缺的问题，如游击队的队歌就唱道："没有枪，没有炮，敌人给我们造。"这也体现了借敌之器灭敌的高超智谋。

"借"的超常规思维和行为也能产生互利互惠的互酬效应。今天，我们所从事的市场经济就是"借"的经济，借财生财、借船出海、借人才生财、借鸡下蛋、借壳上市、借梯上楼等，通过这些"借功"使合作各方共赢。

当然了，我们这里说的"借"的超常规思维只是超常规思维的一种形式，既然是超常规，那一定有多种多样、灵活变化的形式。

物极必反，这是事物运动的规律，逆向选择也是一种解决问题的方法。因此，逆向思维也是一种具有创造性的超常规思维方式。对已成定论的事物或观点反过来思考的一种思维方式就是逆向思维。客观事物存在着阴阳互反、方向互逆的矛盾，因而作为反映客观事物的思维方式也必然具有方向性，存在正向与反向的差异，由此产生了正向思维与逆向思维两种形式。正向思维就是沿着事物发展的正方向去思考问题并寻求解决办法的思维形式。通常人们都习惯于朝着事物发展的正方向思考问题。所以，正向思维也属于一种常规性思维。人们解决问题时，按照熟悉的常规的正向思维路径去思考，有时能找到解决问题的方法并收获好的效果。但是也有很多问题，尤其是一些特殊问题，用正向思维不易找到正确答案和解决办法，这时，摆脱常规思维的羁绊，从反向思考就会使问题简单化，常常会取得意想不到的效果。诸葛亮在与孟获交战时，孟获这边便出现了一些奇怪的士兵，他们穿着野生藤蔓制成的盔甲，就像铜人一样，在万军丛中来去自如，战争一打响，"蜀兵以弩箭射到藤甲之上，皆不能透，俱落于地；刀砍枪刺，亦不能入"。蜀军连败十五场，还丢了几处营寨。吃了苦头的诸葛亮开始研究对策。正在百思不得其策的时候，吃了败仗的魏延回来向诸葛亮细言道："赶到桃花渡口，只见蛮兵带甲渡水而去；内有困乏者，将甲脱下，放在水面，以身坐其上而渡。"向来心思缜密的诸葛亮立刻产生了逆向思维："利于水者，必不利于火。"诸葛亮还发现藤甲是油浸的东西，见火必燃。藤甲一燃起来就再也别想脱下来。这种逆向思维，让诸葛亮产生了火攻计，由魏延引藤甲军进盘蛇谷，结果乌戈国王兀突骨所率三万藤甲军被蜀军黑油铁炮打得头脸粉碎，被火烧得焦头烂额，几乎全部惨死在谷中。

逆向思维可以让我们找到问题的多种解决办法。相对正向思维，逆向思维本身就多了一种解决问题的方法。逆向思维，敢于让思维向对立面的方向发展，从问题的相反方面深入地进行探索，会将复杂问题简单化，从而使办事效率和收益成倍提高。而逆向思维本身也有很多形式，如性质上的对立、两极的转换：软与硬、高与低；结构、位置上的互换、颠倒：上与下、左与右等过程上的逆转；等等。不论哪种方式，都会产生解决问题的逆向思维和行为，独辟蹊径，出人意料。股市就是少数人盈利定律，因此，逆着多数人的思维和行为才能获利。股神巴菲特的老搭档查理·芒格说："反过来想，总是反过来想。大家贪婪的时候我们焦虑，大家焦虑的时候我们贪婪。"巴菲特也说："投资决策改变一下航向，逆风就会变成顺风。"

需要指出的是，超常规思维并非成年人的专利，孩童们也有超常规思维，并会创造出令成年人都望尘莫及的奇迹。三国时期的"曹冲称象"可谓"借"的睿智思维和行为。公元 200 年，曹操借天子的名义封孙权为讨虏将军，领会稽太守。

孙权为了表达谢意，送给了曹操一头大象。北方很少有人见过大象，有些人看过后，心里就开始嘀咕：这头大牲畜得有几千斤重吧？第一次看到大象的曹操也想知道它到底有多重，就叫大臣们称一称大象的重量。大臣们面对这一庞然大物犯了难：一来没有这么大的称；二来把大象抬上称也是难事。曹冲天资聪颖，瞧了瞧运粮的大船，又瞧了瞧大象，对父亲说："把大象牵到一条空船上，船就往下沉，看船两边水的印子在哪儿，画个记号，然后再把大象牵下船。再拿粮食装到这条船上，装到使船下沉到刻记号的位置为止。再把这些粮食一小批一小批地卸下船称重量，称完了进行加总，粮食有多重，这头大象就有多重。"曹操听完了曹冲的话，笑得眼睛变成了一条缝。马上下令照着曹冲的办法去做，很快知道了大象的重量。那些成年人和大臣们在一个五六岁的孩子面前，一个个都感到汗颜。曹操的儿子曹丕，也就是后来的魏文帝曾经不止一次说过这样的话："家兄孝廉（指曹昂）应当立为后嗣，这是分内之事，谁也没有话说。要是仓舒（指曹冲）还在，我也没有天下了。"从曹丕的后半句话中，我们不难听出这样一层意思，曹丕认为超常规思维是治国理政的智慧，面对自己的弟弟曹冲，自愧弗如。历史上的"司马光砸缸"可谓逆向思维救人。如果有人落水，常规的思维模式是"救人离水"，而司马光面对紧急险情，用石头把缸砸破，"让水离人"，救了小伙伴的性命。从曹冲和司马光的实例可以看出，超常规思维方式是从小就可以有的，从小培养出超常规的思维方式，在时间的岁月里继续沉淀，成年后一定可以成为非凡的人。

常规性思维很容易把我们的思想束缚到一个框子里去。熟悉的习惯，熟悉的路线，熟悉的日子里，永远不会有奇迹发生。我们如果总是习惯于在一个框子里思考问题，思维就非常容易僵化、教条，循规蹈矩，以致失去发展和进步的空间。有常规性思维习惯的民族，难以屹立于世界先进民族之林，有常规性思维习惯的组织或企业不会基业长青，有常规性思维习惯的个人也干不出非凡的事业。爱因斯坦说得好："什么是荒谬？持续不断地用同样的方法做同一件事情，但是期望取得不同的结果，这就是荒谬。"打破常规性思维的定式和惯性，从预设在自己心里的栅栏中解脱，在常规之外另谋思路和办法，哪怕是一个不起眼的想法、一个小小的改变，就可能收到神奇的效果。

超常规的思维突破了思维框子，由狭小的思维空间进入广阔无垠的思维天空，不仅能改变我们认识问题的视角，更能拓宽我们认识问题的视野。超常规的思维指引人们走向智慧之宫，超常规思维是人类社会向前发展的推动力。从古至今，任何一项发明和创造都是对传统的常规思维的一种突破，任何具有颠覆性的伟大创新都来自于离经叛道的超常规思维。因此，打破陈规和定势，打破旧框框的限制，以新思路、新思想、新概念、新办法解决任何问题都会有惊人之举。

孔子讲："君子不器。"君子不仅要有"借"的思维，还要有逆向思维。今天是多元化的时代，不能单功能竞争，也不能一根筋思维，五百罗汉还各具面孔呢，要有多元化思维。一个问题要 360° 看，才能突破偏见和成见，才能洞悉事物的内外联系。

世界上最大的奇迹在人的脑海里。胜出者主要靠的不是热情、能力，而是思维，不是常规性思维，而是超常规思维。日本的稻盛和夫在其《活法》一书中给出了一个重要公式：结果=思维方式×热情×能力。热情度有高有低，但都在零以上；能力有大有小，也都在零以上。可是思维方式则有正负值之分和常规与非常规之别。如果思维方式出了问题，是负值或常规的思维，那么热情和能力越高，做错的可能越大，结果就可能越差。放不下常规，就接受不了超常规，没有超常规，就很难有突破。因此，我们在工作中只有从常规性思维和行为的枷锁中解脱，才能接纳超常规性的思维，塑造出先知先觉的创新意识，把那些在常规性思维中"不可能""不可行""办不到"的事情用超常规的思维变成现实，成就不俗的事业。

第十七讲　人生和事业输赢是在起点，还是在转折点

引　导　故　事

董卓被吕布杀死后，李傕、郭汜等四人派人至长安上表求赦，司徒王允说："董卓骄横跋扈，就是因为这四人为虎作伥，今天虽然大赦天下，但不能赦免这四人。"

王允在处理董卓余党问题上没有分化瓦解、区别对待、各个击破的智慧，逼李傕、郭汜等人再次叛乱。李傕、郭汜两人劫持天子，手下爪牙尽皆封赏。李傕和郭汜本来就是以自己的利益为唯一价值取向的恶棍。在忠义之士的离间下，二人大打出手，一人挟持了天子，一人挟持了官员，多次交战各有所伤。

田丰、沮授劝当时占绝对优势的袁绍去挟天子以令诸侯，可是袁绍怎么想呢？他想，现任皇帝是董卓扶起来的，而且董卓要废立皇帝的时候我袁绍投的是反对票，现在又去尊奉他，这不是自己打自己耳光吗？因此，袁绍说现在这个烂皇帝是个流浪汉，你千里迢迢把这么一个废物接到我们这儿来干什么呢？你是朝拜他还是不朝拜他呢？你是请示他还是不请示他呢？那你肯定要朝拜、要请示。我每天冲着他磕头，一旦有一个头磕得不到位，他就会骂我不忠。我把皇帝弄来以后大事小事我都要跟他请示，皇帝万一意见和我们不一样怎么办呢？我是听他的还是不听他的呢？我听他的显得我没分量，我不听他的我不是逆上吗？我现在已经称王称霸了，再去做那些磕头朝拜和请示的事，不是顶级的脑残吗？所以，算了吧。袁绍一犹豫，便把这件事搁了下来。

在竞争激烈的年代，转折点上的机会一旦放过，对手就会捷足先登。汉献帝

在杨奉等将军的保护下乘机得脱，便派人去曹操那里求援，以为他是个忠义之士。而此时，曹操众谋士也向他献策，劝其救驾。这其中荀彧最为积极，他向曹操指明了今后的战略大方针——"奉天子以令不臣"，劝曹操早日进兵，将天子控制在手中，以取得政治上的主动和优势，并强调今日不取，他日天子必将落入别人的手中。曹操听了他们的话，即刻起兵前去救驾。

经历坎坷后天子成功地和曹操的部队碰了头，饥寒交迫的天子在曹操的盛情款待下，对其感激万分，大加封赏。曹操又请教在朝廷为官且和他有交情的董昭说："现在已经到了洛阳，下一步应该怎么办？"董昭告诉曹操迁都，离开洛阳，因为洛阳诸将领各怀异心，未必听曹操的指挥，如果请天子移驾到许县，天子刚安定下来又要移驾，不合民意，但不寻常的功业需要不寻常的做法，曹操应该做出这个利多弊少的抉择。

曹操就以都城被贼人烧毁不便防守为由，劝汉献帝移驾到自己的大本营许县，汉献帝也因曹操手中兵权缘故不得不从。汉献帝到后，将许县改名为许都，改年号为建安，汉献帝任曹操为大将军，总揽朝政。

后来，曹操每次征战或赏罚都可以借着天子的名号，正可谓"师出有名""赏罚分明"啊！袁绍看曹操借皇帝名义四处下命令才发现这是个好事，也开始想把汉献帝控制在自己的手中，但贼去了才关门——错过时机了。

起点，是事物发展的初始状态，虽然高起点让一个人或者一个组织有更大的发展基础，但是最终的输家或者赢家则不是由起跑线决定的，是由转折点决定的。

从起点上讲，袁绍远远胜过曹操。四世三公的家族威望号召力很强。在驱逐了韩馥、吞并了公孙瓒、消灭了张燕之后，袁绍就统一了河北，是天下最强大的势力了。袁绍从韩馥手里骗取了冀州，也因此得到了谋士沮授。沮授可以算得上是灵透的智谋之士。据《三国志·袁绍传》中记载，沮授对袁绍说："将军弱冠登朝，则播名海内；值废立之际，则忠义奋发；单骑出奔，则董卓怀怖；济河而北，则渤海稽首。振一郡之卒，撮冀州之众，威震河朔，名重天下。"这段话的意思是，将军您是个少年才俊，年纪不大就入朝为官，名扬四海；当董卓行废立皇帝的篡逆之事的时候，您忠于大汉王朝，与他势不两立；您单枪匹马突出重围，令董卓心惊胆战；您渡过黄河主政渤海，渤海上下俯首称臣；您依靠渤海一个郡的力量，就赢得了冀州一个州的拥戴，您真是旷世英雄，威震天下啊！沮授这段话虽然不乏溢美和巴结袁绍之意，但说的还是事实。从这些事实中，我们可以看出袁绍的起点是很高的，而同时期的曹操远比不上袁绍，虽然其父做过几任高官，但毕竟是宦官之后，曹操的头上自然也顶着这一标签，名声不好，一些清流名士对他也是嗤之以鼻。而且曹操手下兵将少，当时无论是地盘还是军力都比袁绍差很多。

但是，起点高，并不意味着日后一定是赢家。如果你把握不好或者驾驭不了高起点，特别是不能借助自己高起点的优势，抓住转折点，你还是可能输掉。袁绍就是没有利用好高起点的这一政治财富，打造出一片天地来，而在弯道被甩了出去，最早灰溜溜地退出了历史的舞台。曹操虽然没有一张像袁绍那种实力的底牌，但因为能够抓住转折点，大鱼化龙，在历史上掀起了滔天之浪。

转折点，是某种事物或某种形势的发展出现了拐点，产生了重要的发展性质和方向性变化的点。能把握转折点这一历史时刻的人或组织，即使输在了起跑线上，也能超越起点高的人或组织成为真正的赢家。虽然袁绍势力强大，但是他对于大义名分看得并不重，在这件事情上可以看出，他和曹操的政治眼界是不能比的。袁绍完全有机会利用汉献帝这个招牌，但是他左纠结这个皇帝没有多大价值，右顾虑还要向这个没有多大价值的皇帝磕头朝拜和请示事项，显得自己没有分量。正是袁绍对迎不迎汉献帝的纠结和顾虑，让曹操抓住了机会。曹操既不像董卓那样废立皇帝，也不像袁术那样自立皇帝，而是把现任皇帝迎奉到自己的地盘上并以现任皇帝的旗号和国家的名义"以令不臣"，征讨天下。政治和道义上的失利对袁绍很是不利。官渡之战是一场当年决定中国未来命运的战争，发动者是四世三公出身的袁绍，而曹操当时还没有摆脱阉宦之后的名声，可以说是袁绍占据了名声上和实力上的优势，但是最终还是败在转折点上。袁绍没有正义的旗帜，因为当时汉献帝已经被曹操迎奉到了许都，虽然成了曹操的傀儡，但是他还是有些品牌价值的，攻打许都就是攻击朝廷，就是乱臣贼子，所以袁绍没有政治优势，即便拥兵百万也只能被曹操瓦解。曹操正是在非常时期，接受了董昭"不寻常的功业需要不寻常的手段"的智慧点拨，抓住了转折点，把汉献帝控制在自己手里，这和袁绍比较起来，就是雄才大略。曹操不废掉汉献帝，不自己当皇帝，把皇帝变成一个傀儡，这一招也很有智慧，比当皇帝还厉害。曹操明白，诸侯各自为政，相互吞并，都是为了当皇帝，倘若自己当皇帝，各路诸侯就会联合起来讨伐自己，不如把这个面团捏的皇帝当作旗帜，自己成为一个站着的皇帝，把朝中的军政大权集中在自己手里，把人马召集到自己的旗帜之下，形成挟天子以令诸侯的政治优势，得利丰厚，赢了袁绍。

历史上，袁绍还有一次转折机会，书中前边曾说到，曹操率大军去徐州征讨刘备，听到这个消息，袁绍的谋士田丰高兴了，急急忙忙冲进袁绍的大帐，对袁绍说："现在曹操亲率大军去徐州攻打刘备，许都必然空虚，这可是难得的机会，我们趁此机会直捣许都，抄曹操的后路，借机把天子也接过来，从此咱们就可以挟天子以令诸侯了。"袁绍没有采纳田丰的计策，理由极其荒唐，因为儿子病了，无心征战。走出袁绍的大帐，田丰仰天长叹："袁绍真是脑壳进水了，天赐的良机就这样失去了。"机会的重复率极低，大多时候，机遇只有一次，没抓住就会被对手抓住，以致万劫不复。

在官渡之战前，已落下风的曹操始终注意抓住转折点来提升和发展自己。曹操在二十岁之前，是个十足的浪荡子。二十岁开始立志要做一个"治世之能臣，乱世之奸雄"，要走入仕为官之途。怎么走？当时汉朝有一条"举孝廉"的为官路径。何谓"举孝廉"？就是朝廷听说某人有孝行，经过层层严格考察确有孝行，可入朝为官。曹操就做了个孝子，并博得了好名声，进而搭上了"举孝廉"的顺风车，被任命为洛阳北部尉，开始走上了仕途，并很快因政绩突出被提升为顿丘县令。正在这时，黄巾起义，天下大乱，朝廷急于征兵选将，曹操又抓住了这一次转折点，被任命为骑都尉，统领五千兵马，凭镇压黄巾军的赫赫战功青云直上。董卓专权后，曹操刺杀董卓失败，干脆来个龙王爷跳海——回老家发展。曹操回到家乡之后招兵买马，兵精粮足，可算是河枯又遇续水雨，土焦又逢绿草风。他吸取了上次自己单兵刺杀董卓失败的教训，主动联合其他十七路诸侯抱团讨伐董卓，并第一个向天下发了一篇讨董檄文，成为事实上的讨伐董卓大军的核心。可见，善于抓住转折点的机会，快速发展壮大自己的力量，是曹操一以贯之的智慧。

我们再来拿刘备与曹操、孙权从起跑线上做个比较。曹操的父亲曹嵩认了大太监曹腾当义父，成为太监党的红人，据此为曹操打下了一定的家底，曹操一生下来就有了第一桶金。孙权直接从哥哥孙策手中接过东吴，一开始就有了很大的家业。而刘备虽说是汉王氏子孙，但是水分也是很大的，中山靖王的后代也有几万人之多，刘备的爷爷当过县令，但是他的父亲没有做过官，就是个普通人，而且在刘备很小的时候就去世了，刘备作为从苦门子出来的草根，惨就惨在一切从零开始，只能靠自己的奋斗从零到一，从无到有。所以，刘备与曹操、孙权比，是输在了起跑线上。

刘备在开始登场时也没有什么英雄之举，虽然曾经走出家乡寻求出人头地的发展机会，当时时机不成熟，也就是交了几个好朋友而已，没有什么作为，不得不回到家中做一个等待时机的"潜龙"。《周易》上讲："观乎天文，以察时变。"刘备是个有抱负的人，自然善观时势风云。在二十八岁那年，通过冷静地分析局势，刘备清醒地认识到东汉朝廷内乱，黄巾起义、盗贼蜂起，是"群龙无首"乱象，同时也出现了群雄并起、逐鹿中原的局面。刘备想，天下出现转折点了，《周易》上讲"云从龙，风从虎"，在这风云际会、乾坤大翻盘之际，自己这条"潜龙"就该出阵翻江倒海，青史留名了。刘备知道在当下豺狼窥望、群雄纷起的时代，没有军队什么事情也办不到，更不要说打天下了。地方官为了保一方平安，也着急招兵买马，于是，刘备也在以义为纽带得到关羽、张飞两个助手后，便招募乡勇，拉起了属于自己的队伍，走上了打拼天下的道路，从群雄环伺的险恶环境中逐渐崛起。如果没有这次转折点，刘备依然还是一个草鞋、草席贩子，有了这次转折点，刘备才为天下人所认识和关注，这就是《周易》上所说的"圣人作而万物睹"。正是因为在转折点上获得了翻身，所以刘备一路走来，始终注意洞察转折点，一旦发现了有利于自己发展的转折点，就毫不犹豫地抓住不放。特别是赤壁之战，刘备借孙权破曹操，打败曹操之后，又借曹操牵制孙权，并趁着战乱出现的真空，迅速地实施诸葛亮在战前定好的战略，很快攻占了南郡、荆州、襄阳。孙权见胜利的桃子被刘备轻而易举就摘走了，大怒，但也无可奈何，因为曹操在赤壁战败后继续派曹仁与孙权鏖战。刘备又乘机马不停蹄地向前推进，赵云智取贵阳，张飞夺下武陵，关羽打下长沙，刘备的地盘一下子从湖北扩大到湖南，兵力也由几万壮大到几十万。这时的孙权依然忙着和曹操在合肥会战，无暇顾及刘备的发展，虽然期间也有过局部的交锋，但都败给了刘备。刘璋邀请刘备入川帮助抵抗进犯的张鲁，刘备马上应邀前往，又一次抓住了转折点，占据了益州，终于打拼出一块立足之地，结束了寄人篱下、颠沛流离的状态，最终当上了蜀国的开国皇帝，实现了自己的梦想，和远比自己起点高的曹操、孙权平起平坐了。可以设想，如果没有高起点的优势，曹操未必还是曹操，孙权也未必还是孙权，但刘备仍然还是刘备，这也是曹操、孙权与刘备的强烈反差。

　　再拿刘备与刘璋比较，虽然同是汉室宗亲，但刘璋的父亲是刘焉，刘焉是益州牧，刘璋生在豪门，在父亲刘焉死后继任益州牧。论起点刘备是根本无法和刘璋比的。但是，刘璋在乱世争雄中不过是一个可怜巴巴的失败者，他的失败并不是因为起点不高，诸葛亮在南阳的隆中时对已经是益州牧的刘璋评价是"暗弱"。诸葛亮对刘璋的评价是入木三分的。刘璋为人懦弱，汉中张鲁骄纵，不听刘璋号令，于是刘璋杀张鲁母弟，双方成为仇敌，刘璋派庞羲攻击张鲁，战败。后益州内乱，平定后，又有曹操将前来袭击的消息。在内外交逼的转折点上，刘璋不思进取和努力自保，而是愚蠢地想把自己和益州的安全寄托在别人身上。刘璋听信手下张松、法正的建议迎接刘备入益州，借刘备之力抵抗曹操，把主动权交在了别人的手上，结果引狼入室，刘备反手攻击刘璋，又有法正和张松为内应，进至成都。成都官民都想抵抗刘备，但刘璋则放弃抵抗，开城出降，群下莫不流涕。刘备占据成都后，让刘璋以振威将军的身份迁往荆州居住，关羽失荆州后，刘璋归属东吴，被孙权任命为有名无实的益州牧，不久后去世。刘备则借着刘璋邀请自己入川帮他御敌的转折点，夺取了益州，最终成为益州的主人，成为以益州为核心区域的蜀汉皇帝，成为乱世争雄中的赢家。刘璋的失败与刘备的成功，也说明了输赢不是在起点而是在转折点。

优秀的领导者能够较好地把握局势的临界点和转折点，然后把握延缓或加速时机的火候。转折点上的"时"，具有倍加的正向发展速度和负向的衰落速度。英特尔前总裁格鲁夫写了一本名为《只有偏执狂才能生存》的书，提出了"战略转折点"的概念，并将其定义为一种变化的情境，认为在此情境下，组织原有的战略不再有效。这一变化可能意味着新发展机会的来临，也可能意味着没落与结束。当然"战略转折点"这一概念的发明权并不属于格鲁夫，但是书中的"十倍速"概念则是由格鲁夫首次提出的。书中说：当转折点来临的时候，你要是发现了这个时机，抓住了这个时机，往上走就突飞猛进，没抓住这个时机，就迅速没落。"猛进"与"没落"之间形成一种剪刀差，是多大的离差速呢？十倍速。格鲁夫是从企业的角度来研究战略转折点的，他指出：战略转折点可能由新技术的引进、新管理政策的出台、消费者价值观的变化，或消费者偏好的转变引起。战略转折点是发生在企业外部的变化，而非企业内部的变化，一旦所属行业出现战略转折点，就要求企业在发展战略上做出根本性的调整。战略转折点是企业持续增长过程中实现跳跃式、飞跃式发展的关键时期。应该承认，格鲁夫的理论是有智慧的，对我们今天的企业家是有启发的。但让我们自豪的是，我们的祖先早在 1 700 多年前就领悟了"战略转折点"的智慧，而且在实践中运用之妙，也让今天西方的人叹为观止。

能够把握住转折点上的这个时机是最难的，是最见领导智慧的。领导的成功事业不是赢在起点，而是赢在转折点，所以，卓越领导者最善于预测时局，抓住转折点的变局，创造出发展的转机。记得有一次我给一个省的企业家联合会讲课，问听课的企业家："企业家最该具备的精神是什么？"几乎所有回答这个问题的人都说是"冒险精神"。我说："企业家的精神应该是：第一，善于捕捉机遇；第二，根据机遇提供的优势，去创新发展；第三，在此基础上，适度冒险。"

世界上没有哪一种比赛是在起点上比输赢，人生的成功与否也一样，不是决定在起点上而是决定在转折点上的。洛克菲勒给他的儿子写过这样一封很有哲理、很有教育意义的信："每个人的人生起点不尽相同，但这并不意味着其人生的最后结果就被出身定型。在这个世界上永远不存在穷富世袭，也不存在成败罔替，有的只是'我奋斗，我成功'的真理。我坚信我们的命运由我们自己的行动决定，而绝对不是完全由我们的出身决定。"在人生的成长过程中，我们有很多小学同学、中学同学、大学同学、一起工作的同事，有的起点高，有的起点低。但随着岁月的流逝，情况发生了巨大变化，有很多起点不高的人，有的在商海弄潮成了风云人物，有的在政界发展成为佼佼者，有的在学术界打拼成为知名人物。相反，也有很多起点很高的人，经商沉沦商海，从政没有起色，搞科研平平淡淡。还有很多高起点的人最后日子过得昏天暗地。如果仔细研究这种由高而低或者由低而高的变化，分水岭都是在转折点。那些起点和你一样普通，甚至还不如你的草根，就是在转折点到来的时候，意气风发地登上了高点，成为令人羡慕的成功人上。所以，人生要获得成功决不能以起点高自居，甚至自欺欺人，而必须把握好转折点，抓住人生转折点上的每一个微小的机遇，自强奋斗，这样才会得到天助。

第十八讲　破坏力和建设力来自线性，还是非线性

引　导　故　事

建安元年（公元 196 年），曹操把汉献帝挟持到许县，形成"挟天子以令诸侯"的局面，取得了政治上的优势。建安二年（公元 197 年）春，袁术在寿春（今安徽寿县）称帝，曹操即以"奉天子以令不臣"为名，进讨袁术并将其消灭。接着又消灭了吕布，利用张杨部内讧取得河内郡。从此曹操势力西达关中，东到兖、豫、徐州，控制了黄河以南、淮汉以北大部地区，从而沿黄河下游与袁绍形成南北对峙的局面。袁绍的兵力在当时远远胜过曹操，自然不甘屈居于曹操之下，他决心同曹操一决雌雄。

建安四年（公元 199 年）六月，袁绍挑选精兵十万、战马万匹，企图南下进攻许都，官渡之战的序幕由此拉开。

建安五年（公元 200 年）四月，曹操以声东击西之计，于白马（今河南滑县境）派关羽连斩袁将颜良、文丑。官渡之战还未全面开战，袁绍两员顶级大将就被干掉了，战斗力严重受损。

袁绍初战失利，锐气受挫，改分兵进击为结营紧逼。两军对垒于官渡，相持数月。其间曹操因兵疲粮缺，一度欲回守许都。谋士荀彧认为，曹军以弱敌强，此时退兵必为袁绍所乘；反之，袁军轻敌，内部不和，相持既久必将有变，正可出奇制胜。曹操纳其言。

官渡之战初始状态是，袁绍的力量远远大于曹操，而且袁绍和曹操对峙了两

个多月，曹操军队的粮草已经支持不了几日了，而袁绍的军粮则从叶城运来，很充足，把大批粮草囤积在距离官渡四十里的乌巢。

袁绍的谋士许攸搜到了曹操催粮使者的书信，他赶忙去见袁绍，献计说："曹操屯军官渡与我相持已久。若派一小分队绕过官渡，偷袭许都，则许都可拔，曹操可擒也。今操粮已尽，正可乘此机会，两路击之。"袁绍不同意。恰在此时，有人从邺城带回审配的一封密信，说许攸家里的人犯了法，被当地官员抓起来了。袁绍看了信，把许攸大骂一顿，轰出帐去。许攸一气之下，连夜投奔他的老朋友曹操去了。

曹操来不及穿鞋，赤着脚跑出大帐迎接许攸，纳头便拜。许攸感动得不得了，你想想，当朝丞相只能给父母、皇帝和神像磕头，许攸能不动容吗？曹操说："你肯来投，我的大事就有希望了！"

当许攸问曹操还有多少军粮的时候，曹操隐瞒虚报，说还可以支持一年，被许攸说穿后，曹操又由一年到半年，再到三个月、一个月，最后许攸指出，你别瞒我了，你的粮食已经没有了。曹操赶紧拉住许攸的手说："你既然不忘交情来投我，快快教我解脱困境的办法。"许攸说："我知道你的军粮已经没有了，特来告诉你一个消息。袁绍有一万多车粮食、军械都放在乌巢。你只要派一支骑兵去袭击，放火烧光他的全部粮草，不出三日，袁绍必然不战自败。"曹操得到许攸的情报，派兵袭烧袁军粮车；又亲率精锐五千奔袭袁军乌巢粮囤。

消息传来，袁绍所部军心动摇，此时袁绍意欲直接攻曹操大本营，不在意粮草被劫。但是深知兵机的张郃认为："应该抓紧时机派兵先救乌巢。曹营坚固，一时攻不下来，乌巢一丢，则大势将去，后果不堪设想。"可是袁绍的谋士郭图白了张郃一眼，附和袁绍说："张郃献的计策不对！应该先攻曹操的大本营，曹操的大本营一旦告急，曹军必然回撤来救，此乃不救而自解的妙计也。"这听起来似乎是神话，是郭图版的"围魏救赵"。

于是，袁绍在这种"神话"的鼓舞下决定派强兵进攻曹操大本营，派弱兵去救乌巢。结果曹营无力攻克，救乌巢的骑兵也不顺利。乌巢袁军全部被歼，屯粮也被曹操全部烧毁。

袁军失败后，郭图本来就是一个绿头苍蝇——见缝就下蛆，这次又害怕袁绍怪罪，便见缝插针，又吹了一股阴风，编了一通谎言说："张郃听说我军大败，幸灾乐祸得很！"还在进攻曹操大营的张郃十分惶恐，知道愚蠢而狭隘的袁绍会听信郭图的诬陷而嫉恨自己甚至要了自己的命，无奈之下，张郃在烧毁了攻营的器械后，和高览带着自己统领的骑兵部队投降曹操了。

一连串的变故，让袁绍阵营大乱，无力再战。曹操乘机全线出击，歼敌七万余，袁绍父子仅率八百余骑北逃。官渡之战，奠定了曹操统一北方的基础，袁绍则像拆了的破庙——没神了，并很快在抑郁中死去。

唯物辩证法认为，世间万物都处于相互联系、相互影响和相互作用的运行系统之中。在这个运行系统中，相互联系、相互影响和相互作用的要素与要素之间的关系分为线性和非线性两种。说得简单一点，在一个系统中，两个因素之间处于一种直线的、单向的、对称的、均匀的、具有叠加性的状态，就是线性的。它的特点是随着自变量的增加或减少，因变量会相应地增加或减少，这种增加或减少过程中，不会产生也不会丧失某些原来的性质，系统的运行结果具有可衡量性和可预测性。例如，银行存款和利息收入是线性关系，存款的数量与利息收入两个量可以有线性叠加的增益：存款越多，利息收入越高，输出和输入成正比例变化。两个因素之间突破系统的线性轨道，不均匀、不对称，处于随意跳跃的变化状态，就是非线性的。它的特点是两个要素之间的变化关系不按比例、不成直线，只能用曲线、曲面或不规则的线来表示，具有种种内在的突变性和不可预测性。系统中一个微小的因素突变就可能导致系统运行中无法衡量的结果。例如，股票投资和收益就是典型的非线性关系，持股的数量与股利收入两个量没有可以叠加的增益：投入资金越多，收益不一定越高，也有可能亏得越多。线性的变化过程和结果是必然的稳定关系，非线性的变化过程和结果是偶然的波动关系。自然界和人类社会系统中大量存在的不是"必然如此"的线性相互作用关系，而是"未必如此"的非线性相互作用关系。现实世界的本质是动态变化的，一切事物的动态变化有常规就有异象，"异象"就是"非线性"。正因为如此，世界才会有那么多的不确定性和随机事件。

官渡之战是中国古代战争史上以少胜多的有名战例。从官渡之战中，我们可以看到：

（1）真正的破坏力来自于非线性。线性的问题往往是比较"良好"的问题，因为它们形式简单，不会有什么大的误差，即使有什么误差，因为是线性的缘故也比较容易估计和处理。非线性则正好相反，它们往往曲线诡异，千奇百怪，虽然有些看起来是比较平凡的事件，但其影响却极大，而且，由于它们没有线性那么良好的性质，一个很小的误差就可能造成"差之毫厘，谬以千里"的情况，甚至会引发多米诺骨牌的破坏效应。蝴蝶效应就揭示出了非线性的破坏力：在一个非线性的复杂系统中，一个条件的微小变化，可能会引起整个系统的、巨大的、不可预测的连锁反应，一个小小的改变能掀起惊涛骇浪。我们常讲的"以防万一"就是防止非线性的破坏力。一个脆弱的人或一个组织经不起非线性的冲击。袁绍之所以失败，与他的谋士许攸有直接的关系。许攸在官渡之战中本来算不上一个人物，但是由于他的反叛这样一个非线性事件，把袁绍的致命软肋暴露给曹操——建议曹操乌巢劫粮。在当时的历史条件下，军粮是决定战争胜负走向的重要因素，最毒的就是劫粮。曹操马上意识到了许攸建议的分量，立即采取釜底抽薪的战法，对袁绍的粮草屯集地乌巢发动了奇袭，打败了袁绍。是许攸这一非线性事件改变了战前双方的力量对比，强弱因此易位，战争胜利的天平倾向了曹操，从而改变了整个历史的走向。对袁绍来说，还有一个致命的非线性破坏事件，就是张郃受到了"生为袁绍的人，死为袁绍的鬼"的郭图的构陷，在前方不利、后院又失火的形势下，和部下高览带着骑兵部队投降了曹操。依照张郃的能力和部队实力，就算不投降，与曹操死战到底，也是曹操难啃的一块硬骨头，官渡之战也许会是另一种走向。张郃在关键时候反水，是袁绍始料不及的非线性事件，让袁绍断了臂膀，并使军心大乱，助推了土崩瓦解的过程。

东汉末年，名义上刘协是皇帝，但实际大权却被曹操掌控，汉献帝刘协决定诛杀曹操夺回皇帝的权力，便将一份诏书藏在自己的衣袖中给了董承。董承接到汉献帝的密诏之后，便秘密联络刘备、吴子兰、种辑等人，在衣带诏上签名盟誓除掉汉贼曹操。名医吉平也决定入盟，他咬指发誓："某虽医人，未尝忘汉……倘有用某之处，虽灭九族，亦无后悔！"一天曹操称自己的头风又犯了，唤吉平入相府来医治，吉平将下了毒的药亲自递给曹操喝，曹操不喝，对吉平说道："君有疾饮药，臣先尝之；父有疾饮药，子先尝之；汝为我心腹之人，何不先尝而后进？"吉平知道此事已经暴露了，但他毫不畏惧，纵步上前，扯住曹操耳朵往嘴里灌药。结果吉平被抓，虽经严刑拷打，誓死不招，被打死在董承的面前。曹操从董承身上搜出了衣带诏，下令把董贵人、董承及其全家老小以及参与此事的其他总计七百余人尽皆斩杀。其实衣带诏的泄露就源于一个非线性事件。董承有一个家奴叫秦庆童，他与董承小妾云英私通被董承发现，董承将其大打四十大板，锁进冷房听候发落。秦庆童为了保命，在半夜将锁扭断，跳墙逃出董府，跑到曹操府中，将董承接到衣带诏即将谋害曹操这一天大的秘密告诉了曹操。老奸巨猾的曹操不动声色地看着吉平等人煞有介事地演了一场戏。本来秦庆童与董承小妾云英私通一事与衣带诏毫不相干，可是就是这样一个毫不相干的非线性事件经过种种变化却与衣带诏联系到了一起，导致汉献帝和董承等人密谋的大事彻底失败。

现实生活中的破坏力都来自于非线性事件。"黑天鹅"事件就是带有破坏性的非线性事件。"黑天鹅"事件的特点：一是具有意外性，难以预测；二是不寻常，通常会引起连锁负面反应，产生出乎人们预料的重大风险。"卡特里娜"飓风在 2005年 8 月 29 日袭击了美国路易斯安那州最大的城市——新奥尔良市。事件后的数据显示，"卡特里娜"飓风于 2005 年 8 月中旬在巴哈马群岛附近生成，在 8 月 24日增强为飓风后，于佛罗里达州以小型飓风强度登陆。随后数小时，该风暴进入了墨西哥湾，在 8 月 28 日横过该区迅速增强为 5 级飓风，于 8 月 29 日在密西西比河口登陆时为极大的 3 级飓风，用来分隔庞恰特雷恩湖和路易斯安那州新奥尔良市的防洪堤因风暴潮而决堤，该市八成地方遭洪水淹没。"卡特里娜"飓风整体造成的经济损失高达 2 000 亿美元，至少有 1 833 人丧生，成为美国史上破坏力最大的飓风。类似于"卡特里娜"飓风这种"黑天鹅"非线性事件存在于自然和社会的各个领域，会产生极其罕见的破坏力。

一个成年人平时每天走 60 千米路应该没有问题，但是你的鞋里突然进去了一粒小石子，你连 1 千米路也走不到。这也是非线性的破坏力。威力越大或体积越大的东西，非线性的破坏力也越大。航空母舰最怕着火和漏水，意外的火星燃烧起来就能将其毁掉；大象如果偶然跌个跟头就会骨折，内脏就会脱位。曾有报道称，无人驾驶的汽车上路撞死人了，人们纷纷谴责无人驾驶车。那不能怨机器人驾驶员，因为大部分车是人开的，有的遵守交通规则，有的不遵守交通规则，有的行人遵守交通规则，有的行人不遵守交通规则，对于不遵守交通规则的驾驶员和行人所突发的非线性行为，机器人以及机器人驾驶的汽车也很难做出快速的应急反应。如果所有的车都是机器人开的，所有的行人都遵守交通规则，成为线性行为了，就不会出现撞死人的事件了。

（2）建设力来自于非线性。中国的传统文化讲究大道至简、大道相通、阴阳对立又统一。阴的对立面就是阳，破坏力的对立面就是建设力。其实许攸搜到了曹操催粮使者的书信，他赶忙去见袁绍，献计说："曹操屯军官渡，与我相持已久。若分一军星夜掩袭许都，则许都可拔，而操可擒也。今操粮已尽，正可乘此机会，两路击之。"许攸为袁绍出的"首尾夹攻曹操"的计策，可对曹操产生非线性的破坏力，如果袁绍采纳了，则会对袁绍产生非线性的建设力，胜负就颠倒了。当曹操听许攸说起他向袁绍献的这一计谋时，吓出一身冷汗，说这个计谋对自己是有致命杀伤力的狠招，如果袁绍接受了他的计谋，恐怕自己的脑袋早已搬家了，自己的军队也早就被灭了。

在现实生活中，非线性的建设力也很明显。1854 年，欧洲一位叫克劳修斯的人首次提出了"熵"的概念，认为"在孤立的系统内，分子的热运动总会从原来集中、有序的排列状态逐渐趋向分散、混乱的无序状态，系统从有序向无序自发运行过程中，熵总是增加的。"事物从有秩序到无秩序的破坏性增加，是一个普遍性规律。例如，一个组织成立初期是有序的，发展到一定阶段就会出现熵增，即"有序的排列状态逐渐趋向分散、混乱的无序状态"；再如，人体的肌肉在生命的初期也是有序的，发展到一定阶段也会出现熵增；又如，一个人的精神状态开始也是精神昂扬，并有秩序地增长，但是到了一定程度就会出现精神疲劳，向无秩序的增长转变，即熵增。过去的理论认为，熵增是不可避免的，也是不可逆转的。1969 年，比利时学者普利高津提出了"耗散结构理论"：处于远离平衡状态下的开放系统，在与外界环境交换物质与能量的过程中，通过能量耗散过程和系统内部的非线性动力学机制，能量达到一定程度，熵流可为负，系统总熵变可以小于零，则系统通过熵减就能形成"新的有序结构"。例如，对于熵增的组织，可以通过机构改革、结构调整等非线性的"熵减"使其重新建立"新的有序结构"；再如，对于熵增的身体肌肉，我们每天坚持合理的运动，就具有"耗散过程和系统内部的非线性动力"的性质和抵抗自身熵增的摧残的能力，即具有熵减的能力。我讲课是站着讲，站着有激情，站着走动能和学员零距离接触，收到更好的互动效果。可是，老人先老腿，像我这样六十多岁的人，一站几天，腿力一般是吃不消的，那我就每天爬山——非线性，我现在的腿部肌肉要比不爬山的人紧。还有讲课要有底气，这就要扩大肺活量，平地上一般行走是线性，不仅扩大不了，还要熵增。怎么扩大？我就爬山——非线性，每天坚持爬山，肺活量就扩大了。我五十岁以后，也是因为熵增，开始驼背，胸部和胳膊肌肉也开始松懈。我就以非线性的运动来抵抗熵增，每天从一次做 10 个俯卧撑练起，到现在每天一次要连续做 100 个俯卧撑。从每天一手拿一个 15 斤的哑铃，做 100 个哑铃操动作，到现在每天连续做 300 个哑铃操动作。但是，长时期总是在一个量级上做同样次数的运动，就变成另一种线性了，身体肌肉就会维持在一个水平上。为了防止熵增或者为了进一步增加肌肉，每隔一定时间，我就拿出一周或两周时间，增加量级，多做一些动作，如每天连续做 200 个俯卧撑，做 800 个哑铃操动作，双臂酸得端饭碗都在颤抖。运动生理学原理揭示，正是在这种颤抖中脂肪才会转化为肌肉，因此，这种非线性的运动使我的肌肉又增加了；对于精神的熵增，我们通过组织文化建设，通过各种教育活动，又会让疲劳甚至颓废的精神重新昂扬起来。这些就是非线性的建设力。

宋代诗人苏东坡在诗《题西林壁》中，有这样的名句："不识庐山真面目，只缘身在此山中。"苏东坡在庐山住了一段时日了，却没有看出庐山的真正面貌，那为什么会如此呢？就是因为苏东坡都在庐山的圈圈里转悠，没有跳出庐山之外来看庐山。人们也常说：人在棋局中，当被棋局迷。只有跳出棋局，才能看清楚，才能找到事物的真相。局外之人，才能参透局中之势。这些说法实际讲的也是非线性对认知事物真相的特殊意义。书画家讲究画外功，讲究乱石铺街、歪打正着，实际上也是讲的非线性对书画艺术的建设力。

我曾经在一个市担任过对外经济贸易委员会主任，有的人长期在一个处当处长，形成了线性思维和一些偏见，虽经多次沟通谈话也未能改变。后来，我们采取了同级处长横向交流——非线性了，一段时间后，这样的处长回过头来再看在原来处室的一些做法，自己就总结出毛病所在了。因此，在一个组织中，一些人在一个岗位待得时间久了，就应该适度地把他们从原来的岗位上推出一段距离，这会让他们对原来岗位上的一些做法有新的认知，甚至原来百思不得其解的问题也会豁然开朗。这也是非线性的调整所产生的建设力。

过去企业的老板习惯于行业内的线性思考和逻辑，所有的思维都在这个行业里转圈圈，结果出现了行业内的企业高度趋同问题：企业的战略、目标趋同；企业的规则、体制机制趋同；强调的因素、遇到的问题趋同；产品的质量、功能、价格趋同；竞争对手以及竞争手段趋同……这种高度趋同的线性状态，给新经济状态下企业的发展带来了巨大的障碍，也造成了行业内企业之间剧烈的恶性竞争。有的企业率先突破这种线性思维模式，跳出行业边界来非线性地思考行业问题，进行新的界定和假设，建立个性化的发展战略、体制机制，确定新的产品营销策略和竞争对手，等等，这种跨越行业边界的非线性思维和行为，促成了合作共赢的良性竞争规则的建立，实现了新经济状态下的大发展。

非线性可以产生积极的激励力量。积极的激励产生于预期的反馈程度，如果预期的反馈程度低，或预期的反馈程度为零，激励力量就会减弱甚至消失；如果预期的反馈程度呈线性出现，很容易就实现预期的期望，则激励的力量也不会很强；如果预期的反馈程度是非线性的，必须付出一定的努力才能实现，则会产生强大的激励力量。有人曾经做过这样的实验：三个屋子里分别放入三只老鼠，每个屋子里都有一个踏板。其中，第一个屋子里，老鼠只要一踩踏板就会掉下一些食物，而且踩踏的次数与掉下的食物数量关系是线性增加的，踩踏的次数越多，掉下的食物也就越多；第二个屋子里的情形正好相反，老鼠无论踩多少次踏板都不会掉下食物来；第三个屋子里，老鼠踩踏板踩到一定的次数就会掉下一些食物，而且踩踏的次数与掉下的食物多少关系是不确定的，也就是踩踏的次数与掉下的食物数量是非线性的关系。观察的结果是：第一个屋子里的老鼠因为很容易就能够得到食物，没有产生激励力量；第二个屋子里的老鼠怎么踩踏板也得不到食物，坚持一段时间以后，就放弃踩踏板，也没有产生激励力量；第三个屋子里的老鼠踩到一定的程度就能够得到一些食物，因此，它会不断地去踩踏板，以得到需要的食物量，从而产生了激励力量，这就是非线性的激励作用。

在今天的社会中，计算机和信息技术的发展，使得社会呈现出高度组织结构复杂性和信息网络连接的特征，我们周围的大多数问题都是非线性的，世界上所有的人、所有的事情都被笼罩在一张非线性的巨网之中，社会深层各种错综复杂矛盾的增加和运动，随时会以各种可能的形式突然爆发出来，形成非线性破坏力。大到国际争端、民族矛盾、地区军事冲突、恐怖事件、社会动乱、严重的自然灾害、迅速传播的公共卫生事件，小到恶性的生产安全和交通事故、刑事案件、人质事件、公众人物的事变等，这些突发性的事件，一旦发生就会对社会产生严重的危害，但是事件在发生之前的酝酿和形成过程又具有极端的隐蔽性，表面上看来，如一泓平静的湖水，实际上下面暗流涌动，随时随地都会激荡起不可预料的波澜，形成非线性的危机事件，引起社会各个方面的恐慌和动荡。在这种社会的大背景下，一个组织或企业的发展也越来越呈现出"一荣俱荣，一损俱损""一着不慎，满盘皆输"的非常态。非线性横贯全球，纵贯各个地区，渗透各个领域，是"无处不在时时有"。风起于青萍之末，最微小的非线性苗头会导致最致命的结果，所有的森林大火都来自于星星之火。我们必须懂得"祸患常积于忽微"的道理，要对非线性保持一种高度的敏感性，对非线性初露端倪的苗头或迹象时刻警觉，把问题消灭在萌芽状态，以避免其发展成气候，形成大灾难。

人类大脑存在线性和非线性两种思维方式。所谓线性思维，就是直来直去或机械地套用公式，以得到正确答案的直线式思维方式。所谓非线性思维，就是不按比例、不机械地套用公式，而是按照事物不规则的运动和质的突变的复杂性来寻求正确答案的系统思维方式。非线性思维，思考者能看到系统里的各要素是在相互联系下发展和变化的，这种变化是非线性的，是量变渐进过程的突然中断，是通过一定的偶发因素形成的一定契机诱发出来的事件，而这种偶发因素如何出现，这种契机以什么方式生成，又在什么时候、什么地点诱发出了突发事件，以及这一突发事件是什么规模、什么态势、什么危害程度，都不是单一的线性思维方式所能包容和预料的。所以，我们必须摆脱线性思维的限制，不断打破思维惯性，建立非线性思维方式。这样，我们才能在非线性的世界中，一方面扼住非线性破坏力的咽喉，把非线性的突发事件不露声色地解决掉，对已经出现了的非线性突发事件镇定自若，及时采取控制措施，稳定大局，"不教胡马度阴山"，防止这些突发性事件形成"多米诺骨牌效应"或"裂变反应"，以最大限度地减少其破坏力；另一方面增加非线性的建设力，对那些程序化和僵化落后体制机制和惯例成规，用超常规的非线性思维和行为进行外部冲击和锐意改革，以获得摧枯拉朽的建设力。非线性突发事件发生，领导者就不能按照常规程序进行决策，必须英明果断地采取非程序化的决策，才能收到立竿见影的效果，这就会大大提高领导者敏锐的洞察能力、果敢决断的能力以及应急决策能力。其实即使是非线性的破坏性突发事件，辩证地看，也是产生建设力的机会。因为非线性突发性事件会改变原来组织所面临的环境或局面，打破原有各组织间的平衡关系，这就会给组织创造出在新的起点上再发展的机会。追求稳定性只能保护落后，阻碍发展。在非线性的不确定性中才能产生跳跃式发展，在非线性的不确定性中才能获得相对成本最低的最佳收益。

第十九讲　人生和事业发展最具成败意义的是硬实力，还是软实力

引 导 故 事

郭嘉，字奉孝，颍川阳翟人。早年出仕袁绍，但看出袁绍"多端寡要，好谋无决"，纳才而不知用，难与共济天下大难，定霸王之业，遂去之。公元 196 年，曹操得力谋士戏志才死，求才于荀彧，后者推荐郭嘉。曹操召见郭嘉，共论天下大事，大喜道："能帮助我成就大业的人，就是你了！"郭嘉也欣然，认为曹操是自己真正值得辅佐的人，遂出仕。

官渡之战前夕，从硬实力上讲，袁绍是张飞骑老虎——人强马壮。曹操占领的地区比袁绍小，拥有的人力物力资源比袁绍少，军队的数量也与袁绍不成比例，曹操对战与不战都忧心忡忡，下不了最后的决心。就在这紧要关头，初来乍到的郭嘉详细地分析了曹操与袁绍的状况对比，提出了著名的"十胜十败说"。

郭嘉对曹操说："绍有十败，公有十胜，绍虽兵强，无能为也。绍繁礼多仪，公体任自然，此道胜一也。绍以逆动，公奉顺以率天下，此义胜二也。汉末政失于宽，绍以宽济宽，故不慑，公纠之以猛，而上下知制，此治胜三也。绍外宽内忌，用人而疑之，所任唯亲戚子弟，公外易简而内机明，用人无疑，唯才所宜，不问远近，此度胜四也。绍多谋少决，失在后事，公策得辄行，应变无穷，此谋胜五也。绍因累世之资，高议揖让，以收名誉，士之好言饰外者多归之，公以至心待人，推诚而行，不为虚美，以俭率下，与有功者无所吝，士之忠正远见而有

实者皆愿为用，此德胜六也。绍见人饥寒，恤念之形于颜色，其所不见，虑或不及也，所谓妇人之仁耳，公于目前小事，时有所忽，至于大事，与四海接，恩之所加，皆过其望，虽所不见，虑之所周，无不济也，此仁胜七也。绍大臣争权，谗言惑乱，公御下以道，浸润不行，此明胜八也。绍是非不可知，公所是进之以礼，所不是正之以法，此文胜九也。绍好为虚势，不知兵要，公以少克众，用兵如神，军人恃之，敌人畏之，此武胜十也。"

郭嘉这段话的大意是，现在袁绍有十败于您，您比他有十胜，袁绍虽然实力强大，却不能战胜您。袁绍礼仪繁多，而您自然得体，这是道胜于他；袁绍以臣僚反叛朝廷，而您上顺天子，下以朝廷名义治理国家，即以复兴汉室来统帅天下，这是义胜于他；东汉灭亡在于对待豪强过于宽纵，袁绍以宽济宽，不能整饬危局，而您拨乱反正，以严治政，全军上下都依法行事，这是治胜于他；袁绍表面上宽宏大量而内心则多疑，用人又怀疑他，所任用的多是亲戚朋友，而您用人时表面上简单容易，内心却明白清楚，用人不疑，唯才是举，不在乎离您远或近，这是度量上胜过他；袁绍有很多谋略，决策时却又优柔寡断，败在行事迟缓，而您在众多计谋中，择其善者而从之，雷厉风行，且应变能力无限，这是谋略胜过他；袁绍沽名钓誉，那些没有真才实学，只会吹捧装裱自己的人大多投靠他，而您以诚待士，讲究实用，刑赏必诺，那些忠正而有远见并且务实的士人都愿意投效为您所用，这是品德上胜过他；袁绍见人饥饿寒冷，恤念之情流露于外，在脸上就可以看得出来，离他近的，他关心照顾得很周到，离他远的，他所看不到的，却不理不问，而您对目前的小事粗心大意，有时会有疏忽，到了大事时，即使看不到的东西，也能考虑周全，不管是远的、近的、亲的、疏的，都关心照顾得很周到，恩德施于四海，这是仁胜于他；袁绍耳根子软，被大臣争权夺势，谗言迷惑造乱，而您明辨是非，邪恶的事不能行使，这是您明智胜过他；袁绍做事没有标准，正确和错误都不知道，而您对于正确的就用礼来推行它，错误的就用法律来纠正它，这是文胜于他；袁绍善于虚张声势，不知道用兵的重要之处，而您熟读兵法，深通战策，以寡克众，用兵像神一样，部下都依靠您，敌人畏惧您，这是武胜于他。

郭嘉的"十败""十胜"论，分析得流畅缜密，很具说服力，让曹操吃下了一颗战胜袁绍的定心丸。官渡一战，陈寿在《三国志》中记载：曹操以几千士兵战胜袁绍十万大军。

智　慧　悟　语

　　软实力是相对于硬实力而言的，软与硬是一种比喻意义，是对实力的一种比喻性描述。20 世纪 90 年代初，美国哈佛大学肯尼迪政治学院院长、美国国家情报委员会前主席约瑟夫·奈教授首创了"硬实力"和"软实力"的概念，他认为，一切物化要素所构成的实力就是硬实力（Hard Power），一切非物化要素所构成的实力就是软实力（Soft Power）。"软实力"概念一经提出，便在世界范围内得到积极响应，世界各国纷纷研究并认真谋划提升自己的"软实力"，从此启动了软实力研究与应用的潮流。

　　硬实力是有形的，软实力是无形的，无形胜有形，这是老子最重要的思想。从哲学上讲，软实力与硬实力是同一个主体现实力量的两个方面，二者既相互区别，又相辅相成、相互转化。从相互区别上看，硬实力主要由物质性要素构成，从属于物质层面；软实力主要由意识性要素构成，从属于精神层面。如果将硬实力比喻成看得见的计算机硬件，那么软实力就是看不见的计算机软件；如果将硬实力比喻成看得见的肉体，那么软实力就是看不见的灵魂；如果将硬实力比喻成骨头，那么软实力就是经络。硬实力可以通过加大有形资源的投入在短时间内得到提高；软实力不是一个国家、企业或个人先天所具有的，而是由国家、企业或个人内在的自我积累而逐渐形成的后发优势，需要漫长的时间才能获得。

　　汉末的官渡之战，是历史上一次著名的以少胜多的战役。官渡之战前夕，从硬实力上看，曹操占领的地区比袁绍小，粮草相差悬殊，军队的数量也与袁绍不成比例，史书记载袁绍率领十万精兵南下攻打许都。而曹操当时刚刚击败了刘备，俘虏关羽，回军官渡，手下兵力不到一万，这就是陈寿在《三国志》中所说的"曹操以几千士兵战胜袁绍十万大军"。《资治通鉴》也比较明确地记载袁绍参加进攻的精兵十万、战马万匹，估计兵力为十一二万人，其中骑兵一万多。从所处环境看，袁绍也处于绝对优势，北方的公孙度和西方的韩遂、马腾保持中立，袁绍没有背后的威胁，可以义无反顾地与曹操决战。曹操的背后有袁绍的盟友刘表，还有虎视眈眈的孙策，存在后顾之忧。如果从硬实力上分析，就会得出曹操必败、袁绍必胜的结论。但是，曹操的谋士郭嘉则认为，决定战争胜负的主要因素不是硬实力而是软实力。他透过袁绍占有四州之地，拥有十几万大军的表象，从软实力上分析了曹操与袁绍的"十胜十败"，即"道胜""义胜""治胜""度胜""谋胜"

"德胜""仁胜""明胜""文胜""武胜"。

郭嘉的曹操的"十胜"、袁绍的"十败"论，无论是从当时已经发生的事，还是后来发生的事来看，都证明了郭嘉分析比较的正确性。

袁绍家族四世都在朝廷做高官，不是谁想见就能见得到的，那要有很多的礼节，说得土一点，就是摆谱儿。袁绍自小就受到这样的熏陶，喜爱摆架子的表面仪式，好搞一些烦琐的礼仪制度，能耐不大，谱儿摆得大，见他和与他做事太麻烦，不舒服，真正的力量不能正常发挥。而曹操坦率开朗，体任自然，也就是很随便，好接触，让人感觉也很舒服，因时因事而制宜，讲究实效。这就是曹操的"道胜"、袁绍的"道败"。

袁绍身为臣僚，发兵来打汉献帝所在的许都就是反对大汉朝，就成了地方的叛逆了，即"逆动"。曹操已经是皇帝任命的汉朝丞相，上奉天子，下代表朝廷治理国家，即"奉顺以率天下"，占着政治号召上的"义胜"，而袁绍对应的就是"义败"。

汉灵帝、汉桓帝时政策失宽，何进和十常侍作乱，皇帝的话不是金口玉牙，没有人理会，失去了权力中心，天下就乱了。袁绍现在的政策法令继续宽松，不能很好地治理，百姓也不服从，即"以宽济宽，故不慑"。曹操面对当时国家的现状，拨乱反正，以严治政，使全军上下都知道自己的责任，依法行事，即"纠之以猛，而上下知制"，治下太平，得到了百姓的赞成。这就是曹操的"治胜"、袁绍的"治败"。

后来刘璋治理西川就失之于宽，用小恩小惠笼络人心，手下的人不怕他也不服他，西川政局也不稳定。刘备入川后，诸葛亮"猛纠"，以严厉的手段治理巴蜀，在治理方法和治理措施上切合时要，实现了西川的太平。

袁绍这个人表面上挺宽和，其内心猜疑妒忌，用人却怀疑他，只信任亲戚子弟，没有法度，如袁绍一当上盟主，就把掌握最大钱财权力的粮台官给了同父异母的兄弟袁术。曹操用人时表面上简单容易，内心却明察秋毫，用人不疑，唯才是举，不在乎与自己的关系远或近。夏侯惇所率的青州兵抢老百姓的财物，败坏了曹军和曹丞相的声誉，于禁得知后来不及和曹操请示，下令凡见到抢夺老百姓财物的格杀勿论。夏侯惇手下的青州兵被杀了不少。曹操得知情况后，处罚了治军不严和与自己有亲戚关系的夏侯惇，重赏于禁金器一副，封他为益寿亭侯。这就是曹操的"度胜"、袁绍的"度败"。

袁绍多谋少决，谋士们给他出主意，他左顾右虑，做不出决断。当汉献帝带着文武大臣漂泊不定、流离转徙之际，谋士郭图就跟袁绍说："您应该马上把汉献帝接到邺郡，奉天子以令天下诸侯。"郭图的这个主意，先于曹操的谋士荀彧给曹操出的同样主意。如果袁绍听了郭图的建议，把汉献帝接到邺郡，自己当上丞相，那三国的历史也许就是另一种面貌了。袁绍没有采纳郭图的计谋，等曹操进京勤王，又保着汉献帝迁都许昌，曹操掌握了朝中大权，再以天子之诏命令他，他傻眼了，明白过来时已经晚了。包括后来的官渡之战前后，他的谋士给他出了很多好主意，但都被他给搁置了。相反，曹操的谋士可尽管发表自己的见解，曹操不仅能从中辨别出哪些主意对，而且一旦认定了就立即决策执行，这就是曹操的"谋胜"、袁绍的"谋败"。这也是曹操与袁绍的最大优劣之别。

袁绍看重名誉，喜受吹捧，那些没有真才实学，只会以吹捧装裱自己的人大多投靠他，即"士之好言饰外者多归之"。推举他当讨伐董卓的盟主，他认为自己家族四世三公，舍我其谁，可是当上盟主后，他并没有去构想怎样消灭董卓，怎样一统江山，如何把天下治理好，而是满足于天下诸侯听他的号令就行了，结果很快就退出了人们的视野。曹操则讲究以至诚待人，"不为虚美"，讲究实用，刑赏必诺，"与有功者无所吝"。那些忠正而有远见并且务实的士人都愿意投效为他所用，如关羽明确降汉不降曹，苛刻的约法三章，曹操都能应诺。对关羽上马金，下马银，三日一小宴，五日一大宴，赠锦袍，赠赤兔千里马，关羽立功，曹操又保举他为汉寿亭侯。还有张辽原为吕布将领，火烧濮阳差点把曹操烧死，后来收降了张辽，用为大将，信任有加，张辽屡建大功，报答曹操。和自己有着血海深仇的张绣，曹操为了大局也能尽释前嫌。这些事足以说明曹操是以至诚待人的，这是曹操胜讨袁绍的"德胜"。

袁绍怀妇人之仁，见人饥饿，恤念之情流露于外，在脸上就可以看得出来，离他近的，他关心照顾得很周到，离他远的，他所看不到的东西，却不理不问，即"虑或不及"，袁绍对待他的下属忽近忽远，甚至对他的三个儿子也是这样，一会儿喜欢老大，一会儿又喜欢小儿子。这不是政治家的定力。曹操对于眼前小事粗心大意，有时会有疏忽，到了大事时，"虑之所周，无不济也"，对自己的文臣武将一视同仁，不管是远的、近的、亲的、疏的，都关心照顾得很周到，恩德施于四海。这是曹操的"仁胜"、袁绍的"仁败"。

袁绍耳根子软，被大臣争权夺势的谗言所迷惑。袁绍的部下谁进谗言，他爱听；谁进忠言，他反而不爱听。谋士沮授告诉袁绍不要和曹操正面交锋，应该兵屯黎阳，和曹操打消耗战，今天派兵骚扰一下曹操这里，明天派兵折腾一下曹操那里，这样连续折腾曹操三年，就会把曹操折腾惨了，然后再集中兵力和曹操决战，一战即可灭曹。沮授的计谋对袁绍是有利的，但是袁绍不听沮授的忠言，却听郭图和审配的谗言。曹操就不同了，明辨是非，有人挑拨离间他根本不听，用道德统治下士，邪恶的事不能行使，即"御下以道，浸润不行"。对自己的谋士荀彧、荀攸、郭嘉、程昱、刘晔、满宠的建议都听，听后仔细考虑，融入自己的决策中。这是曹操的"明胜"、袁绍的"明败"。

袁绍做事没有标准，是非混淆，不明白对错。官渡之战的关键时刻，袁绍听信了郭图为逃避责任、拨弄是非的谗言，逼反了部将张郃和高览，加速了败局。曹操法度严明，对于正确的就用"礼"来推行它，对于错误的就用法律来纠正它，即"进之以礼"和"正之以法"。寿春之战，曹操借仓官王垕的头以安定军心，王垕死得冤屈，但杀完王垕，曹操就下令三天期攻下寿春，后退者斩。曹操法度十分严明，两名裨将后退，曹操亲执宝剑砍下他俩的人头，震慑了后退者，全军奋力冲杀，没到三天就把寿春攻下。这是曹操的"文胜"、袁绍的"文败"。

袁绍虽然兵强将勇，但他好玩那些虚张声势的花招，根本不知道用兵的重要之处，即"好为虚势，不知兵要"。和曹操打仗先摆一套表面吓人的阵势，又让陈琳写讨曹的檄文，把曹操祖宗八辈儿都骂了个遍。可是做完这些声势之后，却没有什么像样的军事行动。曹操则不然，他熟读兵法，深通战策，用兵是庙里赶菩萨——神出鬼没，以奇取胜，以少胜多，部下都依靠他，敌人都畏惧他，即"军人恃之，敌人畏之"。后来的官渡之战曹操就是以十分之一的兵力战胜了袁绍。这就是曹操的"武胜"、袁绍的"武败"。

郭嘉所指出的这十个方面，包括政治措施、政策法令、组织路线及个人的思想修养、心胸气量、性格、文韬武略等多种因素，这都是关涉曹操事业成败兴衰的关键。郭嘉为曹操总结这"十胜"和袁绍的"十败"，在敌我硬件力量差距悬殊的情况下，通过这样对敌我双方详尽的对比分析，揭示出了差别，突出了双方的优势和劣势，澄清了对形势的错误认识，让曹操看出了自己虽然在硬实力上与袁绍差很多，但是在软实力上比袁绍高了一头。

和郭嘉有着相同智慧认知的还有曹操的大谋士荀彧，《三国志·荀彧传》中有如此一段论述。袁绍给曹操一封信，言语傲慢无礼，曹操无比愤怒，向谋士们寻求对策。荀彧指出："今与公争天下者，唯袁绍尔。绍貌外宽而内忌，任人而疑其心，公明达不拘，唯才所宜，此度胜也。绍迟重少决，失在后机，公能断大事，应变无方，此谋胜也。绍御军宽缓，法令不立，士卒虽众，其实难用，公法令既明，赏罚必行，士卒虽寡，皆争致死，此武胜也。绍凭世资，从容饰智，以收名誉，故士之寡能好问者多归之，公以至仁待人，推诚心不为虚美，行己谨俭，而与有功者无所吝惜，故天下忠正效实之士咸愿为用，此德胜也。夫以四胜辅天子，扶义征伐，谁敢不从？绍之强其何能为！"荀彧的"四胜四败说"比较郭嘉的"十胜十败说"，虽有数量上的不同，究其内容的实质是可以等量齐观的。曹操的另一个谋士毛玠也说过同样精神实质的话——"兵义者胜"。郭嘉是这样的认知，荀彧是这样的认知，毛玠也是这样的认知，正是这些谋士们的共同认知，才消除了曹操的一些疑虑，使他坚定了官渡之战的决心，并做出了正确的决策。

公元 199 年，袁绍与曹操角逐中原，关中地区的一些军阀都没有选边站，而是坐山观虎斗，等待胜败分明时再做出倾向性选择。其间凉州牧韦端派遣从事、天水人杨阜前往许都探听袁绍与曹操的虚实。杨阜回来后向韦端汇报情况时，也说了与荀彧、郭嘉、毛玠一致的看法，他说："袁绍宽容而不果断，好谋而迟疑不决；决策不果断就没有威信，迟疑不决就会错失良机。所以，袁绍虽然实力比曹操强大，但也成就不了大业。曹操则不然，有雄才大略，好谋善断，法令统一，善用人才，部下各尽死力，终将成就大业。"

袁绍的谋士沮授也从软实力卜提出过官渡之战打不赢的看法，当袁绍要出兵南下时，沮授就预感到自己这次有去无回。他召集宗族成员，将家里的财产都分给大家，说："权势在的时候，威风八面，权势不在，命都保不住，可悲啊。"众人不解，就问："这次出战，曹操兵少，我们有绝对优势，您何必如此悲观？"沮授说："平定动乱，诛灭残暴叫作义兵；穷兵黩武，仗势欺人，叫作骄兵。现在天子在许都，今举兵南向，我们是逆动，政治上就先输了一招，我们恃强凌弱，在道义上又输了一招，我们又不讲究庙胜之策，在策略上又输了一招，这场仗肯定是打不赢的。"

袁绍一贯重视硬件而不重视软件。曹操与袁绍在起兵反抗董卓时，两人就曾经有过这样的对话，袁绍问曹公："如果事情不顺利，那么我们怎么自守呢？"曹公说："您认为如何？"袁绍说："我将控制南面的黄河，据守北面的燕、代之地，兼并夷狄的军队，向南争取天下，这样就能成功了吧？"曹公说："我将任用天下智慧之人的才能，以先贤之道来管理，这样不管怎样做都能成功。"群雄怎样与天下争锋，袁绍的方针是依靠天下险固的地利和兵力，理性层次太浅薄。曹操的方针是依靠天下的人才和谋略，二者相比较：前者重地轻人，地失人失；后者爱才用智，发展壮大。最后是依靠天下人才和谋略的曹操战胜了依靠天下险固和兵力的袁绍。其实，郭嘉原来就在袁绍那里，后来看到袁绍才干不济，才到了曹操的营垒中。诸葛亮曾经说过："曹操比于袁绍，则名微而众寡，然操遂能克绍，以弱为强者，非惟天时，抑亦人谋也。"袁绍在官渡大战中惨败，患病未愈，曹操又来进攻冀北，其子袁尚自恃其勇，代父领兵出战，大败而归。袁绍受此惊吓，旧病复发，吐血而亡。曹操在袁绍死后，也曾喟然长叹："河北义士，何其如此之多也！可惜袁氏不能用！若能用，则吾安敢正眼觑此地哉！"曹操的话，可谓一针见血。

赤壁之战也是一次著名的由软实力战胜硬实力的战役。曹操二十万大军逼近长江，孙权和刘备联军不过四五万人，但最终硬是以少胜多，其中起决定作用的是体现软实力的智谋。诸葛亮、周瑜先是分析了曹军的弱点。诸葛亮向孙权分析形势，"曹操之众，远来疲惫；近追豫州"，日夜兼程，其势所谓"强弩之末"，"且北方之人，不习水战"，荆州士民并非真心附操。周瑜则向孙权分析了曹军所犯的"四忌"：一是北土未平，犹存后患，而曹操却久于南征；二是北军不熟水战，曹操却舍鞍马，仗舟楫，与东吴争衡；三是时值隆冬盛寒，马无藁草；四是驱中国士卒，远涉江湖，不服水土，多生疾病。最后说，曹兵犯此数忌，虽多必败。这些分析都切中曹军的要害。三江口一战，曹操失利，发觉自己的短处，命令"深得水军之妙"的荆州降将蔡瑁、张允加紧操练水军。周瑜利用蒋干第一次过江搞了一个"群英会"，使曹操中了反间计，杀掉了水军将领蔡瑁、张允。诸葛亮草船借箭，让曹操损失了十万支箭，并装备了东吴。周瑜又利用蒋干第二次过江，内外策划，让庞统给曹操献了连环计，便于火烧。最后曹操又中了黄盖的苦肉计，使黄盖能直入曹营水寨放火。孙权和刘备没用多大硬实力，而靠谋略与心计的软实力取得了胜利。

公元 198 年（建安三年），袁绍给公孙瓒写信，想跟他求和，公孙瓒没有答复，因为公孙瓒筑城围圈，建了一个十仞高的楼，楼中存放了三十万粮食，公孙瓒自以为依靠这样的硬实力是不可战胜的。袁绍看到公孙瓒的守备实力，也认为自己是战胜不了公孙瓒的。可是公孙瓒和袁绍都不明白，真正不可战胜的是人心而不是高楼。当袁绍将公孙瓒的一位将领包围时，公孙瓒不肯相救，还说："救一人，那以后众人都会只等救兵而不肯力战。"公孙瓒的坐视不管，冷了被围困将士们的心，他们或投降袁绍，或逃跑了。而那些身在高楼里本来没有被围困的将士们，也被公孙瓒的冷血伤透了心，纷纷出楼投降袁绍，十仞高楼因守楼人的人心逆转，一夜之间就不攻自破了。公孙瓒在走投无路的情况下，先杀掉自己的妻子、儿女，然后引火自尽。大概公孙瓒至死都不一定明白这样的道理：真正决定战争胜负的不是十仗高楼的硬实力，而是人心向背的软实力；不是袁绍打败了自己，而是自己打败了自己。

　　刘备在开始起步的时候论硬实力是非主流的，处在核心以外的边缘地带，连块根据地都没有，今天寄寓吕布帐下，明天又跑到曹操的门下，后天再跑到袁绍那里，用今天最时髦的称谓，可叫"刘跑跑"，就像没有根的浮萍一样，漂到哪算哪，其间承受了无数次的尴尬与羞辱。但是，刘备清醒地认识到，想赢得天下不仅要有硬实力，更要有软实力。这就像水，比硬的东西更锋利，能滴穿石头，就是以至柔克至刚。因此，刘备与吕布、袁绍注重硬实力不同，他更重视自己软实力的提升。刘备提升软实力的最大招牌就是"仁义"二字。刘备就是以"仁义"行天下，赢得了天下的心，从中收益多多。例如，刘璋的别驾张松，本来想投靠曹操，并把随身带来的连刘璋都不知道的西川地图献给曹操。但是曹操见张松"其人生得额钁头尖，鼻偃齿露，身短不满五尺"，对张松就没有了好印象，再加之张松言谈举止也让曹操感觉不好，就转身走了，把张松晾在了那里。后来，曹操又在西教场聚雄兵五万，用一个规模空前的阅兵式告诉张松自己是最有实力的。可是张松对这个阅兵场面不屑一顾。曹操问他："汝川中曾见此英雄人物否？"张松回答："吾蜀中不曾见此兵革，但以仁义治人。"让曹操吃了一颗软钉子。曹操大概这时把郭嘉讲他与袁绍比具有十胜的软实力优势的话忘到脑后去了，大打硬实力的牌，又进逼道："吾视天下鼠辈犹草芥耳。大军到处，战无不胜，攻无不取，顺吾者生，逆吾者死。汝知之乎？"张松毫不畏惧地讥讽道："丞相驱兵到处，战必胜，攻必取，松亦素知。昔日濮阳攻吕布之时，宛城战张绣之日；赤壁遇周郎，华容逢关羽；割须弃袍于潼关，夺船避箭于渭水：此皆无敌于天下也！"听了张松的话，曹操勃然大怒，要杀了张松。荀彧劝曹操不能杀，因为杀一个张松没什么，但却会伤了天下人的心，特别是西川、汉中人的心。曹操放了张松，让他赶紧滚，滚得远远的。张松来到了荆州，享受到刘备"仁义"软实力的温暖。刘备对张松很尊重，说："久闻大夫高名，如雷贯耳。恨云山遥远，不得听教。今闻回都，专此相接。倘蒙不弃，到荒州暂歇片时，以叙渴仰之思，实为万幸！"刘备这些感情诚恳、体贴周到的话语，让刚从曹操刀斧丛中爬出来的张松很有甘露滴心的爽快，便向刘备建议去取西川，还把地图交到了刘备手上。如果说曹操的软实力胜过袁绍，那么可以说刘备的软实力胜过曹操。刘备惯用的个人软实力还有眼泪，眼泪看上去最柔软，落地即化，但又具有无比的威力，因为眼泪有心的温度，能够让无数人动容，因而能穿透无数人的铁石心肠，能够融化无数人的钢筋铁骨。

　　诸葛亮被刘备请出茅庐，并将剑印交给他，希望他大胆行使权力，可是诸葛亮从关羽斜视的丹凤眼光中，从张飞梗梗脖子的表情中，读出了不服的信息。诸葛亮清楚地知道，仅凭怀里的剑印这些硬实力的东西，要征服关羽、张飞是远远不够的，必须展现出自己文韬武略的软实力，才能打动他们，使他们口服心服。后来诸葛亮博望用火、白河用水，以少胜多，打得曹军大败，关羽和张飞对他佩服得五体投地，一再表示："愿听军师调遣！"关羽、张飞不仅口头上这样说，实际上也这样做了，是口服心服了。诸葛亮特别看重和注意发挥自己的软实力，这不仅体现在出神入化的计谋上，诸葛亮的口才也充满着软实力。在赤壁大战之前，诸葛亮出使东吴，在群贤毕至的殿堂上，在冷嘲热讽的诘难中，用惊天地、泣鬼神的口才横扫江东的精英，实现了借吴抗曹的目的。诸葛亮第一次北伐时，魏国派曹真大都督和七十六岁高龄的军师王朗于祁山迎战诸葛亮。王朗对曹真夸下海口："来日阵前，老夫与诸葛亮挑起舌战，只需一席话，保证那诸葛亮拱手来降。"这个王朗按道理说也是不简单的，有的人到了他这个年龄段脑子就像烂透的倭瓜——捧不起来，可王朗头脑还是很清醒的。王朗的智慧之处在于他知道决定战争胜负的是软实力，舌头比刀锋利。当然，王朗的不智之处在于他高估了自己口才的软实力而低估了诸葛亮口才的软实力。舌战一开始，王朗就先声夺人，吹捧曹操："扫清六合，席卷八荒；万姓倾心，四方仰德。非以权势取之，实天命所归也。"接着又拍曹丕的马屁："世祖文帝，神文圣武，以膺大统，应天合人，法尧禅舜，处中国以临万邦，岂非天心人意乎？"然后，王朗又把话锋转到攻击诸葛亮上："今公蕴大才、抱大器，自欲比于管、乐，何乃强欲逆天理、背人情而行事耶？岂不闻古人曰：'顺天者昌，逆天者亡。'今我大魏带甲百万，良将千员。谅腐草之萤光，怎及天心之皓月？公可倒戈卸甲，以礼来降，不失封侯之位。国安民乐，岂不美哉！"王朗也可以说是山中的野猪——嘴巴很厉害。但王朗和诸葛亮舌战，那就是往枪口上撞。诸葛亮带着嘲笑的口吻反唇相讥道："我原来以为，你作为汉朝大臣元老，必定有高明的见解，谁会预料竟然讲出这等猥琐的话！你世代所居东海之滨，开始是从举孝廉进入仕途，理当安定汉室的天下、兴旺刘氏的基业，怎么反而帮助逆臣贼子，与他们一同篡位。真的是罪恶深重，天地不容。现在，天底下的人们个个想吃你的肉，你这样溜须拍马的佞臣，就躲在家里当缩头乌龟算了，居然敢在我大军面前妄称'天数'，你个从汉臣摇身一变为魏臣的老贼，今天就死到临头了，看你在九泉之下有什么脸面去见我汉室二十四帝。你在这些先帝面前敢说'顺天者昌，逆天者亡'的道理？敢说'谅腐草之萤光，怎及天心之皓月'的贼话？"王朗被诸葛亮一通反骂，目瞪口呆，气满胸膛，大叫一声，自马背上摔落而死。王朗想用自己的舌头退敌万人，结果却把自己从这个世界上退掉了。和诸葛亮比口才，王朗差的不是一般水平，而是一条命啊。

一个国家的综合实力可以分为硬实力和软实力。硬实力包括基本资源（如土地面积、人口、自然资源）、军事力量、经济力量和科技力量等。软实力主要包括一国的思想文化、意识形态、价值观念、国家政策、社会体制、发展道路、发展模式等。在国际关系中，综合国力的竞争和博弈将决定一个国家在今天和未来世界秩序中的排序。软实力由于已然成为国家间综合实力竞争的重要因子，越来越成为增强综合国力的必争要素，因此越来越成为民族复兴的核心基因。软实力在国际关系中的影响日增，世界主要大国在注重硬件的建设时，也十分重视增强自身的软实力。

一个企业的综合实力也可以分为硬实力和软实力。硬实力是企业用以直接支持其市场行为的所有可量化的物质态要素，包括企业设备、厂房、资本、人力、产量、收入、利润等要素；软实力包括团队、品牌、文化、组织、变革、创新、远见等。硬件和硬实力每个企业都有，软件和软实力却并不是每个企业都具备的。企业的软实力与硬实力按照强弱的标准，可以有四种组合，对应四种发展态势：软实力强硬实力弱，具有很大的发展潜力；硬实力强软实力弱，发展前景黯淡；软实力和硬实力都弱，即将被淘汰出局；软实力和硬实力都强，会越来越兴旺发达。我们的许多企业在认识上和行为上有一个误区，认为企业的强大体现在企业设备、厂房、资本、人力、产量、收入、利润等硬实力方面，因此把更多的功夫和资源下在了做大做强硬件和硬实力上。但是因为忽视了软实力的经营和提升，硬实力的发展也举步维艰，企业的生存能力很弱，抗风险能力低下。企业如果重视和加强团队、品牌、文化、组织、变革、创新、远见等软实力的经营，能够适时为企业提供长期性、基础性和战略性发展所需要的诸要素，企业就具有了核心竞争力，就能在市场上占据优势。哪个企业拥有一流的软实力，哪个企业就能拥有更加坚实的基础，基业长青。

一个人的综合实力同样可以分为硬实力和软实力。硬实力是可以证明的能力，如学历、技能证书、本领、社会权力等；软实力是指暂时难以估量的能力，如思维能力、沟通能力、表达能力、文化修养、学习能力、团队协作能力、个人权力等。硬实力决定人的起点，软实力决定人的高度。在硬实力达标的情况下，能不能把事情做好、做出什么业绩、达到什么程度的职业生涯高度，就取决于软实力。

注重硬实力的人最后的发展都达不到注重软实力的人的高度。

国家、企业、个人的竞争力，表面上看表现为那些看得见的硬实力，实际上真正起决定性作用的是背后看不见的软实力。拿破仑说："一支笔，等于1 000支毛瑟枪。"最终都是思想战胜宝剑。

特别值得再强调的是郭嘉的"十胜十败说"，推而广之，其也是一个政治领袖级人物是否具备成功素质的评估标准。按照这十项标准评价一个政治领袖人物，打出相应的分数，依据其所得的分值高低就能判断出他的基本素质的优劣、软实力的强弱。如果把敌对双方的领袖级人物按照这十项标准认真进行比较，就会得出谁胜谁败的结论。郭嘉的"十胜十败说"，也把曹操和袁绍这两个鲜活的典型人物进行对照评价，十正十反，一一对应，泾渭分明，让我们今天的领导者有了正反对照、具体生动的认知，是提高成功素质的不可多得的宝贵教材。古往今来，那些最有成就的人、最出色的人，无一不把主要精力放在软实力的提升上。

虽然硬实力与软实力在特点、作用方式和影响结果方面都有差异，但它们作为同一主体所具有的两个方面的实力，又具有内在的联系，具体表现在：①软实力与硬实力双方互相依存，均以对方存在为自身存在的前提。硬实力是软实力的有形载体，硬实力为提升软实力创造了物质基础。没有一定基础的硬实力，无论是提高国民文化程度、形成国家意识形态，还是增强以民族精神为核心的国家凝聚力，都会因为没有根基而成为空谈。反过来说，一个国家的硬实力越强，这个国家的软实力就越有可能因获得更多的发展空间而具备更为广泛的影响力和吸引力。软实力是硬实力的无形延伸，硬实力可以通过软实力的提升而得到强化，就像阳光雨露滋润花朵一样。社会意识、文化、制度等软实力的提升，纵横渗透到硬实力的各个方面和各个环节，又把握着硬实力的发展方向，维持、增强和延续硬实力，并通过吸引力、感召力、凝聚力、鼓舞力、动员力、创造力这些软实力作用的发挥更好地体现硬实力。②硬实力和软实力双方在一定条件下可以各自向另一方转化，即硬实力在一定条件下可以转变为软实力，软实力在一定条件下也可以通过其本身的作用达到硬实力的效果。因此，要注重硬实力和软实力的双重建设，两者要同时进行，不可偏废，让两者有机结合作用，才能最大限度地发挥整体效用。

第二十讲　空城计是零和博弈，还是竞合共赢

引　导　故　事

　　诸葛亮命马谡等镇守街亭，去后不久，收到王平派人送来的安营形势图本，不禁大惊，断定街亭有危；正当他准备派杨仪替回马谡之时，街亭失守的消息已经传来。这样，蜀军的咽喉要道被切断，继续进兵已不可能。诸葛亮急忙调兵遣将，安排撤退，并亲自领兵五千到西县搬运粮草。

　　忽然探马来报："司马懿引大军十五万，往西县蜂拥而来！"此时，诸葛亮身边除了一班文官别无大将，所引五千军，已分一半先运粮草去了，只剩二千五百军在城中。双方力量对比如此悬殊，要打，打不过；要守，守不住；要跑，跑不掉。眼看魏军掀起的尘土已经逼近西县，形势万分危急。

　　在这危急关头，诸葛亮采取了让人难以想象的做法。诸葛亮传令，把所有的旌旗都藏起来，士兵原地不动，如果有私自外出以及大声喧哗的，立即斩首。又叫士兵把四个城门打开，每个城门派二十名老弱病残士兵扮成百姓模样，洒水扫街。诸葛亮自己披上鹤氅，戴上高高的纶巾，领着两个小书童，带了一张琴，到城上望敌楼前凭栏坐下，燃起香，慢慢弹起琴来。看到诸葛亮这种悬崖边上打太极——临危不惧的神态，大家紧张的心也都安定下来。

　　司马懿的先头部队到达城下，见了这种气势，都不敢轻易入城，便急忙返回报告司马懿。司马懿听后，令三军停下，自己飞马前去观看。离城不远，果然看见诸葛亮端坐在城楼上，气定神闲，正在焚香弹琴。左面一个书童，手捧宝剑；

右面也有一个书童，手里拿着拂尘。城门内外，二十多个百姓模样的人在低头洒扫，旁若无人。

司马懿看到后，便来到中军，令后军充作前军，前军作后军撤退。他的二子司马昭说："莫非是诸葛亮家中无兵，所以故意弄出这个样子来？父亲您为什么要退兵呢？"司马懿笑而不语。就这样，魏兵迅速退去，蜀军化险为夷，诸葛亮欣然抚掌而笑，众人则在这令人目眩的急剧变化中惊出了一身冷汗……

智 慧 悟 语

1996 年，博弈理论与实务专家、哈佛商学院的布兰登勃格和耶鲁管理学院的奈勒波夫联合出版了《竞合策略》一书，引起了理论界的关注和热议，实业界也很快掀起了一股践行的浪潮。竞合是对传统零和博弈理论的突破和创新。

零和博弈（Zero-sum Game）又称零和游戏，属非合作博弈。在零和博弈论模型中，参与博弈的全体局中人只有竞争没有合作，在严格竞争下，一方的所得就是另一方的损失，博弈各方的收益和损失相加总和永远为"零"，即一方的所得必定意味着另一方的等量损失。零和博弈的关系就是非赢即输的关系，胜利者得到所有，失败者血本无归。打麻将这种游戏就是典型的零和博弈。说得通俗一点，零和博弈就是从别人身上撕去一张皮，变成自己的利益，让别人下地狱，自己上天堂。撕别人的皮，必然引起别人的对立和冲突，只能是两败俱伤。让别人下地狱，自己也上不了天堂。

在竞合博弈论模型中，参与博弈的全体局中人有竞争也有合作，博弈者之间相互依存、互惠互利，所有局中人获得的收益总和大于博弈者投入的总和。竞合博弈是创造价值与争取价值的博弈，创造价值的本质是合作的过程，争取价值的本质是竞争的过程。说得明白一点，竞合博弈，就是让别人发展，建立在别人发展的基础上，你才能够发展得更好。也就是说，让别人好你才能更好。赠人玫瑰，手有余香。美国心理学家托马斯·哈里斯在其《我好，你也好》的书中写道："按照人格的发展，将人与人之间的关系分为四种类型：我不好，你好；我不好，你也不好；我好，你不好；我好，你也好。"其中的第四种类型"我好，你也好"就是成熟的竞合共赢思维。

竞合博弈是基于合作与竞争结合的创造价值和获取价值的新思维，强调合作的重要性，有效克服了传统零和博弈的弊端，为组织战略管理理论研究注入了崭新的思想。竞合战略，是建立在竞合博弈理论基础上的战略创新。竞合战略理论的核心逻辑是共赢性，博弈活动中的所有参与者是建立在公平合理基础上的合作竞争关系。在相互竞争的同时谋求合作，在长期合作中实现总收入达到最大的双赢。

一提起三国中的"空城计"，人们习惯上总是赞扬诸葛亮的智慧，贬低司马懿的胆小，诸葛亮是赢家，司马懿是输家。其实，"空城计"是诸葛亮与司马懿的竞合双赢。

（1）诸葛亮决定了司马懿的存在价值。大将军的价值在一定程度上是由对手的价值决定的。从司马懿这方面来说，他是个大兵法家，他懂得"知彼知己，百战不殆"的道理。阵地战之前，一定是信息战、情报战。敌中有我，我中有敌。通过敌中的"我"，司马懿知道诸葛亮此次北伐大概出了多少兵，不然的话怎么抗敌？别人出九十万大军，你用九万去迎敌，那不是找死吗？即使是用九万去迎敌，也要知道对方是九十万，好研究以小搏大的战略。而且诸葛亮北伐大军大体分布在什么地方，司马懿也是清楚的，否则怎么分兵作战？只要知道这两个方面的情况，司马懿到了西县县城，只要用一个减法计算，用诸葛亮出兵的总量减去其他地区的分布，就会知道城里没有多少兵。司马懿又带着十五万大军，具有绝对的优势。司马懿为什么不冲进城里把诸葛亮抓回去邀功反而退兵呢？怎么不先扔块石头试试水深浅，也就是派个类似今天的尖刀连进城做个火力侦察呢？连他的儿子司马昭都说："莫非是诸葛亮家中无兵，所以故意弄出这个样子来？父亲您为什么要退兵呢？"这就是司马懿的智慧之处，因为司马懿懂得共生的原理：自己与敌人是共生的，君子与小人是共生的，中国是长江清，黄河混，这一清一混才养育了中国人。从共生原理司马懿会认识到自己的价值是由作为敌人的诸葛亮的价值决定的，司马懿有隐性知识（经历积淀起来的经验性知识），司马懿的仕途经历也大起大落，充满着艰辛，曹操活着的时候他是曹操的大秘书，曹操就曾经说："司马懿鹰视狼顾，不可付以兵权；久必为国家大祸。"狼顾就是身子不动，头可以转到 180° 的后边，狼顾在命相学上，就是阴险狡诈之相。因为狼总是在算计别人，同理心，它也认为别人会在背后算计自己，于是总是回头顾盼和提防，时间久了把脖子都抻长了。诸葛亮利用曹叡对司马懿的猜忌，使用反间计把司马懿搬倒了，最后是大将军曹真说好话，才贬为贫民永不录用。这可不是演绎，而是史实。那么既然"贬为贫民永不录用"，司马懿怎么摇身一变又成为大将军了呢？就是因为诸葛亮出祁山伐魏，屡败曹军，曹军中谁能够统帅大军对抗诸葛亮呢？

曹叡在现职中找，谁也不行，后备的也没有培养出来，就把目光集中到已经下野的司马懿身上。只有司马懿能敌诸葛亮，于是魏主被迫重新起用司马懿。经过大起大落，司马懿明白，他在魏国之所以受到重视，是因为有个强敌诸葛亮的存在。司马懿也有显性知识（从书本上或别人的话语中得到的观点、思想），他是东汉末年的人，汉初在杀韩信的时候，韩信喊出了当初越国大夫范蠡奉劝文种离开越王勾践的话："飞鸟尽，良弓藏；狡兔死，走狗烹。"这些隐性知识和显性知识的激荡，会使司马懿悟出什么智慧呢？如果今天冲进城里抓住诸葛亮，魏国就没有了致命的死敌，自己也就失去了独特的价值，回到魏国，第一个被杀的对象是诸葛亮，但下一个被杀的对象就是自己和儿子了，这样魏国的天下就巩固了。怎样避免这种惨剧发生呢？不是"狡兔死""走狗"才被"烹"的吗？那么，为了避免"走狗"被"烹"，留下一只"狡兔"不就行了吗！只要诸葛亮还在，有这个因素的牵制，魏主就不会拿自己怎么样，所以，司马懿明知是空城却假托军情不明，恐有埋伏，藉此退兵，以求自保。

（2）诸葛亮参透了司马懿的心理。从诸葛亮这方面来说，他从人性的角度参透了司马懿的心理。人性论讲，人主观上都是自私的，都是为自己的。诸葛亮很清楚他对司马懿的意义，有了他这位强大的对手，才有司马懿存在的必要和日后发家的资本。"知人者智，自知者明。"诸葛亮断定司马懿出于自身利益的考虑，不会把自己逼上绝路，必定要放自己一条生路，这也等于是给司马懿自己留下一条后路，明知是空城他也不敢进，这才改变了"平生谨慎，不曾弄险"的行为方式，用几千兵的"空城"来抵抗十五万敌军。因此，与其说诸葛亮是不得已而被迫做了"空城计"这样一个险局，还不如说是诸葛亮从人性的角度参透了司马懿的心理，攥住了对方的命根子，而理智地做了"空城计"这样一个胜局。有智慧的人都懂得从人性出发参透别人主观上为自己的心理，建立一种体制、机制或者做出一种局，让他主观上为自己，客观上转化成为别人、为集体、为社会。市场经济体制就是这样产生和发挥作用的。一个老板为什么千方百计地去银行争取贷款，取得了贷款后又不辞辛苦地跑政府土地部门，然后盖厂房、雇用员工、发展产业，说到底，是为了自己获得利益，否则绝不会有这么大的动力。可是在市场机制的作用下，老板的主观上为自己转化成客观上为社会、为他人。老板发展的产业是社会的一部分，提供税收是为社会，安排就业既是为社会也是为他人。可见，遵循人性论的理论，创造出一种体制、机制或者进行一种布局，会从人的机体内部迸发出一种力量来，在寻求自己利益的同时，就把社会利益、集体利益和他人利益担起来了，这种效果是任何行政命令和指示都无法代替的，更是无法比拟的。

（3）诸葛亮和司马懿都"假戏真做"。出于政治上的需要和人身安全的考虑，司马懿和诸葛亮不得不给世人演一出戏。两个智者联袂演出，除了他俩心知肚明外，其他人都蒙在鼓里，配合得天衣无缝，使戏逼真又不出丝毫破绽，都给对方创造了条件。司马懿参透了魏皇的心理，假戏要是不真做，抓住诸葛亮带回魏国，魏皇杀了诸葛亮就杀自己，而不作为，又会被定为通敌治罪。诸葛亮配合司马懿，城楼上没布兵，城楼上要是布了兵你不打就走了行吗？城楼上没布兵我打谁去？我怕中了埋伏而撤兵了，日后说没有埋伏，那只能说我智慧不行，忠心没问题，不犯罪，这又是最大的智慧，赢了。诸葛亮"假戏真做"既帮助司马懿摆脱了可能会被魏国国君冠以通敌罪而杀头的危险，也使他自己在蜀国树立了威信，军师在城楼上"弹个琴"，就吓走了司马懿十几万大军，赢得了满朝文武的钦佩，成就了历史上的威名。所以，是竞合双赢。

真正的赢不是让对手输得很惨，而是没有输家，是双赢。双赢才能展现智慧，双赢才能有所成就。司马懿和诸葛亮打仗大都败得一塌糊涂，甚至诸葛亮病死后还装神弄鬼吓退了他。然而，司马懿每次失败都承认对手的实力，尊重对手，为对手喝彩，挂在他嘴边上的一句话就是："吾不如孔明也！"司马懿在一次次失败中自己开导自己，才有了再度站起来的机会。如果读者有兴趣深入研究司马懿，就不难发现，正是这种双赢的思维和行为方式才让司马懿在军事上屡败屡战，在政治上稳操胜券，在生活上舒坦长寿。

在某种意义上或者在某些方面，在敌人的利益与自己的利益相同时，为敌人好就是为自己好，在这种情况下，善于与敌人和解甚至合作是天地之道赋予人类最奇妙的受益智慧。元兴元年（公元264年），孙皓继位，三国时期吴国名将、陆逊次子陆抗被加为镇军大将军，领益州牧。陆抗在吴国边境和魏国名将羊祜两军对峙，但是两人互相欣赏，互相喝彩，陆抗称赞羊祜的德行好、气量大，即使是古代的乐毅和当代的诸葛亮也不能超过。有一次，陆抗得了很严重的病，羊祜就派人给他送药，当时陆抗的部下大多劝谏陆抗不能喝，恐怕有毒，陆抗不听，当场就服下了药，说："羊祜岂能是毒害别人的人？"陆抗还常常告诫他的士卒说："羊祜一味推行仁德，我一味推行暴政，这样没有交战我们已经屈服了，应该各自保住界限，不要去追求小的利益。"陆抗和羊祜一生相识相知，陆抗死后，羊祜才上表攻吴。此二人既是对手也是朋友，成就了一段和对手一起成长的佳话。相反，周瑜，天纵奇才，但心胸狭隘，在他的心里舍不得给对手留下一定的位置，更舍不得别人占据自己的舞台。诸葛亮比他有智慧，周瑜心有不甘，总是与诸葛亮斗法、斗智，却没有占到一次便宜，面对挫折又气愤不已，最终在"既生瑜，何生亮"的叹息中，吐血而亡。

与敌人竞合也是扭转厄运的智慧。吕布总想杀掉刘备，当然刘备也想除掉吕布。这一点上，双方都是心知肚明的，也经常在战场上兵戎相见。当时，刘备的力量比吕布小得多，所以刘备时时处在被吕布除掉的危险之中。公元197年，刘备驻军小沛，袁术派大将纪灵率三万大军来攻小沛。刘备在危难来临之际，决定向吕布求救。刘备的属下对他说："吕布早就有除掉您的心，这次正可以借袁术之手来实现自己的愿望。在这样的情况下，主公您向吕布求救，不是与虎谋皮，自寻死路吗？"此时，刘备的头脑里激荡的是竞合思维。刘备解释道："吕布确实早有亡我之心，没有袁术来进攻，吕布平时就想怎么来除掉我。可是，袁术这一来进攻，形势发生了变化，吕布的想法也会相应地变化。吕布心中有数，一旦袁术灭掉我，或者我投降袁术，两军联合在一起，吕布自己就会处于被包围的不利境地。所以，我此时向吕布求救，他绝不会坐视不管，他不是为了我，而是为了他自己。"果然如刘备所预见的那样，吕布以"营门射戟"的建议，吓走了袁术大将纪灵，解除了刘备的重围。袁术虽然是刘备的敌人，可是在刘备竞合智慧的作用下，这个敌人帮助他扭转了时时都有被吕布除掉的厄运，从这个意义上说，袁术这个灾星也是刘备的救星。这个故事还展现了这样一种智慧：当博弈的局中人超过两个时，就产生其中一部分局中人合作而共同对付无合作的局中人的问题。最终的受益者就是合作的局中人，而无合作的局中人就会被淘汰出局。

我们再把分析的视角从战场博弈转回到市场博弈。市场经济在起步和开始发展阶段，科技发展水平、产业链条、社会分工以及人们的认识水平都有很大的局限性，在这样的经济基础和社会基础的市场上，往往是单点博弈，以"价格战""二选一""黑公关"等手段打败竞争对手获得独占性利益是主流竞争形态。市场主体的竞争表现是针锋相对的你死我活的零和博弈，结果是打败对手，自己的损失也很大，无益于提升自己的竞争力，更伤害了行业的发展。到了今天，随着科学技术的进步，创新进入了井喷时代，极大地推动和促进了行业的发展、产业链条的延伸、分工的细化、新业态的加速涌现，无论是经济基础还是社会基础都发生了根本性的变化，市场主体的竞争并不只是单点的竞争，而是价值链上的多点竞争，对市场主体的企业来说，在产业链、价值链各个环节的竞争中拼个"你死我活"的那种零和博弈竞争形态越来越没有作用的空间，代之而起的竞合成为市场主体间更优、更高级的竞争形态。我们今天的市场经济发展就是要把零和博弈变为竞合共赢，把竞争经济变成分享经济。从竞争走向竞合，在产业链、价值链上相互融合，搭建起要素流通、技术发展的平台，能够共享对方优势，减少创新成本和风险，进而减少整体成本，缓解激烈对抗中的无谓损耗，以 1+1>2 的效应一起做大蛋糕，形成共生共赢共享的良性发展机制。这就是水涨船高的至简大道。可见，竞合把逆势而上的竞争变成了相向而行的合作，把不变的竞争规律演绎出了更加变幻多彩的竞争形态。

竞合也是职场上更高级的竞争形态。在职场上，表现最充分的零和博弈的竞争，就是把队友当成对手，与其争地位、争功名、争利益，把整个心思和力量都用在如何压倒别人上。看到竞争对手有发展和提升的机会，就"下黑手""使绊子""打臭牌"，甚至赤裸裸到打倒你我来。你是如此和你的同事、队友竞争，当然你的同事、队友也不会等闲视之，而会如你一样地进行对抗，如此一来，你和你的同事、队友必然被竞争逼到不能喘息的地步，造成很多残酷的现实和灾难性的后果。自然法则，是善利万物而不加伤害。中国传统文化讲：万物并育而不相害。让你好，我才能更好。职场上的行为准则是，善于合作的人才能得到更多的合作。别人因你的合作而成长，你也会因别人的合作而成功。你和多少人合作，就会有多少人帮助和提携你，你就拥有了多少次成功的机会。一个人，纵使才华超群、能力非凡，如果不善于跟周围的同事、队友合作，总是把周围的同事、队友放在竞争的对立位置上，那他就不会在职场成功的路上走远，更无法实现自己的职业理想与目标。职场上那些"鹬蚌"，就是因为只竞争不合作，遂让"渔翁"得利。所以，在职场上要把与同事和队友的竞争关系转化成竞合关系，从针锋相对转为互抛橄榄枝的互动和互酬，这样才能搭建起更易于接近职业目标的阶梯，才能借助他人之力助己成功。

第二十一讲　人生和事业发展是性格决定命运，还是观念决定命运

引　导　故　事

刘备成功夺取西川与汉中，并自立汉中王，曹操听到此消息后，接受了司马懿的计谋，联合孙权以图荆州，并想在东吴出兵进攻荆州时，趁机出兵汉中，让刘备首尾不能相顾。

孙权虽然看出了与曹操联合是可得利益，但是还顾及先前的孙刘之盟，决定先试试关羽对东吴的态度。便派诸葛瑾去向关羽提亲，让自己的儿子娶关羽的女儿为妻，如能结秦晋之好，就可以继续联盟抗曹。不料关羽根本没有把孙权放在眼里，也把诸葛亮离开荆州之前告诉他的"北拒曹操，东和孙权"忘在了脑后。不仅直接拒绝了这门亲事，而且还出言不逊说："吾虎女安肯嫁犬子乎！"孙权听说后心想：堂屋里挂狗皮——那是什么话（画）！关羽这样的态度就把自己的盟友变成了自己的敌人。

公元 219 年 7 月，诸葛亮建议刘备下令让关羽起兵攻取曹仁据守的樊城。曹操以于禁为将，督七军救曹仁，同时命徐晃率军进驻宛城。8 月，山洪暴发，关羽借势用水淹于禁等七军，并乘机攻击，庞德不降被杀，于禁投降。曹仁沉白马坚守樊城。关羽以偏将攻襄阳，自己亲自攻打樊城，并于樊城北布下阵地，以防北方曹军援兵；同时派人向附近郡县策反，荆州刺史胡修、南乡太守傅方投降，许昌以南部分官吏也暗中策应关羽；陆浑人孙狼聚众暴动，响应关羽，邺城魏讽乘机企图发动政变。关羽声势"威镇华夏"，以至于曹操要迁都以避其锋芒。

后来，曹操听取司马懿、蒋济等人的意见，与孙权结盟，同时命徐晃率军救曹仁，并命名将张辽火速援曹仁。

孙权故意派陆逊代吕蒙，关羽没把陆逊放在眼里，遂抽走荆州部分守军；闰10月，孙权令吕蒙为大都督，率军袭取江陵，孙皎后继，另派右护军蒋钦督水军进入沔水（汉水），防关羽顺流而下。吕蒙至寻阳（今湖北黄梅西南），将战舰伪装成商船，兵士扮为商人，昼夜兼程。至公安，迫蜀守将傅士仁归降，继用傅士仁劝降了江陵守将糜芳，并厚待关羽将士眷属，释放关羽俘获的魏军将士，抚慰百姓。同时，令陆逊进至夷陵（今宜昌境），西防刘备。徐晃到前线后，与曹仁取得联系，曹仁军士气大增。

为离间孙权和刘备，从中渔利，曹仁乃令部将将孙权来信射入关羽营中，关羽见后，犹豫不决，军心动摇，徐晃乘机大举进攻关羽据点，大破关羽，并打通樊城路线。

是时，洪水退，曹仁引军配合徐晃攻击关羽，文聘从水路断关羽粮道，关羽节节败退。关羽知荆州已失，急忙退军，士兵得知家属获厚遇，士气剧降；后关羽败走麦城，到了油尽灯枯的地步，在接近蜀境时，关羽被吴军潘璋手下小将马忠生擒，最后被吴军所杀。无敌英雄末路竟然如此惨烈。而马忠在历史上本来不过是一个小人物，却因为生擒关羽而留下了一笔痕迹。

民间普遍认为关羽失荆州、走麦城，是因为关羽心高气傲的性格决定的。无数人也把"性格决定命运"这句话奉为真理。

什么是性格？性格是一个人对现实的稳定的态度，以及从与这种态度相应的、习惯化了的行为方式中表现出来的人格特征。性格形成的因素很复杂，概括起来讲，主要来自于三个方面，分别是基因遗传因素、成长期发育因素以及社会环境的影响因素。可以说，它既有来自于本身的因素，同时也受环境的影响。从这个角度分析，性格是可以改变的，但需要大量量变之后的质变作用。

我认为"性格决定命运"的命题不科学。宇宙的根本法则是因果。性格由什么因素决定？无非是先天和后天，先天是指你的生物基础，后天是指你的原生家庭、成长环境、教育条件等，因此，从感性上讲，"性格决定命运"这句话给人一种认命的无力感。"性格决定命运"，那就只能做命里注定的事。一切事情的结果，

167

又都只能归因于性格。

但从理性上来看，"性格决定命运"只是说出了一种现象，是拿相关关系当因果关系，性格和命运只存在相关关系。西方教育心理学有这样四句话：播下一种观念，收获一种行为；播下一种行为，收获一种习惯；播下一种习惯，收获一种性格；播下一种性格，收获一种命运。虽然这四句话从走向上看，最后一句是"播下一种性格，收获一种命运"，似乎是"性格决定命运"，但是，把这句话前置的三句话联系起来看，决定性的起点和总开关是"观念"，其中的"行为""习惯""性格"都是被决定的中间演化过程，如果把这些中间演化过程加以省略，这四句话就可以概括成"播下一种观念，收获一种命运"。可见，观念与命运才是因果关系。主体的行为由意识驱动，行为的性质由观念决定，从这四句话本身的逻辑因果关系看，讲的就是观念决定命运。

观念是人们对事物的主观与客观认识的系统化的集合体。人们会根据自身形成的观念进行各种活动。利用观念体系对事物进行决策、计划、实践和总结等活动，从而不断丰富生活，提高生产实践水平。观念具有主观性、实践性、历史性、发展性等特点。形成正确的观念有利于做正确的事情，取得事业的成功。拿破仑说："一切的成就，一切的财富，都始于一个意念。"实现伟大目标的人，并非性格比别人好，而是比别人付出了更多的思考。好思路、好方法是成功者超越常人大赢大得的法宝。而且说到底，性格就是人对现实"稳定"的态度和"习惯"化的行为方式。那这种稳定的习惯是怎么来的呢？是人对事物主客观认识的系统化集合——这就是观念。所以，与其说是性格决定命运，不如说是观念决定命运。观念决定了我们对事物的看法，决定了我们对现实的态度和将要采取的行动。

我们常常看到，处在相同的环境、遭遇中的不同的人，会表现出不同的观念，然后结果也大不相同。荆州，地处中国的中南部，自古兵家重荆州。荆州在三国时期，更是军事、政治斗争的焦点。在孙权接受鲁肃的建议借荆州给刘备的消息传到北方时，曹操正在写字，当时毛笔不禁掉落地上，足见此事对曹操的威慑力。公元208年，曹操、孙权、刘备的赤壁之战就是为了争夺荆州，公元215年，孙权与刘备的对峙也一样是为了争夺荆州。经过这两次交锋，曹操占据了荆州的北部，孙权占据了东南部，刘备占据了西南部。

关羽就是在这种情况下被委以镇守荆州重任的。关羽屯军南郡，他的前方有屯军襄、樊（今湖北襄樊市）的曹仁大军，后方有屯军禄口（今湖北嘉鱼县）的吕蒙大军。三方都剑拔弩张，形势十分严峻。唯一能支援关羽的力量就是蜀国大本营的益州，但中间隔有三峡，路途遥远。这时候最正确的观念，就是继续坚持联吴抗曹的方针。诸葛亮在隆中为刘备规划成就霸业、复兴汉室的战略时，曾提出以益州为根据地、荆州为前哨，外结孙权，积蓄力量，待时机成熟，由荆州出兵，夺取中原。荆州得失关乎刘备集团霸业的成败，所以自刘备"借"到荆州后，便由诸葛亮亲自镇守，诸葛亮的观念是：用自己的两只手，再加上东吴的两只手，四只手去对付曹操。

庞统战死，诸葛亮才不得不奉命进川。刘备给诸葛亮的信中已让关羽接印。诸葛亮对关羽感情用事、孤傲自负、没有全局观念的弱点是很不放心的。诸葛亮交印前，一再告诫关羽"北拒曹操，东和孙权"。这是刘备打天下的基本原则和一贯战略。当初，刘备被曹操从新野一路追杀到江夏，败得很惨。刘备向诸葛亮求反败为胜之计，诸葛亮说："我在卧龙岗提出的'隆中对策'中定下的'联吴抗曹'的大计，到了该运作的时候了，这也是我们转败为胜的良策。"刘备欣然同意，于是诸葛亮随东吴的鲁肃一起来到东吴，经过舌战群儒，智激周瑜和孙权的斗志，实现了"联吴抗曹"的策略。刘备有了吴国的盟友，抗击曹操的实力大为增强，协同周瑜作战，取得了赤壁之战的辉煌胜利，奠定了三足鼎立的格局，在这种格局中，谁能够有"两方"对"一方"的正确观念，谁就能形成两面夹敌的作战优势。后来的实践一再证明，无论是在荆州问题上，还是在有关三家矛盾及其他重大事情上，只要求得东吴的支持，共同对付曹操，都是获得了好处的。因此，诸葛亮的告诫是保全发展荆州的关键。作为蜀国在荆州的最高指挥官，关羽理应从全局观念出发，努力创造条件维护和巩固吴蜀联盟，置曹操于两面作战的被动境地。否则，让曹吴联盟，自己就会腹背受敌，就会像夹心的面包两面受压，招致毁灭。

然而关羽对诸葛亮的八字方针，在观念上失之偏颇，只记住了前四个字"北拒曹操"，并且几乎把全部精力都用在了"北拒曹操"上，也应该肯定地说，关羽在"北拒曹操"这方面是很有成就的。但是关羽却忘记了军师"东和孙权"之言，而且就守御荆州而言，"东和孙权"更重要，对关羽来说，"东和孙权"，他就有了坚强的盟友，"北拒曹操"，包括进攻樊城就没有了后顾之忧。但是关羽压根儿就没有全局观念，骨子里又瞧不起孙权，平时疏于交往。孙权为了测试孙刘联盟能否维持下去，派特使为世子向关羽之女求婚，欲结儿女亲家，这本是"东和孙权"的极好机会，可他竟然说"吾虎女安肯嫁犬子乎！"即使拒绝婚事，也不该用这种侮辱性极强的话阴损别人。不要说孙权，就是一般人听了关羽的这通话都会不舒服，都会为此生出逆反和对立心结。关羽熟读《春秋》，应该懂得在拒绝别人时，既让人欣然接受，又把感情留住。可是关羽却让心魔随意发狂，用粗暴愚妄的话来逞口舌之快，而失去了盟友，增强了敌人，把刘备基业的安危、诸葛亮"隆中对策"的战略观念和离开荆州前对他的叮嘱都抛到九霄云外了。

关羽当时远征樊城，荆州空虚。曹操采纳司马懿之计，一面调五万精兵去救援樊城，一面联系东吴，叫孙权暗袭荆州。那时，东吴守将是大将吕蒙，吕蒙虽然是个病秧子，但很厉害。关羽留下重兵防范吕蒙，吕蒙难攻。这时，陆逊献计说："关羽自恃英勇无敌，怕的就是你。如果将军辞职，关羽一定中计而把防守你的重兵调走。荆州由此空虚，便不难破之。"吕蒙依计而行，关羽果然中计，便把荆州重兵调来，分成两支队伍，一支队伍由关羽亲自率领攻打曹仁驻守的樊城，另一支队伍去包围了吕常驻守的襄阳。这更是观念上的错误，因为关羽本来兵的数量就不多，应该集中兵力，重拳攻下樊城或襄阳的其中一个城市，站稳脚跟后再图另一个城市，这样背后的东吴即使偷袭成功，蜀军仍然有一个据点可以据守，可是蜀军同时分力去攻樊城和襄阳两个城市，陷入了两线作战的泥潭，结果一个也没有攻下来，吕蒙率吴军攻破荆州后，关羽连个安身之所都没有了。吕蒙看到关羽的这种排兵布阵后，就笑了，他笑的是关羽不懂兵法，以致做出这种自剪羽翼之举。

还有，后方荆州被吴军占领以后，关羽也有观念上的失误，就是回师夺荆州。如果不回师去夺荆州，继续对正面之敌发起猛烈进攻，拿下樊城或者攻下襄阳城然后据守，胜算的可能性还是有的。关羽回师后，一败再败，夺回荆州已经不可能了，也没有别的立营之地，只有被迫改走西北方向，走向麦城，被吴军设计俘虏并杀害。曹操解除了关羽的威胁，巩固了南线，孙权夺去了被刘备控制的荆州，坐稳了江东，他俩成为两个大赢家。

关羽是用两只手对付两个敌人，这种"举起左手打曹操，举起右手打孙权"的观念脱离了正确的节拍，吴蜀之间多年建立起来的信任关系，被关羽一铁锤就击个粉碎，变成了无法复原的仇恨关系，并引起了一连串的无法控制的反应。在这种情境下，曹操只做了策应，这已使关羽腹背受敌。实际上关羽是被曹操和孙权两大军事集团联合形成的"绞肉机"绞杀的。面对这样的"绞肉机"，不要说是"万人敌"的五虎上将关羽，就是换上神通广大的任何英雄豪杰，下场也不会比关羽好到哪儿去。

需要指出的是，我们说关羽失荆州是观念的错误导致的，并不否认关羽"傲慢"的性格这一叠加因素起了推波助澜的作用。关羽发动襄阳、樊城战争，战事处于胶着状态。吕蒙上疏孙权，说："关羽攻打襄阳、樊城却保留不少后方守备，是怕我偷袭他，我身体一直不太好，请让我以治病为名回建业，关羽知道了，一定撤走守备之兵，到时我大军日夜水陆并上，袭其空虚，则南郡可下，关羽可擒。"孙权批准了吕蒙的建议，由陆逊接替吕蒙，陆逊当时未知名，一副书生模样，他一到禄口就以书呆子的口吻给关羽写了一封信，在信中极尽吹捧，说关羽如何指挥若定、威风凛凛，说他擒于禁的功业连晋文公、韩信都不如。陆逊还不惜以贬低自己的方式来抬高关羽，说自己不过一介书生，胜任不了现在的职务，还望德高望重的关羽不吝赐教等。关羽被"病秧子"吕蒙所迷惑，特别是被"书呆子"陆逊的高帽给忽悠得晕头转向了，认为东吴的将领是黄鼠狼下耗子———一辈儿不如一辈儿，遂解除了对东吴可能图其后的戒心，把部队一拨一拨调往樊城。吕蒙、陆逊见第一步目的已经达到，就不失时机地实施第二步目标。吕蒙打头，穿白衣作商人模样靠近和端掉了关羽的一个个前方观察哨，最后轻而易举地攻下了荆州的重镇江陵。最后，一代英雄关羽被敌擒杀。

　　当然，谈到观念错误，也不只是关羽自己，诸葛亮也有观念上的错误。刘备入川时，诸葛亮说："荆州重地，必须分兵守之。"随后，诸葛亮总领荆州，关羽在前守襄阳，赵云在后守江陵、镇公安，张飞领四郡巡江，组成了"分兵守之"的纵深防御体系。可是诸葛亮入川时，自己就淡化了"荆州重地，必须分兵守之"的正确观念，把赵云、张飞也调离荆州，同时带走数万兵马，仅留关羽一员大将守卫荆州，拆散了原来的纵深防御体系。诸葛亮自从率军西征离开荆州后，就再未过问荆州事，除了"八字方针"就再也没有提出过指导建议，也没有加强对荆州的后备工作，好像有了"万人敌"的守卫，他便无须干预。当得知曹操欲联合东吴取荆州，便命令关羽"起兵取樊城"，可是取樊城之前好多问题没有系统思考，例如，攻樊城，是虚张声势打了就走，还是要彻底攻下？主力部队已随关羽出征，荆州空虚，如被东吴偷袭怎么办？攻樊城，是为了阻止曹操和孙权联合取荆州而进行的局部战争，还是为了匡扶汉室而对曹操发动的全面进攻？当曹操派兵增援的时候，益州方面如何策应关羽的军事行动？诸葛亮对这些问题缺乏深入系统的思考，指挥的思路就很不清楚。当关羽在樊城大破曹军，威震天下，逼得曹操差一点就要迁都的时候，不仅是好大喜功的关羽本人，包括诸葛亮在内的蜀军高层人员几乎都沉浸在石破天惊般的胜利喜悦之中。想不到孙权与曹操已经暗中勾结起来，在关羽的背后举起了刀子，乃至魏吴联手袭荆州，益州的高层竟没有高度重视。还有，孙权派使者诸葛瑾去为儿子向关羽女儿提亲，古时候这种婚姻都是带有政治性目的的，孙权之所以要提这门亲事，其政治目的就是要维护和加强联盟关系。关羽没有这种政治观念，"羽骂辱其使，不许婚"。但诸葛亮应该有这种政治观念啊，可是令人没有想到的是诸葛亮得知关羽拒绝了孙权提亲之事后，只是不轻不重地落下了一句话："荆州危矣！"并没有对"危矣"的荆州采取任何破除危局的措施，也没有提醒关羽小心防备东吴的进攻。诸葛亮更没有想到吕蒙和陆逊会两路出兵，偷袭南郡。关羽失荆州，走麦城，陷入孤立无援境地，却迟迟不派军支援。还有，辛辛苦苦打下的荆州被吴军拿去了，为什么不发起反击夺回来？在当时的情况下，还有什么比夺回荆州更重要呢？这有悖于诸葛亮"隆中对策"中"跨有荆、益"的汉中、荆州两路出兵光复汉室大业的总体战略思想，尤其是在关羽发动战役几个月的时间里，诸葛亮既没有派一兵一卒前来支援，也没有下达过什么命令，这场决定魏、蜀、吴三方势力消长的战役全凭关羽一人主导，这也不符合诸葛亮以往的指挥思想和行为方式。由此导致自己在十二年前"隆中对策"中的计划因为失去荆州而遭到全盘破坏。所以，失荆州也有诸葛亮观念的失误。

再把问题的研究向前延伸，可以看到，失荆州也有刘备观念上的错误。在刘备、刘璋富乐山相会之前，庞统曾经出主意说："以统之计，莫若来日设宴，请季玉赴席，于壁衣中埋伏刀斧手一百人，主公掷杯为号，就筵上杀之；一拥入成都，刀不出鞘，弓不上弦，可坐而定也。"意思是，借着这次相会之机，把刘璋抓起来，就可以兵不血刃地坐拥益州了。刘备则说："刘季玉与吾同宗，不忍取之。"张松没有来富乐山，他让法正悄悄地转告刘备，可以借这次富乐山相会的大好时机，将刘璋拿下，这样大事可成。尽管庞统与法正一再劝说刘备不要失去良机，但刘备的脑子就像缠绕不清的枯藤，内心深处纠结在"吾同宗，不忍取之"上，因而对庞统、张松和法正的良策"只是不从"。已经是狼了，还非要披上一层羊的外衣，错失了免去用兵而收取益州的大好时机，最后还是武取，不得不把诸葛亮、张飞、赵云等调来西川，仅留关羽守卫荆州。诸葛亮从关羽与东吴的不和中敏锐地意识到"荆州危矣"的隐患后，提出"可使人替关羽回"。刘备没有果断地换回关羽，而是再行"商议"，实际上把诸葛亮"荆州危矣"的判断忘得干干净净。这种观念上的缺失和错位，最终酿成了后来的荆州之祸。荆州之失，关羽被杀，给了先得益州、后得汉中、发展势头正猛的刘备集团一个最沉重的打击。

失荆州的种种观念上的问题，给后人留下了许多值得反思的东西，其中最重要的智慧认知是，不是性格决定命运，而是观念决定命运。因为一个人内心有了什么样的看法和想法，就会有什么样的做法，内心的看法和想法就是观念，它是人的行为的总开关，决定着一个人去做对自己命运有利或是有害的事情或行为。

人生和事业发展就是做选择题。人的观念不同，对相同的事有不同的看法，这种不同就会影响到选择。每一个分叉路口的选择都决定着人生前进和事业发展的方向。在今天这个高度发达的信息时代，同样的机遇摆在人们面前，人与人的观念不同，对待机遇的态度也不同，于是有的人能成功，有的人只能与成功擦肩而过，因此观念决定命运。正确的观念是转变的基础和起点，倘若你努力，但你的观念不正确，很可能离正确的方向越来越远。所以重要的是观念。观念的正确是超越的根本。新观念解放人，旧观念囚禁人。富就富在观念新，贵就贵在能脱旧。许多人，表面上缺的是金钱，本质上缺的是观念，落后是观念落后，不是没有好机会，而是没有好观念。不是不接受新观念，而是不愿抛弃旧观念！解放思想是人类最灵动的精神活动。思考得到的正确观念，是一个人所能拥有的最直接、最重要的财富。在任何领域里，改变旧观念都是最伟大的改变。所以，我们对那些扭曲的在心灵扎根的旧观念和想法，必须做 180° 的转变，为新的观念的诞生腾出空间来。

观念与提高一个人的生命质量也有密切的关系。我有一个多年的好朋友，在十几年前患有糖尿病，医生给他一个观念——"管住自己的嘴"，尤其对水果要忌口。最初，这位朋友以延长生命为价值取向，谨遵忌口的医嘱，什么水果也不敢吃，生活质量大大下降。后来，他看到了美国纽约大学宗教历史系教授詹姆斯·卡斯在 1987 年所写的《有限与无限的游戏》一书，卡斯在书中传递出的一个观点直击他的心灵：我们迫切需要一个"游戏观"的转换，即从有限的游戏转向无限的游戏。在全面通读这本书的过程中，他对生命与生活的观念改变了，他认识到死亡是不可逾越的边界。与之相比，生活质量则是一个无限的游戏。于是，他以提高生活的质量为价值取向，把忌口的观念改变为"忌量不忌口"，有选择地适当、适量地吃一些水果，生活质量也大大提高了。

第二十二讲　人生的成功是靠耍小聪明，还是靠玩大智慧

　　刘备与曹操争夺汉中的战争从建安二十二年（公元 217 年）一直打到建安二十四年（公元 219 年），就在曹操和蜀军僵持不下时，曹操聚集军队想要进兵，又被马超拒守，欲收兵回都，又怕被蜀兵耻笑，心中犹豫不决，正碰上厨师送来鸡汤。曹操见碗中有鸡肋，因而有感于怀。正沉吟间，夏侯惇入帐，请令夜间口令。曹操随口答道："鸡肋！鸡肋！"夏侯惇传令众官，都称"鸡肋！"

　　行军主簿杨修，得知此口令后，耍起了小聪明，让随行士兵收拾行装，准备撤兵。有人报告给夏侯惇，他大吃一惊，于是请杨修至帐中问道："您为何收拾行装？"杨修说："从今夜的口令来看，便可以知道魏王不久便要退兵回都。鸡肋，吃起来没有肉，丢了又可惜。如今进兵不能胜利，退兵让人耻笑，在这里没有益处，不如早日回去，来日魏王必然班师还朝。因此先行收拾行装，免得临到走时慌乱。"夏侯惇说："先生真是明白魏王的心思啊！"然后也收拾行装，于是军营中的诸位将领没有不准备回朝的。

　　当天晚上，曹操心烦意乱，不能安稳入睡，便手提钢斧，绕着军营独自行走。忽然看见夏侯惇营内的士兵都在准备行装。曹操大惊，急忙回营帐中召夏侯惇问其原因。夏侯惇回答说："主簿杨祖德事先知道大王想要退去的意思了。"曹操把杨修叫去问原因，杨修用鸡肋的含义回答。曹操怒斥道："你怎么敢编造谣言，乱我军心！"便叫刀斧手将杨修推出去斩了，将他的头颅挂于辕门之外。

　　原来杨修倚仗自己的才能而耍小聪明，屡次犯了曹操的忌讳。有一次，曹操下令建造一座花园，建好之后曹操前去观看，看后没有夸奖和批评，提笔在大门上写了一个"活"字就转身走了。大家你看我，我看你，猜不透其中的意思。杨修对满脸狐疑的众人说，门里添个活字，那就是"阔"字，丞相是觉得这门造得太宽了。后来，工匠们将大门改窄了一些，再请曹操过来观看，曹操很喜欢，问道："是谁知道了我的意思？"下人回答："是杨修！"曹操虽表面上称好，而心底却很嫉妒。

　　还有一天，塞北进贡给曹操一盒点心。曹操吃了一口后，在盒上写了"一合酥"三个字放在案头。杨修见到了，对大家说，丞相是让我们每人吃一口，竟然毫不犹豫地取勺子和大家将点心吃完了。曹操问其原因，杨修回答说："盒上明明写着'一人一口酥'，怎么敢违背丞相的命令呢？"曹操虽然喜笑，而心里却厌恶杨修。

　　曹操为了防止有人暗害自己，便对周围的近侍说自己梦中好杀人，让大家不要在自己睡着时接近。有一个晚上，曹操在帐中睡觉，被子落到了地上，近侍慌忙取被为他覆盖。曹操立即跳起来拔剑把他杀了，然后继续上床睡觉。半夜起来的时候，假装吃惊地问："是谁杀了我的侍卫？"大家都以实相告。曹操痛哭，命人厚葬近侍。人们都以为曹操果真是在梦中杀人，而又只有杨修了解曹操的意图，下葬时叹惜着说："丞相非在梦中，君乃在梦中耳！"曹操知道后更是"恶之"。

　　曹操的三儿子曹植觉得杨修浑身都是点子，故经常与杨修彻夜长谈。曹操想立世子，要试试曹丕和曹植的才华。一天，命令他们各出邺城的城门，却私下里让人吩咐看守大门的士兵，不准给他们放行。曹丕先到，看大门的士兵阻拦他出去，曹丕只得退走。曹植听说后，向杨修请教，杨修说："你奉王命出城，如果有阻拦的，就把他们斩首。"曹植听信了他的话，等到了城门，士兵阻拦他，曹植大声叱骂："我奉王命出门，看谁敢阻挡！"随即就斩了拦他的士兵。于是曹操认为曹植比曹丕有才能。后来有人报告曹操："是杨修教他这么干的。"曹操大怒，不再喜欢曹植了。

　　杨修又教曹植十多条如何来回答曹操的问话，只要曹操问他问题，曹植就依照杨修教他的内容回答。曹操问曹植军国大事，曹植对答如流，曹操心中非常疑惑。后来曹丕暗地里买通了曹植府中的下人，下人偷着来告诉曹操其中的内情。曹操听了大怒说："匹夫居然敢来欺骗我！"心中坚定了杀杨修的念头。如今就借惑乱军心的罪名杀了他，杨修死时才三十四岁。

　　曹操杀了杨修，又对夏侯惇发怒，也假装想把夏侯惇斩了，很多将领上前求情才免去夏侯惇的死罪。曹操斥退夏侯惇，下令明日进兵攻打。战中曹操被魏延射中人中，掉了两个门牙，带着伤回到了营寨。这时曹操才想起杨修的话，叫人把杨修的尸身收回厚葬。随后下令从汉中撤军回长安，刘备遂占据汉中。

聪明对人生和事业的成功很重要，但是聪明也有耍小聪明和玩大聪明之别。耍小聪明的特点是，自以为是、自命不凡、目中无人、固执己见、乱用聪明、炫耀张扬。耍小聪明的人自视本领甚大，最容易忽略别人的感受，忽视权威的存在。耍小聪明的人，即使在一般的情况下，也常常遭遇人生和事业发展的危机，如果是在特定的历史条件下，还会面临突发的灭顶之灾。与此相反，玩大聪明的人有自知之明、胸怀远大、思虑精微、广纳良言、低调收敛、慎用聪明、可屈可伸、可行可藏。玩大聪明的人，面对挫折和诱惑都能保持理智，即使遇到危机，也会把人生和事业演绎得靓丽精彩，如果牛在特定的历史条件下，还会成为影响历史发展的重要人物。

杨修是个人才，舌辩之士，用今天的话说是精英类人才，他因才思敏捷、聪颖过人而得到曹操的赏识器重，委以"总知外内"的主簿，成为丞相曹操身边的一位高级幕僚谋士。杨修之死，从古至今，人们普遍的认识是与他的才思敏捷又很外露而"犯曹操之忌"有关，《三国演义》中就说道："杨修为人恃才放旷，数犯曹操之忌。"明代李贽点评《三国演义》时也认为杨修之死和他的才华有关："凡有聪明而好露者，皆足以杀其身也。"《三国志》也写道："太祖既虑始终有变，以杨修颇有才策……于是以罪诛修。"

其实，上面这些对杨修评论的说法，失之偏颇。曹操不是一个嫉贤妒能的人，曹操手下"谋士如云"，而且比杨修更有才华的人也是不可胜数，像郭嘉、程昱、荀彧、荀攸、贾诩等谋士，哪一个都才华横溢，都不在杨修之下，可他们就没有因为才华招来曹操的忌妒，相反，他们都被曹操提拔和重用。说他们都不"恃才放旷"，所以没有因遭到曹操的妒忌而被杀害？可是在曹操面前"恃才放旷"的人也有啊，祢衡就是一个。曹操见到祢衡，没有特殊的礼遇，祢衡不满，当众嘲弄曹操，当曹操夸赞自己手下的荀彧、荀攸、程昱、郭嘉等人才时，祢衡大发狂气，逐一进行贬低："此等人物，吾尽识之：荀彧可使吊丧问疾，荀攸可使看坟守墓，程昱可使关门闭户，郭嘉可使白词念赋……其余皆是衣架、饭囊、酒桶、肉袋耳！"面对如此狂妄的祢衡，曹操还把他征招为鼓吏，祢衡还"击鼓骂曹"。曹操受到如此羞辱,也只是对杨修说:"祢衡文章,播于当今,无故不忍杀之。"还派他为使,去说降刘表。就算杨修"恃才放旷"也没有"放旷"到祢衡这种程度,祢衡没被杀而杨修却被杀了,由此看来,杨修的"恃才放旷"也不是被杀的根本原因。那么,再看杨修"数犯曹操之忌"是不是被杀的原因呢?这句话可以拆成"数犯"和"曹操之忌"来分析。

"曹操之忌"也分为"一般之忌"和"根本之忌","一般之忌"属日常生活范围的忌讳;"根本之忌"属于政治活动范围的忌讳。对"一般之忌"曹操是能忍让的,例如,祢衡犯的就是曹操的"一般之忌"。但是属于政治范围的"根本之忌",曹操是绝对不能容忍的。太中大夫孔融,凭自己的才干与名望,多次在众目睽睽之下戏弄、嘲笑曹操。曹操虽然内心对孔融已经十分厌恶,但是考虑到孔融的名望和他犯的还是自己的"一般之忌",也就隐而不发。但是,孔融又上书给汉献帝,提出:"应该遵照古代的王畿制度,在京师周围一千里的地方,不可建立封国。"孔融干政的调门太高了,又与曹操的意见有根本分歧,这就犯了曹操的政治对抗性质的"根本之忌"。不光是曹操,就是任何像曹操这类统治者都不会容忍,不要说"数犯",就是一次触犯,也是不能容忍的。曹操知道郗虑与孔融矛盾很深,就让郗虑罗织孔融的罪名,后来孔融就有了"诽谤朝廷""图谋不轨"等大逆不道的罪名,并唆使人奏准皇上对孔融"处以极刑"。于是曹操下令逮捕孔融,并将孔融及其老婆孩子全部杀掉。

杨修犯的也有曹操的"一般之忌",包括改建花园大门、分食塞北酥饼和所谓"梦中杀人"三事。对曹操这些"一般之忌",尽管杨修"数犯",曹操也不至于杀他,曹操在花园门上写了个"活"字,"人皆不晓其意",杨修看明白了门上的字的含义,并且很得意地把它告诉了别人:"'门'内添'活'字,乃阔字也。丞相嫌园门阔耳。"曹操知道后,心中也只是对杨修有"忌"了。曹操本来是以"一合酥"三个字来自得其乐,却被杨修解释为"一人一口酥",并带头和周围的人"一人一口"吃个精光,曹操也只是淡淡一笑和"心恶之"。这说明杨修想利用自己的小聪明和曹操玩点幽默,但杨修的幽默没有引起曹操的快乐,却引起了曹操的反感,把幽默玩变味了。曹操担心有人谋杀自己,便虚说自己会梦中杀人,让大家不要在自己睡着时接近自己,并装模作样地杀死了一个替自己盖被子的近侍。大家都以为曹操会梦中杀人,唯独杨修却说:"丞相非在梦中,君乃在梦中耳!"也就是说,曹操是装的,曹操听了后心中是"愈恶之"。杨修无视曹操的好恶,不分场合卖弄自己的小聪明,结果曹操越来越讨厌和憎恨他。俗话说:"知渊中之鱼者不祥。"意思是，看透别人的秘密会有不祥的结果。曹操心眼多，他是不愿意自己的下属比自己心眼多的，更绝对不愿意下属把他玩的心眼看穿和当众说破。

杨修也"数犯"了曹操的"根本之忌"，包括杨修告发曹丕阴事、教曹植斩门吏而出和为曹植作"答教"等属于政治范围的事。

曹操与众人商议，想立曹植为世子，曹丕知道后密请朝歌长吴质入内府商议对策。因为恐怕有人知觉，就让吴质藏于大簏中，只说是绢匹在内，载入府中。杨修得知此事，如获至宝，赶紧去报告曹操。曹操令人于曹丕府门伺察。曹丕慌忙告知吴质，吴质说："不用担忧，明日用大簏装绢再入以惑之。"曹丕按照吴质的说法，以大簏载绢入府中。曹操派去的使者搜看簏中，就是绢匹没有吴质，回报曹操。通过这件事曹操觉得杨修要害曹丕，心中更加"恶之"。

曹操想测试曹丕和曹植的临机处事能力，让他们出城并吩咐门吏不让二人出行。杨修料到了曹操的意图。曹丕知难而退，但曹植听了杨修的主意杀了门吏而出城，曹操认为曹植比曹丕有才干。但知道是杨修指点的曹植后，曹操已经由简单的"恶之"发展到"大怒"。

曹操问曹丕和曹植军国之事，曹丕回答得很一般，但曹植每次都对答如流，这让曹操起了疑心。当曹操知道曹植是依照杨修指点他的来回答时，由"大怒"变成有"杀修之心"。这表明杨修已深深地卷入宫廷斗争之中，他竭力帮助曹植争做世子，反对曹丕继位。这样一个危险人物，如果留下来必将成为他身后的大患，曹操已经想找一个堂堂正正的罪名把他杀掉了。可怜杨修脑子还是不够用，他虽然看穿了曹操这么多次，却始终没有看出曹操早已经对自己举起了屠刀，还像往常一样四处传播曹操的各种意图想法。当杨修再一次从一句"鸡肋！"中看出曹操的退兵意图，并毫不顾忌地将之告诉夏侯惇时，曹操终于以"乱我军心"为名，将杨修除掉了。杨修之死并不冤屈，两军对垒实属军国大事，杨修竟敢凭一句"鸡肋！"的口令，自己随便行动不说，还敢告诉夏侯惇赶快收拾行装，准备回朝。夏侯惇又把杨修的话转告"军营中的诸位将领"，结果"没有不准备回朝的"。军队的进攻还是撤退，必须按照统一的命令进行，尤其是撤军，涉及军心这一命根，更要先有命令后有行动。虽然曹操事后也确实退兵了，但杨修先于命令而行动就是扰乱军心，这就是自寻死路。不要说曹操，就是刘备、孙权手下的人出现类似动摇军心的问题，也一定会让他脑袋搬家。

杨修确实是一个聪明人，像八月的石榴，满脑袋的点子。但是，从杨修与曹操的关系表现上看，杨修就是在耍小聪明。在"改建园门""分食盒酥"猜字谜的生活情趣上要点小聪明，表现自己才思敏捷，即使恃才放旷，言行不羁，轻率忘形，只要能够局限在这种生活情趣方面，倒也不会和曹操产生尖锐的矛盾冲突，更不会因此而丢了身家性命。但是在"梦中杀人""曹氏立嗣""曹操试才""鸡肋退兵"这种政治和军国大事上还耍小聪明，这就是悬崖上扭秧歌——高兴到头了，必然会招来杀身之祸。

老子曾经告诉过孔子："良贾深藏若虚，君子盛德，容貌若愚。"意思是，精明的商人总是注意把自己的宝货收藏起来，不轻易示人；有君子风范的大德之人，容貌总是显得愚笨。这句话的深刻含义是：不要过分炫耀自己的能力和聪明。人的聪明有助于人的成功，但是聪明和成功之间并不是孪生姐妹的自然关系，乱用自己的聪明，尤其是耍小聪明，不仅对人生和事业不是一件好事，而且运用得不恰当还会葬送自己的人生和事业，杨修是也，三国中名噪一时的孔融、马谡、祢衡亦是也。他们都不得善终，用自己的鲜血和生命诠释了一条人生法则——"聪明反被聪明误"。杨修特殊的才华就在对曹操意图的洞察。用夏侯惇的话来说，就是"先生真是明白魏王的心思啊！"但从以上分析杨修被杀的发展过程来看，杨修这个高明的心理专家也并没有完全看透曹操，在"众人皆醉"之时，他却非要"独醒"，要尽小聪明，"数犯"曹操的"一般之忌"，没有大智慧，又"数犯"曹操的"根本之忌"，如此深深地卷入曹丕和曹植争夺接班人之位的斗争之中，在曹丕已经得势的情况下，曹操为身后接班人的安危考虑必定会杀掉他，他必然成为这场斗争的牺牲品。从这一点上讲，与其说杨修被曹操所杀，倒不如说杨修是死于自己的手里。

有大智慧的人，不玩大智慧而耍小聪明，也是吃不到好果了的。刘备向东吴"借"荆州为落脚之地，积蓄了一定势力后，东吴便再三索要荆州，刘备也以各种理由再三推拖不还。东吴的大都督周瑜本来才智过人，可是在十分气恼的情况下，便玩起了小聪明。一天，周瑜听得刘备的甘夫人去世，顿时心生一计，对东吴大将鲁肃说："我有计策了！必使刘备老老实实地把荆州交回来！"鲁肃问："什么计？"周瑜说："刘备丧妻，必将续娶。我知主公有一妹妹，刚武英豪。可假意以招婿为名，请刘备来东吴成婚。然后把刘备囚禁起来作为人质，再派人去讨荆州以换刘备。他们必然交还荆州。到那时，放不放刘备，杀不杀刘备，就全在我们的掌握之中了！"于是，派吕范前去荆州提亲。周瑜耍的这点小聪明被诸葛亮一眼就看穿了，遂将计就计，让刘备应允下这门亲事，并派赵云保护刘备去东吴成亲，临行前又授予赵云内藏三条妙计的三个锦囊。赵云到了东吴依计而行，先把刘备来东吴娶亲的消息造得满城风雨，又拜访了德高望重的乔国老，并通过乔国老把女儿要成婚的消息告知了孙权的母亲，孙权的母亲见刘备一表人才，居然同意将女儿许配给他。周瑜和孙权要小聪明的一连串计谋，在与诸葛亮大智慧的交锋下节节败退，想不到假戏成真，又不敢囚禁和杀害刘备。刘备按照诸葛亮的锦囊妙计，说服娘子一起回荆州。夫妻二人借去江边祭祖之名欲逃离东吴，周瑜派兵追赶，都被孙夫人喝退。周瑜不得不亲自上阵，想孤注一掷。可让周瑜又没有想到的是，诸葛亮早已在岸边等候刘备，刘备携孙夫人登上了诸葛亮早已备好的船，往荆州而去。刘备的兵看到无可奈何的周瑜，齐声高喊："周郎妙计安天下，赔了夫人又折兵。"周瑜一个大智慧之人，要起小聪明，因用心险恶而不敢明说，让诸葛亮的大智慧予以戳穿和曝光，自以为是精心谋划，万无一失，结果却是一个败局，败得很惨——赔了夫人又折兵。这也说明即使是聪慧的大人物，玩起小聪明的邪招，也得不到好结果，得到的只能是天下人的耻笑。

再反过来，从曹操与杨修的关系上看，曹操玩的就是大智慧。在曹操眼中，为了曹家江山社稷与千秋大业的稳固，必须要剪除曹植派的代表人物杨修，杀一个杨修是不足挂齿的。但是，这样简单的处理方式是缺少智慧的。与杨修的张扬外露不同，在曹操与杨修的矛盾冲突的发展历程中，曹操对杨修的由小到大、由生活趣事到政治和军国大事的表现洞若观火，由"忌之"到"心恶之"再到"愈恶之"，最后到"欲杀之"，却引而不发，使得杨修这个心理专家没有识破曹操要杀他的心机，继续他的小聪明表演。直到"鸡肋事件"中，杨修体察到了曹操当时骑虎难下、进退两难的复杂心理，擅自发号，而被早有"杀修之心"的曹操令人"推出斩之"。这之前，曹操没有露出想杀杨修的蛛丝马迹，让人感到这次"鸡肋事件"是严肃军纪，按律斩了杨修，是秉公处置。曹操除掉了心中一大隐患，卸载了百年之后的忧虑，做得天衣无缝。诛杀杨修后，又厚葬之，赏给许多物品，以慰藉其亲属。让外人看不出半丝公报私仇的痕迹，在局外人看来杀得在理，曹操不得不忍痛杀之。这就是大智慧。小聪明与大智慧博弈，就如同用小胳膊去拧大腿，注定了悲剧的色彩。

荀攸是曹操手下一位很有名的谋士，他不要小聪明，玩的是大智慧，他曾经为曹操谋划十二奇策，都产生了奇效，所以备受曹操的欣赏。曹操玩弄权术的一些小事，荀攸是能摸透他的心思的。与杨修不同的是，他不露声色，甚至装聋作哑，更不说破曹操的目的。正因为如此，他才能和曹操的关系达到了信任和欣赏的程度，他的大智慧所产生的计谋才能被曹操欣然采纳。曹操对荀攸的评价很高：

"外愚内智，外怯内勇，外弱内强。""其智可及，其愚不可及。"

　　三国时期的确有很多牛人，但是大智慧玩得最好的当属贾诩了。贾诩玩的是悬崖边上的大智慧。贾诩原为董卓部将，董卓死后，献计给准备逃跑的李傕、郭汜召集旧部反攻长安，以攻为守来谋求生存，揭开中国九十多年内乱的序幕。李傕等人失败后，贾诩辗转成为张绣的谋士。他给张绣出的计策，使曹操痛失长子曹昂、爱将典韦、侄子曹安民，甚至曹操自己也差点丢掉性命。在曹操和袁绍对峙官渡的时候，贾诩竟然还能给张绣出投靠曹操的主意，并且将曹操不会记仇的理由列举出来，果然曹操不念旧恶，纳降张绣，曹操在每次赏赐手下的时候，对张绣都会额外多赏赐一些。贾诩作为给曹操带来巨大损失和伤痛，又是投降而来的这么一个人，在曹营中深得曹操信任，且一直身居五大谋士之一高位。虽然成了曹操的心腹，贾诩还是很冷静地意识到自己终究是杀了曹操长子和爱将的主谋，又是投降过来的，曹操再宽大为怀，心中也会存在一个结的。为了避免引火烧身，贾诩从来不和同事搞工作以外的关系，家里很少有客人，子女也绝不和贵族联姻，在朝廷上也从来不主动提意见。在曹操立储君的问题上，贾诩的大智慧发挥到极致。在立太子之事上曹操犯了纠结，于是去征求贾诩的意见。曹操提出立谁当太子的问题后，贾诩佯装没听见，一个字不说。曹操再问，贾诩还是权当没听见。曹操问了几次贾诩都不回应，曹操有些不满地问道："我问你问题，你怎么不回答我？"贾诩故作惊讶地说道："啊！主公在问我问题啊！我正在考虑问题，没听见。"曹操好奇地问："你在考虑什么问题呢？"贾诩说："我在想袁绍和刘表呢。"袁绍和刘表都曾是曹操的强劲对手，但他们又都是临死前由于没有立长子为太子而导致自己死后儿子们内讧，最终被曹操灭掉。贾诩虽然没有正面回答曹操的问题，也没说自己支持谁，但是他的话却比其他所有谋士的建议都有警醒曹操的力量。曹操顿悟，最终立曹丕为太子。贾诩不出手则已，一出手就是算无遗策。在官渡之战中献的分兵计，在赤壁之战中献的缓兵计，在潼关之战中献的离间计，曹操伐吴献的固本计，都体现出了他有非常过人的大智慧。他随时随地都行走在生与死的悬崖边上，最终却能够以七十七岁高龄寿终，并被封侯。他死的这一年，曹操的另一个大谋士，比他晚出生十七年的荀彧因得罪曹操已经死了十三年了。对比之下可以说，贾诩比荀彧更具大智慧。

　　世界上无论是大人物还是小人物，谁都会遇到小聪明的问题，因为小聪明对于每一个人来说，只是多和少的问题。但不是谁都会有大智慧，因为大智慧对于每一个人来说，是有和无的问题。人生成功需要的是大智慧，最忌讳的是耍小聪明。大人物若是耍小聪明，就会沉溺于功名利禄，让自己的人生悲剧连连，给自己所承担的事业带来灾难性的损害。小人物若是耍小聪明，就会投机取巧，机关算尽，张扬癫狂，不知道自己是谁，不知道天高地厚，最后就得栽大跟头。无论是大人物还是小人物，只要有大智慧就会有大境界，有大人生。大人物若运用大智慧，便能眼明耳聪，造福苍生，泽被后世，其贡献是历史性的；小人物拥有大智慧，就会格局和心胸宽广，老实本分，厚道诚心，内心世界就没有那么多负累与机巧，就可以腾出更多的空间来容纳幸福和快乐。杨修不懂得：时刻锋芒毕露，那是小聪明，不显不露才是大智慧。假如他能韬光养晦，的确还有很大的施展空间。洪应明的《菜根谭》也说："君子之才华，玉韫珠藏，不可使人易知。"

小聪明和大智慧两种境界相比，高下立现。人人都可以在大智慧和小聪明之间做出选择，正确的做法是不仅要防止小聪明误了大智慧，更要把小聪明变成大智慧。但是发挥小聪明易，把握大智慧难。所以，世上不乏小聪明者，但鲜有大智慧者。大智慧就是一部哲学教科书，更多的人初读一下就会因其枯燥乏味而放下，结果与智慧失缘，终生汲汲营营，活得疲惫不堪；可是你要是能够坚持读下去，由初读走入精读，你就会进入智慧之境，你的人生就会变得更深厚。

第二十三讲　人生的智慧来自于感情冲动，还是理智思索

引　导　故　事

关羽败走麦城，为东吴伏兵所擒，孙权斩关羽后派人将头颅献给曹操，曹操识破了孙权嫁祸于人的奸计，遂将关羽首级厚葬。不久曹操中风而亡。曹丕登大统，是为魏文帝，刘备震怒。为继汉统，在曹丕称帝的第二年，刘备也在群臣的拥戴下称帝，以"汉"为国号，以"章武"为年号，实现了他童年时在大桑树下乘羽葆盖车的梦想。

章武二年（公元 222 年），刘备说："朕自桃园与关羽、张飞结义誓同生死，不幸我家二弟云长被东吴孙权所害，此仇不报，我就负了这个桃园之盟。"刘备为报关羽被杀之仇，要御驾亲征，讨伐吴国，想把荆州夺回来，生擒孙权，以雪此恨。

诸葛亮劝谏："能不能暂缓伐吴，这样能维持吴、蜀联盟，安定蜀国内部，提升综合国力，待到羽毛丰满些再伐吴更有利。况且眼下曹魏的实力日益强大，又是我们的主要敌人，此时伐吴他们就会坐收渔翁之利。"

赵云也附和诸葛亮说："夺回荆州一事太仓促，今天曹丕刚称帝，废汉立魏，是叛臣贼子，天下人都想讨伐他，在这种形势下，我们应该利用人们对曹丕篡汉称帝的不满情绪，先伐魏，迎合民心，以壮大力量，到时再灭孙权不迟。现在伐吴，岂不是让曹丕坐享其成吗？"

刘备满脑子就想替关羽报仇，对诸葛亮和赵云的话一个字也听不进去，并且

带着怒气反问："那替关羽报仇的事要拖到哪年哪月？朕今日不为二弟报仇，纵有万里江山何足为贵？"赵云不顾刘备的愤怒情绪，继续劝说道："我认为国贼是曹操父子，而不是孙权。汉贼之仇公也，兄弟之仇私也，若能先灭曹魏，东吴则自然臣服于我们。所以，应顺应天下民心，早图关中。假如和东吴开战，则势难和解了。"

刘备此时怒火中烧，一心想为关羽报仇雪恨，十分任性，对诸葛亮和赵云的正确建议全然不听，认为讨伐东吴势在必行。

后来，有一个叫秦宓的隐士，也以布衣的身份飞蛾扑火般地上书劝阻刘备伐吴。皇上想吃甜，秦宓递的却是盐。秦宓说："陛下不顾惜皇帝的高贵身体，而只顾小义，这是古人所不取的，希望陛下慎重考虑。"刘备说："关羽于我，就如同一个人一样，这是大义，怎么能忘呢？"秦宓趴在地上不起来说："陛下不听我的劝告，此行必然失利。"还说他夜观天象，发现伐吴将会一败涂地。刘备要替二弟报仇的怒火像一个气球越吹越大，可是秦宓非要来解绳放气，所以对秦宓的一腔热血不仅没有感觉到温度，而且以雷霆之怒说道："我要出兵，你竟敢说出如此不吉利的话！"命令刀斧手将其推出去问斩。秦宓面不改色，回过头来笑对刘备说："我虽死并无遗憾，只可惜您开创的伟大事业就会毁于一旦！"所有官员都为秦宓求情，刘备下令将秦宓抓起来投入大牢，并说："等我报了仇后回来处置。"

秦宓一被关起来，那些大臣们就再也不敢吭声了。诸葛亮立即上表，要搭救秦宓。诸葛亮在奏章中说："是东吴用诡诈计谋，才导致荆州的失败，导致将星陨落于斗牛之间，栋梁摧折于荆楚之地。由此造成的仇痛将永志难忘。但是，深入思考一下，篡夺大汉江山，切断大汉国运的罪魁是曹操不是孙权。我认为，只要除掉了魏贼，东吴自然归复。希望陛下采纳秦宓的金玉良言，继续养精蓄锐，另想别的办法，则国家有幸，全天下都有幸。"刘备看完，把奏章往地上一扔，说："我已下定决心，不许再来劝阻。"闻听此言，诸葛亮心想海水易量，君心难测啊！无可奈何地说了一句话："唉！要是法正还活着，那就好了，陛下谁的话都不肯听，就听法正的。"

既然刘备是骑马过独木桥——难回头，那就伐吴。刘备命令诸葛亮镇守成都，自己亲自统率大军伐吴，还下令镇守阆中的张飞共同伐吴。

张飞接到命令，能为二哥报仇，非常激动，下令军中三日内置办白旗白甲，挂孝出征。张飞嫌末将张达、范疆做得慢了，便用皮鞭重责。张达、范疆对张飞怀恨在心，趁张飞喝完酒回到帐中睡了，悄悄地溜进了大帐，将熟睡的张飞给杀了，并割下张飞的头，投奔孙权去了。

刘备得知此事，呆若木鸡，其手下的将士也都被激怒了，呐喊着要为关羽、张飞两位将军报仇。刘备的复仇之火更加急切了，将张飞部下合并在征吴大军中，有精兵四万余人，沿江而下，直捣夷陵。然后弃船上岸，在江岸南侧"树栅连营七百余里"，要和孙权拼个你死我活。

吴蜀两军相持，从初春到酷夏，历时六七个月。刘备这次伐吴完全被报仇雪恨的情绪主宰，失去了理智，把部下的建议都当作耳旁风，安营在夷陵林木之中，犯了兵家的大忌。

马良屡次提醒刘备，偷袭荆州，皆陆逊之计，并说："陆逊之才，不亚周郎，未可轻敌。"但刘备却说："朕用兵老矣，岂反不如一黄口孺子耶！"当马良建议画成图本，请教军师，刘备又骄狂地说："朕亦颇知兵法，何必又问丞相？"

陆逊在给孙权的报告中说得一针见血："我原本担心刘备水陆并进，我军恐将防不胜防，然而刘备却舍船就步，处处结营，我军破敌指日可待。"

陆逊指挥吴军火烧蜀军连营七百里，蜀军死伤或投降者数万人，完全丧失了抵抗能力。刘备在夜幕笼罩下突出重围，途中丢盔卸甲，伐木挡道，总算败退到了奉节，但因羞愧愤慨而不愿意回成都见群臣，乃将馆驿改为永宁宫。刘备懊悔得就像心里扎了一根刺一样难受，渐至染病成疾，很快大病不起，第二年四月二十四日一命呜呼，时年六十三岁。

智 慧 悟 语

理智思索是人区别于其他动物的最本质属性。人脑分为爬虫脑、哺乳脑、皮质脑。爬虫脑是为了生存而演化生成的，因此其控制生命的基本功能，如心跳、呼吸、打架、逃命、喂食和繁殖等，而没有情绪，是吃货，这与爬行类动物的特点是一样的。哺乳脑包含感觉、情绪和欲望，所有哺乳类动物的大脑，在本质上并无二致，如狗就有哺乳脑，有情绪表达，生气了就吼叫，高兴了就摇摇尾巴。哺乳类动物会照顾自己后代，也是母性的来源。皮质脑具有思考能力，可以透过情绪建立价值系统，也就是可以分析问题，产生理性解决方案，皮质脑从严格意义上讲，是其他动物所不具有的。这三种脑的功能活动是相互联系的，他们协同作用保证了大脑的正常功能。但这三个脑可以各自运作，或者可能产生冲突。人在愤怒状态就是在哺乳脑层面上运作，与皮质脑产生冲突。无论你平时的智商有多高，也无论你拥有多少财富，更无论你拥有多少权势，在怒火攻心的那一刻，是你的哺乳脑在发狂，而你的皮质脑就被强行关闭，那你的智商就是零，只有从愤怒的状态下解脱出来，皮质脑才能恢复正常，你的智商也才会回到原来的水平。

带着愤怒情绪去处理事情，不会把事情解决得很完美，却会把事情搞得更糟糕。"怒"从解字法上讲，就是"心"被"奴役"了。愤怒情绪是心灵生出的魔鬼，一作怪就会抑制皮质脑的正常功能，使人的理智处于病态。对愤怒之下的感情冲动进行自我控制，彰显的是真正的人格和心力。不受一时愤怒情绪的奴役和摆布，是理智发挥作用不可或缺的前提条件。人在情绪平静的状态下，才能让皮质脑系统思考。系统的理智思索是成功的基石。理性思维是一种有明确的思维方向，有充分的思维依据，能对事物或问题进行观察、比较、分析、综合、抽象与概括的一种思维。能系统地进行理性思考的人会懂得控制自己的情绪，不会非常情绪化，一会儿高兴，一会儿难过，心情的起伏如大海的波浪似的，而是在情绪平静的状态下尽自己最大的努力对一切事物进行精确、彻底的了解和分析。

冲动是人的情感特别强烈、基本不受理性控制的又一种心理现象。冲动的行为缺乏皮质脑的意识能动调节作用，盲目的冲动和热血沸腾会使人失去理智的控制，因而常表现为感情用事、鲁莽行事，在这种情境下，所有的想法已经被情绪所控制，听不进任何人的劝说，既不对行为的目的做清醒的思索，也不对实施行为的可能性做实事求是的分析，更不对行为的消极和不良后果做理性的评估和认识。所以冲动的情绪其实是含有毒素的危险感情，是最具破坏性的情绪。而愤怒是冲动的一种极端情绪，愤怒使血液进入四肢而不是进入大脑，强烈的怒火使自己的心连想一想的余地都不留，更无法进行理智思考，许多人都会在情绪冲动和愤怒时铸成大错，遗憾终身。刘备当属此列。

刘备称帝，与之前东奔西跑、寄人篱下的形势发生了根本性的变化，他对内部和外部时局的把控能力也和以前大不一样了，在困境中的耐心和谦敬之心已经在唯我独尊的皇位上消耗得差不多了。按理说，刘备当上了皇帝，本应让百姓和军队休养生息，发展经济，提升综合国力，可他反而起兵伐吴，为关羽报仇。刘备在为兄弟报仇的"小义"与匡扶汉室的"大义"的相碰中，选择了"小义"。当然，从刘备与秦宓的对话中，刘备认为为关羽报仇就是"大义"，刘备当然不是傻得不透气的那种人，可此时却说出昏了头的错误认知："朕今日不为二弟报仇，纵有万里江山何足为贵？"为了一点点良心的安慰而做出极不理智的决定，最终是不会走到胜利的跟前的。刘备伐吴，初战连连取胜，东吴朝野震惊，为破危局，孙权急派使者来谈和，表示愿意交还荆州，归其降将，送还孙夫人，永结盟好，共抗曹魏。多好的一个台阶啊！能够夺回荆州，又能抓住联吴伐魏的转机，就此罢兵议和，适可而止，符合"匡扶汉室"的"大义"。可是刘备的皮质脑被哺乳脑挤压得没有空间，非理智地纠结为报关羽被杀之仇的"小义"不放，坚决不答应孙权的议和条件。这种极端的"鼠肚鸡肠"的狭隘性使他失掉了有利时机，在战略上和策略上都犯了错误。在刘备当王称帝以前，自知自己还没有形成气候，还能虚怀若谷，屈至茅庐而请诸葛亮，并对诸葛亮的话言听计从。可是当了王，特别是称帝以后，就自以为强大无敌的，而且成为天子就可以称孤道寡，无须他人的帮助和指点。刘备此时就像充满了气的皮球，谁拍就蹦谁。诸葛亮的建言很有道理，可是刘备一点儿也听不进去，诸葛亮上表又被扔在地上。这可不是扔表了，在其他大臣的眼里，这就是扔诸葛亮。原来的鱼和水的相互依存、相互尊重关系已经荡然无存了，剩下的就是无条件服从的君臣关系了。连诸葛亮都可以扔了，这让诸葛亮、赵云等一大批知己关系的老臣心里该是多么悲凉和懊丧啊！

带着仇恨出征会乱心智。为仇敌而怒火中烧，而且让这满腔怒火一路烧下去，烧伤的只能是自己。刘备一时冲动，变成了"可卡因"大脑，义气用事，"以怒兴师"，没有了安危之感，碰到的又是因头脑极度冷静而具有智谋的陆逊，一个在哺乳脑层面运行，一个在皮质脑层面运行，结果不仅没有踏平东吴，报仇雪恨，反倒输掉老本，身遭不幸，作为响当当的三国"天下英雄"，落得个悲剧的下场，而且国运元气大伤，开始走向衰败。虽然他逃到奉节改鱼复为永安，也没有得到永安，第二年就死在这里，其子后主刘禅也是亡国之君。

请记住：千万不要在愤怒的时候做任何决策！孙权赤壁之战以后，因为大胜曹操，感情升腾到发狂的程度，亲自统率大军在合肥与曹军对垒上了。张辽为了激怒孙权，每天到孙权的营帐前骂阵。开始孙权还能够冷静对待，可是后来张辽叫阵的话越来越具有羞辱孙权的意思。孙权的大脑开始冲动了，一怒之下就亲自金盔金甲披挂出马，左有宋濂，右有贾华，去与张辽决一死战。曹将乐进骑马扛刀，从斜刺里闪电般直取孙权的脑袋，孙权此时已经惊呆了。就在乐进手起刀落之际，宋濂、贾华急忙将画戟在孙权的头上交叉支起，乐进的大刀劈下来，两支戟头断得只剩下光秃秃的戟杆。曹将李典趁机搭弓射箭，正中宋濂心窝，孙权大败而归后，趴在宋濂的遗体上痛哭流涕，这就是冲动的代价。长史张纮对孙权说："主公盛壮之气，轻视大敌，如此轻率作为，三军将士见了，莫不寒心。今天宋濂死于李典箭下，都是主公冲动的缘故啊。愿主公明鉴！明鉴！"

遗憾的是孙权还是没有"明鉴"。冲动的魔鬼很快又附体孙权了。太史慈向他报告了一个情况：他手下一个叫戈定的人，与曹军大将张辽手下养马后槽是兄弟，这位养马后槽在张辽那里受到了虐待，要投靠吴军，想在当晚做内应，刺杀张辽并大败曹军。太史慈认为这是替宋濂报仇和大败曹军的好机会，请求引领一部分人马作为外应。诸葛瑾等人对太史慈的建议不认可，认为张辽这个人颇有心计，生性又狡猾，恐怕早有准备，千万别上当。孙权却再一次冲动了，让太史慈领兵五千去做后槽的外应。白天曹军得胜回营，将士们都想在晚上放松放松，喝酒庆祝一下。张辽头脑很冷静，为将之道，得胜了不狂喜，失败了不沮丧。他很理智地下了一道命令：今天晚上，大家不许喝酒，不许卸甲睡觉，高度警惕，以防万一。后槽与太史慈商定，这个晚上吴军到后，先在城外草堆上放一把火，待火起时后槽在城中叫反，吴军趁城中兵乱，杀进城中，可获全胜。太史慈接受了这个主意。半夜时分，曹营中后寨起火，城中响起了号召反叛的嘈杂声，不明真相的人也开始卷入其中，声势越来越大。但是，张辽出帐上马，对周围的部下说："不可能全城反叛，这是个别叛乱者在故意扰乱军心。"张辽的话立刻稳住了那些枕戈待旦的将士们，并迅速组织起了反击战。太史慈挺枪纵马冲锋在前，结果身中数箭，为这场偷袭战付出了宝贵的生命，年仅四十一岁。可以肯定，当太史慈的尸体被带回孙权面前的时候，孙权又会趴在太史慈的遗体上，哭得眼泪一把鼻涕一把，哭大将太史慈的阵亡，也哭因自己冲动的决策所付出的痛苦代价。

曹操在汉中，因为杨修从曹操定下的口令"鸡肋"中，猜出了他当时的"进不能胜，退恐人笑"的鸡肋心思，告诉别人赶紧收拾行装准备班师。曹操找到了早想除掉杨修的名正言顺的理由——扰乱军心。可是曹操面对的形势就是"鸡肋"形势，原本做出了理智的选择——撤兵。然而此时曹操非要意气用事，就不按照杨修说的做，硬着头皮也要坚持再战。在"鸡肋"的困局里再战，当然没有好结果。不仅全军损失惨重，就连曹操本人也被蜀军大将魏延一箭射中人中穴，还打掉了两颗门牙。严酷的现实让曹操醒悟了：带着和别人较劲、和自己置气的冲动去出征、去争强好胜是最愚蠢的事情。觉知了的曹操，再也不顾及意气和颜面了，像丧家犬一样班师回许都了。

曹操死后，刚刚结束发丧，曹丕就在百官们的拥戴下做了魏王。但是缺席曹操葬礼又缺席曹丕成王庆典的曹操的次子鄢陵侯曹彰冲动了，曹彰平日里性格刚猛，武艺高强，喜欢动刀，不喜欢动嘴。他带着十万大军从长安开来，这可是老绵羊撵狼——拼了命要与哥哥曹丕争夺王位。曹丕和百官冷静地想出了对策，由谏议大夫贾逵出面去问曹彰带十万大军来的目的是什么。曹彰问："先王玺绶安在？"曹彰作为儿子，不问父亲的葬礼情况，而是关心他的玺绶在哪里，一语就暴露了此行的天机，也让贾逵抓住了把柄，马上声严厉色地说："家有长子，国有储君。先王玺绶，非君侯之所宜问也。"贾逵这话里有话，潜台词是：你什么身份啊，敢问玺绶这样的问题，莫非想谋反吗？曹彰的气势已经被打压下去了。这时，曹丕答应接见曹彰，一见面，还是问这个问题："此行是奔丧还是争位？请明白见告。"面对这种透着寒光的刺刀尖上的问题，曹彰开始理智地思考了：自己要争王位，依靠的资源有哪些？自己虽带来十万大军，可是对手曹丕拥有的资源是天子诏令、百官的认同和拥戴，更有远比自己的十万大军多得多的曹魏大军。对比之下，曹彰心虚了，犹豫了，徘徊了，屈服了。他开始的那股胆气一点儿也没了，主动交出了十万大军，还违心地对曹丕新登王位表示祝贺。曹丕随后下令，让曹彰回鄢陵自守，虽然鄢陵侯的位置保住了，但曹丕对他的信任度已经归零了，日后恐怕在鄢陵抱残守缺聊度余生也是奢望了。这就是曹彰一时冲动所受到的惩罚。可见，厄运永远是冲动的副产品，谁冲动，谁就会厄运临头。无论是王子王孙，还是凡夫俗子，概不能外。

　　佛学上讲，要降龙伏虎，龙就是心气，虎就是肝气，这两气会滋生出人的坏脾气。许多人都难过降龙伏虎这两关。过不了这两关，不仅事业毁败，自己的身家性命也要搭进来。三国中除了刘备，周瑜也是一例。周瑜就是因为气量狭小，易被激怒，被诸葛亮号准了脉，下了三次药，一个雄才大略的东吴大都督硬是活生生被气死了。周瑜和诸葛亮约定，如周瑜夺取南郡失败，刘备再去。周瑜第一次夺取受伤，然打败了曹兵，但是诸葛亮却乘机夺取了南郡，既没有违约，又夺取了地盘。气得周瑜金疮迸裂，摔下马来。刘备的夫人去世，周瑜给孙权设计假意把妹妹孙尚香许配给刘备，想把刘备骗到东吴杀害。可是诸葛亮巧妙安排，不仅使吴国太看中了刘备，把孙尚香许配给了他，还让刘备安然地回到了荆州，并且让周瑜中了埋伏，又让士兵喊话周瑜："周郎妙计安天下，赔了夫人又折兵。"把周瑜气得金疮再次迸裂。刘备向东吴借取荆州，然而东吴怕收取不回，三番五次要求其归还荆州，刘备和诸葛亮就以攻取西川后再还荆州为由拖延，但迟迟不攻取西川，周瑜想出了过道荆州帮助刘备攻取西川，顺便拿下荆州的计策。此计又被诸葛亮看穿，周瑜反被围，周瑜生气，加之旧伤复发，不治身亡。

　　愤怒的情绪不利于传递价值观，只能传染更坏的情绪。美国前总统富兰克林说得好："处在盛怒之中的人驾驭的是一批疯马。"当为今人所戒。

理智思索是人最本质的天赋，是人区别于低级动物最本质的属性。说话之前要想清楚，做事之前要考虑好后果。做与说前先思考就可以避免对他人造成伤害，减少自己事过之后的悔憾。多思、多想、多听、多看、谨言、慎行，因为轮回的路上没有如果，只有结果和后果。在一次法国足球队与意大利足球队的世界杯决赛中，第 109 分钟，法国队一次进攻打到禁区前，意大利中卫马特拉齐防守时死死抱住了法国球王齐达内。齐达内根本无法转身，法国队浪费了一次机会。球出界后，齐达内愤怒地瞪着马特拉齐，1.93 米的马特拉齐当然不示弱，也恶狠狠地瞪着齐达内。两个人开始起口角，马特拉齐用意大利语骂了一句脏话。转播比赛的法国电视台解说员在赛后公布的说法是，马特拉齐对齐达内说的是，"你是意大利人养出来的一条忘恩负义的狗！"齐达内回忆了当时的情境，他说："首先，他的话关系我私人的问题。当时，马特拉齐防守时拉住了我的球衣，我告诉他让他停下来，我说如果他想要我的球衣可以在赛后进行交换。而后，他便喋喋不休地侮辱我的母亲和我的姐姐，他的言语让人难以接受。开始的时候，我告诉自己不要听，但他（马特拉齐）仍旧不停地说，这让我难以接受。"法国球王被马特拉齐激怒了，仇恨之火烧坏了齐达内的大脑，他大步走过马特拉齐身边，然后回身用头顶翻了对手，结果直接被红牌罚下。这张红牌直接改变了场上形势，此前法国队已经掌握主动，很有可能完成致命一击。整场比赛表现出色的法国球王齐达内，也撞倒了他再夺世界杯的希望。

从这些事件中我们的认知是：有智慧的人，最容易在"愤怒"的情绪下栽跟头。不管什么人，只要他的感情升腾代替了理智的思索，他就无智慧可言，变成蠢人了。因此，一切智慧之人，必须自觉控制不良情绪。应该采取积极有效的措施来帮助自己疏导及缓解冲动情绪，防止因感情冲动或愤怒而造成大伤害。美国的 NBA 第一战力"空中飞猪"查尔斯·巴克利手上总是戴着一个橡胶手环，当有人问："你在篮球场上，为什么总要戴着橡胶手环？"查尔斯·巴克利说："防止坏事发生。"他进一步解释道：他自己性情好冲动，在运动场上经常会发生一些让他不愉快的事，当他愤怒的时候，立即拉一下橡胶环，然后松手弹到自己的手腕上，传递一种痛感，产生一种觉知，冲动的情绪就控制住了，避免了坏事的发生。所罗门说："能控制自己愤怒心的人最强大。"

愤怒的脾气最能自贬人格，成熟的人都知道收敛自己的脾气，脾气越大越没本事，一个人能不能成就大事业，看他的脾气大小怎么样就可以了。脾气越大，皮质脑的功能作用就越小，因而就越缺乏理智，带有盲目性，成功的概率就越小。

心理学研究证明，当一个人发怒时，说话的语气和说出的内容都包含着杀伤力，而且理性在怒火的焚烧中也失去了作用，想表达的意思也不能很有逻辑地表达出来；听话的一方从对方的脸色和语言中会产生条件反射，启动心理的防御和反击机制，对任何解释都会充耳不闻，并以"口水战"甚至是"肢体战"的方式快速地回应对方，使冲突升级，造成不堪想象的后果。愤怒不过是片刻的疯狂，却能把天堂糟蹋成地狱。今天的社会，人们除了物质上的压力，精神也日益紧张，心理负荷也越来越重，人的情绪也更加脆弱易怒，由怒气造成的各种各样的冲突也越来越多。我们一定要保护好自己的理智，不使其受暴怒的情绪驱使做一些偏激执拗的决策或决定，避免在暗礁累累、激流涌动的商场、官场、职场中折戟沉沙；也不要让愤怒下的无礼举动破坏人与人之间亲密融洽的关系，破坏自己阳光下的快乐生活。

第二十四讲　组织发展与成功是拼实力，还是拼组织结构

引 导 故 事

诸葛亮第一次北伐中原，由于错用了马谡，结果致使街亭这个战略要地失守，再无法进军取胜，而且随时有被魏兵堵截归路、全军覆灭的危险。

诸葛亮顿足长叹："大势去矣，这全是我的过错造成的！"为了避免更大的损失，忙安排人马，布置撤退。

诸葛亮赶紧把关兴、张苞两员小将唤到帐前："你们二人各带三千人马，在武功山小路两侧布置疑兵。如果魏军来到，敌众我寡，切不可战，只大声击鼓呐喊，用疑兵计吓退他们即可。然后，急奔阳平关，撤回国内！"

又把张冀叫来布置："引部分军兵，快速修理剑阁通道，为大军准备退路。"

然后传令：大军悄悄收拾行装，分别从各自驻地快速撤回国内。

诸葛亮的中军营地现在西城县内，这是个弹丸小城，易攻难守。待诸葛亮把身边人马分派出去执行紧急命令之后，城中就近于空城了。正要拔寨撤离，忽然十几匹马飞跑进城来，马上士兵大汗淋漓、气喘吁吁地报告："司马懿亲率十五万大军，已向西城扑来，而且马上就要到了！"

这时，诸葛亮身边只剩下一些文官，连一员武将也没有。士兵也大多被派出去了，只留有两千老幼病残，根本无法作战。

众人听到这消息，一个个吓得面无血色，一句话也说不出来。很明显，战不能战，逃也逃不掉——此地路径狭窄，唯一大道已被司马懿占住。再加上辎重行

李多，马匹、车辆少，逃不出几里，就会被魏军铁骑追杀殆尽。

诸葛亮稍一沉吟，马上传下命令：把城内所有旗帜全放倒，藏匿起来。城内士兵，各自隐在驻地房舍、围墙内，不许乱动乱叫，违令者，立斩！又下令：大开东南西北四面城门，每一门前，派二十名老少军兵打扮成老百姓模样，洒水扫街，不许神色慌张，举措不当。如果魏军冲到城前，也不能退入城内，仍要一如既往。

众人不解其意。诸葛亮微微一笑，胸有成竹地说："我自有退兵之法，你们不必惊慌。"说罢，披一件印有仙鹤图案的宽大长衫，戴一顶绸布便帽，让两个小童抱着一张琴、一只香炉，随他登上城楼，凭栏端端正正地坐下，点燃香。然后，闭目养了一会儿神，再缓缓睁开眼，虚望前方，安然自得地弹起琴来。

这时，司马懿的先头部队已来到城下，见到这种情形，都不敢贸然进城，急忙向司马懿报告。

司马懿不相信，以为部下看花了眼：诸葛亮怎么打扮成道士模样，不领兵拒敌，反而悠闲地在城头弹起琴来？司马懿心想，诸葛亮可是从来不出昏招的，这回可是张家的儿子李家养——大有名堂，于是命令三军暂且停止行动，自己则飞马跑到城下，远远观望。

果然，城楼上诸葛亮笑容可掬地端坐，有着老僧人入定般的从容，在袅袅上升的香烟间，安然自得地沉浸在自己所弹奏的琴音中。他左边的童子，手捧一把宝剑；右边的童子，则拿着一把尘尾。城门口处，有二十余老少百姓正低头洒扫街道，有条不紊，不惊不慌。

司马懿看了许久，听了很长时间，无论从对方人物的表情动作还是诸葛亮所弹出的琴声中，都看不出丝毫破绽。

其子司马师道："我们应即刻冲杀进去，活捉诸葛亮！他分明是故弄玄虚——城里肯定是座空城！"其他将士也纷纷要求进兵攻城。

司马懿凝然不动，仍静静谛听。忽然他神色一变，露出紧张模样，忙下令："后队改作前锋，先锋变为后队，马上撤退！"众人不解：眼前并没有什么异常情况。司马懿怒道："马上撤退。违令者斩！"

众将士狐疑不明，却只好遵令，就像被按了快退键一样一溜烟地撤走了。

直到撤离西城远了些，司马懿才心有余悸地解释："我和诸葛亮这个人打过多年仗了。他一生最是谨慎，从不做没把握的事，更甭说干冒险的事了！今天大开城门，故意显出是座空城，让我们白白拿走并轻易把他捉住，这里肯定有埋伏，是个骗局！我军若贸然轻进，必中其计。"

司马师问："父亲一直凝听静立，后来并无动静，您为什么突然神色大变，下令撤军呢？"

司马懿冷笑："我听到诸葛亮琴音，初始平和恬淡，却突然昂扬激烈，渗出一股杀机！分明要动手、出兵了！"

司马师及众将半信半疑。不料，才走不远，刚进入武功山，猛听得山坡后杀声震天，鼓声动地，伏兵顿起。众将大惊。司马懿道："刚才若不及时撤退，必中其计！"话音未落，只见旁边大道上一军杀来，旗上大字"右护卫使虎翼将军张苞"。再一看，漫山遍野都是西蜀军啊！司马懿也不想跟张苞打，弃甲抛枪扔刀而逃。张苞也不追。司马懿败走不多远，又听炮响，关兴杀出来了，司马懿倒吸一口冷气，因怕中埋伏，不敢恋战，带着大军回到了街亭。

智 慧 悟 语

诸葛亮在自己的实力和司马懿的实力相差极其悬殊、无法构建有效战斗序列的情况下，不拼实力，而是拼组织结构。不同的组织结构会带来不同的自由度和灵活性。在实力相差悬殊的博弈中，一定程度上谁的组织结构自由度和灵活性更强，谁就是赢家。诸葛亮面对司马懿兵临城下的十五万大军，实力相差悬殊，如果诸葛亮也派出大将军带兵列阵和司马懿对垒，当然也没有这样的资源，那必败无疑，但是，诸葛亮不与司马懿以一样的组织结构拼实力，而是拼不一样的组织结构。首先把关兴、张苞两员小将唤到帐前："你们二人各带三千人马，在武功山小路两侧布置疑兵。如果魏军来到，敌众我寡，切不可战，只大声击鼓呐喊，用疑兵计吓退他们即可。然后，急奔阳平关，撤回国内！"又把张冀叫来布置："引部分军兵，快速修理剑阁通道，为大军准备退路。"

在西县县城外，司马懿的团队是完全按照战斗序列组织起来的十五万大军，从将军到士兵个个气势汹汹，剑拔弩张，准备正面和蜀军来一场你死我活的搏杀。然而，在诸葛亮这边，面对"黑云压城城欲摧"的险境，诸葛亮的团队组织形式，除了关兴、张苞保留军队的组织建制去执行特殊军事任务之外，在西县县城里边没有军队和军队的组织形式，有的是打扫街道的老弱病残团队，像往日一样出城种田、放牧的百姓团队，还有诸葛亮自己领着两个琴童登楼弹琴的团队，从诸葛亮的淡定琴声和笑容可掬到每个团队成员的不慌不忙和面容如常，呈现出的完全是一种生活化、和平化的气氛。这与司马懿的组织团队和气氛形成了截然不同的对照，诸葛亮以玩太极的组织方式把战场的武力搏杀悄然地转变成了两军主帅的心理博弈，将十五万人对几千人的博弈变成主帅之间一人对一人的博弈，以武力的攻城战变成了智慧的攻心战，而攻心战又是诸葛亮的长项，诸葛亮正是和司马懿不拼实力而拼组织结构，把极度的实力劣势转成了极大的组织优势和组织优势后的实力优势，化险为夷了。

当然，"空城计"是《三国演义》中演绎的故事，正史并无记载。正史有记载的是赵云的"空营计"，不仅和"空城计"同样精彩有趣，而且把"不拼实力而拼组织结构"的智慧表现得更加出神入化。夏侯渊被老黄忠刀斩后，曹操亲自带兵从长安到汉中，要和刘备决一死战。面对气势汹汹的曹操，刘备不与其拼实力，不进行正面冲突，而是据险而战。有一天，蜀军得到情报，曹操派兵在北山下运粮，老黄忠决定趁机劫粮，可是黄忠去了好长时间也没有音信。赵云便带着数十名骑兵出去探查，没走多远，突然与大批曹军遭遇。面对紧急情况，在兵力相差悬殊的情况下，赵云没有马上逃跑，而是先带领十几名骑兵快速冲散敌阵，造成敌人的恐慌，然后且战且退。退回营区后，赵云的部将准备关闭营门据守，这时赵云则下令，大开城门，偃旗息鼓。众将对赵云在危急时刻的这种决策都很困惑，其实，这就是千年之后的明代《草庐经略·卷文·虚实》中提出的"虚则虚之，使敌转疑以我为实"的兵法智慧。曹操追到赵云的营区前，见到营门大开，怀疑内有伏兵，不敢追杀进去，并急忙下令退兵。赵云见曹操退兵，知道还有回过味再来的可能，想在曹操心疑的弱点上再密布一层疑云，遂马上命令军士擂鼓，转守为攻，伴随着震天的擂鼓声，赵云领兵从营内杀出。为了不让曹操知道自己兵力不足的实情，只以劲弩猛射而不近战。曹军惊恐自乱，在溃退中互相践踏而死，还有很多士兵坠入河中淹死。次日，刘备来到赵云营寨，听了前一天的这一幕战事，不禁赞叹："子龙一身都是胆也。"当然，赵云真实版的"空营计"，不仅仅体现了他"一身都是胆也"，更突出地体现了他在敌众我寡的情况下，不与敌人拼实力而是拼组织结构的作战高超艺术和卓越智慧。

历史上还流传着文聘也玩过"空城计"。公元 226 年，孙权领数万大军突袭魏军占领的石阳，当时正逢天降大雨，城墙的栅栏都被大雨给冲坏了，根本无法抵御孙权的进攻。魏军守将、江夏太守文聘急中生智，他想，在没有任何办法的情况下，就用无的智慧，用毫无动静来迷惑敌人。于是，也摆了一个"空城计"。他发布命令，城中所有的人都隐藏起来，不准出入，他自己也躲在屋子里不与别人见面。孙权来到城下，见城中寂静无人，心中就打起了拨浪鼓："魏国因为文聘是忠臣，才把此城交给他驻守，今我大军兵临城下，城中没有任何动静，这不符合常理啊！显然，不是城里有伏兵，就是有外部援兵。"二心不定的孙权不敢进城，随后下令退兵。文聘这种"无为"战胜"有为"的策略，也是体现了不拼实力而拼组织结构的智慧。

组织结构是指组织中的各个相关群体相互搭建架构及沟通和协调的方式。组织结构有两类：一类是标准化组织，以职能部门为基础，命令链清晰，控制跨度较小，权力集中，自上而下型信息流动；另一类是非标准化组织，跨职能团队，跨层级或无层级，非自上而下型信息流动，控制跨度宽，群策群力。

斯坦利·麦克里斯特尔是美国陆军四星上将，他曾经担任过美军驻阿富汗以及国际安全援助部队的指挥官、联合参谋部主任和联合特种作战司令部的指挥官。他写了《赋能》一书，书中把标准化组织结构存在的弊端称为"深井病"。什么是"深井"？就是组织在变大了以后，组织里边不同的人都在一个个职能部门里工作，一个个职能部门就像一个又一个深深的井，这深井里边的人互相之间都不联络，或者互相之间都不认识，或者见面都是争资源、争表现，他们的眼光都只盯着井上面的那个人，只有井上边那个中心领导者才能够指挥井底下的这些人，而且是自上而下地分配任务，每个人都守在自己的位置，把分配给自己的任务完成就行。在伊拉克战争中，萨达姆部队和英美联军部队的组织结构是一样的，都是"深井式的结构"，每一个连排或团都是一个"深井"，彼此之间不能资源共享，井底的人或组织只听井沿上连排或团指挥官的指挥，其他井沿上的连排或团指挥官指挥不了另一个深井的人员或组织。组织结构与组织结构相同的对弈，谁的实力强，谁就是赢家。显然，萨达姆的军事力量是远远不及英美联军的。英美联军在很短的时间内就彻底击败了独裁者萨达姆及其军队。但是，面对后萨达姆时代的乱局，面对恐怖分子，美军陷入了意想不到的被动处境。造成这种被动处境的最主要原因，就在于恐怖分子不和美军拼实力而是拼组织结构。因为恐怖分子明白，从实力上讲，他们与美军比，可谓天壤之别。既然如此，就不能拿鸡蛋碰石头，就要另找美军的薄弱环节进行挑战。结果发现美军的组织结构是薄弱环节，就和它拼组织结构。美军与恐怖分子相比，有严密的组织层级，有各级指挥官、参谋人员、执行人员、后勤补给，行动时指挥官综合参谋的意见下达统一命令，并按照纵向的组织系统层层传令、层层协调，互相之间不配合，行动后对整个行动进行经验和教训总结，再进行下一同样的组织循环过程。而恐怖分子则完全不同于美军和萨达姆军队那种"深井"式的组织结构，他们是网状化的、向下赋能的组织，没有严格的纲领和严密的行动模式，甚至没有指挥中心和指挥官，当然也就没有统一命令并按照纵向的组织系统层层传令、层层协调的程式化过程，在组织结构上具有高度的灵活性，三五成群甚至一个恐怖分子就能发动和制造出恐怖事件，往往神出鬼没，让人措手不及。原来美军的优势因组织结构不灵活在这种挑战性面前被瓦解，美军不得不对原来军队的组织结构重新进行改革。后来在斯坦利·麦克里斯特尔的领导下，把一个患有"深井病"的组织，慢慢地转化成一个富有韧性的网状组织，联合特种作战司令部迅速崛起，成为一个可以在全球许多国家开展战地外小规模行动的组织，突破了"深井"的组织结构的困局。

斯坦利·麦克里斯特尔退役后和两位原海豹突击队队员合伙开了一家咨询公司，主要任务是把自身在军队所学会的管理方法提炼出来，帮助现在的企业实现转型。因为现在大量的企业也都是标准化的组织结构，一定程度上患有"深井病"，平行的组织形成一个个"深井"，彼此之间根本没有信息的互通、资源的共享、目标的联动，各自为政，互不关联，只听从最上面的领导者层层传递下来的信息和指令，哪怕是刚起步的小公司，所有人的眼睛都盯着老板，老板要求我干什么我就干什么。

《赋能》书名的含义就是赋予他人能力，让正确的人在正确的时间用正确的方式做正确的事。从领导者的角度出发，赋能就是完善组织架构，打造网状组织，增强组织架构上的灵活性，避免"深井式"的发号施令，相信团队成员，向下赋能。不断锻炼成员的能力，形成各部门、各小组之间的信息共享和协调意识，实现组织整体灵活性和组织的共同目标。团队中的成员千差万别，往往特色鲜明，每个成员都有自己的优势和劣势。让所有人显示出主人翁的责任感，做自己擅长且满意的工作，并且知道自己在当下怎么做，而不是眼巴巴盯着"深井"上面的那个人发出指令，这样每个成员会事半功倍，带来整个团队效率的提升。

被誉为"科学管理之父"的泰勒在巴黎博览会上，没有展出任何产品，也没有展出任何设备，而是让一些工人做切钢板轧钢动作，在原来的组织结构下每人每天只能切 9 英尺钢板，泰勒把组织结构调整后，每人每天能够切 50 英尺钢板。没有加入任何高科技技术和设备，只是改变了组织结构就提高了如此大的生产效率。当年乔布斯重返苹果时，就充分地意识到了组织结构的重要性，所以他主抓的工作就是将组织架构打造成扁平式、小团队、直接沟通的"海盗式"模式，以便将所有关注的焦点都集中在产品上。由此可见，组织结构是否合理，团队之间的组织结构是否有利于组织协同，对一个组织的生存和发展至关重要。

毛泽东在共产党实力不如国民党的时候，就提出了"运动战""游击战"的战略思想，和敌人拼组织结构而不拼实力。"运动战"是一种积极的军事进攻方式，在这种进攻作战方式中，战争双方中实力弱的一方不与对方拼实力，而是拼组织结构，利用对战场地形熟悉的优势，在广阔的活动空间以大规模运动分散敌人的兵力，肢解敌方的实力，化解敌人的进攻锋芒。同时，通过运动来转移自己的军事力量、作战兵力，然后集中优势兵力昼夜兼程，前往一个预定的战场进行埋伏战；或对敌军的驻地或某一个据点展开包围，以速战速决的方式一股一股地消灭敌人；或在运动中寻找时机，集结数倍于敌人的兵力，以求一举歼灭敌人的大部分有生力量。毛泽东曾将运动战的运用归为这样一段话："避敌主力，诱敌深入，集中优势兵力，各个击破。"

"游击战"，游是走，击是打，就是游动攻击敌人的军事组织形式，其组织形式具有高度的流动性、灵活性、主动性、进攻性和速决性，并能广泛动员群众投入战争。游击战，主要是在敌我力量相差较大，我方处于劣势时，化整为零，以小股部队的方式，攻敌不备，不断骚扰敌人，特别注重对敌人重要目标和后勤部队的袭击，打完就跑，让敌人防不胜防，但又找不到人。关于游击战这种组织形式的精髓，毛泽东也做了十六字方针的精辟总结，即"敌进我退，敌驻我扰，敌疲我打，敌退我追"。在抗日战争时期，中国人创造了许多独具特色的游击战战法，如破袭战、地雷战、麻雀战、伏击战、地道战、围困战等。游击战是一种非正规作战形式，它以袭击为主要手段，无固定的组织结构，也没有固定的作战线，与正规战比较，游击战的前提是化整为零，在敌人后方二线作战，以破袭战为主，能够神出鬼没地攻击和袭扰敌人，以歼灭敌人或消耗敌人的有生力量。

在抗日战争时期，八路军、新四军除了正面和日伪军作战，为了配合正规战，还抽调了政治可靠、能文能武的精干人员组成"敌后武工队"，深入敌占区，发动群众，依靠群众，组建民兵组织，建立情报站，摧毁地方的日伪政权组织，镇压汉奸，长期地开展游击战，破坏日伪的"治安"计划和军事设施。武工队对粉碎日伪军的"治安强化运动"，巩固和发展抗日根据地，配合我军大部队的正规作战做出了重大贡献。

第二十五讲　人生的智慧是把简单问题复杂化，还是把复杂问题简单化

引 导 故 事

　　东汉时，因州郡之间互相勾结，徇私舞弊，于是朝廷制定法律，规定有婚姻关系的家庭以及两州的人士不得互相担任负责督查对方的主官。东汉末年，朝廷又制定了"三互法"，禁忌更加严密，朝廷选用州郡等地方官员更加艰难。因此，当时的幽州、冀州的刺史职位因找不到合适的人选而长时间空缺，得不到有效治理，一片萧条。

　　蔡邕上书皇帝，说："我俯伏观察，幽州、冀州等地本来是盛产铠甲和骑马的地方，连年以来，遭受兵灾和饥馑，逐渐使得两州的财力和物力损耗殆尽，而今两州刺史职位长期空缺，官吏和百姓都十分盼望。可是三公推荐的人选却长期不能确定。我深感奇怪，打听原因何在，被告知是为了避免'三互法'。其他十一州也同样存在此类问题。此外，幽州、冀州的人士，有的因受年龄资历的限制，狐疑不定，拖延时间。结果，使两州刺史的职位长期空缺，万里疆域一片萧条。我认为，'三互法'不过是最轻微的禁令。而今只要利用朝廷的威权，申明国家的法令，即使是两州的人士互相交换担任刺史尚且畏惧，不敢结党营私，何况还有'三互法'的限制，又有什么嫌疑？过去，韩安国是从囚徒中提拔使用的，朱买臣出身于微贱家庭，都是因为他们的才能，才被派回他们出身的本郡、本封国为官，难道还

要顾及'三互法'的禁忌，受这种非根本制度的束缚？我希望陛下对上效法先帝，撤销最近制定的'三互法'禁令，对于各州刺史，凡是才能可以胜任的，应该及时任命和调换，不要再受年龄资历、'三互法'的限制，使之成为定制。"

令人遗憾的是，对于蔡邕这些充满治国理政大智慧的建言，当朝的皇帝只是听听而已，没有引起重视。

世界是丰富繁杂的，就像人的掌心的掌纹一样。世间万物也是简单的，就像一杯菊花茶一样。认识世界和处理问题的方式主要有两种：一种方式是把简单的问题复杂化。这种思维方式拘泥于形式，认为复杂就是完美，就是智慧。有这种思维方式的人在做任何事情的时候都往复杂里想，都往复杂里做。这种人往往要借助各种工具，借鉴各种资料，花费很长时间去解决一个很简单的问题。另一种方式是把复杂的问题简单化。至高至深的道理都蕴含在最简单的思想中。中国有句话"化繁为简"，最伟大的真理、最成功的法则都是于简单处获得的，把最复杂的变成最简单的，才是最高明的。有智慧的人能够把深刻的原理从看似繁杂的问题里抽离出来，转化为浅显易懂的道理。把复杂问题简单化，并不是把问题往简单想而不去考虑事物本质的复杂性，而是以敏锐的观察和充分的思考将事物隐含的错综复杂的本质联系搞清楚后，求得最简单的解决方法。《周易·系辞传》说："易则易知，简则易从。"意思是，天下的至理大道，一定简单明了，易于办到。陶弘景在其《养性延命录》中也说："道不在烦。"中国的古诗也讲："删繁就简三秋树，领异标新二月花。"就连西方的列夫·托尔斯泰也有同样的真知灼见，他说："那些产生巨大影响的思想，往往是极其朴素的。"

将复杂的事情简单化的核心是抓住本质。世界上任何事物的现象都是丰富多彩和复杂多变的，本质则是相对简单和相对稳定的。现象看得见摸得着，容易感知，而本质则深藏于现象的背后，不能直接感受到，只能靠思维去把握。认识事物、解决问题，局限在现象层面，就会云里雾里，剪不断，理还乱，必然把简单的问题搞得很复杂，劳身伤神，收效甚微。智慧就是一个简约的过程。要透过事物的现象看事物的本质，事物的本质就是事物发展的规律性，把握了本质和规律，才能对事物有深刻的认识，就能找到事物的主要矛盾和主要矛盾的主要方面。抓住了主要矛盾和主要矛盾的主要方面才能牵一发而动全身，就像揪住葡萄根就能把一串串葡萄提起来一样，也就能把复杂的问题用简单的方法富有成效地解决。

　　东汉时期出了一位著名的哲学家叫王充，他提出的哲学命题是：自然界运动的发生发展是自然而然的，没有另外的支配力。人的天性是自然的天性，就应该顺乎自然的大道，而大道是至简的。这种哲学思想对当时的士人影响很大。在官渡之战前，曹操对战胜袁绍信心不足，为了鼓舞曹操，作为士人出身的郭嘉提出了著名的"十胜十败论"，分析曹操和袁绍之间的优劣，在对曹操与袁绍这两个政治人物做胜败比较时，把自然得体和礼仪繁多放在"十胜十败"之首位。每次曹操与袁绍对阵，袁绍都注重阵法形式，讲究繁文缛节，弄些花样子出来。每当看到袁绍这种化简为繁的表现，曹操总是发笑，因为这使他想起了谋士郭嘉的论断，更增加了战胜袁绍的信心。袁绍用"繁礼"把自己更把他的队伍成员的自然天性给压制住了，常为形式所困，拘泥呆板，让人的本质力量发挥不出来。而袁绍的对手曹操反对繁文缛节，从实际出发，自然得体，注重顺乎人的天性，发挥人的内在禀赋，能够挖掘和释放出人的巨大的能动力量。这种精神力量比任何物质力量都更具有无法比拟的战斗力。

　　治国理政就要具备"化繁为简"的智慧。老子曾经说过"天下难事，必作于易。""天下难事"莫过于治理国家了，法令制度是治理国家的重要手段，法令制度不在多，而在于精简，只有简便易行的制度法令才能够发挥它应有的作用，因为"易则易知，简则简从"。对此老子给出的智慧是"治大国若烹小鲜"。蔡邕上书皇帝那段话的核心意思，就是简便易行的法令制度才能发挥应有的作用；反之，法令制度一旦过于纷繁复杂就会成为一无所用的摆设。他指出了"三互法"的实施，"禁忌更加严密"，"朝廷选用州郡等地方官员更加艰难"，造成"本来是盛产铠甲和骑马"的幽州、冀州"刺史的职位长期空缺"，"得不到有效治理"，"两州的财力和物力损耗殆尽"，而且造成"万里疆域一片萧条"。因此，蔡邕建议皇帝撤销"三互法"的限制，使之成为定制。但是，对于蔡邕关系国家存亡的见地和建议，皇帝不肯采纳。到了汉灵帝时，州刺史、郡太守贪婪暴虐，残害人民，无以复加，可笑的是，朝廷还在严格遵守"三互法"的禁令，防止官吏结党营私。这更进一步加速了东汉的灭亡，早在春秋时期，晋国的政治家叔向就指出："国将亡，必多制。"意思是，国家行将灭亡，法令规章一定繁多。

　　秦朝时期刘邦率领大军攻占关中地区，他一入咸阳，就废除繁杂残酷的秦律，与秦朝各县百姓和英雄豪杰在关中城门下约法三章：第一，杀人者处死。即杀人者偿命，不再采取连坐制，而是独立个体承担责任，付出相应的生命代价。第二，伤人者治罪。伤害别人后要按照被伤者的严重程度和伤人者的动机进行定罪处罚。第三，偷盗者治罪。偷取别人家财产，盗取外人财物者，要根据偷取的数量、盗窃的东西按刑罚治罪。刘邦还派人与秦国官吏去到地方各县各乡发布"约法三章"的安民告示。据史书记载，刘邦与百姓约法三章后，废除了繁杂残酷的秦律，迎合了百姓的切身利益，百姓们就像吃了定心丸，民心聚拢，民气爆棚，很快刘邦便赢得了民众的信任与拥戴。关中百姓都唯恐刘邦不当秦王，这为刘邦赢过项羽、建立汉朝起到了坚实的基础作用。这约法三章赚得满堂彩的故事也流传到后世。英国著名历史学家约瑟·汤恩比评论说："人类历史上最有远见、对后世影响最大的两位政治人物，一位是开创罗马帝国的恺撒，另一位便是创建大汉文明的汉太祖刘邦。恺撒未能目睹罗马帝国的建立以及文明的兴起，便不幸遇刺身亡，而刘邦却亲手缔造了一个昌盛的时期，并以其极富远见的领导才能，为人类历史开创了新纪元！"

简雍和刘备是发小，感情甚好，后来跟随刘备打天下。简雍看问题很敏锐，经常对刘备治国理政中出现的问题进行讽谏。刘备治理巴蜀初期，曾经因为天大旱，粮食紧缺而下令禁止百姓私下酿酒，颁布的刑法还规定凡在家中搜出酿酒器具的，不论是否酿酒，一律定罪处罚。面对这种命令和恶法，百姓们因为家中过去祖传或近几年购置有一些酒器，都怕受到处罚，叫苦连天。执法部门执行这样的命令和这样的法律也因烦琐复杂而百般无奈。有一天，刘备邀简雍一起出游，看到一对男女同行。简雍问刘备："这两个人准备通奸，为何不把他们抓起来法办？"刘备反问："你怎么知道他们要通奸？"简雍说："因为他们身上都带着通奸的器官，就如有酿酒器具的人。"刘备听了简雍的话，哈哈大笑，恍然大悟，立刻下令取消了这个烦琐又不合理的恶法。简雍用一个模拟推论法，拐弯抹角地把一个很复杂的问题，通过幽默的类比，很简单地解决了。

公元713年，晋陵县尉杨相如向唐玄宗上奏疏议论时政时也说："法律条文贵在简明扼要而能禁止奸邪，刑罚贵在轻缓而能坚决执行。目前陛下正彰明德教，除旧布新，希望能将所有细文苛法尽行革除，不要在细小过失上斤斤计较。对臣下的细小过失不去斤斤计较就能摒除烦琐苛刻的法律，对重大罪行不使漏网就能制止邪恶，陛下如果能使法律简明而难以违反，刑罚宽缓而能够制止犯罪，那么就可以称得上是善政了。"唐玄宗阅过奏疏后给予了高度的认可。今天我们回顾一下历史，不难发现这样一个事实：那些明君圣主治理出的清明盛世，法令规章都不繁多。怎么能够达到天下大治的呢？就是因为他们抓住了治理国家的核心重点，抓住了事物的本质。反过来，治国理政若"化简为繁"，就会出现蔡邕所说的那种国家衰亡的情形。

治理一个组织或企业也要具备"化繁为简"的智慧。一个组织或一个企业也会面临"化简为繁"或"化繁为简"的选择。低水平的组织或企业总是将简单的事情复杂化，"化简为繁"。"繁"是累赘，"繁"是画蛇添足，所以"繁"的结果只能是更"繁"。稻盛和夫先生说："我们往往有一种倾向，就是将事物考虑得过于复杂。但是，事物的本质其实极为单纯。乍看很复杂的事物，不过是若干简单事物的组合。人类的遗传基因，由多达三十亿个盐基排列构成，但是表达基因的密码种类仅有四个。""真理之布由一根纱线织成。把事情看得越单纯越接近真相，也就越接近真理。因此，抓住复杂现象背后单纯的本质，这样一种思考方式极为重要。"高水平的组织或企业总是将复杂的事情简单化，就是凡事始终考虑最简单有效的解决办法。想把复杂的事情简单化，就要把事情流程化。人性就有惰性，复杂的东西更会触发人的惰性，面对有难度的事情，都会逃避，不去思考先干哪一步，再接着干哪一步，从而导致拖延心理，没有执行力。厘清问题的脉络，把透过现象提取本质的能力做成流水线一样的流程，把每一步尽量做到不用太费脑子，按部就班地去执行就可以了。把复杂的事情简单化，就要把事情模型化。一个企业或组织所面临的问题具有某种"结构"，这些结构就是模型。模型其实是一种综合性的思维工具，模型思维是规律的总结，在看待问题的时候，它能简化问题，可以帮助我们更好地整理信息，透过表象更清晰地认知事物背后的逻辑和决定因素，找到问题本质和主要矛盾的主要方面，以结果为导向给问题建立起体系框架，用系统化的方式制定更好的策略，找到问题的最优解。在不同的企业和组织中，经常会看到这样的情况：在面对和解决一些相同或类似问题的时候，有的企业或组织忙作一团，找不到解决问题的路径，而有的企业或组织却可以通过清晰的模型框架按照相应的流程一步步解决问题，这样的模型差异带来了效率上和效果上完全不同的结果。把复杂的问题简单化，就要善于抓住主要矛盾，从关键处着手解决问题。在企业或组织活动中，很多问题的现象关系复杂、矛盾很多，但深入了解研究一番就会发现，主要矛盾和关键环节与关键性的人物就那一两个，把主要矛盾解决了，关键环节理顺了，关键人物的工作做通了，其他问题都会迎刃而解。稻盛和夫说："人生与经营，根本的原理原则相同，而且单纯至极。常有人问我经营的窍门或秘诀，当我说出惯常的见解，他们不禁露出诧异的神情，那么简单的道理他们也知道，但是用这么朴实的思想就可以经营好企业，他们觉得难以置信。"

一个成功的人同样必须具备"化繁为简"的智慧。一个人能否成为成功人士，与其是把"简单的问题复杂化"还是把"复杂的问题简单化"具有极大的相关性。这个世界上存在两种人：一种人是把简单的问题复杂化；另一种人则是把复杂的问题简单化。前一类人很勤奋，但把简单的工作复杂化，使工作量人为地增大，结果事倍功半，不能取得突破性进展，也就不会以骄人的业绩把自己注解成成功人士，甚至还会低于一般人士，因为用简单的方法来解决简单的问题也只是一般人的水平，用复杂的方法来解决简单的问题，就低于一般人的水平。后一类人思维有深度，能够把复杂的问题从简单的角度看清楚，学会砍削与本质无关的细枝末节，抓住问题的根本，把复杂的问题抽丝剥茧，提纲挈领，用最简略的方式对问题进行表述和用很简单的方法对复杂的问题进行处理，结果事半功倍。所以，把简单的问题复杂化是愚蠢的人干的事；把复杂的问题简单化是智者干的事。能够把复杂的问题用简单的方法来解决就是成功人士。

"化繁为简"也是人生快乐的源泉。离快乐最近的就是简单。"人"字在字典里就是最简单的字之一，其中蕴含的智慧是：简单做人就是人生快乐之源。在现实生活中，人们面对的是一个纷繁复杂的社会，复杂的人心、复杂的人脉、复杂的生意、复杂的理财、复杂的政治经济环境、复杂的职场晋升纷争……在社会上，不管是人与人之间的龃龉，还是个人内心的怨恨，起因往往是内心的欲望太多，欲望多则心散，心散则心灵蒙尘，思想就复杂，复杂了就痛苦，痛苦就更复杂，就会在险恶人性的交错作用下，挥不去嘈杂与竞争，身心就会在复杂里疼痛，在复杂里沉重。简单了，人就会无牵无挂，就会自由自在。因此，在人与人的关系的处理上，我们也应该学会以简约与平静的心去对待世间的万事万物，把复杂的事情简单化，卸掉过多的欲望和奢求，卸掉一切面具和伪装，不世故、不虚伪、不自欺欺人，不为财物名利所累，避开职场和人际关系网中的纷争，去追求内心的平和，心也就会达到"一片冰心在玉壶"的清澈境界，种种轻松和愉快也就自然而来。所以，把复杂的问题简单化，不眼热权势、不奢望金银、不乞求名声，人就会从繁杂的事务、从烦乱的大疲大累的心绪中解脱出来，放松心情，在简单中明明朗朗，在简单中快快乐乐。简单，是生命留给这个世界最快乐的形式。在简朴平淡的生活中，能够活出一种快乐，活出一种自在，这是一种灵魂的典雅，这是人们梦寐以求的人生境界，也是大多数人难以企及的境界，因为化繁为简需要的是心智根基，有这种根基的人，才能把反复冗杂的生活活出简单的色彩，享受到生命的自在。"化繁为简"也是一个人该有的精神境界。熟知"化繁为简"智慧的人，身前事和身后事都会从简。曹操临死前留下了这样的遗言："殓以时服。"按照葬礼习俗要给寿终正寝的人穿上寿衣上路。"殓以时服"的意思是，穿上活着的时候穿过的衣服下葬，就是薄葬。如此可以说，曹操对待死后的态度也算得上是一个追求至约至简的人。

"化繁为简"也是提高艺术造诣的智慧。清朝的文人郑板桥在《竹石图》上有一首题诗："四十年来画竹枝，日间挥写夜间思。冗繁削尽留清瘦，画到生时是熟时。"其中的诗句"冗繁削尽留清瘦"，道出了画作中如何表现出"物"的竹和达到画的"意"的艺术高度。现实中的竹子，枝叶茂密，画作能够"冗繁削尽"，提炼精髓，达到至简的境界才是艺术的极致。其实做人做事和写诗作画一样，简是最难的，简就是大道。换句话说，大道理（基本原理、方法和规律）是极简单的，用一句话就能说明白，只有假道理才洋洋洒洒，即"真传一句话，假传万卷书"。做人心诚则简，人只有抛弃虚伪的矫揉造作，洗却铅华，才能达到人生的本真高度；做事看穿本质，抓住关键，删繁就简，才能成就不简单的人生事业。

那么，怎样才能够实现治国、治企和个人成功的"化繁为简"的智慧呢？

能够把复杂的问题从简单的角度看清楚，这实际上就反映了一种思维的深度和高度。简单的问题用简单的方法来解决是一般人的水平，复杂的问题用简单的方法来解决是智者的水平。莎士比亚说："简洁是智慧的象征。"把复杂的问题做简单的表述和用简单的方法去解决，这种"简单的方法"就是"智慧"。从这个意义上说，简单就是智慧的一种表现形式，更是智慧的一种境界。意大利艺术家达·芬奇也说："把最复杂的变成最简单的，才是最高明的。"《三国志》中记载了一段东吴皇帝孙亮运用简单的智慧拆穿宦官黄门奸诈的故事：东吴皇帝少年孙亮初夏热天到西苑去赏景，想吃生梅子，吃了几颗生梅子后，对侍从们说："口感还不错，只是有点酸。"其中一个侍从说："皇上喜欢吃，可以拿蜂蜜浸泡一下，这样梅子酸味就没了。"孙亮一听有理，就派小太监黄门捧着一只有盖子的银碗去管皇家仓库的官吏处取蜂蜜。宦官黄门素来与仓库这位官吏交恶，就借此机会把一颗老鼠屎放入蜜里。孙亮打开碗盖看到浮在蜂蜜上的一粒老鼠屎，顿时感到恶心。孙亮立即沉下脸来，责问："蜂蜜里怎么会有老鼠屎？"宦官黄门编造谎言说是仓库官吏失职。孙亮气愤地说："把库吏给我找来！"库吏被带来后，孙亮责问他为什么库存蜂蜜里有老鼠屎。库吏吓得面如土色，解释说："蜂蜜入库时，是我亲自封的坛子口，拿出来时，坛子原封不动，里面怎么会有老鼠屎呢？皇上，我冤枉啊！"

孙亮立即叫仓库官吏把装蜂蜜的瓶子拿来，问道："蜂蜜既然盖得很严，不应该有老鼠屎。那个宦官有向你要求过什么吗？"仓库官吏叩头说："他曾经向我要过皇宫里用的褥子，但我没有给他。"孙亮说："他必定是为了这个缘故啊！"太监黄门连忙跪下，对孙亮说："我侍候皇上，一向谨慎，请皇上明察。"侍从官刁玄见公说公有理，婆说婆有理，一时真伪难辨，上前对孙亮说："太监与库吏各说一词，一时也很难判断出真伪，不如将二人送交司法部门去严加审理，以弄个水落石出。"孙亮哈哈大笑说："这点小事很容易立刻弄清楚，不必交司法部门审理。只要把那颗老鼠屎掰开一看，就一目了然了。"孙亮见侍从们一头雾水的样子，便下令把那颗老鼠屎弄碎，发现里面是干燥的。孙亮嘿嘿地笑了几声，对黄门说道："老鼠屎如果早就掉在蜜里，应该里外都是湿的，当然要拿库吏问罪；如果老鼠屎里面是干的，肯定是刚刚放进去的，那就是你玩的阴谋来冤枉库吏。"大家一听，恍然大悟。事情败露，黄门吓得跪在地上磕头认罪。

"当以利害相较。"古罗马喜剧作家普劳图斯说："每个人都应照顾自己的利益，这是最简单的道理。"杜预为晋朝镇南大将军，都督荆州事，是灭吴战争中主要统帅之一。时下蜀、魏已亡，只剩代魏而立的晋朝和东吴。杜预给晋主司马炎上奏章，劝晋主"凡事当以利害相较"，尽早攻打吴国。正是这句"凡事当以利害相较"，坚定了晋主司马炎伐吴的决心，实现了三国归晋的统一大业。世间之事虽然纷繁复杂，但都可以用有利之处和有害之处相比较，也就是说抓住最主要的利害关系来判断、分析，就能把大事和重要的事选择出来，就能抓住主要矛盾，就能够举重若轻，就能够化繁为简。

抓住上司的关心点。曹操要立太子，曹植和曹彰粉墨登场，展开了激烈的角逐，曹植玩花架子，大做文章秀；曹彰则打关系牌，大肆笼络群臣。就在曹植和曹彰因为自己取得太子的位置争取胜算的砝码而闹得沸沸扬扬的时候，曹丕却选择了另一套竞争的路子，他跑到曹操面前痛哭流涕。曹操不解地问他："你的几个兄弟都在为争夺太子位置角逐，你不投身其中，却为何跑到我这里哭泣呢？"曹丕说："父王，我不像我的几个兄弟那样对太子的位置感兴趣，而是为了父王和国家的前途感到难过啊！"曹操对曹丕的话有些疑惑，就问："这话怎么说？"曹丕说："父王要立太子，说明父王年龄大了，身体也差了，在为自己百年之后的事做准备了，可是父王不在了以后，我们的江山社稷靠谁来治理啊！我们怎么能担负起这么大的重担啊？"曹丕的这番最富人情味的解释把曹操感动得老泪纵横，心想：在别人都为太子位置争得你死我活的时候，曹丕却能首先想到我的身体，还是他重情重义；在别人只关心自己能不能当上太子的时候，他能想到我离开人世后这个国家如何治理，还是他有政治远见。曹操从心眼里更喜欢曹丕了，这种看上去极为简单的做法就让曹丕在争夺太子的竞争中占得先机，并最终战胜了工于心计、把问题"复杂化"的两个兄弟，稳稳地登上太子的宝座。

在社会高速发展的今天，我们要在国家治理层面、企业或组织的管理层面以及个人的行为方面大力提倡将复杂的事情简单做的思维方式和行为方式，尽可能用最简单的办法去处理各种复杂的工作，这才能做出更多事情。我们在工作中会面临许多问题和困境，要想得到根本性的解决，往往不需要去增加作为，而是只要减少一些作为，就会收到意想不到的效果。"官不扰民""无为而治"就是做减法的智慧。我们在生活中要想活得轻松愉快，也应该把加法变成减法，选择一种简朴的生活方式，减少一些不必要的物质目标、欲望，尤其是不要做那些一味地模仿别人，如东施效颦、邯郸学步、鹦鹉学舌等劳而无功的加法，这样才能活出一个简朴而又具有个性风采的人生，你的心灵就会更丰富。这就是减法的生活哲学，也是老子"我欲独异于人"的活法境界。

第二十六讲　竞争是过程中的优胜劣汰，还是结果的优胜劣汰

引　导　故　事

　　刘备与诸葛亮初次相见，诸葛亮就向刘备献出了"隆中对策"，其中就提出了北伐曹魏、统一中原、匡扶汉室的目标。诸葛亮平定了南方，回到成都不久，魏帝曹丕病死，抬出一个十五岁的曹叡继位，诸葛亮认为出现了他的"隆中对策"中所提到的"天下有变"的有利态势，遂于公元 227 年向刘禅献了《出师表》。后方安排好政治、军事，就率领老将赵云、魏延，新将马谡等二十万大军开始了第一次北伐。

　　起初，蜀军与魏军交锋，接连取胜，后因魏主曹叡重新起用司马懿，司马懿及时擒获孟达，夺取街亭，致使诸葛亮第一次北伐以失败告终。

　　公元 228 年（建兴六年），魏国都督曹休被东吴打败，诸葛亮又上了一道《出师表》，调兵三十万进行第二次北伐。姜维用诈降之计打败曹真，魏主采纳司马懿"耗"战之计，坚守不出，把蜀军耗得断了粮食，诸葛亮只得退军，第二次北伐又失败了。

　　公元 229 年（建兴七年），有人向诸葛亮报知陈仓守将郝昭病重，暗中袭取了陈仓，后来拿下了散关，魏主曹叡急忙命司马懿为大都督，进兵祁山。司马懿偷袭蜀军大寨，反中诸葛亮之计，魏兵大败。恰在此时，诸葛亮听说张苞去世，昏厥于地，并一病不起，只得退回成都养病。

　　公元 230 年（建兴八年），曹真与司马懿帅兵四十万来攻汉中。适逢天降大

雨，平地水深三尺，魏兵进兵受阻。天晴后，诸葛亮追袭曹真获胜，又与司马懿对阵，司马懿败阵后坚守不出。蜀军都尉苟安解送粮草误期，被诸葛亮责罚，苟安怀恨投降司马懿，司马懿派他到成都散布诸葛亮要谋反的谣言。小鬼晒太阳——影子都没有，对于这种空穴来风，弱智的后主刘禅竟然起了疑心，下诏宣回诸葛亮。

公元 231 年（建兴九年），诸葛亮将蜀军分为两路出师伐魏，诸葛亮因粮草不足，便装神吓退司马懿，把陇上小麦割了个精光。诸葛亮接连击退了包围卤城的魏兵，又粉碎了偷袭剑阁的诡计。这时李严有书告急，说东吴欲起兵攻伐蜀国，诸葛亮又急忙退回西川。

公元 235 年（建兴十三年），诸葛亮发兵三十万，五路出祁山。在渭水被魏军打败，损失了一万多人，于是请东吴派兵共同伐魏。诸葛亮用计把司马懿父子诱入上方谷并用火烧，司马父子本以为必死无疑，可谁知此时天降大雨，把熊熊大火浇灭，司马懿父子绝处逢生。诸葛亮发出了无奈的悲叹："谋事在人，成事在天。"司马懿从此坚守不出。后费祎来报，东吴陆逊不敌曹魏，已先期退兵，不能再与蜀军成夹击之势了。诸葛亮听了这话，不觉昏倒于地。

诸葛亮生前六出祁山，北伐中原，或因用人不当，或因粮草等物质准备不足，或因内部小人捣鬼，北伐行动以彻底的失败而告终，就连诸葛亮自己也因劳累过度，于公元 235 年病逝于五丈原。

姜维是三国后期的一位重要人物，足智多谋，富文韬武略，堪称奇才。诸葛亮死的时候姜维三十三岁，"每欲兴军大举"进行北伐。

公元 247 年，姜维四十五岁时首次北伐，他带兵绕道陇西 带，联合胡人小胜了魏军。

公元 249 年，又出兵攻击雍州，这次虽无功而返，但收降了魏国大将夏侯霸。

公元 250 年，他又沿着旧的路线，出兵北伐，因兵力不足而退了回来。

公元 253 年，姜维带着大军再度北伐，中途粮食吃光，被陈泰打败了。

公元 254 年，姜维再次出兵陇西，这次获得了局部的胜利。由于连年不断的兴兵作战，蜀地的人丁稀少，他把攻下的三个县的老百姓都带回国，以充实户口。

公元 255 年，姜维和夏侯霸联手出击，在洮西获得大胜，但被胜利冲昏了头脑，犯了躁进的错误，又被陈泰打败。

公元 256 年，姜维再次北伐，结果被邓艾打败。

公元 257 年，姜维又率军出骆谷，与司马望、邓艾对峙了一段时间后，兵疲马困，只得退回蜀地。

公元 262 年，这时姜维已是六十岁的人了，又率兵第九次北伐，"出侯和"与邓艾相对，被邓艾打败。

过程是指事物向着一定的目标（状态）发展所经历的程序和付出的努力；结果是指事物发展经历的程序和付出的努力所达到的一定目标（状态）。从唯物辩证法原理上讲，一切事物都是以过程和结果的形式存在的，过程与结果是相互联系、相辅相成的。过程产生结果，任何事物的发展都有一定规律性的发展过程，才能产生预期的结果。结果是过程的目的，反过来又衡量和检验过程的好坏，二者是辩证统一的。在这种辩证统一性中又内含着这样一种关系：有过程不一定有结果，没有结果的过程就没有意义。万物相争，优胜劣汰的竞争规律告诉我们一个重要原理——世界上的一切都是优胜劣汰的结果，优胜劣汰是结果上的优胜劣汰，而不是过程中的优胜劣汰，过程中你付出了千般辛苦，万般劳累，没有好结果照样被淘汰。因此，我们在思维方式上，就要站在结果的高度看问题，预见结果。行动的目的是为了实现最终的结果，为达到结果而评估资源、组织资源、调用资源。持续发展必须要持续不断地取得好结果。

早年，诸葛亮提出的"隆中对策"有三个要点：第一，"将益州之众出秦川"，就是率益州的大军由汉中出关中；第二，"命一上将将荆州之军以向宛、洛"，就是选命上将率荆州方面的大军直捣宛县、洛县；第三，"待天下有变"，就是等待曹魏内部发生大规模的叛乱或宫廷政变。诸葛亮认为，只要这三个条件具备了，"则霸业可成，汉室可兴矣"。当然发动大规模的战争只具备这三个条件还是不充分的，其中还要有一个最具基础性的条件——综合国力。我们详细分析这四个方面的条件，就会得出结论：诸葛亮是在条件不具备的情况下，以类似于买彩票发财的赌博心理发动了北伐战争。

第一，三国当中蜀国本来就疆域最小、力量最弱，它的土地、人口、兵力以及经济实力与魏国相差悬殊。据历史资料统计，蜀国统辖有益州，汉灭亡时，总共只有三十八万户，九十四万人，再往前数上几年，这些数据也不会相差多少。就算每户出一名兵，蜀军总兵力也就三十八万人而已，而且这些兵又要分出一部分防卫东战线和保卫京城、南中及全国各地区的安全，能用于北伐的军力又要大打折扣。从支撑战争的财力资源上看，蜀国通过自己的苦心经营和平定南中的收获，虽然有了一定的财力储备，但刘备伐吴失败，耗掉了很多财力。而且蜀国如此少的人却要供养十万两千人的军队、四万官吏，本来老百姓已经不堪重负，蜀国要进攻魏国又必须投入更大的兵力和物质，这就又要加重徭役。我们再来看蜀国的对手魏国的情况，魏国统辖有冀、兖、青、并、徐、豫、雍、凉及司律九州，总户数大约有六十六万户，人口约四百四十三万左右。魏军迎击诸葛亮先发的曹真、张郃大军便多达二十万人，而由司马懿编组、曹叡亲自率领的后备大军有三十万人之众，与北伐的诸葛亮大军相比占绝对优势；从作战最需要的财力资源上看，魏国地广人丰，与蜀国相比财力也占压倒性优势；从魏蜀边境的地理环境上看，也不利于进攻。

第二，蜀军中能够率军打仗威震敌胆的将领所剩无几。关羽走麦城被杀，紧接着张飞被部下杀害，刘备夷陵大败后不仅自己病死，而且那些有丰富作战经验的前线战将也大都死于战场，幸存的身经百战的老将军赵云年事已高，不能在第一线冲杀，也就是诸葛亮所要求的率军的"上将"大大缺额。

第三，诸葛亮提出的第二个条件"命一上将将荆州之军以向宛、洛"没有实现。荆州已确定夺不回来了，仅靠所统辖的一州之地，迅速地筹集北伐军所需的大量人力、财力，也非易事。

第四，诸葛亮提出的第三个条件"天下有变"的情形没有发生。诸葛亮所期待的"天下有变"就是曹魏宫廷发生政变，或者在曹魏统治区发生了频繁的和大规模的叛乱，曹魏有了内乱，抵御外部进攻的能力就大大减弱，诸葛亮趁乱出击就会产生摧枯拉朽之势。可是在曹氏父子的治理下，当时曹魏没有出现大规模的叛乱和宫廷政变，诸葛亮最看重的这个条件也不具备。

从各个方面的比较分析看，处于劣势的蜀国本应该处于守势，在没有外敌来犯的情况下，争取时间发展经济，厚积国力民力，待"天下有变"再北征魏国，才是上策。可是诸葛亮为了实现"汉贼不两立，王业不偏安"、匡扶汉室的宏愿，硬是举一州之地不顾一切地要北伐中原，明知没有胜算，知其不可为也要为之，以小国弱势之军攻易守的强敌之地。历时七年六出祁山，战争的过程中虽然也有些小胜，例如，诸葛亮第三次北伐，进攻目标锁定在武都（今甘肃成县西）和阴平（今甘肃文县西）两郡，并实现了进攻目标，算作北伐的一次胜利之征。可是历史上关于这次北伐的记载只有寥寥数笔，《三国志·蜀书·诸葛亮传》记载："（建兴）七年，亮遣陈式攻武都、阴平。魏雍州刺史郭淮率众欲击式，亮自出至建威，准退还，遂平二郡。诏策亮曰：……今复君丞相，君其勿辞。"《三国志·蜀书·后主传》记载："七年春，亮遣陈式攻武都、阴平，遂克定二郡。"《资治通鉴·魏纪三》记载："（太和）三年春，汉诸葛亮遣其将陈式攻武都、阴平二郡，雍州刺史郭淮引兵救之。亮自出建威。淮退，亮遂拔二郡而归；汉主复策拜亮为丞相。"这三个记载内容基本一致：就是诸葛亮第三次北伐占领了魏国的武都、阴平二郡，取得了胜利，因为胜利之功，蜀帝刘禅决定恢复诸葛亮的丞相之职。但是诸葛亮第三次北伐战争在魏国一方则没有记载。据《三国志·魏书·张既传》记载，武都郡在秦岭以西，地形复杂险峻，主要居住着氐人、羌人这些少数民族。曹操在撤退汉中时，张既建议曹操为了避免防线过长，应该将该郡五万余人全部迁往关中等地，曹操接受了张既的建议，这样武都实际上没有军队防守。阴平郡是由一个县改为郡的，也是一个极荒凉的边境之地，由于位置偏远，难于掌控，同武都一样，也是被魏国弃守的无人区。蜀军几乎没有任何正面的战争，就把武都和阴平占领了。虽然蜀国把这看成是伟大的胜利，可对魏国来说是无关紧要的事，所以，魏国一方才不会记载此事。由此可以看出蜀国第三次北伐的胜利充其量也只能算作小胜，是杀猪割耳朵——不是要害，没有割到魏国的要害上，因而是扭转不了必然失败的最终结果的。

诸葛亮因多年的劳累和征战，身体已经每况愈下，也自知大限快到了，而魏国还有大片土地没有被占领，"汉贼两立"的局面依然故我，当年在卧龙岗和先主刘备"隆中对策"中共同谋划的"匡扶汉室"目标还远没有实现。诸葛亮开始急躁了，不能再等了，他渴望在有生之年能够实现这一终极目标。公元234年，诸葛亮再一次北伐，虽然他信念坚定，竭忠尽智，但是频繁的出兵不仅把国力掏空了，也把诸葛亮的生命掏尽了，诸葛亮死在了北伐的五丈原，这次北伐成了诸葛亮生命的绝唱。不预见结果的过程必然面对后果。诸葛亮不仅"出师未捷身先死，长使英雄泪满襟"，北伐失败以后也给蜀国造成严重的后果："国内受其荒残，西土苦其役调""蜀兵数出，国弱民疲""劳军扰民，内外交困""自君子小人咸怀怨叹"，原本弱小的蜀国形势更危险了。从这些方面来说，诸葛亮的"六出祁山"北伐中原实在得不偿失。

在国势如此衰微的情况下，姜维却不明大势，仅凭先帝的遗愿和诸葛亮的重托，就一腔热血地连年九次北伐出征，虽然偶尔有局部的获胜，但是师劳功微，败多胜少，最后也是以失败告终。由于姜维的连年北伐，徒劳无功，消耗了蜀汉大量的人力财力，加速了蜀汉的衰弱，致使后来被魏军一攻即亡。其实，从诸葛亮的死到姜维第一次北伐，中间有十三年空档，魏国虽然在诸葛亮北伐期间也有了人力财力的大量消耗，但魏国条件好，比蜀国恢复得快。从吴蜀联盟方面看，吴国国内动荡也不给力，先后经历了废立太子、孙权去世、诸葛恪被杀、孙俊孙綝专权、少主孙亮被废等大事，这期间虽然几次攻打魏国，但也都招致失败。孙休在位期间，先是忙于诛灭权臣孙綝，继而又忙于整顿内政，没有精力配合姜维进攻魏国。所以姜维的北伐，从开始看，内部处于劣势，外部又没有机遇，也就是历史并没有给姜维北伐提供成功的必要条件，姜维也明知不可为而为之，就是以卵击石，取胜的概率几乎为零。虽然姜维为了追求理想而流汗、流泪、流血，但是这些没有结果的过程付出，对个人、对国家都是灾难性的。蜀国的很多人把蜀国的灭亡归罪于姜维，认为是姜维的九次北伐掏空了蜀汉的国力，成为三国之中最早灭亡的国家。魏将邓艾兵临成都，诸葛亮的儿子诸葛瞻血战而死，没有辜负父亲的英名。诸葛瞻临死之前说的几句话则耐人寻味："吾内不除黄皓，外不制姜维，进不守江油，吾有三罪，何面而反？"在诸葛瞻等人的眼里，姜维竟与黄皓是一类的亡国罪人。如果姜维地下有灵的话，听到了诸葛瞻这样的临终怨言不知该做何感想，会有一肚子委屈是必然的，但是站在历史的高度来评定历史人物，只能以其平生对历史的贡献、对社会的促进作用作为衡量的标准。这是优胜劣汰的自然法则所决定的。

现在有一句话很流行，叫"赢在执行"，而执行的本质就是想要结果。"赢在执行"就是用结果来说话。即使你有一万个理由都不重要，因为我们不是靠理由生存，我们是靠结果生存的，重要的是执行的结果。只找理由的人，就是找借口。找借口，就找不到成功的入口。执行讲究的就是因果关系，先讲成果再讲原因，没有成果就不要讲原因。先讲原因会去找借口，先讲成果再讲原因就是没有借口。在残酷的事实面前，任何理由都是借口。借口会使我们失去尊严，失去话语权。成功的结果才是硬道理，失败的解释是没有人会理会的。结果第一，就直接切入了执行问题的核心。执行的核心问题就在于实现预期结果，结果是执行最好的诠释，没有结果一切都不存在。没有结果，过程就是负价值。执行永远只有一个主题：我们永远都要锁定"结果"。衡量一个人或一个组织的执行能力主要是看结果，以结果论成败，以结果论英雄。优秀的执行文化，重要的不是讨论失败的理由，而是针对结果建立起责任与权利的对称机制。

今天，我们是在市场经济体制下从事经济活动，市场经济认功劳，不认苦劳，市场经济竞争规律的优胜劣汰是结果上的优胜劣汰，而不是过程中的优胜劣汰。

哪怕你"鞠躬尽瘁"了，但是劳而无功，照样被淘汰。市场经济的舞台上，并没有用来鼓励工作努力的赏赐，所有的赏赐都只是被用来奖励工作成果的。一分绩效一分酬劳，是绩效管理最核心、最本质的原则。有好结果者拿金牌，没有好结果者被淘汰。比尔·盖茨也曾经说过这样有智慧的话："世界指望你在自我感觉良好之前先要有成就。"结果上的优胜劣汰，才能充分体现市场经济公平竞争的本质要求。每个市场主体拥有的时间是相等的，但是每个市场主体单位时间内的产出结果是不相等的，在结果上进行优胜劣汰的比较和选择，就能促进市场主体提升单位时间的产出价值，缩短取得成果所需要耗费的时间，实现以最少的资源投入取得最大的产出结果，提高劳动效率，加快发展速度，进而带来整个社会经济资源的节约和经济发展速度的极大提升。

当然，我们也承认过程重要，然而一切过程都指向结果，为结果服务，结果更重要。世间所有努力的结果，就只有成功或者失败，因为即便过程再精彩，然而你失败了，那你就被别人视为失败者。那种所谓的"我把过程做得很完美"的中间状态，因为没有好的结果，也就没有任何意义了。股神巴菲特和他的老搭档查理·芒格有句话讲得好："完成比完美重要。"这句话也可以展开为：完成的结果比完美的过程重要。

在民间有这样一句广为流传的话："没有功劳，也有苦劳。"现在职场上这句话也成为普遍的口头禅，动不动就拿苦劳来说事。功劳自不待言，"苦劳"就是包含着人的心血的操劳，也就是劳累。职场上根本就不承认"没有功劳，也有苦劳"的说法，任何企业购买的都是员工劳动的结果，而不是劳动，尽管这种结果是在劳动过程中实现的，但是劳动过程与劳动结果并不天衣无缝地连接在一起。有劳动过程不一定有劳动结果，没有劳动结果的劳动过程，无论你付出了多少苦劳，你只是"做了"而没有"做到"，那么你所做的就都是无用功，你的苦劳对企业来说是一种负担，是一种资源浪费。所以苦劳不是价值，劳动的结果才是有价值的，也就是说，功劳是价值。企业的员工是用劳动的结果来交换自己的工资，也用结果来证明自己的价值，也就是说，只有功劳才能证明你存在的价值。你虽然在工作中勤勤恳恳，但是，因为工作方法不对或个人能力不够，并不能做出优秀的成绩，甚至是给单位帮倒忙，迟早会有人拿你开刀，在自认遭到不公平对待时，不要再说"我没有功劳也有苦劳"了，说久了也不会有人相信你能做好，凭什么让公司给你最好的资源？那你必然会成为公司里最苦的那一个员工，更可能的是你会因此被开掉。"没有功劳，也有苦劳"，这是庸才说的话，人才从来都是用结果、用功劳证明自己的。

社会上还有些不正确的说法，什么"重在参与""只问耕耘不问收获"，这是付出了千辛万苦的努力而毫无收获的自我安慰，或者是失败者为自己找的冠冕堂皇的托词。这些话说来也许有点残酷和无情，可是优胜劣汰的法则就是如此。这就像一个参加奥运会的运动员，尽管付出了常人难以想象的辛苦，可是你没有夺得奖牌，所有的过程都透着一种无奈。

重视结果，才能注重发展过程，那种"没有功劳，也有苦劳""重在参与""只问耕耘不问收获"的将过程发展摆在第一位而谓之享受过程的说法和做法，在哲学上讲不通，在优胜劣汰的竞争规律面前也会被淘汰出局。根据自身的条件因素来确定目标和结果，并按照一定规律性的过程去实现目标和结果，才会得到结果和过程的享受。因此，一定要为了好的结果而"参与"，既问"耕耘"，更要问"收获"。什么该生存，什么该灭绝，什么能繁荣，什么快要灭种，都是自然界自我调节的结果。达尔文最主要的成就就在于对于物种的这种是结果而不是过程优胜劣汰观点的确立。一切的物种都是如此，包括生活在社会中的人和人类的社会。这个世界不是过程而是结果的存在，也正因为不是过程的优胜劣汰，而是结果的优胜劣汰，才有无数天下英杰的争锋，相互之间实力的碰撞，底牌优势的较量，也才有了历史的厚重精彩、世界的丰富曼妙。

第二十七讲　人生的智慧是驾驭权力，还是被权力驾驭

引 导 故 事

刘备死后，刘禅继位，诸葛亮担任丞相，忠心耿耿辅佐阿斗，一直到第五次北伐时期病死于五丈原。诸葛亮身为蜀汉丞相，多才多艺，面对这一副千钧重担，他工作勤勤恳恳，每日早起晚睡，处事十分谨慎小心，凡事不假他人之手、亲力亲为，乃至"自校簿书"。

有一天诸葛亮正在校对公文，主簿杨颙进来劝他说："我见丞相常自校簿书，我以为不必这样啊！治理国家是有制度的，上司和下级做的工作不能混淆。请您允许我以治家做比喻：现在有一个人，命奴仆耕田，婢女烧饭，雄鸡报晓，狗咬盗贼，以牛拉车，以马代步。这样各司其事，家中事务无一旷废，要求的东西都可得到满足，家主也可以怡然自得，高枕无忧，只是吃饭饮酒而已。忽然有一天，家主对所有的事情都要亲自去做，不用奴婢、鸡狗、牛马，结果劳累了自己的身体，陷身琐碎事务之中，弄得筋疲力尽，却一事无成。难道他的才能不及奴婢和鸡狗吗？不是，而是因为他失去了作为一家之主的章法。所以古人说'坐着讨论问题，做出决定的人是王公；执行命令，亲身去做事情的人，称作士大夫'（坐而论道，谓之三公；作而行之，谓之士大夫）。因此，丙吉不过问路上杀人的事情，却担心耕牛因天热而喘；陈平不去了解国家的钱、粮收入，而说'这些自有具体负责的人知道'，他们都真正懂得各司其职的道理。如今您是负一国重任的丞相，要抓大事，而您却亲自校改公文，亲理细事，终日汗流浃背，不是太劳累了吗？"诸葛

亮对杨颙说："我何尝不知劳累伤身的道理。但我受先帝托孤之重，唯恐他人不似我尽心！"

诸葛亮最终也没有改变不善授权的状况。诸葛亮虽然是居一人之下、万人之上的丞相，但是他缺乏帅才观，不善授权，是小河沟里撑船——一竿子插到底。纵向从上到下管到底，连一个士兵的小小处罚都亲自过问；横向管到边，除了军政外交大事全部由他一个人主持外，诸葛亮还要研究阵法，设计兵器，运输工具。

司马懿一次接见诸葛亮的使者，问诸葛亮的情况。使者说："军师早起晚睡，凡是二十杖以上的责罚，都亲自批阅；所吃的饭食不到几升。"使者走后，司马懿说："孔明食少事烦，其能久乎！"使臣回去把司马懿的话学给了诸葛亮听。诸葛亮说："彼深知我也！"果然不久，诸葛亮陨落五丈原，只有五十四岁。

智　慧　悟　语

主簿杨颙劝诸葛亮不要越俎代庖，讲出了领导者运用权力的一番大道理，解读出了精到的领导智慧：治理国家是有制度的，是上下有体，不得侵犯的，上司和下级做的工作不能混淆。坐着讨论问题，做出决定的人是王公；执行命令，亲身去做事情的人，称作士大夫。杨颙以治家为例，用家主和奴仆的关系阐明了各司其职的重要性。

现代领导科学理论认为，一个领导者的管理幅度是 5～8 个下属组织，超过这一幅度，就会失去协调的能力。治理的原则强调工作上必须要明确分工，使各自知道自己职权范围内的工作，以便各尽其责。否则，领导系统中上下级之间、平行级别之间随意越位，就会互相侵犯，造成干扰。特别是领导者去包办下级职权范围中的工作，眉毛胡子一把抓，表面上看来，自己是驾驭了更多的权力，实际上是自己被更多的权力所驾驭。把自己忙得不可开交，也把下属弄得无所适从，缩手缩脚。杨颙认为丙吉、陈平就是正面的例子，"丙吉忧牛喘而不问横道死人"大意是，这个叫丙吉的丞相，一次出去，见斗殴死人不管不问，遇见牛喘气赶紧打听。原因是，这时牛不应该这样喘气，怕天时不正，这是丞相的职责，那件杀死人的事是地方官的事情。"陈平不知钱谷之数，自有知者"。大意是，皇帝问右丞相周勃决狱和钱谷，不知；问左丞相陈平，对曰："自有知者，决狱，责廷尉；钱谷，责治粟内史。"皇帝很不高兴，陈平就进一步说，丞相的职责是佐天子治理万物，镇服四夷与诸侯，亲附百姓，使卿大夫各得其任。丙吉、陈平都明白丞相这个职权范围内的事。诸葛亮也是身居丞相之职，但是，诸葛亮这个丞相就不如丙吉、陈平这两个丞相那样会做职权范围内的工作，他"身亲其事"，不论是政事的处理，还是行军布阵，把"校簿书""罚二十以上"这些本该由中层甚至是基层去做的事都纳入到自己的权力范围，这就越界了，侵犯了下属的职权，取代了下属，把自己变成越来越大的"恐龙"，结果一个人受累，最后"形疲神困，终无一成"，这就是最富有智慧的人留给我们的最不明智的教训。

诸葛亮不善授权的主要原因，我认为，就在于他凡事追求完美。完美主义者的最大特点是凡事都追求标准的完美、行为的完美、结果的完美，而这种欲望是建立在认为事事都不满意、不完美的基础之上的，因而他们就陷入了深深的矛盾之中。要知道世上本就无十全十美的东西，"丰草多落英，茂林多枯枝"是自然的本来面貌。完美主义者却具有一股与生俱来的冲动，他们将这股精力投注到那些与他们生活息息相关的事情上面，即使基础再差、资源再缺乏、条件再艰苦、希望再渺茫，也要努力去改善它们，把事情做到尽善尽美，乐此不疲。诸葛亮追求完美具体表现如下。

（1）对自己要求苛刻。完美主义者总是希望自己是一个完美的人，因而对自己的要求极为苛刻，总想在自我的潜力范围内把事情做得完美些，再完美些，更完美些，诸葛亮就是这样的完美主义者。诸葛亮在走出卧龙岗之前就"自比管仲、乐毅"，管仲、乐毅都是历史上有经天纬地之才且功成名就的名相，诸葛亮自比于他们，就把一条完美主义的绳索套在了自己的脖子上，而且打的是死结。他必须成为化腐朽为神奇的人，必须成为挽狂澜于既倒的人。否则，他的"自比管仲、乐毅"就会被天下人耻笑为自不量力。诸葛亮被完美主义所绑架，就必然对自己要求苛刻，只允许自己成功，不允许自己失败，这就不仅要保证算无遗策，而且做什么事情都一丝不苟，像绣花一样精细，力求做得最完美，这要耗费多少脑细胞、多少精力和体力啊！诸葛亮始终认为做亡羊补牢的事不如未卜先知、防患于未然。正是这种局限于细枝末节，追求完美的性格，一方面让他能力四射，另一方面也会因为目标定得太高，一旦完不成，就会挫折感重重，心理负担越来越重。他总是质疑别人和自己。在别人眼中，他是争强好胜的，也是不可理解的。

完美主义者通常有更为强烈的成就动机，他们希望通过自己的努力实现愿望。诸葛亮的"隆中对策"提出的战略目标是没有错的，但是，一代人有一代人的作为，一代人有一代人的局限。诸葛亮定的战略目标能否实现、何时实现，要看机遇和条件。从当时的历史情况看，蜀国也只居西南一隅，且南中反叛，国内动荡，矛盾加剧，面临"民穷兵疲"的困境，加之不满百万人口的蜀汉在三国中最弱，应该大力发展经济，增强国力，待天下有变，时机成熟，再出兵北伐才是上策。可是在诸葛亮追求完美的性格看，既然是自己提出的战略目标，自己活着不去实现，就不完美。因此，诸葛亮以一种挣扎者的状态，不顾现实情况而主动出击，兴兵北伐，把蜀国多年积累起来的元气丧失殆尽。

诸葛亮在《出师表》中说："臣本布衣，躬耕于南阳，苟全性命于乱世，不求闻达于诸侯。先帝不以臣卑鄙，猥自枉屈，三顾臣于草庐之中，咨臣以当世之事，由是感激，遂许先帝以驱驰。"不辜负刘备知遇之恩的心态激发出了诸葛亮"士为知己者死"的责任感，他认为只有事必躬亲才是尽职，抓大不放小才是尽责。但如果一味地追求完美而影响了事情的进程，就得不偿失了。

下属是领导活动的中心，领导活动的成功与失败，不在于领导者以及自己的贤能，而在于发现下属的贤能并授予权柄。让下属都把本职工作做好，整体工作才能做好。卓越领导者是组织的掌舵人，要把握发展的大方向，做大决策，制定大战略。美国有个世纪 CEO，叫杰克·韦尔奇，他是美国通用公司的前总裁，也被称作"CEO 中的 CEO"。韦尔奇曾经在通用公司建立了一个"领导力开发中心"，他三分之二的时间在讲课，在培养 CEO。世界很多大公司的 CEO 都是韦尔奇培养出来的，这就是 "CEO 中的 CEO" 之说的由来。同理，诸葛亮应该做上将的上将，做军师的军师。

诸葛亮过度地追求完美，就会使自己的思维和行为变形，表现在用权上就不懂得放手、放权，就亲力亲为，直到做到"完美"为止。按照二八法则：领导者手中的权力是二八开的，即 20% 的核心权力，80% 的非核心权力。领导者手中 20% 的核心权力能够产生 80% 的绩效；80% 的非核心权力只能产生 20% 的绩效。领导者就应该集中精力去掌控 20% 的核心权力，对 80% 的非核心权力就应该授权给下属。管人的核心在管少，治事的要诀在治大，这样才能在纷扰烦冗的天机中提纲挈领，把握要害，举纲张目。

（2）对别人也要求苛刻。完美主义者源自于内心对"完美"的渴望，除了对自己有着苛刻的要求，对任何人、任何事也都同样要求得无比苛刻。诸葛亮除了对自己要求凡事尽职尽责、尽善尽美外，对别人也很挑剔、很苛刻，往往用超高的标准来要求别人，一旦下属没有达到他的要求，诸葛亮就会失望，就会抱怨或责怪，眼睛里容不得沙子。诸葛亮认定了一个事实或者是下定了决心，他就会自以为高明，低估下属的智力和能力，对其他相反的意见变得相当的神经质。总是怀疑别人"不似我一样忠心"，生怕别人把工作搞砸了。过于严苛的要求，会让下属们感到无论自己做得多么好，也都无法达到领导者心中理想化的标准和要求，就会心生恐惧或焦虑，就会使得下属感到身心俱疲、不堪重负，长此以往，就会产生抑郁等情绪问题。在诸葛亮看来，任何人离他的最完美标准都相去甚远，在行为上就每每伴有好为人师的倾向，不是给锦囊就是密授，不厌其烦地教导别人该如何行事，并且吹毛求疵，妄加批评，特别是公元223年，刘备死后，朝中大小事都交由诸葛亮决断，造成了一批奴臣，整个蜀国的人都忘记了自己还有大脑。没有使下属的才能得到发挥，更没有形成九牛爬坡——个个出力的、使整体力量都能充分发挥的局面。

不授权的领导不仅对领导者本人不利，他的下属还会感到自己不被信任，没有自主性，没有责任感，独立创造力不能得到发挥，因而会失去工作的积极性。这种领导方式还会失去发现人才、培养人才的机会。

追求完美的人还有一个致命伤，认为事情不完美就没有价值，就没有干的必要，这就容易与这个世界格格不入，因为这个世界恰恰是以残缺的形式存在的，而不是以完美的形式出现的。完美在人间彼岸，不在人间此岸。完美主义者每天所面对的事情都不是完美的，所以，很多时候，完美主义者自身也备受煎熬。诸葛亮就是由于追求完美，最后酿成了命运上的悲剧。

诸葛亮不善授权，给自己和国家造成的危害，显而易见。

（1）自己劳累过度，英年早逝。任何一个领导者，即使有经天纬地之才、定国安邦之能，如果事无巨细都事必躬亲，即使有三头六臂，也会顾此失彼。什么都想自己干，纵然你耗尽所有的精力和心血，这个世界的事你也干不完。领导者只有学会分工协调，善于授权，注重培养下属，才能取得更好的领导效能。诸葛亮过低看待下属的忠心和能力，总是担忧"别人不能似我尽心尽力"，无因的焦虑就会越来越严重，总觉得事情只有自己能做好，又总觉得别人做了会出问题。因此，诸葛亮对于军中、朝中一切大小事务都亲自打理，横向管到边，纵向管到底。"细节小事，每必躬亲"，必然是整天忙得团团转，"汗流终日"，疲于奔命。特别是到了后期，诸葛亮的食量和睡眠明显减少，结果积劳成疾，健康状况迅速下降，果如司马懿所说："孔明食少事烦，其能久乎！"英年早逝，没有时间做完应该做的事，落得个壮志未竟、心愿未成的悲剧结局。只有生命和时间才能够承载起对事业的所有期望和努力。试想如果诸葛亮不为琐事抓狂，将众多琐碎之事合理授权于下属处理，而只专心致力于军机大事、治国之方，"运筹帷幄，决胜千里"，又岂能劳累而亡。美国有个企业家就说过："身为领导，他要明白想逼死自己最好的方法，就是大小权力一把抓。"人世间的死法有千种万种，最愚蠢的一种就是自己"找死"。

（2）剥夺了别人的发展机会，蜀汉后期人才凋零。领导者从事业的长远之计考虑，必须重视对下属的培养，把自己的智慧变成下属的智慧，把自己的能力变成下属的能力。由于诸葛亮大小权独揽，对属下之人不放手，不培养，导致门下多是某一方面的偏才，或更多的是执行之才。诸葛亮以一人之智掩盖了众人之光，凡事诸葛亮都想到了，都有锦囊妙计，导致下属不必有主见，不必随机应变，只要听话即可，只要按吩咐去做就行，各自的才干与创造性就无从发挥，使工作效率降低。每场战役胜利后，众将除了佩服诸葛亮的神智，并没有学到提升智慧和领导能力的方法。诸葛亮本人虽然是雄才大略，但他的属下几乎个个都成了提线木偶，诸葛亮让他们怎么做，他们就怎么做，下属们没有自己独当一面的成长和提升机会，原有的存量人才如委地的枯叶，日渐凋零；人才的增量更不能很好地续递与增加，结果使蜀国后期处于人才严重不足的境地。《三国演义》中也说："蜀中无大将，廖化当先锋。"实在没有人才了，叫花子头出身的廖化都充当先锋了。不注重授权和不注重培养人才，是诸葛亮最为世人所诟病的。

如果讲到诸葛亮被权力所驾驭，剥夺了别人的发展机会，不得不提到的是，作为丞相的诸葛亮"政事无巨细"都揽于一身，这对青春年少的阿斗而言，不仅剥夺了他的锻炼机会、发展机会，而且剥夺了阿斗由"见习"皇帝向正式皇帝转正的机会。

（3）蜀国最先灭亡。人才是国家的命脉，诸葛亮不善授权，也不愿意授权，直接导致蜀国的人才太少，姜维还是诸葛亮煞费苦心用离间计从魏国挖过来的，最后连叫花子头廖化都当了先锋，这是矮子里拔将军——短中取材。蜀国的人才结构是诸葛亮"一枝独大"，如果诸葛亮活着，蜀国还可以硬撑一段时间，可是随着诸葛亮这一强势人物的黯然谢幕，人才的命脉没了，再也撑不下去了，三国当中蜀国也就最先灭亡。

李世民在谈到隋朝灭亡的真正祸根在于隋文帝时说："文帝凡事喜好自决，不任群臣，劳形苦神，乃亡国之道也。"意思是，隋文帝凡事都喜欢自己亲自处理决定，不善于授权给群臣们去按照职权范围处理。结果，自己因劳累过度而身体消瘦、精神萎靡不振，这就是隋朝很快灭亡的原因。

组织管理是由自上而下的层级构成的系统，不同的层级有不同的职责和事务，大事小事千头万绪，组织管理过程像花生壳、大蒜皮，一级管一级。如果领导者或管理者随意超越管理层级，无论是大事还是小事都事必躬亲，即使你有孙悟空72 变的本领，也会无济于事，甚至事业没有成功，自己却累死在职场上。美国的领导权威史蒂芬·柯维在他的全美畅销书《高效能人士的七个习惯》中指出："有效授权也许是唯一且最有力的高杠杆作用行为。"时间管理咨询专家哈罗德·L.泰勒指出："授权是管理者最重要的组成部分。"今天的领导者和管理者，应该从诸葛亮身上吸取教训，为了组织事业的发展和自己的身体健康，要驾驭权力而不能被权力驾驭。被权力驾驭是和马一起赛跑，累死也跑不到目的地，驾驭权力才是骑着马奔向目标。汉末三国三大战役，除了官渡之战孙权没有参加，赤壁之战、夷陵之战都是由孙权主导的，他很少亲临前线，只是在后方选拔将帅，安抚将士，保障粮草和组织后续部队，就取得了两大战役的胜利。孙权与同时期领导者相比是活得最长的一个，这些都与他有善于驾驭权力的智慧有关。无为而治的领导境界，就是驾驭权力而不是被权力驾驭所达到的。

第二十八讲　沟通是重视编码，还是重视解码

引 导 故 事

曹操要建宫殿，听说跃龙祠有棵大梨树高十多丈，可以用来做梁，便带人去伐树。当地人劝告曹操，树上有神人，不能伐，伐树就将得罪神人。可是曹操压根儿不信，亲自用宝剑砍树，结果溅了一身血，曹操大惊，扔掉宝剑上马就跑回宫了。

自此以后，曹操一直心惊肉跳，晚上睡觉也经常梦到梨树神来对他说："吾知汝数尽，特来杀汝！"意思是说，你曹操气数已尽，所以我趁这个机会来杀你。曹操惊醒后头疼痛不已，便寻医医治。

曹操的谋士华歆推荐了号称神医的华佗，华歆对曹操说："华佗字元化，沛国谯郡人也。其医术之妙，世所罕有。但有患者，或用药，或用针，或用灸，随手而愈。若患五脏六腑之疾，药不能效者，以麻沸汤饮之，令病者如醉死，却用尖刀剖开其腹，以药汤洗其脏腑，病人略无疼痛。洗毕，然后以药线缝口，用药敷之；或一月，或二十日，即平复矣：其神妙如此！一日，佗行于道上，闻一人呻吟之声。佗曰：此饮食不下之病。问之果然。佗令取蒜齑汁三升饮之，吐蛇一条，长二三尺，饮食即下。广陵太守陈登，心中烦懑，面赤，不能饮食，求佗医治。佗以药饮之，吐虫三升，皆赤头，首尾动摇。登问其故，佗曰：此因多食鱼腥，故有此毒。今日虽可，三年之后，必将复发，不可救也。后陈登果三年而死。又有一人眉间生一瘤，痒不可当，令佗视之。佗曰：内有飞物。人皆笑之。佗以刀

割开，一黄雀飞去，病者即愈。有一人被犬咬足趾，随长肉二块，一痛一痒，俱不可忍。佗曰：痛者内有针十个，痒者内有黑白棋子二枚。人皆不信。佗以刀割开，果应其言。"

听了谋士华歆对华佗的介绍，曹操立马差人星夜将华佗请来为他看病。华佗前来诊视后，在曹操胸椎部的鬲俞穴进针，片刻便脑清目明，疼痛立止。曹操十分高兴。但华佗却如实相告："您的病，乃脑部瘤疾，近期难于根除，须长期攻治，逐步缓解，以求延长寿命。"曹操听后，以为华佗故弄玄虚，因而心中不悦。后来，随着政务和军务的日益繁忙，曹操的头风病加重了，于是，他想让华佗专门为其治疗头风病，华佗告诉曹操其头痛是因中风引起的，病根在脑袋里，不是服点汤药就能治好的。华佗告诉曹操要用麻沸汤麻醉，然后用利斧砍开头颅，取出风涎，才可能去掉病根。曹操听后脊背冷飕飕的，怀疑华佗要借机杀他。

华佗讲述了关羽的医案，对曹操说道："大王曾闻关公中毒箭，伤其右臂，某刮骨疗毒，关公略无惧色。今大王小可之疾病，何多疑焉？"曹操一听关羽之事，更加疑心华佗"与关公情熟，乘此机会，欲报仇耳！"遂下令把华佗关进了监牢，急令追考。虽有谋士一再进谏，说明华佗医术高超，世间少有，天下人命所系重，望能予以宽容。但曹操不容分说，竟下令在狱中处决了华佗。

华佗被杀后不久，曹操的爱子曹冲病重，众医都束手无策。及病情危重，曹操凝视着奄奄一息的爱子，捶胸顿足地悲叹："我悔杀华佗，令我冲儿强死……"后来，曹操头风病复发痛苦异常，乃自叹曰："我病唯华佗能医，今不可得也！"尔后，曹操每发头风病，就又想起华佗，悔恨不已。再后来，曹操就因为头风病不治而死。

智 慧 悟 语

人类的繁衍、人际关系的疏通、事业的成功、人生境界的提升都离不开沟通。沟通的对象是人，百人百性，沟通的技巧必须针对被沟通对象的心理、需要、认知水平有的放矢，才能收到沟通的预期效果。沟通过程是沟通者编码信息的发出和被沟通者解码信息的接收过程。编码是沟通者将想法、认识及感觉转化成信息的过程；解码是被沟通者将沟通者的信息转换为自己的想法、认识以及感觉的过程。被沟通者对沟通者传递出来的编码信息，受到经验、知识、才能、个人素质以及对沟通者的期望等因素的影响，在解码时会与沟通者编码的意思保持一致或存在差异，有着理解和不理解甚至误解之别。为了有的放矢达到沟通的目的和取得预期的沟通效果，编码和解码必须统一起来，统一的前置性原则就是解码导向，要立足于解码而编码，综合考虑被沟通人的经验、心理状态、价值追求，收到"编码"的时间、地点和背景，以及许多其他潜在因素对解码的影响而进行编码。

编码的信息必须与接收者所关注的内容相关联，如此才可能使编码信息为接收者所了解。编码信息必须对接收者有意义或有价值，如此才可能使编码信息为接收者所接受。同时，沟通者还要注意被沟通者理解编码信息的反馈意见，以此为据，调整编码，特别是与面对面的被沟通者进行沟通时，要通过密切关注被沟通者在解码时的面部表情、语言表达、情绪变化等即时进行反馈，这样才能评估该编码消息是否已经被理解，或被曲解，以便即时调整编码。

在"空城计"中，诸葛亮在司马懿大兵压城的危急时刻，知道司马懿懂韵律，就以弹琴的方式与他沟通，自己在城楼上焚香抚琴弹奏"十面埋伏"。司马懿从诸葛亮弹的琴声中听出来音正、音清、音纯、音泰，还暗含着杀机，可是司马懿的儿子却说："父亲，我怎么就听不出来呢？"可见，诸葛亮的同样编码，司马懿能够接受和理解，而他的儿子却不能理解。所以，沟通必须把编码和解码统一起来，如果你编的码在被沟通的对象那里像司马懿的儿子那样"怎么就听不出来"，那沟通就失败了。

据历史记载，华佗精通内、外、妇、儿、针灸各科，对外科尤为擅长，他的"麻沸汤"开创了中国医学麻醉历史的先河，堪称麻醉学鼻祖和中国外科学第一人。对于华佗的神技，正史《后汉书》里面也记载了一个例子：一位郡守请华佗看病，华佗看出病因，于是收了他很多好处，但是不给予医治，没多久就跑了，还留下书信骂这位郡守。郡守大怒，派人追赶也没有追上，于是更加生气，吐了好几升黑血，病却好了。从这个例子也可以看出华佗确实医术如神。至今社会上还流行着一句歇后语：华佗行医——名不虚传。

但是这样一个医神，为什么死于曹操之手呢？从沟通的智慧上分析，华佗死于没有把编码和解码对接起来，具体表现如下。

（1）没有站在被沟通者能够解码的角度来编码医理。华佗给曹操医治头风病，自己是专业医生，曹操是病痛患者，是一个医盲，在这种医患关系中，二人的信息是不对称的。华佗作为一名专业医生，他应该和他的患者曹操坐下来详尽地向曹操解释病情，对曹操详细地说明他的治疗方案。但是，华佗只是告诉曹操他的简单治疗方案："要用麻沸汤麻醉，然后用利斧砍开头颅，取出风涎，才可能去掉病根。"曹操的脑袋里长了"风涎"，华佗想治愈它必须"用利斧砍开头颅"将它取出来。按照今天的医学发展水平，这样做是没有问题的，而且人们从大量的成功案例中，已经有了正确的认知。可是在1700多年前的东汉末年，只有中医没有西医，人们对开头颅治病这种情况，不要说普通百姓，就是像曹操这类大人物，也是闻所未闻、见所未见的。头部，人之首脑，无其不成人，而且除了华佗，那时人们局限于当时的知识和信息，会有一种心理定式认识：劈开一个人的脑袋，那就是要这个人的命。所以，听了华佗的治疗方案，曹操不光是匪夷所思，而且一定是毛骨悚然。

古希腊哲学家苏格拉底首创的问答法，至今还被世界公认为"最聪明的劝诱法"，其方法是，开始沟通时不要讨论有分歧的观点，而是着重讨论彼此共同的观点，双方互相认可后，因势利导转入自己的主张。华佗作为医生要救死扶伤，曹操作为患者要解除疾病痛苦，两者之间的出发点和要达到的目的本来是一致的。但是这种一致性却存在着从出发点到目的过程中实现手段和路径认知上的不一致性，解决这种认知上的不一致性就仰赖于沟通。在这里，华佗是沟通者，曹操是被沟通者，华佗起主导作用。但是，华佗对曹操所说的医治方案并不符合一个合格医生的沟通规范，自己心知肚明，是在履行医生"救死扶伤"的天职，但是没有从患者的角度考虑问题，没有注意沟通，没有耐心详尽地和曹操解释，也就没有把自己的认知编码的治疗方案变成患者的认知，形成医生和患者之间对治疗方案的共识，以便病患认同并积极地配合治疗。

中国古代的医学大家，多为读书人出身，不为良相，便为良医，傲气与酸腐气的交织，就会在医患沟通中不自觉地表现出盛气凌人、自以为是的样子，也不会去关心患者心中所想，更不太会顾及对方对自己拿出的治疗方案能否理解其医理和接受治疗。华佗凭着望闻问切，摸摸寸关尺脉，就先声夺人地表达自己的想法，说要做开颅手术，又不通过良好的沟通，让被开颅者明白其中的医理，甚至华佗心里还在想：说你也听不明白，费那些口舌干什么，你就服从我的治疗方案好了。这就是十足的盛气凌人。盛气凌人就会让被沟通者心理上觉得难以和你相处，彼此之间就会缺乏一种默契。沟通和请客吃饭有一比，请客的人不仅要考虑到自己的口味，更要考虑和迎合客人的口味。这样的饭局才能皆大欢喜。

（2）没有注意从被沟通者能够接受的感情上进行编码。治病更要治病人之心。本来两人沟通不仅要注重内容的编码，还要注重感情的编码，如果沟通情绪不对，内容就会被沟通者扭曲。因此，在沟通内容之前，必须先梳理好情绪。生病的人最需要安慰，编码中也更要注意对方的感情。曹操本来是在别人的推荐下，对华佗的医术产生了仰慕。同时，作为一个备受疾病痛苦折磨的患者，对华佗的期望值很高，当作救命的菩萨。但《三国志》记载，当曹操问华佗他的"头风"病有没有救时，华佗不是用"软化"的委婉语言而是冷冷冰冰地直说："近期难于根除，须长期攻治，逐步缓解，以求延长寿命。"也就是告诉曹操，你死期将近，我用药物帮你延长点寿命，多活一天赚一天吧。这种残酷的话，不要说在作为魏王的曹操心里会激起什么样的反应，就是今天普通的患者听了医生的这种语言，也绝不会对这个医生有好感。俗话说："会说话的让人笑，不会说话的让人跳。"曹操还没有发展的时候，去问当时对人的评价很有影响力的乔玄如何评价自己，乔玄评价道："卿治世之能臣，乱世之奸雄也。"意思是，你曹操在太平无事的年代可以当一个能干的大臣，若生逢乱世，就能成为世间的一位奸雄。据说，曹操听了乔玄的话大喜。可是，华佗的这些话，就已经直接引起了曹操的恼怒，曹操的这种心理状态会在脸上表现出来，华佗应该能观察到，"看人先看脸，见脸如见心"嘛！接下来华佗应根据曹操的脸色调整自己的语言，缓和曹操的情绪，然而华佗却没这样做，特别是当曹操对他的治疗方案产生怀疑时，本应该对曹操耐心地进行心理疏导，安抚一下绷得太紧的心弦，以取得其对自己的信任，配合完成手术，华佗反而端出了给关羽治病的情形，带着轻蔑的口气教训起曹操来："大王曾闻关公中毒箭，伤其右臂，某刮骨疗毒，关公略无惧色。今大王小可之疾病，何多疑焉？"华佗如此的编码，也许意在让曹操不要怀疑更不要惧怕他的"砍开头颅"的治疗方案，应该学学关羽，他做得就很好。华佗这样的编码至少存在三个问题：一是华佗作为神医，把"刮骨疗毒"与"砍开头颅"相提并论和曹操沟通就是错误的。曹操说："臂痛可刮，脑袋安可砍开？"这不要说生性多疑的曹操，就是一般人也会这样想。华佗应该从医理上对曹操说清楚"砍开头颅"治疗"头风"的道理及其安全性，把自己的认知变成曹操的认知。二是华佗在不知道曹操"头风"病发病原因的情况下，就提到了关公这个人物也是错误的。华佗并不知道，曹操先是被关羽的头颅惊吓，接着又被神树惊吓，这才导致头疼病反复发作的。他用关羽的例子说给曹操听，极大地刺激了曹操。三是华佗以关羽作为榜样叫曹操学习更是错误的。华佗没有掌握曹操的心理状态，就摆出一副教训人的姿态，叫曹操学关羽。心理学原理揭示，人都渴望被人尊重，有强烈地期望受到别人重视的心理情结。如果感觉被别人轻视，就会心生反感。对曹操这种素怀"宁教我负天下人，休教天下人负我"抱负的人，怎么能够接受一个医生的教训和斥责？而且华佗说出关羽"刮骨疗毒"的故事，也让曹操有被贬低的反感。华佗与曹操一见面，就言归正传，没有一点活泼的气氛，言辞又单刀直入，缺乏艺术性，华佗不知道"言语伤人，胜于刀枪；刀伤易愈，舌伤难痊"。关羽又是敌对的人，生性多疑，加之"头风"病使身心痛苦不堪的曹操在听到华佗对关羽的一番说辞后，更加疑心华佗"与关公情熟，乘此机会，欲报仇耳！"你这不是来治我病的，是来要我命的。曹操对华佗治好病的期望值一下子就降到了零点，愤怒之火则冲天而起，干脆来个俞伯牙摔琴——不谈（弹）了，这就在华佗和曹操之间在感情上打了一个死结，以致曹操对徐晃、张辽这些降将，张绣、贾诩这些与曹家有血海深仇的人都能接纳，却唯独容不下为他看病的医生华佗。

俗话讲：不管什么样的硬木头，斧子到了都能劈开。同理，不管什么样的心结，沟通到位了都能打开。试想，如果华佗在见曹操之前，做些功课，对曹操的病情以及心理习性等有个深入的了解，起码会知道曹操是一个生性多疑的人，多疑的人喜欢把别人往坏处想。华佗医生对曹操这个本性就多疑的患者，先从心理上进行关怀和疏导，说话富有些人情味，把话说到曹操的心坎上，引起心灵的共振变化，打开曹操的心结。再从病理的角度，或者从医生的角度来分析这个病情，就能取得曹操的信任、配合和支持，他和曹操就不会引发感情冲突，即使是有些冲突也可以及时化解，华佗就算不能医治曹操的疾病，也不至于丢了身家性命。所以，在一定程度上讲，与其说是曹操杀了华佗，倒不如说是华佗不会沟通而自己把头往曹操的案板上放。

当然，我们说华佗不会沟通，惹来了杀身之祸，并不是为了苛责前人，那时候连"沟通"的词都没有。探讨的意义在于用今天认知的"沟通理论"来审视华佗被曹操杀死的故事，从反面获得沟通智慧，更好地在今天生存和发展。

编码的目的是为了解码。为了解码而编码，编码才能和解码对上频道，才能成功地沟通。同样是和曹操沟通，庞统的编码沟通本领就比华佗高明得多。赤壁之战前，周瑜设计了火攻曹操的计谋。但如何能够干净、彻底地烧毁曹操的战船呢？这个问题愁坏了周瑜。庞统对周瑜讲："大江面上，一船着火，余船四散；除非献'连环计'，教他钉做一处。"周瑜认为连环计谋好倒是好，但曹操奸猾狡诈，不容易上钩，一般人是难承担此重任的。庞统愿意亲自前往。正好盗书的蒋干又来东吴了，周瑜便顺水推庞统，有意安排蒋干和庞统相识。庞统故作高雅之人，向蒋干倾吐怀才不遇的怨叹。蒋干喜出望外，以为捡到一块狗头金，就把庞统引荐给了曹操。曹操知道庞统是当世闻名的"凤雏"，又没有公开表明立场，不会是孙权和刘备联军的奸细。庞统一见曹操就出人意料地提出参观最具机密性的军事设施和水军演练。庞统这种超出常人的大胆，一下子就攻破了曹操的心防。看了军事设施后，庞统就给曹操戴高帽，手指江南说："周郎，周郎，克期必亡！"庞统把曹操忽悠得快要丧失理智后，又继续编码："大江之中，潮生潮落，风浪不息；北兵不惯乘舟，受此颠簸，便生疾病。"一下子就说中了曹军目前的困难处境和曹操的疑虑。在献连环计之前，还明知故问军中有没有足够的医生来对付这种晕船病。在做出了足够的铺垫后，转回了话题，献出了连环计："若以大船小船各皆配搭，或三十为一排，或五十为一排，首尾用铁环连锁，上铺阔板，休言人可渡，马亦可走矣；承此而行，任它风浪潮水上下，复何惧哉？"庞统一番高谈阔论就把北方军人在南方水土不服，不适应在船上作战而导致的疾病和非战斗减员的诸多问题，都有针对性地全解决了。庞统说出的是一个坑曹操的馊主意，但是对曹操来说确实是一个很实用的办法，而且这些办法让庞统说得是用葫芦瓢捞饺子——滴水不漏，哪有不信的道理。曹操兴致高昂，也就忽视了这个计谋后边隐藏的巨大杀机。曹操把庞统的编码都解开了，被沟通到位了，欣然接受了连环计，曹操的下属谁还会不识相地再提出异议呢？后来，周瑜派黄盖诈降，借助东风火烧曹操的"连环战船"，一烧一片，加之船用铁索连接，铁索导热快，火势很快就蔓延起来，曹操的船队几乎全军覆没。

老师备课就是在编码，就不能以自我为中心，而要以听课的对象为出发点，去组织讲课的内容，去研究表达这些内容的形式，并最终以听课的对象能够听懂、能够接受和理解为检验标准。

人世间最大的冲突不是来自于仇恨，而是来自于误解。现在，经常发生的医患冲突，医打、医闹甚至医杀事件，其中有些事件就是医患双方在诊疗护理过程中，对某些医疗行为、方法、态度及疗效和患方的期望值反差大，特别是当病人的较大经济耗费未能得到自己期盼的治愈或缓解的医疗效果时，患者及其家属的心态不平衡，这种利益冲突就会爆发，把愤怒发泄到医务人员身上，产生侵犯对方合法权益的行为。医患矛盾的形成有着深刻的社会根源，在这里我们不做深入的探究。就医患沟通方面看，医生是沟通的主导方面，患者及其家属是被沟通的对象，而后者享有"知情权"。在医疗活动中的角色具有不对称性，特别是在对医学的理解和相关知识的拥有上存在着明显差异，这些差异的存在往往会造成医生和患者及其家属在沟通的编码和解码上也存在差异，如果医务人员的服务态度不端正，服务意识淡漠，缺乏对患者的同情心，在工作中解答患者问题不耐烦，简单生硬，在感情上没有建立信任关系，在编码和解码上没有对上频道，就会制约医患关系的良性发展，进而导致医疗纠纷发生。

解决医患矛盾也需要综合举措。每个人包括医者和患者都喜欢以自我为中心，这是人的本性。但是作为沟通的主导方面的医护人员是不能以自我为中心的，医患之间观念不同，认知水平有差异，医生要是以自我为中心，就会采取强制的方式让患者与自己保持一致，患者心理上就自然不愿意与医生合作。医生站在患者的立场上考虑问题，能够以患者及其家属的解码能力为出发点来编码，再通过医患之间动之以情、晓之以理的深度沟通，传递对患者的尊重与体贴，就能拨动患者及其家属的心弦，患者及其家属就会对医生产生好感，就能够消除医患之间在感情、认识、理解上的分歧，就容易相互理解和认同，建立起信任关系，患者就会心悦诚服地接受医生的治疗方案，也就有助于避免医患冲突和化解医患矛盾。

第二十九讲　长治久安是斩杀首领，还是征服首领的心

引　导　故　事

　　蜀丞相诸葛亮受刘备托孤遗诏，立志北伐，以重兴汉室。就在这时，蜀南方之南蛮又兴兵造反，诸葛亮率兵南征。

　　南蛮王孟获的作战编制分为一洞元帅、二洞元帅、三洞元帅。双方首战前，孟获组织三洞元帅开会，确定分兵三路进攻诸葛亮。诸葛亮大败南蛮的三洞元帅后，又布下伏兵，让王平、关索诱敌。二人假装战败，引孟获入峡谷，再由张嶷、张翼两路追赶，王平、关索回马夹攻。孟获抵挡不住，被魏延生擒活捉。但是孟获不服气，说："我自己不小心，中了你的计，怎么能叫人心服？"诸葛亮得知一笑，下令放了孟获。

　　放走孟获后，诸葛亮找来他的副将，故意说孟获将此次叛乱的罪名都推到了他的头上。副将听了十分生气，大声喊冤，于是诸葛亮将他也放了回去。副将回营后，心里一直愤愤不平。一天，他将孟获请入自己帐内，将孟获捆绑后送至了汉营。诸葛亮二次擒获了孟获，孟获还是不服，说胜败乃兵家常事，回去要与诸葛亮再战，若再被擒才服。诸葛亮听后爽朗地大笑说："那你准备好了再来吧！"便放他回去。汉营大将们都有些想不通。诸葛亮解释其中的道理：只有以德服人才能真的让人心服，以力服人必有后患。

　　孟获再次回到洞中，他的弟弟孟优给他献了个计谋：半夜时分，孟优带百余精兵和珠宝到汉营诈降，借机杀了诸葛亮。诸葛亮一眼就识破这种没有智慧含量

的小计，诸葛亮笑了，笑得不动声色，下令赏了大量的美酒给南蛮之兵，使孟优带来的人喝得酩酊大醉。当夜，孟获带三万兵冲入军中要捉诸葛亮，进帐才知自投罗网。魏延、王平、赵云又分兵三路杀来，蛮兵大败。这真有点戏剧性，算计诸葛亮的孟获最终被诸葛亮算计了。孟获一人逃往泸水，被马岱扮成蛮兵的士兵截获，押见诸葛亮。一般人到了这种地步，应该是羞愧有加了，已经做了三次俘虏了，怎么还有脸继续为敌，可是孟获的脸皮就像树皮那么厚。他说这次是弟弟孟优饮酒误事，你如果放我回去，我会东山再起，再成气候的。诸葛亮气定神闲地笑了，便第三次放了孟获。

孟获回到大营，借了十万牌刀獠丁军，又有了和诸葛亮再次较量的资本。孟获甚至认为这次非胜不可，这次一定是他制造咸鱼翻身奇迹的机会。孟获穿犀皮甲，骑赤毛牛。牌丁兵赤身裸体，涂着鬼脸，披头散发，像野人般朝蜀营扑来。诸葛亮却下令关闭寨门不战，等待时机。等蛮兵威势已减，诸葛亮出奇兵夹击，孟获大败，逃到一棵树下，见诸葛亮坐在车上，冲过去便要捉拿，不料却掉入陷坑，第四次成了瓮中之鳖。孟获仍然是一脸的不服气，说如果再给他一次机会，他一定会马到成功。诸葛亮含笑不语，知道他这次肯定还是不会服气，再次放了他。

孟获躲入秃龙洞求援，银冶洞洞主杨锋因跟随孟获亦数次被擒数次被放，心里十分感激诸葛亮。为了报恩，他与夫人一起在秃龙洞将孟获灌醉后押到汉营。孟获第五次被擒仍是不服，大呼是内贼陷害，要再与诸葛亮于银坑洞决战，诸葛亮便第五次放了他，命他再来战。

孟获回去后，在银坑洞召集千余人，正在安排要与蜀军决战之时，蜀军已到洞前。孟获大惊，妻子祝融氏便领兵出战。祝融氏用飞刀伤了蜀将张嶷，活捉了去，又用绊马索绊倒马忠一起捉了去。第二天，诸葛亮也用计捉了祝融氏，用她换回了张嶷、马忠二将。孟获又叫妻弟去请能驱赶毒蛇猛兽的木鹿大王助战，木鹿骑着白象，口念咒语，手里摇着铃铛，赶着一群毒蛇猛兽向蜀军冲去，使汉兵败下阵来。之后汉兵又碰上了几处毒泉，幸亏得到伏波将军及孟获兄长孟杰指点，他们才安全回到大营。回营后，诸葛亮造了大于真兽几倍的假兽。当他们再次与木鹿大王交战时，诸葛亮取出早已准备好的木制巨兽，口里喷火，鼻里冒烟，木鹿大王的人马见了怪兽十分害怕，不战自退了。诸葛亮占了孟获的银坑洞。次日，诸葛亮正要分兵缉擒孟获时忽得报，说孟获的妻弟将孟获带往诸葛亮寨中投降。诸葛亮知道是假降，喝令军士将他们全部拿下，并搜出每人身上的兵器。孟获还是摆出一个不降的姿态，说假如能擒他七次，他才真服，才真投降。诸葛亮又第六次放了他。蜀军的将士开始觉得好笑了，这哪是打仗，分明是猫捉老鼠，哄着玩的游戏。

孟获被释放后又请来乌戈国国王兀突骨，与诸葛亮决战。兀突骨拥有一支英勇善战的藤甲兵，所装备的藤甲刀枪不入。诸葛亮用油车火药烧死了无数蛮兵，孟获第七次被擒，老本尽失，诸葛亮故意要再放了他。孟获热泪盈眶地忙跪下起誓："七擒七纵，自古未尝有也……南人不复返矣。"

诸葛亮见他这次是打心底里敬服，真心投降，便委派他掌管南蛮之地，不派汉官，由他们自治，孟获等听后不禁深受感动。诸葛亮班师回成都，孟获率领大小洞主、酋长以及诸部落人员依依不舍地相送。从此，南中地区就重新归蜀汉控制，并保持稳定，诸葛亮便集中精力北伐中原了。

智　慧　悟　语

七擒七纵孟获，记载于陈寿所著的《三国志·蜀志》中的《诸葛亮传》，历史上确有其事。在刘备夷陵大败并很快病故后，西南的彝族首领孟获乘机兴兵造反，使蜀国后院起火。为了平定西南、巩固政权、北伐中原，诸葛亮亲自率兵，长途跋涉，深入不毛。

是平定这一次叛乱，还是求得长治久安？是力敌的镇服，还是智取的心服？是斩首，还是攻心？单纯从平定一场叛乱的角度说，最重要的就是"斩首"，就是抓住为首的人并除掉他。因为少数民族地处偏远，生活在大山洞泽之中，出则为兵，入则为民，单纯靠武力根本无法镇服。如果把孟获一刀斩了，就会出现第二个孟获、第三个孟获，并且镇压之法即便打胜，内心未服，暂时奏效，镇压的残忍性还会种下新的仇恨种子，随时都可能再次反叛。所以，霹雳的军事打击手段换不来长治久安的社会局面，而且一味地用武会使民族间的仇恨越积越深。

早在刘备三顾茅庐时，诸葛亮在《隆中对》中就提出了"西和诸戎，南抚夷越"的战略方针，这一正确的战略方针的重点是在"和"和"抚"，这就要收服人心，化仇敌为朋友，化干戈为玉帛。上兵伐谋，上谋攻心。史载孟获是西南地区民族领袖，素来受到西南地区少数民族和汉族的尊敬与钦佩，利用这一点来稳定西南，远比杀了他，另找一个领袖更重要，自然成为收服的首选目标。诸葛亮南征任务的艰难性就在于，通过有限的战争赢得无限的人心，这就是不仅要让孟获输，还要让他输得心服口服。什么时候孟获心服了，什么时候大功才算告成了。

要收复孟获的心，首先就要知道孟获反叛的初心和不服的原因，然后巧妙地碰触到他心理上的弱点，施展"攻心计"。孟获不服的心理仰赖于自己的资源和可借用的资源，后来的事实也证明，孟获确实具有借用资源的能力。

孟获依仗这样的资源产生的第一种心理就是"敌对心"。敌对是指因根本性的利害冲突而到了互不相容、相互仇恨的对立地步。敌对心理，就是把利害冲突的对方当作敌人进行防御和对抗的心理活动。孟获认为诸葛亮和蜀军挑战了他的蛮王的威严和骄傲，挑衅了他的智慧和能力，颠覆了他的习俗和文化，也就是产生了"根本性的利害冲突"，所以激发了他的"敌对心"，不向蜀国称臣，不将世居于此的土地纳入蜀国，自己要做独立的蛮王。正是因为孟获的这种"敌对心"，他才组织了各种资源和诸葛亮进行了最激烈、最大程度的对抗。

孟获的第二种心理就是"不服心"。不服的心理有正面和负面两个方面，单就其负面而言，是指这次或一连几次输给别人了，就一定要想办法赢回来，而且幻想着赢一把就能彻底翻盘的心理活动。赌场上的赌徒都是这种心理，输了一次钱，就一定要想方设法赢回来，就是这种"不服"的心理助推赌徒输了一次还会去赌，而且变本加厉地下注，幻想着自己能够赢一把就把所有的本钱捞回来，结果赌得越大，输得越多。孟获第一次与诸葛亮较量被擒获，他看到蜀军阵营在兵器方面都是一些破烂货，与自己的兵器无法可比，所以，第一次被诸葛亮用计擒拿之后，心中不服，觉得诸葛亮奸诈，而自己的资源并未发挥作用。孟获第二次被擒之前希望借泸水之险毒死蜀军，没想到被部下所缚。第三次孟获用计让孟优诈降，然后自己去劫营。诸葛亮是玩计谋的祖宗，孟获还敢和他玩这个，自己去劫营被擒之后，依然不服输，自觉在谋的方面虽然不敌诸葛亮，但是自己还有太多可以凭借的资源。他第四次、第七次请来刀牌兵，第五次躲入秃龙洞，第六次祝融夫人亲自上阵、请来木鹿大王等，都是孟获在调动资源进行"不服"的抵抗。

孟获的第三种心理是"自负心"。自负心理，是指没有自知之明和知人之智，自以为是和盲目自大，过高地估计自己的能力，过低地估计对手能力的心理活动。有"自负心"的人最显著的特点是好斗，荀子早就讲过："凡斗者自以为是，而以人为非也。"孟获对自己的评价是："吾虽蛮人，颇知兵法。"实事求是地说，孟获确实不是一介勇夫，他不仅善于设谋，战术也灵活多变，既能布阵对垒、正面迎敌，也会采用诈降里应外合。既能发挥地利，凭险阻敌，如凭借泸水、瘴气以阻蜀军，利用毒泉、险路，欲使蜀兵陷入绝境，也能利用人和，借兵抗敌。如孟获第三次被放后，他差人"往八番九十三甸"，"借使牌刀獠丁军健数十万"，而且"克日齐备，各队人马，云推雾拥，俱听孟获调用"。第四次放了孟获后，朵思大王全力来助，战死军中。第五次被放后，木鹿大王亲率大军，驱虎豹豺狼、毒蛇恶蝎，替孟获报仇。第六次被放后，又有乌戈国国主兀突骨率三万藤甲军效命疆场。所以，孟获这种"自负心"演化出来的好斗性是有很深的根基支撑的。

孟获的第四种心理就是"执迷心"。执迷心，是指根本听不进去别人的正确劝告，顽固地坚持自己错误的想法和做法不放弃、不改变的心理活动。孟获和诸葛亮对抗，在一次一次轮回，一步一步跌入深渊的事实面前，还是痴心妄想，顽固对抗。长兄孟杰屡次劝他不要与蜀军为敌，他不听，无奈自己归隐避世。孟获挑衅诸葛亮而屡战屡败等事实都充分说明了他看不清形势、认不清诸葛亮的智慧和实力，是执迷不悟。正是因为孟获迷失了自己，歇斯底里地翻本再战，才酿成了很多灾难性的悲剧。

围绕对孟获"收心"的目标，诸葛亮采用了"攻心为上，攻城为下"的以安抚为主刚柔相济的策略，七擒孟获的过程非常曲折也非常精彩，双方各自运用了很多谋略计策，但诸葛亮总是技高一筹，演绎了军事史上和政治史上无与伦比的奇迹。

诸葛亮以极大的耐心，七擒七纵孟获，施之以威，待之以恩，加之以信，以刚柔并济的手段把攻心战略运用得出神入化。七擒就是施之以威，以克其能。一次次擒拿孟获的事实也不过是为了让孟获真正地明白无论是身边人、部下、百姓、同盟，还是自己所倚仗的地理优势来和蜀军斗，这对诸葛亮和蜀军来说就如同和孙猴子比翻跟头——相差十万八千里。连续七次将孟获赖以敌对的资源和有生力量消灭殆尽，使他的"敌对心"失去资源和军事力量的依托，他怒目相对、冷漠仇视的敌对心理渐趋淡化、开始消弭。每一次"纵"，都是待之以恩，加之以信，以攻其心。孟获每次被擒，诸葛亮都问他"汝心服否？"孟获总是说："若能再擒吾，吾方服也。"但当他再一次被擒，又不守信用，表现出赖皮相。而诸葛亮则通过一次次放他，向西南广大地区的少数民族彰显了"恩"和"信"，使"攻心战"一步步深入到少数民族的心里。就是这样，以兵威擒之，又以恩信纵之，七擒七纵，彻底消除了孟获的"敌对心"、"不服心"、"自负心"和"执迷心"，他主动"垂泪言曰：'七擒七纵，自古未尝有也。吾虽化外之人，颇知礼仪，直如此无休止乎？'随同兄弟妻子宗党等人，皆匍匐跪于诸葛亮帐下，肉袒谢罪曰：'丞相天威，南人不复反矣！'"第七次擒孟获，擒到的是孟获的人吗？不，是孟获的心。

本来诸葛亮还要放孟获回去，但是孟获及其他土著首领终于对诸葛亮彻底心服了，不肯离去，不再为敌，这就是孟获最后的表白"南人不复反矣"。意思是，您代表着天上的神威，南中人不会再反叛了。

诸葛亮的"收心"，不仅要收首领孟获的心，还要收西南地区少数民族的心，少数民族百姓也要臣服，二者不能偏废。在对孟获的擒纵过程中，对其下属的心就开始发生了征服效应。如孟获第四次被放后，带兵回到营中，没想到他的手下杨锋因随孟获数次被擒数次被放，早已心服诸葛亮，起了归顺之念。于是，他与夫人一起将孟获灌醉后押到汉营。七擒七纵，也正好利用了孟获的向导作用，使诸葛亮能够一步一步地往南地深入，为收复广大的少数民族地区及其官兵百姓的心，使自己对待西南少数民族的安抚方针得到全面实施，从而达到了这次进军的终极目的——西南边陲的长期安定。

诸葛亮更远大的政治眼光，还在于诸葛亮见孟获已心悦诚服，觉得可以利用，于是便委派他掌管南蛮之地，并一反两汉以来委官统治、遣兵屯守的惯例，采取"不留兵，不运粮"策略，重用地方势力，大量起用当地少数民族的上层分子，让他们自理自治，彻底地消除南中少数民族的反叛心理。事实表明这是一个非常正确的方略，此后南中再没有发生过大规模叛乱。诸葛亮可以不再为南蛮担心，专心去北伐魏国了。即使用今天的眼光去看这一怀柔政策，也是符合民族团结原则的。

"七擒孟获"虽然只是古代的一个故事，但它为我们今天如何解决对立和冲突提供了绝妙的智慧。在我们的现实工作和生活当中，经常会因种种原因与他人产生矛盾，也会遇到那些有"敌对心"、"不服心"、"自负心"和"执迷心"的人。有的人常常用"拳头"和暴力等简单手段来对待这种人，针尖对麦芒，尖碰尖，硬碰硬，结果不仅不能解决矛盾，反而会使矛盾激化。应该多向诸葛亮学习，有勇更要有谋，力敌不如智取，要用智慧去感化他们，使用"攻心计"，以德报怨，以德服人，才能让别人真正尊敬你，同时转变他们的不良心态，心悦诚服地团结在你的周围，一起和谐快乐地工作和生活。

第三十讲　亲兄弟为什么有的相助，有的相残

引　导　故　事

　　袁绍与曹操官渡决战大败，再败仓亭之后，虽说损失惨重，但是四州之地仍在他手里，钱粮赋税和兵源并不短缺，论综合实力，不输曹操。袁绍经不起一败再败的打击，满脸比山火烧过的树叶还憔悴，并忧忿成病。袁绍临终时，废长立幼，种下袁谭、袁尚窝里斗的祸根。

　　袁绍的丧事办完，长子袁谭不能继位，对于三弟袁尚接手父亲的权柄心怀愤恨，就自封为车骑将军，袁尚由此看出哥哥袁谭对自己成为父亲的继承人不服气和不甘心，于是调虎离山，不让他再回根据地青州去，强令他到邺城之南的黎阳。

　　黎阳是抗击曹操入侵的前线，袁尚却只拨给袁谭勉强能够维护地方治安的兵力，还派心腹逢纪为监军，监视袁谭。袁绍生前手下的臣僚也分化为袁尚、袁谭两大帮派，以审配为首的颍川派支持袁尚，以郭图为代表的冀州土著则倒向了袁谭。

　　正当袁尚、袁谭弟兄两人虎视眈眈，准备拼个你死我活之际，曹操亲率大军横渡黄河杀向黎阳，这距袁绍去世不足一百天。袁谭派人跟袁尚要援兵。袁尚让逢纪带领很少的军队去支援袁谭，袁谭见兵少，又向袁尚要。袁尚怕袁谭赢了曹操强大之后对自己有威胁，不发兵。袁谭很生气，把逢纪给杀了。

　　曹操大军已到黎阳，攻击袁谭，袁谭向袁尚告急。袁尚想如果袁谭真被曹操打败了，自己的日子也不好过，于是就安排让审配守邺城，自己亲自带兵支援袁

谭。但是，兄弟俩也被曹操打败，退至邺城。曹操随后追到，攻下了阴安。

曹操本想一举将邺城拿下，但是邺城是袁绍的大本营，硬攻要费一番工夫，而且袁军的援军也即将赶来，处于两面夹击对自己不利。曹操深谙人性，即使是上了岸的落水狗，还要抖落身上的水，硬攻之下，还可能激发出袁氏兄弟之间的感情，共同拼死抗敌。给他们一段喘息机会，袁氏兄弟就会关注他们之间的矛盾，甚至可能猪八戒啃猪蹄——骨肉相残，这样邺城也就会变成自己的囊中之物。于是，曹操撤兵南征刘表去了。

曹操大军一撤，局面缓解，袁谭、袁尚兄弟俩又开始较劲，举兵互斗，袁谭兵败，逃至平原。袁尚围攻平原，要置袁谭于死地。袁谭无奈又派辛毗向仇敌曹操求救，曹操也很仗义，慷慨应允。

公元 203 年 10 月，曹操大军放弃攻打荆州刘表，调头向北去救袁谭。曹操救袁谭的目的是要吃掉袁谭和袁尚，夺取冀州。袁谭也有自己的心计，他想借助曹操的势力先干掉袁尚，再与曹操决战。曹操进兵打败袁尚，袁尚退回冀州。

第二年，袁尚又进攻袁谭，袁谭又向曹操求救。袁尚得知曹操驱兵救袁谭，撤平原之兵回屯邺城。大将吕旷和吕翔兄弟俩背叛袁尚投降了曹操。袁谭偷偷地刻了两颗将军大印送给吕家两兄弟，笼络其心，为以后攻击曹操做准备。曹操觉得还不到和袁谭公开翻脸的时候，于是和袁谭结亲以安其心。曹操又撤军。

袁尚安排审配、苏由把守邺城，再次进攻平原的袁谭。曹操大军复回，直逼邺城。袁尚得知邺城告急，赶忙率一万多人回救，军队赶到阳平亭，这里离邺城十七里路，举火为号。审配知道援兵到了，也在城里举火，想和袁尚里应外合夹击曹操，冲出重围。曹操分兵两路，一路把审配又赶回到城里，一路大败袁尚。袁尚逃至曲漳扎营，曹操想把曲漳也围住，营外袁尚的手下阴夔、陈琳特来乞降，曹操不准。这两人回去告知袁尚，袁尚只好再逃，逃至滥口，曹操围攻滥口。袁尚大将马延等临阵投降曹操，袁尚措手不及，继续败逃，印绶、兵符、辎重、衣物，统统落到曹操手中。曹操把这些东西拿到邺城门下，城里人一看，以为袁尚已经被擒，军心尽泄，立即崩溃。

曹操围攻邺城的时候，袁谭也没闲着，他也带军攻打袁尚，袁尚这时候两线作战，无力抗击袁谭，大败，逃跑到故安他二哥袁熙那里，而他的士兵被袁谭悉数收编。

实力强大之后的袁谭大军屯扎在龙凑，曹操攻破邺城后带军赶到龙凑，叫袁谭开门，袁谭不开门。曹操下令围攻袁谭，袁谭兵败逃跑至清河，曹操围攻清河，袁谭、郭图大败，均被曹操斩杀。

　　袁熙和袁尚一路逃到辽西乌丸，曹操带领大军又追至乌丸。这俩兄弟带着乌丸那些残军败将迎敌，结果一触即溃，接着又跑到辽东。

　　辽东是公孙康的地盘，公孙康想吞并袁熙和袁尚，这兄弟俩也想干掉公孙康，占据辽东以图东山再起。曹操心想，一旦进兵攻击，他们必然联手对抗，撤兵，他们就会自相残杀。

　　果然，公孙康得知曹操退兵后，设了个鸿门宴，埋伏了刀斧手，席上摔杯为号，把这两人给捉住了，公孙康下令斩了袁熙、袁尚二人首级，送给了曹操。

智 慧 悟 语

　　亲兄弟之间是以血缘关系为纽带形成的血亲，他们是从一个娘肚子里爬出来的，吸吮着同样的乳汁，流淌着相同的血液。亲兄弟自然有一种"血浓于水"的亲和性，与生俱来，按道理说，兄弟之间应该是形同一体，是相助的关系，而不应该是相残的关系。但是，血缘关系并不能完全取代人的本性。人的本性就是逐利。这种逐利性和血缘关系相一致的时候，就会上演出"上阵父子兵，打虎亲兄弟"的同心相助、舍命相救的动人场面。如果逐利性和血缘关系不一致，这时起决定性作用的不是血缘关系，而是利益关系。亲兄弟之间一旦发生了利益冲突，血缘关系很容易就会演变成社会关系，就会为了利益杀得见骨见血，成为不共戴天的仇敌。一句俗语"世上莫如人欲险"，道尽了这一现象的根由和渊源。

　　利益的最核心元素就是权力，由于权力资源是有限的，权力又具有排他性，你得到了，我就得不到。夺权之路向来血腥，尤其在封建专制制度下的皇权更是极其稀缺的资源，只能掌握在一人之手，如同猛虎，无论是谁，一旦有机会骑上，就绝对不会自愿跳下来。权力欲望会让得到最高权力之人的大脑像开水一样沸腾，欲罢不能，到死才能下来。权力欲望也会让没有得到最高权力之人的大脑像注射了可卡因一样，会为了得到最高权力而疯狂地走向背叛，用凶暴的手段去攫取最高权力及其利益。贾谊曾经一针见血地指出："权力太大，即令血缘再亲，一定叛逆。"所以，历史上兄弟相残最多的诱因和最明显的表现，就是兄弟之间挤在狭小的权力擂台上你死我活地争斗，斗争中除了一个人因一时的胜出而称心快意外，其他参与夺权斗争的对立面的人，无论多亲的血缘兄弟，都会在最高权力的刀锋下化成一堆血肉。

　　袁绍最致命的弱点之一，就是三个儿子本身就没有多大能力，又彼此不和，内讧内斗。长子袁谭驻守青州，次子袁熙驻守幽州，三子袁尚留在自己身边。在中国历史上，大多都遵循立长不立幼的礼法（清朝不是）。这样的礼法意在避免兄弟之间互相争权，引发祸乱，手足相残。按照当时的礼法，袁绍的基业应该由长子袁谭来承袭，但是由于种种原因，袁绍却废长立幼，小儿子袁尚夺得了继承权。袁谭身为长子，却没有被立，心有不甘，自号为车骑将军，开始跟袁尚关系不和，并逐渐发展成你死我活、骨肉相残的斗争。据史书载，袁谭"长而惠"，"能接待宾客，慕名敬士"，颇有乃父之风。但袁谭为了夺回礼法规定属于自己的权力，起兵内讧，同室操戈。其实，袁谭与袁尚并没有失去血缘关系，而是因逐利人性起了冲突。人性很奇怪，越是有血缘关系的人，一旦为了利益自相图并，反目成仇，往往仇恨比社会关系产生的仇恨更深、更难化解。袁氏兄弟为了权力而眼红如狼，心狠如虎，祸起萧墙。特别是袁氏兄弟内斗时，袁谭为了战胜自己的弟弟袁尚，夺回本属于自己的权力，早把血缘关系的感情、亲情挤到了心房之外，竟然向昔日先父的宿敌曹操求救，引狼入室，严重损害袁氏集团的利益，动摇根基。不是曹操打败袁氏兄弟，而是袁氏兄弟自己打败了自己。即使官渡之败以及袁绍死后，袁氏的事业还支撑了六年，这说明袁氏当时的实力不比曹操差，如果袁氏兄弟能够协力同心，共同抗曹，鹿死谁手很难定论。可见袁绍失败的根本原因并不是他在官渡的失败，而是他的儿子间骨肉相残不相助。正是这样的相残，使袁氏四世三公烟消云散，生动地诠释了这样的诗句："古今将相在何方？荒冢一堆草没了。"

　　这种情形在曹氏兄弟之间也有相同的表现。曹昂死后，曹丕成了长子，按照礼法应该由曹丕继承曹操的事业，这没有什么道理可讲，就是"立嫡不立庶，立长不立幼"的传统。但是曹操偏偏更喜欢儿子曹植，并多次向身边人流露出表示要让曹植接他的班，硬是把曹植拖入了夺嫡之争的旋涡。曹丕认为，父亲的接班人本来就应该是非自己莫属，这个核心利益绝不允许其他人夺走，所以他志在必得，哪怕是阎王老子挡了他的路，他也要砸了阎王殿。在这种逐利的人性驱使下，曹丕必然把曹植看成自己的死敌。即使后来曹操吸取袁绍的教训，在建安二十二年（公元217年）立曹丕为魏王世子了，曹丕为了巩固"魏王世子"的位置，仍把曹植看成不共戴天的仇人。曹操死后，曹丕已经成了赢家，但是那场夺嫡之争给他留下的心理阴影总是挥之不去，曹丕仍然把曹植当成猎物，想猎杀曹植以绝后患。曹丕对曹植说，你不是自称蚕宝宝的嘴——出口成诗（丝）吗？那我限你在七步做出一首诗，不成则行大法。这就有了著名的《七步诗》："煮豆燃豆萁，豆在釜中泣。本是同根生，相煎何太急？"曹丕的另一个弟弟曹彰也卷入夺嫡之争，与文人曹植不同，曹彰是个武将，对曹丕的权力威胁更大。因此曹丕对曹彰的防范和忌惮也就更甚。曹彰奉诏入京，竟然莫名其妙地暴死在洛阳。也有野史中说，曹丕和曹彰在卞太后住处下棋，一边下棋一边吃枣。曹丕事前密令左右把毒药下在了枣蒂中，又把瓶罐打碎。曹丕吃的是没毒的枣，曹彰吃的是有毒的枣。曹彰中毒后，卞太后想拿水救他，但碎瓶罐里没有水，卞太后急得赤着脚到井边去取水，取水的容器也被曹丕的左右事前做了手脚，水没有取上来，曹彰很快就死了。也许演绎和野史之说不足为信，但事实上，曹丕称帝后曹植、曹彰被遣散出京，一再迁封，又明里暗里派人监视，连过普通人的日子都成了奢望。

兄弟之间有没有相助而不相残的呢？当然有，三国中就有。孙策与孙权就是一例。孙策因被人刺杀，自觉将不久于人世了，便把自己的几个弟弟叫到病榻前，取出象征权力的印绶交给孙权，并语重心长地对弟弟孙权说："若举江东之众，决机于两阵之间，与天下争衡，卿不如我；举贤任能，使各尽力以保江东，我不如卿。卿宜念父兄创业之艰难，善自图之。"孙权大哭，从兄长手里接过了印绶。孙策又对母亲说："弟才胜儿十倍，足当大任。"孙策明白，如果其他几个弟兄对孙权不服，或者为了夺得权力而内斗，他和父亲开拓出的江东基业就会崩溃瓦解。他又以警告的口吻对其他几个弟弟说："吾死之后，汝等并辅仲谋。宗族中敢有生异心者，众共诛之；骨肉为逆，不得入祖坟安葬。"孙权兄弟之间没有内乱，同心协力辅佐和支持孙权，东吴的基业稳定发展了四十多年。司马师也是把权力传递给了弟弟司马昭。司马师临终前对司马昭说："吾今权重，虽欲卸肩，不可得也。汝继我为之，大事切不可轻托他人，自取灭族之祸。"司马师和司马昭兄弟也没有为了权力争得你死我活，最终乘着三国内乱之机，建立了晋朝，一统天下了。可以说，宗室对皇权是把双刃剑，既是皇权最有力的潜在竞争者，也是皇权的最强大的维护者，是利是害，完全在于当权者如何处置、把握和有效控制。处理得有智慧，就既能规避兄弟之间争权夺利而出现的血案命案，又能充分利用好这一笔独特的政治资源，巩固当权者的统治地位。

最值得一提的是，孙权弟兄们没有围绕权力内斗，东吴的事业就呈现出了蒸蒸日上的发展局面，可是到了孙权的晚年，孙权的儿子以及女儿们则围绕夺嫡争斗得血肉横飞。因为这次斗争极为复杂，而参加的势力又是各种各样，至此吴国开始走向衰败。公元 241 年东吴太子孙登去世，孙权再次面临选谁当太子的问题。陆逊为首的大臣集团推举孙和为太子。孙和的母亲王夫人想到儿子成为太子，将来成为皇帝，自己就是皇太后，得意到嚣张的程度。孙权的长女孙鲁班和王夫人起了冲突，孙权的小女儿孙鲁育也加入夺嫡之争，就像猴子爬竹竿——上蹿下跳。此外，鲁王孙霸也成为太子的有力竞争者。这时的孙权已经患病在床，由孙鲁班控制孙权的生活起居，她不断地向孙权说孙和及其母亲王氏的坏话。孙权的晚年不仅身体像白露过后的庄稼——一天不如一天，而且头脑也开始犯糊涂，对孙鲁班的挑唆也不加分析，十分气愤地将孙和叫到跟前大肆数落。有一次孙和去祭拜，顺道看了看自己的岳父，孙鲁班又在孙权面前"下蛆"说：皇帝还没死，太子孙和就和别人开始商量怎么操办皇帝的丧事。孙权听了更是气愤，开始有了废太子的念头。这件事情被太子孙和知道后，就和大臣陆逊商量对策。陆逊联合众大臣开始劝谏孙权不要废太子，但是孙权听到后心想，我只有一个念头你们是怎么知道的，坚定了废太子的决心。后来陆逊一党的大臣更是以命劝谏孙权不要废太子，但是孙权并未理会，还做出了很多残暴的事情，导致很多大臣死在了劝谏的路上。随后太子孙和被废并被发配。孙权很明白整个事件是两宫围绕夺嫡之争造成的，又将孙鲁班支持的鲁王孙霸赐死。陆逊看到孙权的做法，怒火攻心，一口鲜血吐出来后病重，很快离开了人世。在吴国不仅父亲杀儿子，哥哥也杀弟弟，十岁就当上了皇帝的孙权七子孙亮十六岁就被赶下台，又被继他而当上皇帝的哥哥孙休逼死；侄儿还杀叔叔，孙和本来已经成为被废的太子，结果还是被孙坚的弟弟孙静的曾孙孙峻所杀。孙权及其子女们骨肉相残的斗法印证了常言的道理："为人莫生帝王家，富贵荣华眼前花。"吴国两宫以及宗室围绕夺嫡的斗争把东吴的政治中心斗得稀巴烂，为吴国的灭亡敲响了丧钟。

　　兄弟之间的血缘特征只是相助的条件之一，兄弟最终是相助还是相残，不仅取决于血缘关系，还取决于逐利的人性特征所表现出来的利益关系，利益一致，为了获得共同的利益，有血缘关系更好，就是没有血缘关系的社会关系也会形同一体，上升为亲情关系，不是亲兄弟也可以胜似亲兄弟，齐心协力，彼此相助。这在三国故事"桃园三结义"中的刘备、张飞、关羽的三个结义兄弟就是明证。反之，如果利益相背，甚至尖锐对立，就是亲兄弟之间也会上演兄弟阋墙、自相残杀的一幕。据史书记载，公元 626 年，唐高祖武德九年，李渊次子李世民在唐王朝首都长安城发动了一场家庭内部斗争，史称玄武门事变。玄武门事变的起因，是唐高祖李渊在位期间，太子李建成、齐王李元吉与秦王李世民之间的权力斗争。当时唐朝天下已经平定，但唐朝皇帝李渊的长子李建成、四子李元吉都很嫉妒次子李世民，认为李世民是他们登上权力高峰的最大障碍，兄弟矛盾越来越大。李建成、李元吉和后宫嫔妃们都常向唐高祖李渊讲李世民的坏话。李建成、李元吉甚至密谋下毒杀害李世民。李元吉常劝唐高祖李渊杀死李世民。在这种性命难保的处境中，李世民请来谋士房玄龄和杜如晦商议对策。房玄龄说："秦王您功劳盖世，本应继承皇帝大业。现在李建成、李元吉都要置你于死地，您心怀忧虑与恐惧，希望您不要再举棋不定了。"房玄龄和杜如晦就一起劝说李世民杀掉李建成和李元吉。随后，就发生了"玄武门事变"。各种关系说到底就是利益关系，血缘关系和社会关系都要听任利益的摆布。李家血缘牵起来的这道父子、兄弟联结的纽带，在人性逐利的法则面前，在权力和野心面前，一撞就四分五裂。在根本利益冲突面前，父子之情、兄弟之情的分量微不足道。帝者无亲，霸者无情，君不君，臣不臣，兄不兄，弟不弟，父不父，子不子，俱在玄武门之变中以尸山血海场景表现得淋漓尽致。

从亲骨肉兄弟有的相助、有的相残中，我们今天的领导者和管理者应该获得很多智慧。第一，无论是血缘关系，还是社会关系，说到底就是利益关系。社会上多少在一起的创业者，后来形同路人，甚至变成仇人，不是不能在一起吃苦打拼，而是一旦创业成功，有了大量资产剩余进行利益分配时，就经受不住考验了，翻脸比翻书还快，为利益大打出手。因此，领导者和管理者必须在自己的组织中建立和完善利益驱动和利益约束机制，求得各种关系在利益上的一致和相对平衡，使组织成员之间同心协力地相助，而不是你争我斗地相残。第二，作为家族式的企业不能搞家族式的管理。不能依靠"亲兄弟"或者"七大姑八大姨"的有血缘关系的人把持高管和中层的重要管理部门或者重要管理岗位，任人唯亲不仅会让能力不足的亲属耽误事业发展，还会因利益冲突产生内乱多了外患、动摇根基的危害。要"任人唯贤"，要把所有权和经营权适度分离，在市场上招募和挑选经理人作为各级管理部门和岗位的管理者，并在利益驱动和利益约束机制的作用下实现委托人利益的最大化。

第三十一讲　最复杂的人际关系是敌对关系，还是同事关系

引 导 故 事

　　刘备攻打刘璋的西川，勇将马超也来归投并立下军功。拿下西川后，刘备自领益州牧，大封老部下及新降文武。

　　独自在荆州镇守的关羽被封为荡寇将军、寿亭侯，刘备又遣使送黄金五百斤、白银一千斤、钱五千万、蜀锦一千匹厚赏关羽。关羽非常高兴，但是当他得知新近归降的马超也被封为平西将军都亭侯后，就心中不悦了。关羽认为马超刚刚来投，功劳也不大，封赏却如此丰厚。而且马超一向以勇猛著称，这对心高气傲的关羽是一种挑战，所以，关羽决定，要和马超比武，一决高下。刘备听说关羽要来蜀和马超比试武艺，大惊失色，说："如果二弟云长来蜀，和马超比武，二虎相争，必有伤亡，将会势不两立。"诸葛亮对刘备说："不要紧，我给云长写封信就可以搞定了。"

　　关羽把诸葛亮的来信打开一看，心情顿时就热起来了，放声大笑，吩咐关平急传部众宾客，会集一堂，宣示孔明此信！诸葛亮的信是这样写的："亮闻将军欲与孟起分别高下。以亮度之：孟起虽雄烈过人，亦乃黥布、彭越之徒耳；当与翼德并驱争先，犹未及美髯公之绝伦超群也。今公受任守荆州，不为不重；倘一入川，若荆州有失，罪莫大焉。惟冀明照。"关羽看毕，自绰其髯笑曰："孔明知我心也。"从此再也不提入川找马超比武的话题了。

　　法正主动投靠刘备，被封为蜀郡太守后，开始搞清算。那些有恩于他的人，

都给予回报；有过节的人，无不遭到他的报复，法正甚至大开杀戒，要了好几个人的命。

有人把法正在蜀郡胡作非为的事报告给诸葛亮，并请求诸葛亮向刘备汇报，以严肃处理。谁都知道，诸葛亮在跟随刘备入川之后，"刑法峻急，刻剥百姓，自君子小人咸怀怨叹"。诸葛亮治军、治政、治民素以赏罚分明、厉法苛刑著称。但是，对于法正如此目无法纪的行为却根本不予过问，也不上报刘备。这与诸葛亮治蜀的一贯精神是完全不相符的。

建安二十三年（公元 218 年），李严率领仅仅五千人就击溃了聚众五万之多的马秦和高胜等人，被刘备升为辅汉将军，并为犍为太守。李严任太守期间，凿山，修建大道，兴土木，整修郡城，彰显出了卓越的政治才能，百姓和官员对他的口碑都很好。但是李严与部下曹杨和王冲都不和，致使两人一个辞职引退，一个归降北魏。同乡陈震曾经说他"腹中有鳞甲，乡党以为不可近"。

章武二年（公元 222 年），刘备伐吴失败，在白帝城任李严为尚书令。第二年又托李严和诸葛亮一道辅助少主，李严升为中都护。建兴元年（公元 223 年），李严被封都乡侯。刘备去世后，李严的私心膨胀，认为自己与诸葛亮同为托孤大臣，地位本应平起平坐，不愿意听诸葛亮指挥着他做事，为了自己的私欲竟然把复兴汉室的大业放到了一边。北伐之前，诸葛亮想要李严的东部兵马支援，李严不但不从，反而要求分东部五郡为巴州，自己担任巴州刺史，与诸葛亮的益州牧相抗衡。建兴九年（公元 231 年），诸葛亮第四次出岐山，李严负责的是粮草的运输。途中阴雨不断，行程被耽搁，畏难而又不作为的李严传信让诸葛亮退兵。诸葛亮退兵后，李严说他粮草已至，为何退兵。同时李严又在刘禅那里谎称诸葛亮退兵是引诱司马懿跟他交战，以此掩盖其督军不力的事实。不过回军后的诸葛亮当堂摆出了李严前后反复的手笔书疏等证据，李严无言以对，后主刘禅明白了事情的前因后果，将李严贬为庶人。

诸葛亮活着的时候，是军事和政事一起掌握，但是诸葛亮临死的时候，知道蜀汉没有人能像他一样军政一体，因此，做了这样的安排：政事由费祎、蒋琬二人先后掌握，军事由姜维掌握。后来费祎、蒋琬两人都过早地去世，蜀汉就出现了内部政事混乱的现象，姜维此时虽然手握重兵，但却不善政事。蜀汉内部又出现了一个宦官黄皓。太监要作威作福，都要仰仗皇帝做其后台。黄皓为了能升迁，就溜须拍马、阿谀奉承，受到刘禅的宠信，也因此多次受到重臣董允的责骂。董允在世时，黄皓还有所收敛，不敢胡作非为。董允去世后，陈祗接替董允的侍中官位，不再排斥宦官黄皓，并与黄皓互为表里，这使得黄皓开始有机会参与蜀汉政事。景耀元年（公元 258 年），陈祗病死，宦官黄皓开始干预政事，官位也升迁得很快。刘禅的弟弟刘永当时非常厌恶黄皓，黄皓取得刘禅的信任后把持朝政，就对刘禅说刘永的坏话，刘禅就开始疏远刘永，导致刘永竟然十多年不能朝见他的哥哥刘禅。蜀右将军阎宇身无寸功，阿附黄皓，得到高官厚禄，听说姜维在祁山作战，请求黄皓让他代替姜维，又将战事中处于优势的姜维召回朝廷。当时姜维虽然掌管蜀国大部分兵力，但姜维是个忠臣，没有皇帝旨意如果对黄皓动手，就会有叛逆之名。姜维常年在外用兵，黄皓则在朝廷弄权。后来姜维上奏刘禅说："黄皓奸巧专恣，将败国家，请杀之！"但刘禅说："黄皓不过是一个奔走效力的小臣罢了。过去董允对他切齿痛恨，我常常感到遗憾。您大人大量，又何必介意他呢？"姜维看到刘禅不愿处死黄皓，而黄皓在朝中的势力又盘根错节，姜维担心如果自己出现意外，就不能完成诸葛亮北伐中原的遗愿，所以在这种情况下，姜维为了自保和不让蜀汉出现内乱，就沓中种麦，以避内逼。

姜维听闻钟会于关中治兵，图谋进取蜀汉，上书刘禅应派张翼、廖化率军分别护守安阳关口和阴平的桥头，以防魏军。但黄皓带刘禅去求神问卜，告诉刘禅魏军不会进攻蜀国。刘禅听信了他的话，就把姜维反映的情况和建议搁置一边，没有告知群臣，自己在宫中仍旧花天酒地，歌舞笙箫，日夜玩乐。邓艾进入成都，听说黄皓奸诈阴险，想杀他，但是黄皓用许多金钱贿赂邓艾手下，得以免死。刘禅迁到洛阳，司马昭因为黄皓祸国殃民，将他凌迟处死。

智 慧 悟 语

敌对关系相对单纯，一般而言，界限清楚，对象明确，根本对立，真刀真枪对着干，斗争的目的就是你死我活、我胜你败，解决的方式主要是斗智斗勇，消灭对方。但是，同僚关系相对敌对关系复杂得多，历史上有很多有名望的人有智慧战胜敌手，却没有办法对付同僚。我们下面结合上述几个三国故事片段，来感受一下同僚关系的复杂性以及处理好这种复杂关系的智慧。

关羽自觉天下无敌，听说新来的马超武艺超群，雄烈过人，想要入川与马超比个高低。关羽要和马超比武，这是因嫉妒和不平衡心理产生的。同僚之间很容易出现"你没本事我臭你，你有本事我嫉妒你"和"我好你不能好"的问题。关羽本来因自己得到了刘备的封赏，已经蛮高兴了，但是听说马超也被刘备封赏了，心中就起了波澜：我被奖赏是应该的，你才来几天，也没有什么大功劳，凭什么享受和我差不多的奖赏。特别是听说马超一向以勇猛著称，心态就更不平衡了。放着重要的军事重地荆州不顾，要入西川去与马超比武。什么比武？显然是同僚之间的内斗，对此刘备的认识很清醒，说："如果二弟云长来蜀，和马超比武，二虎相争，必有伤亡，将会势不两立。"刘备预见到了关羽与马超比武的后果"将会势不两立"，但是如何避免这种后果的发生呢？刘备并没有拿出招法。诸葛亮只用一封信就四两拨千斤地化解了这两个同僚的一场恶斗。诸葛亮知道关羽好出风头，爱戴高帽子，于是给关羽写去这样内容的书信："亮闻将军欲与孟起分别高下。以亮度之：孟起虽雄烈过人，亦乃黥布、彭越之徒耳；当与翼德并驱争先，犹未及美髯公之绝伦超群也。"意思是，虽然马超武艺超群，能把曹操追得割须弃袍，但他的武艺再高也就能和张飞相提并论，他哪能和绝伦超群的您并驾齐驱呢？关羽看后高兴地说："孔明知我心也。"关羽什么"心"？高傲自负、嫉妒和不平心，遇到高手技痒难忍，就要比试高低。诸葛亮的"孟起虽雄烈过人""当与翼德并驱争先，犹未及美髯公之绝伦超群也"两句话就满足了关羽那种自傲和不平衡心理。关羽还经常拿出诸葛亮的这封信在来访的客人面前显摆。如果往更深层次研究，关羽的心里还可能有这样的担忧：马超自从中了曹操的离间计，和韩遂翻脸，被曹操打败之后，望西而逃，到汉中投靠张鲁。正好刘备来攻葭萌关，马超自愿出击，务要生擒刘备，以报张鲁收留之恩。后来刘备入川后与刘璋争夺益州，马超看出刘备是个成大事的人，当即连家眷都不要了，孤身一人前来投奔刘备。且马超自恃勇力，又是名门之后，当时仅仅四十岁，虎狼之年，血性方刚，假如刘备帐下没有人能镇得住马超，日后必然会留下祸端。刘璋帐下治中从事的王商也评价说："超勇而不仁，见得不思义，不可以为唇齿。""义薄云天"的关羽也许想通过比武的形式铲除马超这个"勇而不仁，见得不思义"的后患，至少也可以起到敲山震虎的威慑作用。但是诸葛亮的信中说，马超"亦乃黥布、彭越之徒耳"。黥布原是项羽手下的人，后来投靠刘邦，汉朝建立后，黥布和彭越谋反都被诛杀了。诸葛亮把马超比作黥布、彭越，不但表达马超和黥布、彭越一样勇猛，而且意在安慰关羽的心，如果马超像黥布、彭越以后谋反，那我们就杀了他。同时，诸葛亮在信中也对关羽发出了警告："今公受任守荆州，不为不重；倘一入川，若荆州有失，罪莫大焉。"意思是，你身据荆州战略要地，有你镇守，刘备才能安心，倘若入川与马超比试，魏军打来荆州有闪失，那你罪过就大了。因此还是不要入川与马超比试武艺，一决高下了。这样一"捧"、一"安"、一"警"，就把关羽的心收了，把同僚的冲突关系良性化了。

同僚关系维系的底线应该是法律。在法律面前人人平等，尤其是诸葛亮在《隆中对》中就提出过"内修政理"。刘备夺取成都后，自称汉中王，就命诸葛亮、法正、刘巴、李严、伊籍五人制定《蜀科》，以"内修政理"。在讨论中，法正对"刑法峻急，刻剥百姓"并造成"自君子小人咸怀怨叹"的恶果予以谴责，指出："昔高祖入关，约法三章，秦民知德。今君假借威力，跨据一州，初有其国，未垂惠抚；且客主之义，宜相降下，愿缓刑弥禁，以慰其望。"诸葛亮反驳道："君知其一，未知其二。秦以无道，政苛民怨，匹夫大呼，天下土崩。高祖因之，可以弘济。刘璋暗弱，自焉以来有累世之恩，文法羁縻，互相奉承，德政不举，威刑不肃。蜀土人士，专权自恣，君臣之道，渐以陵替。宠之以位，位极则贱；顺之以恩，恩竭则慢。所以致弊，实由于此。吾今威之以法，法行则知恩；限之以爵，爵加则知荣；恩威并济，上下有节。为治之要，于斯而著。"两大股肱之臣公开发生争执，而且"君知其一，未知其二"这样用词，以表明争执的激烈程度。但诸葛亮峻法治蜀，适应了外来者刘备的需要，刘备需要靠严刑峻法巩固自己的统治，最终实现夺取天下的目标。所以，在刘备的支持下，《蜀科》得以通过并迅速实行。诸葛亮迎合了领导者的心愿，使持有不同意见的同僚也得以服从权威。

法正在讨论中虽然对诸葛亮的严刑峻法大加谴责，主张怀柔，但是他自己当了蜀郡太守后，开始搞清算，对与自己有过节的人实施打击报复，甚至大开杀戒，这可是重罪。诸葛亮知道法正是刺猬性格，睚眦必报。因此，诸葛亮对法正如此目无法纪的行为根本不过问，更不向刘备汇报。这里又涉及复杂的同僚关系问题。法正与张松是迎接刘备入蜀的主要代表，刘备就是得到张松、法正等人的积极支持后，才于公元 211 年入蜀。张松被告发处决后，法正就成为刘备入蜀后依靠力量的领袖。刘备入蜀后，法正帮助刘备取得蜀中地方豪强的支持。法正还劝说刘备重用投降的原刘璋的蜀郡太守许靖，这对于招抚刘璋部下，稳定刘备统治，意义重大。建安二十二年（公元 217 年），法正为刘备出谋攻占蜀之咽喉汉中，被刘备采纳并让他同行。法正在进攻汉中的过程中，如破魏将夏侯渊之役等，都发挥了重要作用，成为刘备的得力助手。《三国志》载刘备自领益州牧后，封法正为"蜀郡太守、扬武将军，外统都畿，内为谋主"。刘备不仅把作为政治中心的蜀郡交给法正治理，而且将其视为首席核心谋士。相比之下，诸葛亮还是个军师将军，官职和实权都不如法正。法正在益州又有很强的地方势力，连刘备都要让他三分。在这种情况下，去追究法正违法犯罪的行为，刘备是绝不可能让他杀法正的。诸葛亮清楚此时得罪法正也并非明智之举，不能干那种明知不可为而为之的蠢事。因此，诸葛亮才对法正目无法纪的行为根本不予过问，也不上报刘备。诸葛亮反而帮法正说好话，说法正功劳很大，对于功劳大的人就应该让着点，没必要计较。后来，诸葛亮与法正的同僚关系一直保持得很好，避免了因蜀国高层同僚不和而出现的内乱。

诸葛亮与李严又是一种同僚关系。夷陵之败，回到白帝城的刘备听到了死亡之神逼近的脚步声，开始托孤。李严和诸葛亮一同成为托孤大臣。本来刘备托孤是想让代表原跟随自己的荆楚集团的诸葛亮和代表原跟随刘璋的益州集团的李严共同合作、互相牵制，但让刘备没想到的是李严私心严重，贪图名利又不甘居人之下，从辅政伊始，就不心存汉室，而是一门心思想要更高的官位、更大的权力，所以总在权力分配上和诸葛亮讨价还价，破坏了北伐的大好局势，在诸葛亮面前又软弱无力，形不成制衡能力，使蜀国的政权完全掌控在诸葛亮一人手中。幸亏诸葛亮是个忠臣，为蜀国的振兴"鞠躬尽瘁，死而后已"，付出了一生心力。李严的家乡流传着一句话："难可狎，李鳞甲。"意思是，李严身上有不可触犯的鳞甲，谁触犯就会伤害谁。诸葛亮如何处理和有鳞甲的李严的同僚关系呢？第一，把李严一步步架空。诸葛亮自领益州牧，这是蜀国最大的地区了，荆州丢了后，除了益州就剩汉中了，汉中地盘又很小。李严自己担任巴州刺史，诸葛亮很快就任命名位仅次于赵云并以忠勇著称的陈到统帅永安兵马，虽然名义上仍是李严麾下，但实质上削弱了李严的军权。第二，调鼠离洞。在诸葛亮眼里，李严算不上一只虎，也就是一只鼠。但是这只老鼠经常以同是先主托孤大臣的身份和诸葛亮分庭抗礼，按照刘备的托孤安排，李严留驻永安。后来李严又到了江州（现在的重庆），在那儿自己筑城、扩军，并向朝廷打报告，请求划出五郡之地来单独成立一个州。本来蜀汉只有一个益州，他又要搞一个巴州，自己任刺史，这就是要与益州牧诸葛亮平分秋色。诸葛亮上书朝廷火箭式提升李严为骠骑将军，但又派李严去汉中督守。魏延在汉中苦心经营多年，别人很难插手，诸葛亮又屯兵汉中，一切行动都得诸葛亮下命令。李严彻底地成为离开洞口的老鼠，想蹦跶也蹦跶不起来了。第三，抓住要害，一箭落鸟。诸葛亮第四次北伐，上邽之战大破司马懿，正当乘胜进兵之际，却因李严负责运输的粮草未到而耽搁。畏惧而又不作为的李严传信让诸葛亮退兵。诸葛亮退兵后，李严说他粮草已至，为何退兵。同时李严又在刘禅那里谎称诸葛亮退兵是诱敌，以此掩盖其督军不力的事实。诸葛亮把李严前后文书拿出来对证，李严哑口无言，蜀汉群臣愤怒。诸葛亮一看时机已到，遂张弓射鸟，一箭落地。诸葛亮虽然对李严一箭落地，可并没有一棍子打死。因为这是同僚关系，并不是敌对关系。而且诸葛亮为了顾及东州集团的势力，仍用李严之子李丰都督江州，并表示李严能改过自新，还可复出。这让被斗垮了的李严仍然对诸葛亮心存感激，并开始悔过自新。建兴十二年（公元 234 年），诸葛亮病逝，李严认为再无人能像诸葛亮这样出以公心来看待和起用自己了，在激愤和失望中去世。

姜维与宦官黄皓又是一种类型的同僚关系——贤人与宦官小人的关系。当年诸葛亮给皇帝刘禅上的《出师表》中，就告诫刘禅应当亲贤臣，远小人。并且借鉴桓帝、灵帝时期的宦官祸乱朝纲的教训，提出宫中府中作为一个整体的制度建设方案，以防止后主刘禅日益亲近宦官，疏远贤臣。但是，尽管诸葛亮苦心设计了打通宫中府中内外隔阂的制度方案，但刘禅后来并没有照着做，宦官专擅之祸仍然泛滥。商人行奸不过在于谋利，宦官行奸则会祸国殃民。宦官黄皓有一肚子阴暗心思，专权，结党营私，陷害忠良，与敌人勾结，又是皇帝身边的人，有皇帝做靠山，在朝中的关系也经营得盘根错节。姜维常年在外用兵，阴险狡诈的黄皓则日夜在朝廷弄权，经常树荫里拉弓——暗箭伤人。姜维上奏刘禅说："黄皓奸巧专恣，将败国家，请杀之！"但刘禅偏袒黄皓，并要姜维"大人大量""何必介意"。刘禅的话让姜维窝心，姜维是个忠臣，没有皇帝旨意如果对黄皓动手，就会有叛逆之名。姜维虽说拳头很硬，但是打不了苍蝇，最后无奈，选择了三十六计中的"走为上计"，沓中种麦，以避杀身之祸。对付像黄皓这种阴险奸诈的同僚，最好的策略就是把他的靠山变成火山，烤死他。姜维应该继续说服刘禅，使刘禅认清黄皓的真面目，把自己的认知变成皇帝的认知，这样皇帝对黄皓就会转变看法，并将他绳之以法。后来，司马昭为什么能够凌迟处死黄皓这个奸人，不就是因为他原来的靠山也自身难保，说不上话了吗？姜维也许有自己的难处，我们后人不得而知，但是无论怎样，既然看清了黄皓是祸国殃民的奸贼，而且已经奏请皇上杀之，那就没有退路了，一走是不能了之的，打蛇不死，自遗其害。政治斗争是极其残酷的，不是你死就是我活。斗争胜负的交接点在皇帝刘禅身上，要想尽一切办法让刘禅看清真相，为国除害，这才是最大的忠臣。留下国贼在皇帝身边，他就会继续使绊子、下黑手，继续胡作非为。姜维眼睁睁地看着黄皓出阴招害人，自己没有拆招的对策，无论如何，这不应该是一个忠臣所为。历史从来不缺少像黄皓这样拨弄是非的小人，我们应该从姜维处理与小人黄皓的关系上吸取应有的教训。

祢衡在刘表处失宠也源于没有处理好与刘表左右亲信的同僚关系。曹操遭到祢衡的当众辱骂，为了不背上杀贤才的嫌疑，就把祢衡送给了刘表。刘表把祢衡奉为座上宾，祢衡对刘表也充满了感激之情，也不乏溢美之词。但是，祢衡对刘表周围的亲信却经常冷嘲热讽，引起了这些亲信的极大不满，他们就像阴沟里的老鼠——明的不敢来暗地里来，抱团对他进行攻击和诬陷，他们经常在刘表面前编造谎言说："祢衡虽然承认您的仁爱胸襟，纵使商朝时期的西伯侯姬昌也不过如此。但是，总是说将军您关键时候没有决断的勇气和能力，所以不仅成就不了大事，最后必然走向失败。"刘表左右的亲信对他的要害问题看得十分清楚，也深知刘表的为人，谁要是指出了他的这些要害，就等于揭了龙鳞，结局是粉身碎骨。因此，这些左右亲信看破了刘表的问题却不说破，这次借着祢衡之口说出来，这就是最厉害的一招。从以往祢衡的行为方式看，不要说刘表本人，就是了解祢衡的人都会深信这样的话就出自他的口气，刘表不会去求证，也不用去求证这些话是否出于祢衡之口，脑神经的最直接反应就是暴怒和报复。祢衡在这些构陷下，只有继续灰溜溜地被老主人转送给新主人。事实上祢衡就像击鼓传花一样一生就被这样转送，最后传到黄祖手里时鼓停了，再也传不下去了，他的年轻生命也就过早地走到了尽头。

第三十二讲　领导者对组织内部成员的矛盾是激化，还是化解

引 导 故 事

　　吴国大将甘宁早期曾经在江中为盗，他腰间悬挂铜铃，人们一听到这种铜铃声就惊恐地四处逃离，他还用蜀锦做成船帆，故称之为"锦帆贼"。甘宁少年时行侠仗义，读过诸子百家。他先去投奔刘表，刘表因他出身江贼没有委以重用，便将他介绍给黄祖，黄祖也没有重用他。后来，孙权征伐荆州，攻打江夏，黄祖败逃，东吴大将凌操一路追杀，危急时刻甘宁赶到，一箭射死凌操，黄祖回军掩杀，反败为胜。当时只有十五岁的凌操儿子凌统，在乱军之中奋力搏杀，抢回了自己父亲的尸体。甘宁救了黄祖，扭转了先前黄祖屡战屡败的局势，立了大功，但黄祖仍然把甘宁当作江贼对待，不奖励也不提拔，甘宁及其部下都愤愤不平。甘宁的好友苏飞劝甘宁另择明主，后经吕蒙引荐，投降孙权。

　　甘宁投入孙权麾下，与凌统由敌人成为同一营垒的人，但是凌统对杀父之仇始终不能忘怀，自然不会轻易放过他，总在找报杀父之仇的机会。甘宁自知同凌统有杀父之仇，也心有芥蒂，和凌统打交道都小心提防，谨言慎行。急于报杀父之仇的凌统一时找不到报复的机会，心中的怒火就更盛了。

　　有一天终于找到了爆发点。孙权讨伐黄祖，命甘宁为副将，随大都督周瑜出征，东吴大胜而回。在孙权为庆祝甘宁剿灭黄祖的宴会上，凌统趁着酒劲，在众人面前大骂甘宁，甚至不顾众人的阻拦要杀甘宁，雪父仇。甘宁与凌统的冲突已经到了表面化、激烈化的程度。眼看局势无法控制，孙权不得不发话了，孙权说：

"兴霸（甘宁的字）射死卿父，彼时各为其主，不容不尽力。今既为一家人，岂可复理旧仇？万事皆看吾面。"又说，甘宁以自己的勇武和智谋杀了黄祖替他父孙坚报了仇，他自然是感谢甘宁，肯定了甘宁的功劳，给了甘宁都尉的职位。甘宁十分感激。

孙权自己也有过丧父之痛，他比别人更加理解凌统的心情。所以，面对凌统对甘宁的不断挑衅，甚至在庆功宴上寻衅滋事他也都没有责备凌统。自己的杀父仇人就在眼前，而且还立了功封了官，搁在谁身上都会怒火中烧，有些过激举动也在情理之中。孙权又根据凌统的功劳封他承烈都尉，消除了只封甘宁不封凌统的隐患，避免了凌统由此产生的心理不平衡和对自己产生怨恨。

当然，甘宁与凌统结的不是一般的梁子，而是不共戴天的杀父之仇。孙权知道不是一个公平的封赏就能彻底解决问题的，如果两人还在一个地方当职，就会像两只斗鸡被关在一个笼子里，不打架是不可能的。凌统感情没有转变过来，自然还会找甘宁挑战，这样两人只会积怨更深，更加不好化解，所以，孙权将二人分开隔离，把甘宁调到夏口当职。孙权攻下宛城，甘宁立下大功，被孙权请之上坐，凌统又想起杀父之仇，拔剑要杀甘宁。孙权劝阻说："吾常言二人休念旧仇，今日又何如此？"凌统哭拜于地。

此后，孙权还时不时地从感情上劝解凌统，说你父亲虽然被甘宁所杀，但是当时两人是在敌对阵营，各有其主，各为其主。现在你们两人已经在同一个阵营，他和你一起效力东吴了，逝去的人已经不能复生，如今应该为共同的东吴着想。

然而，凌统对孙权这些话的道理从感情上还是接受不了，刚开始并不听他的劝告，再次找甘宁的碴儿，孙权还是没有怪罪他，仍然在调和两人之间的关系。

在战合肥时，因甘宁百骑劫曹营有功，凌统不服，专要找曹操麾下大将张辽单挑，张辽部将乐进出战，战到五十回合，不分胜负。曹操赶到，令曹休放冷箭。曹休一箭射中凌统的马，凌统被掀翻在地，乐进刚要杀凌统，在这危急时刻，甘宁不计前嫌出手相救。甘宁一箭射中乐进面门，乐进带伤而回，保住了凌统的性命。

凌统回寨后，拜谢孙权，孙权曰："放箭救你者，兴霸也。"凌统大为震惊，也非常感动，看到了甘宁为人可贵的品质。而孙权也趁机再次劝解凌统，让他放下恩怨。凌统跪拜甘宁，痛哭曰："不想公能如此垂恩。"自此结为世交，再不为恶。曾经的死对头最后反而变成了恩人。

智　慧　悟　语

　　哲学理论认为，矛盾是由相互对立的双方所构成的统一体。社会矛盾按其性质分为内部组织成员在根本利益一致基础上的矛盾和组织外部敌我在根本利益对立基础上的矛盾，内部组织成员的矛盾不是对抗性的，外部敌我矛盾是对抗性的，但是在一定的条件之下，对抗性矛盾如果处理的方式方法好可以转化为非对抗性矛盾；非对抗性矛盾如果处理的方法不当，或者失去警觉，任其发展，也可以转化为对抗性的矛盾。例如，甘宁在黄祖营垒时和孙权以及凌统之间是敌我矛盾，但甘宁投降孙权后，甘宁和孙权及凌统之间就转化为非对抗性的矛盾了，可是甘宁和凌统之间有着杀父之仇，如果孙权处理不好两个人之间的关系，就会激化矛盾，甘宁和凌统之间就会拼个你死我活，非对抗性矛盾就会转化为对抗性矛盾。如果孙权调和好了甘宁和凌统之间的关系，就会化解矛盾，二人就会不计前嫌，肝胆相照，生死与共。

　　人世间有两大仇恨是最难化解的，即"杀父之仇"和"夺妻之恨"。但是，孙权能够把属下甘宁和凌统两员大将的"杀父之仇"化解了，而且成为世交的生死兄弟，为后世留下了处理组织内部成员之间矛盾的方法是"化解"而不是"激化"的宝贵智慧。下面我们再详细地分析孙权在调和甘宁和凌统矛盾时的智慧。

　　（1）对矛盾的性质认识清楚，说理透彻。当凌统在庆功会上要杀甘宁报仇，闹得场面异常紧张的时候，孙权为了避免流血冲突，说："兴霸射死卿父，彼时各为其主，不容不尽力。"意思是说，原来甘宁是黄祖的部将，与我们东吴是敌对阵营，我们之间是你死我活的敌对关系，在这种关系中，甘宁要杀死你的父亲，你的父亲也要杀死甘宁，这是各为其主，不能不尽力。甘宁射死你的父亲，在当时的敌对关系中必须要报杀父之仇，这是理所当然的。但"今既为一家人，岂可复理旧仇？"意思是，甘宁脱离黄祖阵营投降了我们，我们和甘宁已经从敌对关系转化成一家人的关系了，那怎么还能念念不忘前嫌旧仇呢？这就是要求凌统以东吴的根本利益和大局为重，捐弃前嫌，泯去旧仇，与甘宁团结起来共同对敌。从当时的感情上讲，凌统虽然不一定完全能够接受这些道理，但是对于防止凌统情绪的不稳定，使矛盾进一步激化起到了很好的缓和作用。特别是孙权周围的人都会认这个理，不会群殴群斗，扩大事态，更有助于缓和原东吴的将领和已经投降及后来还可能来投的降将关系。这种晓之以理的机会教育是很有价值的。三国时期战事复杂，时局混乱，将军倒戈并不是新鲜事，各路英雄的来路也都不尽相同，自然也就会有"曾经的仇敌后来的队友"的情况，矛盾性质发生变化了，由对抗性的变成了非对抗性的，处理矛盾的方式方法也必须变化，这样才能消除内部的不和，团结一致，共创大业，从中也可以看出孙权的明断和远见。

（2）对矛盾的处理注重感情疏导，尽量缓解双方矛盾。当凌统和甘宁在庆功会上大打出手时，从感情上说，孙权也有过杀父之仇的心痛，理解此时凌统的心情，而且凌统与甘宁现在都在自己的队伍，二人的矛盾已经从对抗性的变成非对抗性的，因此，解决问题的方式方法就不是打击、压制，而应该是说服、化解。于是，孙权接下来就打感情牌，说："万事皆看吾面。"意思是，不管你们二人有什么仇恨，都要给我个情面，不能如此对待。凌统"只得含恨而止"。从这句话中可以看得出来，凌统尽管仍然"含恨"，但还是"止"刀剑相见，给了孙权一个面子。但是，凌统的复仇之火还是没有熄灭，当孙权攻下宛城，甘宁立下大功，被孙权请之上坐时，凌统杀父之仇的怒火又燃烧起来了，拔剑要杀甘宁，孙权还是在感情上疏导，说："吾常言二人休念旧仇，今日又何如此？"这番话又致"凌统哭拜于地"。但是凌统心中的"恨"还是没有彻底释怀。孙权当然知道，让甘宁和凌统还在同一个地方当职，两个人还会纠缠不清。所以，孙权把二人分开任职，避免发生新的冲突。后来，在战场上曹休一箭射中凌统的马，凌统被掀翻在地，乐进刚要杀凌统，甘宁一箭射中乐进面门，保住了凌统的性命。凌统回寨后，拜谢孙权，孙权抓住这一关键时机，来化解凌统对甘宁的"仇恨"，说："放箭救你者，兴霸也。"凌统大为震惊，也非常感动，孙权再次劝解凌统，让他放下恩怨。凌统向甘宁跪拜，流着眼泪说："不想公能如此垂恩。"感情彻底疏通了，矛盾彻底化解了，二人自此结为世交，再不为恶。

（3）公平对待，奖赏分明。孙权讨伐黄祖，甘宁以自己的勇武和智谋杀了黄祖替他父孙坚报了仇，孙权感谢甘宁，肯定了甘宁的功劳，给了甘宁都尉的职位，甘宁十分感激。孙权又根据凌统的功劳"加封凌统为承烈都尉"，让甘宁和凌统两方都体会到了主公对自己的尊重和宽容，一定程度上也缓和了两人之间的铁血矛盾。同时，孙权能够一碗水端平地对待这两个恩怨当事人，也让周围的部下感受到孙权赏罚分明，这能激励他们建功立业。孙权不仅想让两位有才能的将领真正和好，更想要东吴众人消除隔阂，不要内耗、掣肘、扯皮，拧成一股绳，共同帮助他一统天下。孙权对其统帅下组织内部成员的矛盾是化解，而不是激化，并真正实现了他的这一想法。

　　我们再从事物的反面，就是领导者对组织内部成员的矛盾是激化，而不是化解，来分析一下看是什么结果：蜀国的魏延和杨仪是诸葛亮的左膀右臂，但是魏延将军有些自负傲人，杨仪有点儿心胸狭窄，两人互不服气，经常闹矛盾，有时会闹到势同水火、互不相容的程度。诸葛亮对他们二人的各自缺点和矛盾早有了解。对这两位蜀军高级将领的矛盾激化会给蜀国带来什么样的可怕后果，诸葛亮也是心知肚明的。而且魏延和杨仪的矛盾连孙权都知晓。诸葛亮征讨南中之后，派遣时任昭信校尉的费祎出使东吴，孙权在与费祎唇枪舌剑的博弈中，就曾经轻狂地对费祎说："杨仪、魏延，皆为竖牧小人。二人因为有点鸡鸣狗盗的本事，你们重用了他们，但是他们二人不和，危害一定会很大，如果有一天诸葛亮不在了，二人必为祸乱。你们这样糊涂，不知防虑于此，如何为将来打算呢？"其实，下属之间闹些矛盾是不可避免的，魏延和杨仪的矛盾有一个很长的发展过程。如果诸葛亮能够利用丞相之位和自己的威望，及时地、不断地对二人进行说服、劝告，魏延和杨仪都会听从，矛盾就会化解。但是，诸葛亮总认为魏延"有反骨""久后必反"，有时甚至反其道而行之，激化两人的矛盾。有一次，诸葛亮派魏延诱使司马懿进入上方谷中，然后指使马岱用事先准备好的易燃物质把司马懿的人马和魏延一起烧死在上方谷。由于突降大雨，魏延和司马懿才绝处逢生。事后，诸葛亮还告知魏延，要连他和司马懿一起烧死的主意是杨仪出的。魏延听了这话能不刺耳吗？这明显是在激化魏延和杨仪的矛盾，造成魏延与杨仪的关系势同水火，事事对立。

　　诸葛亮死前，召集重要人物开会，与会者有长史杨仪、司马费祎、护军姜维，没有魏延，而且又做了针对魏延的精心安排。诸葛亮死后，费祎去告诉魏延："昨夜三更，丞相已辞世矣。临终再三嘱咐，令将军断后以挡司马懿，缓缓而退，不可发丧。今兵符在此，便可起兵。"魏延问道："何人代理丞相之大事？"费祎说："丞相一应大事，尽托与杨仪；用兵密法，皆授与姜伯约。此兵符乃杨仪之令也。"魏延说："丞相虽亡，吾今现在。杨仪不过一长史，安能当此大任？他只宜扶柩入川安葬。我自率大军攻司马懿，务要成功。岂可因丞相一人而废国家大事耶？"费祎说："待吾往见杨仪，以利害说之，令彼将兵权让与将军，何如？"可是，魏延久等也不见费祎回话，派人前去打探，方知前军已大半退入谷中去了。魏延气愤至极，愤怒说道："竖儒安敢欺我！我必杀之。"矛盾顿时激化，由非对抗性的组织成员内部矛盾转化成对抗性的敌我矛盾，把魏延逼上了反叛之路，使蜀军大伤元气。魏延被杀后，杨仪踩着魏延的首级怒骂："庸奴！复能作恶否？"又把魏延一门夷灭三族，足见彼此平日仇恨之深。与孙权化解凌统与甘宁矛盾的智慧相比，诸葛亮激化魏延与杨仪矛盾的做法就大为逊色了。

　　孙权和诸葛亮在处理组织内部成员之间矛盾的经验和教训，为我们今天的领导者在面对和处理下属领导之间的矛盾提供了智慧。领导者最不愿看到的是下属领导之间闹矛盾了，都是自己的左右手，伤害了谁都不好，可是按照矛盾普遍性原理，矛盾无处不在，无时不有，并且不以领导者愿意与不愿意的主观意志为转移。领导者在处理下属领导者之间的矛盾时，第一，要全面调查了解矛盾。领导者要通过调查了解清楚部属之间矛盾产生的原因、矛盾发生的过程、矛盾发展的程度、矛盾波及的范围、矛盾的性质等，这才能为解决矛盾确定正确的方法、手段，也才能把握全局，抓住关键，有的放矢，使矛盾解决得彻底到位。第二，要理喻矛盾的各方。部属之间产生矛盾，蕴含着异议及分歧，往往是"公说公有理，婆说婆有理"，领导者要晓之以理，使他们转变观念及态度，达成在根本利益一致基础上的共识，这样不仅可避免矛盾的激化，还能使他们"化干戈为玉帛"。第三，要进行感情疏导。在下属领导者发生矛盾时，往往各方当事人都情绪非常激动，而且有很多时候，双方的矛盾是由于一时的冲动、不理智造成的，或使小矛盾激化成大矛盾，甚至使非对抗性矛盾上升为对抗性矛盾。领导者此时就要对矛盾双方进行感情疏导，平复他们的情绪，倾听他们各自的委屈，了解他们的苦恼，化解他们的怨恨，采取安抚的手法，矛盾也就会迎刃而解了。第四，要秉公办事，不偏不倚。领导者处理下属的矛盾，必须做到公平公正，一碗水端平，稍微有偏心、私心，领导者就会把自己卷入矛盾的旋涡之中，这样自己不仅不能公正有效地解决矛盾，还会把矛盾转移为上下级矛盾，使矛盾的性质发生变化。领导者只有公正，才能减少矛盾，才能解决矛盾。

第三十三讲　人生的智慧是牢记血海深仇，还是化敌为友

　　公元 197 年，曹操正要讨伐吕布，忽然听说盘踞关中的张济自关中引兵攻南阳，不幸战死，他的侄子张绣统领了他的部下，用贾诩为谋士，联合刘表，屯兵宛城，打算进犯许都。曹操大怒，立即就要出兵攻打张绣，可是又担心此时吕布趁机偷袭后方，于是采纳荀彧的建议，派人到徐州封赏吕布，让他与刘备和解。解除了后顾之忧，曹操亲自征讨张绣。军马来到淯水边，刚刚下营扎寨，张绣便听从贾诩的劝告，前来投降。曹操好言抚慰一番，就带人马进入宛城，张绣每天都大设酒宴款待曹操。

　　不想有一天，曹操喝醉了酒，偶然见到张济的遗孀邹氏，见其美貌，竟派他的侄子曹安民带领五十名士兵，把邹氏抢到军中。后来为避免张绣疑心，索性和邹氏迁到城外，让典韦日夜守在军帐外。这件事情终于被张绣知道了。张绣的情绪就像岸边的青蛙，一触即跳，大骂道："操贼辱我太甚！"便请来贾诩商议。贾诩献计，把兵马迁到城外，伺机发动叛乱。还让偏将胡车儿将典韦灌醉，盗走典韦的双戟。

　　一天夜里，曹操和邹氏在帐中饮酒，忽然四下起火。典韦拼命保护曹操，让曹操从寨后上马逃走，只有曹安民步行跟随。刚刚逃到淯水边，张绣的叛军就已经追上来了，曹安民被砍成肉泥。曹操急忙纵马过河，才上岸，那马就被射死。曹操的长子曹昂连忙把自己骑的马让给曹操，曹操才侥幸逃脱，曹昂却

被乱箭射死。

　　曹操会合夏侯惇、于禁等将，翻身杀了回来，把张绣杀得大败，张绣势穷力孤，带领残兵投奔刘表去了。

　　公元 198 年，曹操再次征讨张绣，围攻张绣于穰城，久久不能攻克。后来，曹操解围退还，张绣率众追击，刘表也派兵增援，在安众被曹操伏击，大败而归。张绣后来用贾诩之谋，再次追击，取胜而还。

　　后来，曹操欲起兵讨伐刘备，孔融上谏说："如今正值隆冬盛寒，此时动兵不合时宜，等到来年春天也不晚。不如先派人招安张绣和刘表，再进攻徐州比较好。"曹操觉得孔融之言有道理，就派刘晔前往去劝说张绣。刘晔到达了襄城，先见贾诩，说明来意，并称赞曹操功德。

　　第二天，贾诩去见张绣，说明招安之事。正在谈论之际，袁绍也派使者来见，看过书信后，上面写的也是招安的事情，于是贾诩询问来使，说："你家主公近日兴兵攻打曹操，胜负怎么样了？"使者回答说："现在是寒冬腊月，正在罢兵。当今我家将军与荆州刘表皆具有国士之风，所以特意也来邀请你们。"贾诩听后大笑说："你回去见到袁绍后告诉他，他连自己的兄弟都容纳不了，又怎么能容天下人！"当着使臣的面，将招安书撕碎，斥退来使。

　　而后贾诩对张绣说，不如去投奔曹操。张绣说："我与曹操有仇，他又怎么能容得下我？"贾诩说："投奔曹操有三点理由：第一，曹操是奉天子命征讨天下。第二，袁绍兵多，我们人少，投降他以后必定不会重用我们。曹操人少，我们降他后，他一定高兴。第三，曹操有雄霸天下之志，必然会不计前嫌。"张绣听从了贾诩的建议，请刘晔前来会见。刘晔大赞曹操品德，并且说："曹丞相若仍然念及旧仇，又怎么能派我来与将军结好呢？"张绣听后大喜，立即同贾诩赶赴许都投降。

　　张绣见到曹操，跪拜于台阶下。曹操连忙将张绣扶起，拉着他的手说："有小过失，勿记于心。"还封张绣为扬武将军，并让自己的一个儿子娶了张绣的女儿。曹操释放的真性情使仇敌张绣的心软成了水，化成了糖。公元 200 年，张绣跟随曹操参加了官渡之战，力战有功，曹操又封赏张绣为破羌将军。

智　慧　悟　语

　　张绣在曹操第一次来征讨的时候，主动投降了曹操，但是当曹操抓来张济之妻、张绣的婶子邹氏时，张绣大骂："操贼辱我太甚！"于是，再次起兵反曹。张绣的突然发难，让曹操损失惨重，张绣不仅杀了曹操的帐前都尉典韦，而且将曹操的长子曹昂、侄儿曹安民杀死，还差点要了曹操本人的性命。爱将典韦的死，让曹操一直心痛不已，刚从危局中解脱出来，立即"设祭祭典韦"，回到许都又"思慕典韦，立祀祭之；封其子典满为中郎"。当曹操讨伐张绣兵败路过淯水时，"忽于马上放声大哭"，向周围的人说："吾思去年于此地折了吾大将典韦，不由不哭耳!"还"屯住军马，大设祭筵，吊奠典韦亡魂"。对爱将如此深痛，对失去爱子、爱侄儿的心痛之情更是可想而知。曹操与张绣之间，用通常的价值标准判断，可谓有血海深仇，是不共戴天的死敌。但是，这次事件发生后没过多久，曹操却主动派刘晔前去招安张绣。曹操在接受张绣再次来降的时候，仍然诚心待之，拉着张绣的手说："有小过失，勿记于心。"并且带着他去朝见汉献帝，封张绣为扬武将军，封列侯，接着大摆宴席，欢聚一堂。曹操还让他的儿子曹均娶了张绣的女儿，两个人结成儿女亲家，使张绣卸去疑虑而死心塌地效忠于自己。

曹操能够不计丧子、丧侄儿、丧将的深仇大恨，与张绣化敌为友、化敌为亲，充分表现了政治家的大智慧：在各种利弊关系的冲突中，要优先考虑有利于自己的最大的和最根本的利益。曹操的实力在当时虽然比刘备强，但是却比不了刘表，更比不了袁绍。对曹操来说，向张绣报仇能够解除心头之恨，曹操是个有血性的人，对血海深仇是决不会轻易放过的。当曹操的一家老小被陶谦的部下张闿所害时，他把本与他并无仇恨的陶谦视为"不共戴天"的敌人，并穷凶极恶地"悉起大军""洗荡徐州"，他的大军所到之处屠戮百姓，挖掘坟墓，陶谦也惊吓而死。直到得到了心理平衡，曹操才善罢甘休。按照以往的这种逻辑，曹操这次也可以选择举大兵征讨张绣，报血海深仇。但这样做的结果是只能解一时的心头之恨，却得不到任何利益。政治家都明白，政治是经济的集中表现，军事是流血的政治。因此，除非能够获得最大的、最根本的利益，否则是轻易不采取军事行动的。曹操与张绣化仇敌为亲友，展现出了非凡的大智慧。

（1）把最可能的敌人变成了最可靠的朋友。当时，曹操与袁绍要进行官渡大战，必然会引起其他军事集团的关注，如忽视了这种关注，或相互之间关系处理上失当，就有可能将朋友推到敌人那边去了，给自己增加对手。当时的军事集团的情况是，公孙康远据辽东，刘璋偏于西南，鞭长莫及；孙策江东未稳，无力逐鹿中原；马腾、韩遂据守关中，静观事变；刘表虽有势力，但无进攻意识；袁术已经苟延残喘了；最重要的就是张绣军事集团，而且张绣素与曹操结怨很深，很容易借机就站在袁绍一边来对抗曹操。事实上，在曹操派刘晔去收降张绣的同时，袁绍也派人来招安张绣，而且就当时的形势而论，袁绍的势力要比曹操大得多。开始张绣也在这十字路口的选择上犹豫不决，是刘晔表达了曹操不念旧恶、不计旧怨之意，加之张绣的谋士贾诩全面分析了降曹还是降袁的利弊，张绣终于下决心投降曹操。曹操收降张绣就把最可能的敌人变成了最可靠的朋友，壮大了自己的势力，为官渡之战的胜利增加了最为有利的因素。

（2）把软肋侧后方变成了最强大的基地。官渡之战，曹操本来就与袁绍的兵力相差悬殊，如果侧后方又有宿敌张绣，分拨部分兵马防范张绣，就更不能专注于官渡之战了，这对曹操是极为不利的。张绣来投，使曹操得到了勇猛善战的凉州兵的同时，还解决了曹操费尽心思都没有解决的自己腹地的心头之患，避免了最为不利的两边作战的局面，增加了对袁绍作战的兵力和胜出的概率。假如张绣没投曹操，以他和曹操的恩怨，必然和袁绍合作，乘机攻打曹操的基地——颍川地区，那样的话，官渡之战谁胜谁负就是个变数了。

（3）用非凡的招贤纳士的胸怀招揽天下非凡的人才。张绣与曹操是有深仇大恨的，曹操霸占了张济的遗孀，就是张绣的婶婶，招致张绣归降后又叛离。叛离的张绣差点要了曹操的命。曹操的长子曹昂、侄子曹安民和大将典韦，都被张绣杀死。曹操与张绣的关系可以说得上是势同水火。曹操后两次进攻南阳，张绣也是拼死抵抗。即便是如此的冤家，曹操也能纳降，而且"绣至，太祖执其手，与欢宴，为子均取绣女，拜扬武将军。"这样的礼遇体现了曹操的过人雅量，对广招天下贤才产生了巨大的政治宣传效果，对曹操成就天下霸业也有深深的影响。

当然，"化敌为友"得到了根本利益的实例，不只在三国时代有，也不只曹操一个人。其实早在春秋时期，齐桓公就把自己的政敌管仲认作仲父，拜为宰相，故能九合诸侯，一匡天下，成为五霸之首。在三国那个战乱的年代，也有很多"化敌为友"这种智慧的人和事例，张飞"义释严颜"，这种"化敌为友"的事迹成为历史佳话。诸葛亮"七擒孟获"，一次又一次地释放他，为的就是要攻其心，达到"化敌为友"的目的。但是，曹操把与自己有血海深仇的张绣变成同一战线的亲友，体现了他对这一问题的认识更有高度，对这一问题的处理更有境界，因而为我们今天处理和解决类似问题提供的智慧也更珍贵。

应该说，在今天这个已经远离战争的时代，像曹操与张绣那种杀子、杀侄、杀将一类的血海深仇已经没有或者不多见了，但是，由种种利益引发的冲突和由此仇恨仇敌，则并不少见。处理这样的问题无非是两种方式：一种是"冤冤相报"；另一种是"化敌为友"。

　　"冤冤相报"是没有智慧的。常言道："冤冤相报何时了。"以怨报怨，解决不了已经存在的仇恨，只会增加新的仇恨。仇恨就像一把弯弯的刀刃，用它去伤害别人，实际上也伤害了自己，加重彼此敌对程度的同时，也会加重自己的不安与忧虑。英国作家爱默生说得好："如果你将仇恨的锁链拴在敌人的脖子上，那么锁链的另一端就会牢牢拴在你的脖子上。"只有爱才能化解仇恨，这是永恒的道理。"化敌为友"的智慧，就是使自己和仇人一起沐浴在爱的阳光里，这就能够把冷漠变成亲切，把仇恨变成宽容，把敌人化作亲友。美国前总统林肯就曾是这样一个化敌为友的高手。林肯在当选美国总统后，有一位将军对他十分不满，曾说："我们何必去动物园里看猴子呢？总统府里就坐着一位，正抓耳挠腮呢！"这种辛辣味极浓的挖苦话，不要说对一个总统，就是对一个普通人，也会使其无比愤怒，进行针锋相对的打击报复。可是，林肯对政敌素以宽容著称，不仅没有罢除他的官职，反升了他的军衔。一名国会议员对此不满，他对林肯说："你不应该试图和那些人交朋友，而应该消灭他们。"林肯微笑着回答："当他们变成我的朋友，难道我不正是在消灭我的敌人吗？"回答虽然简单，但却展现了林肯的广阔胸襟和其背后的"多一个朋友等于少一个敌人"的智慧火花。这位将军最终被林肯打动，成为立下赫赫战功的美国将领。忘记仇恨和原谅仇敌，从另一个角度上讲，就是解放自己。若是把自己的政敌始终挂怀在心头，处处对立打击，它的后遗症是十分严重的，会把政敌推向疯狂的地带，自身也必然会遭到强烈的报复，让心灵不能得到片刻的安宁。哪怕是一条凶悍的狗，你把它逼到墙角，它也会还口。感情不是打击出来的，是信任和爱出来的。既然如此，为何不以信任和爱的方式从对政敌的报仇烦恼中解脱出来，享受生活的美好和幸福呢？毫无疑问，这是有大智慧的人才能达到的高度。

　　苏联著名作家叶夫图申科在《提前撰写的自传》中讲过一个故事：1944年的冬天，莫斯科异常寒冷，天空中飘着大团大团的雪花，两万德国战俘排成纵队，从莫斯科大街上依次穿过。马路两边挤满了围观的人，大部分是来自莫斯科及其周围乡村的妇女。她们的父亲，或是丈夫，或是兄弟，或是儿子都在侵略战争中丧生，她们都对德军怀着满腔的仇恨。大批苏军士兵和治安警察在战俘和围观者之间划出了一道警戒线，用以防止德军战俘遭到围观群众愤怒的袭击。当德军俘虏走过来时，她们全都将双手攥成了愤怒的拳头。如果不是有苏军士兵和警察在前面竭力阻拦，她们一定会不顾一切地冲上前去，把这些杀害自己亲人的刽子手撕成碎片。俘虏们都低垂着头，胆战心惊地从围观群众的面前缓缓走过。突然，一位穿着破旧、上了年纪的妇女平静地走到一位警察面前，请求警察允许她走到警戒线里去好好看看这些俘虏。警察看她满脸慈祥，便答应了她的请求。她来到俘虏身边，颤巍巍地从怀里掏出了一个印花布包，里面包着一块黝黑的面包，她硬塞到了一个疲惫不堪、拄着双拐艰难挪动的年轻俘虏的衣袋里。年轻俘虏怔怔地看着面前的这位妇女，刹那间泪流满面。他扔掉了双拐，"扑通"一声跪倒在地上，给面前这位善良的妇女重重地磕了几个响头。其他战俘受到感染，也接二连三地跪了下来，拼命地向围观的妇女磕头。妇女们都被眼前的一幕深深感动，纷纷从四面八方涌向俘虏，把面包等东西塞给了这些曾经是敌人的战俘。叶夫图申科在故事的结尾写道："这位善良的妇女，刹那之间便用宽容化解了众人心中的仇恨，并把爱与和平播种进了所有人的心田。"今天的世界虽然远离了那种世界级的大战，但是，国与国之间、民族与民族之间、宗教派别与宗教派别之间的旧怨新仇还大量存在，对这些旧怨新仇如果以牙还牙，眼里满是仇恨，彼此为敌，就会催生出世界局部地区一场又一场的战争，一次又一次的爆炸，一个又一个恐怖事件，让很多生命离去。仇恨和仇敌是无法用武力彻底消灭的。彻底消灭仇恨和仇敌的最好方法，就是用爱把他们变成朋友。

人生在世，总有站在你对立面的人，也总会有和你结成仇敌的人，如果你对仇敌心中充满仇恨，一直苦苦纠缠，那心就是地狱，生命会被无休止的仇恨和报复所支配，在毁灭对方前，先毁灭的往往是自己。所以，恨意满心的人就是在过度地暴虐、亵渎自己，使自己失去本属于自己的根本利益，生活也会黯淡、抑郁。反之，心肠向暖，以德报怨，以爱化解仇恨，不与对方战斗，只要牵起他们的手，就会化敌为友，那你就会得到根本的利益，仇恨仇敌再也无法惊扰到你，心就能淡定安谧，优雅洒脱，快快乐乐过幸福日子，你也就抵达了生活的最高处。

第三十四讲　人生的智慧是吝啬，还是舍得

引 导 故 事

　　《三国志·鲁肃传》中记载："鲁肃字子敬，临淮东城人也。生而失父，与祖母居。家富于财，性好施与。尔时天下已乱，肃不治家事，大散财货，摽卖田地，以赈穷弊结士为务，甚得乡邑欢心。"意思是，鲁肃，字子敬，临淮郡东城县人士。出生后不久父亲去世，被奶奶照顾长大。鲁肃家中很富有，他又乐善好施。值此天下大乱之际，鲁肃不用心治理家中的事务以增加财富，反而散其家财，将土地标价售卖，用来救济贫困的人，广结豪侠俊士，深得乡人们的喜爱。

　　三国争霸之前，周瑜并不得意。他曾在军阀袁术部下当了一个小小的居巢长，相当于一个小县的县令。这时候地方上闹饥荒，年成不好，粮食问题日渐严峻起来。居巢的百姓没有粮食吃，活活饿死了不少人，军队也饿得失去了战斗力。周瑜作为父母官，看到这悲惨情形，急得心慌意乱，却不知如何是好。

　　有人献计，说吴中有个乐善好施的富户叫鲁肃，他家素来富裕，囤积了不少粮食，不如去向他借些粮食，解决大家的吃饭问题。周瑜亲自带领数百人马登门拜访鲁肃，寒暄过后，周瑜开诚布公地说："不瞒兄长，我此次造访，是想向您借点粮食，为百姓和军队度饥荒。"

　　鲁肃一看周瑜仪表不凡，定是大器之才，心生敬慕。周瑜刚说出借粮之意，鲁肃便毫不犹豫地说："此乃区区小事，我答应就是。"当时鲁家存有两仓粮食，每囤有三千斛。鲁肃痛快地说："也别提什么借不借的，我把其中一仓送与你好了。"

周瑜及其手下一听他如此慷慨大方的话，如同怀里抱火炉——暖心啊！要知道，在饥馑之年，粮食就是生命啊！有句成语"指囷相赠"，意为指着谷仓里的粮食并将其赠送给别人，形容慷慨资助朋友，就是根据这段记载演变出来的。

周瑜被鲁肃的言行深深打动了，也了解鲁肃的人品和大度的风范，周瑜确信鲁肃是与众不同的人物，主动与他相交，两人建立了如同春秋时公孙侨和季札那样牢不可破的朋友关系。后来周瑜当上了将军，他不忘鲁肃的恩德，将他推荐给孙权，鲁肃终于得到了干大事业的机会。鲁肃出仕东吴，负责国家大政方针的制定和军队后备补给。

赤壁大战之前，鲁肃在联吴抗曹的过程中发挥了重要的作用。赤壁大战之后，鲁肃被孙权任命为赞军校尉。

周瑜去世前，向孙权推荐鲁肃接替都督一职。孙权采纳周瑜生前建议，令鲁肃代周瑜职务领兵四千人，因鲁肃治军有方，军队很快发展到万余人。后孙权又任命鲁肃为汉昌太守，授偏将军；鲁肃随从孙权破皖城后，被授为横江将军，守陆口，成为东汉末年杰出的战略家、外交家，实现了人生的最大价值。建安二十二年（公元 217 年），鲁肃去世，终年四十六岁，孙权亲自为鲁肃发丧，诸葛亮亦为其发哀。

智　慧　悟　语

吝啬，是小气的意思。吝啬是人性的缺点，吝啬的人过分看重自己的物质财富和精神财富，遇事患得患失，不仅自己该花的不花，该用的东西也不用，而且以财富为前提与他人交往，从不愿把金钱、情感、知识、物质奉献给他人、集体和社会，缺乏自我牺牲精神，缺少社会责任感和义务感。吝啬的人一般都是反面角色，在西方文学作品中，对吝啬鬼有尖锐深刻的鞭挞，如英国戏剧家莎士比亚的喜剧《威尼斯商人》中就塑造了夏洛克这样的吝啬鬼；在俄国作家果戈里长篇小说《死魂灵》中，就描写了泼留希金这样的吝啬鬼；法国剧作家莫里哀的喜剧《悭吝人》中就有阿巴贡这样的吝啬鬼；法国作家巴尔扎克长篇小说《守财奴》中的葛朗台应该可以说是最具代表性的吝啬鬼。

吝啬鬼都是一些好算计的人，总在内心打小算盘，即便是见到一点蝇头小利，也心跳、眼红、手痒，千方百计地想得到。所以，太爱算计是小人行径。我国古代有一首《醉太平》的曲子，把吝啬鬼好算计的丑陋贪婪嘴脸刻画得活灵活现：

"夺泥燕口，削铁针头，刮金佛面细搜求，无中觅有。鹌鹑嗉里寻豌豆，鹭鸶腿上劈精肉，蚊子腹内刳脂油，亏老先生下手！"说得挖苦一点，一个吝啬鬼，充其量就是一个直立着的装钱皮袋子。

太能算计的人危害多多：

一个太能算计的人是没有良好的人脉关系的。好算计的人与人相处，大事上算计，小事上计较，别人有事，铁公鸡翅膀，一毛不拔；自己有事，四处求人，到处讨要。什么亏都不愿意吃，什么便宜都想占，甚至要点燃别人的房子来煮熟自己的鸡蛋。这样的人不会有真心的朋友，而且会产生一个互动效应：你好算计别人，别人也好算计你，你周围聚集起来的人脉，也都是一些好算计的人。总想从别人身上撕去一张皮，变成自己的利益，这种人脉是不会支撑你有大的发展的。还有一点，爱算计的人目光总是怀疑的，常常把自己摆在世界的对立面，会由于过多的算计引起对人对事的不满和愤恨。内心布满了冲突，并常常将这种内在的心理冲突外化为与别人闹意见和分歧不断，也因此绝不会有好的人缘。

太能算计的人习惯看眼前而不顾长远。太能算计的人只眷恋眼前的蝇头小利，不知道用感情交出来的朋友，会比算计得来的好处更大。太能算计的人格局太小，看不到外面的世界，只局限在自己的小圈子里"窝里刨食"，总想占小便宜，总想自己的利益最大化，算着数不完的得失，结果越算所得越小，世界上几乎所有碌碌无为的人都是这副样子和这个结局。郑板桥就曾经对此说过一段耐人寻味的话："试看世间会打算的，何曾打算得别人一点儿，真是算尽自家耳！"更严重的是，太能算计的人，把眼前利益和好处放在道德和人格前面，为了钱，可以昧着良心，为了利，可以出卖朋友。在他们眼中，只要有钱和利益，什么底线都敢跨越，让自己的人生毁在计较眼前利益上。庄子把利欲熏心比喻为眼观浊水，他强调人有了这种浊水观，就会利令智昏，人性中的贪欲之魔就会兴风作浪，最后必然遭殃。

一个太能算计的人是过不上好日子的。太能算计的人给自己套上了名和利的枷锁，失去了生活的自由，没有了生命的本真，也就因此而与好日子无缘。美国心理学家威廉说过，凡是太聪明、太能算计的人，实际上都是很不幸的人，甚至是多病和短命的。太能算计的人是铁算盘，斤斤计较的人，不能吃亏，不能让步，得到就高兴，失去就愤怒，深度纠缠在一事一物的得失里，那些失败的算计过程和痛苦经历，让生命和生活像被山压住一样沉重不堪，失去了好日子应该有的色彩。而且爱算计的人困在世俗的鸡毛蒜皮小事的计较中，很难得到平衡和满足，不知道哪些东西是该舍的，哪些东西是该得的，太多的不平衡、不满足埋在心里，如此恶性积累，一般都会引起较严重的焦虑症，焦虑中的人是不可能有好日子过的。

吝啬的人往往是短命的。太能算计的人，也是太想得到不想失去的人，这种人内心总是灰色的，行为注重阴暗面，骨子里太贪婪了，什么都想拥有，得不到，就会用尽心机，去损人利己，去害人利己，发展到严重程度就会得一种病叫无良症。人一旦得了无良症，就失去了鲜红的良心，没有良心的牵绊，也没有良心的谴责，只要能达到自己算计的小利，什么手段都不顾忌，结果往往是搬起石头砸了自己的脚，引来各种祸患，日子过得很紧张、很累，有些人就是被算计活活累死的。这就应了《红楼梦》中宝玉至太虚幻境看见的形容王熙凤的那首曲子："机关算尽太聪明，反误了卿卿性命。"

与吝啬相反的行为是舍得，舍得是智慧的哲学，囊括了万物运行的所有机理，舍与得是阴与阳，既对立又统一，万事万物均是在舍得的对立统一之中运动发展的。凡有所"舍"，才能有所"得"。雕刻艺术大师都懂得，当你面对一个被雕刻的物体时，你首先必须研究这个物体可以雕刻出什么样的艺术品，接下来你必须研究为了雕刻出这件艺术品，这个被雕刻的物体哪些地方是必须舍弃的，然后开始下刀，将该舍弃的地方去掉，这样才能雕成一件精美绝伦的艺术品。如果你对被雕刻的物体什么都想保留，那就只能是原来的物体，是做不成一件完美的雕刻品的。一盆鲜花，剪去枯枝败叶，才能长出嫩叶，发出新芽，开出新花。道理是一样的，人生也尽在舍得间，舍得是生活中一种必然的选择。只想得、不想舍的人，其结果可能是失去一切。舍得，舍得，万事万物均在舍得之中，那何舍？何得？舍贪欲，得无忧；舍名利，得清净；舍不切实际的非分妄想，得实实在在的做事做人；舍掉陈旧不堪的执着，得到新的观念、新的思维。可见，舍，就是舍掉那些负面的、负累的、负能量的东西；得，就是留下那些正面的、轻快的、正能量的东西。传统文化中就有"为学日益，为道日损"的智慧妙语。原来时空下的"道"，随着时移世易的变化，落后了，就要舍掉，然后以空杯的状态，把新的"道"再吸纳进来，以此指导新的时空下的实践，让失去变成新的进取，这种失去是一个高端智慧的抉择，获得的则是更大价值的拥有。参悟透了人生的奥妙与玄机的人都懂得舍与得的智慧，以舍为得，小舍小得，大舍大得，难舍能舍，无所不舍，方能难得能得，无所不得。

自然界中弱小的生物亦知舍小得大的智慧。渔人在捕鱼，一只鸢鸟飞下，叼走了一条鱼。有无数只乌鸦看见了鸢鸟嘴里叼着的鱼，便聒噪着追逐鸢鸟。鸢鸟飞东飞西地想摆脱乌鸦，但乌鸦都是紧追不舍，莺鸟疲累地飞行，也逃不掉乌鸦的追杀，莺鸟心神涣散，这时鱼就从嘴里掉下来了。那群乌鸦全放下了莺鸟而都朝着鱼落下的地方继续追逐。莺鸟安全了，栖息在树枝上，心想：我得了这条鱼，被乌鸦追杀，心里恐惧烦恼；现在我舍了这条鱼，得到了生命安全和内心的平静。

人类的舍得更是大智慧。人生在世，有许多东西诸如权力、名誉、利益等是需要不断舍弃的。人要学会了舍，烦恼就不会上身，遇事就会游刃有余，心底踏踏实实，睡觉安安稳稳，吃饭有滋有味，整个生命和生活快快乐乐。反之，如果你困顿在功名利禄的金丝笼子里不能自拔，在面对滚滚红尘汹涌而来的种种诱惑心旌摇曳，患得患失，你就会迷失自己，让只"得"不"舍"的无限占有欲望驱动着你永无止境地追求，不断加重你身心的负荷，又远离期望的结果。就像追日的夸父，始终也没能追上太阳的东升西落。如此，你必然会面对更多的烦恼、更多的不愉快。曹洪是三国时期的大富翁，是曹丕的堂叔，曾经多次舍命救过曹操。有一次谯县县令把当地官员的财产明细表报给曹操，曹操看了后叹息道："什么时候我家的财产能和子廉（曹洪）一样多呢！"曹洪虽然富得流油，但生性吝啬，是抱着金元宝跳井——舍命不舍财的主。《三国志》中记载，曹丕年轻的时候向曹洪叔叔借钱，曹洪不借给他。曹丕气量小在历史上是有名的，曹洪没有借给他钱让他早年就在心里留下了嫉恨的阴影。曹丕当上皇帝后，仍然对吝啬鬼曹洪耿耿于怀。曹真主动把自己的食邑分给战死者的后人，给曹家省了不少钱，最受曹丕重视。可是曹洪认为自己把身家性命都交给了曹家领导的战争，怎能把财产再拿出来给曹家！就把钱攥得死死的。这让气量小的曹丕恨他入骨，早就想找机会置曹洪于死地。有一天，曹丕得到报告：曹洪的门客犯法了。曹丕终于找到了整治曹洪的机会，他想借这件事来个一箭穿心，彻底打垮曹洪，于是立刻下令把曹洪关进监狱，并要求主管部门判他死罪。后来曹丕的母亲卞太后出面求情，曹丕仍然不愿意收回"诛洪令"，足见曹丕对曹洪的恨有多深。后经卞太后多方努力，才从死亡线上救回了曹洪。曹洪从监狱里出来，回想失去自由和险些失去生命的黑暗岁月，他知道了缘由，害怕再被迫害，赶紧给皇帝侄子写了一封效忠信，表示自己犯了不赦之罪，感谢皇恩赦免了他这个戴罪之人，要用全部财产和身心来报答圣恩。可是，他的一肚子苦水，能向谁倾吐呢？

我们常说一句话：气度决定格局，格局决定胜局。格局是一个人的眼界、站位、胸襟、胆识等心理因素的内在局面。格局有大小之分。大格局就是高站位、大视角、大胸襟的内在布局；相反，是小格局。气度是一个人的气魄风度，即担当精神、淡泊名利、助人为乐等风范。吝啬的人，气度小，心眼儿如针鼻，是没有格局的。能舍的人都是有大气度的。人生中掌握了舍得智慧，运用了"将欲取之，必先与之"的处事方法，就能转化命运，获得真正的成功与人生价值实现的快乐体验。鲁肃喜欢帮助穷人，更喜欢结交豪杰俊士，年轻时，鲁肃就认为自己不应该过普通守财奴的生活，他从不在意自己的家财，他挂怀的是整个天下。我们知道，在当时的饥馑之年，粮食不是简单的粮食，其关系到人的生命。鲁肃的慷慨相助，那不仅仅是雪中送炭，那可以救多少人的命啊！与鲁肃素不相识的周瑜提出借粮，鲁肃毫不迟疑，将一囷米送给了周瑜，这种舍和仗义不仅在汉末三国时代极为罕见，就是时至今日也是凤毛麟角。所以，出身名门世家的周瑜才高看鲁肃，并向孙权推荐他，与其同朝为官。试想，如果周瑜去和鲁肃借粮食的时候，鲁肃不借，或者找出种种借口推脱，并且想方设法利用粮食极度缺少的市场形势，囤积居奇，高价牟利，鲁肃就不会同周瑜建立起这种相互认同的友谊关系，当然周瑜也不会向吴主孙权推荐他，那么，到头来鲁肃充其量也就是一个土财主，是个"葛朗台"，守着那些粮食混日子，是决然不会有后来那种人生和事业的高度，更不会成为彪炳千秋的历史人物。张飞也是如此，张飞有一身武艺，开肉店积攒了一些银两，如果张飞吝啬，整天守着这些银两不放，那么，到头来，张飞也就只能是一个杀猪卖肉的小商贩，一身的武功也不能报效国家，至多也就是一个街头混混的老大。但是，张飞以舍的气度散尽银两，招募兵马，和刘备一起为匡扶汉室去打天下了，最终成为名扬天下的大将军。

舍得是一种选择智慧。在选择舍得之前，首先要明确舍什么？得什么？根据自己的目标做出选择，舍弃那些对自己不是特别重要的东西，并由此得到那些自己最需要、最重要的东西。孟子说："鱼，我所欲也；熊掌，亦我所欲也。二者不可得兼，舍鱼而取熊掌者也。"居巢地区发生了粮食饥荒，饿死了很多人，鲁肃为什么没有主动开仓放粮，赈灾救济，而是居巢长周瑜带人找了他，他见"周瑜仪表不凡，定是大器之才"，才慷慨相助的，这也是根据自己的目标做出"舍"与"得"的智慧选择。美国的亚历山大·辛德勒说："人生的艺术，只在于进退适时，取舍得当。"鲁肃达到了这种人生的艺术境界。中国的历史上像鲁肃这样闪耀着超凡的"舍得"智慧的事例多不胜数，如田忌与齐王赛马，是舍一次败而得两次胜；越王勾践卧薪尝胆，舍个人荣辱，而得雪国耻；韩信忍气受辱，舍一时之名，得一生伟业……

舍得也是赢得人心的良策。刘备、诸葛亮在新野大败曹军之后，移驻樊城。

曹操为报仇，亲自率领大军杀奔樊城。刘备兵少将寡，诸葛亮料定抵挡不住，便劝刘备放弃樊城，渡过汉水，往襄阳退去。刘备派人在城中发布通告："曹兵将至，孤城不可久守，百姓愿随者，可一同过江。"当时刘备很受所在地区的老百姓的爱戴，城中百姓看到通告后，皆愿意和刘备一起逃亡江东，不愿意归顺曹操。刘备便令关羽在江边整顿船只接应。百姓拖家带口，扶老携幼，号泣而行，两岸哭声不绝。刘备到了南岸，回顾江北，还有无数未渡江的百姓望南招手呼号，刘备在船上见此情境，心中悲恸不已，哭道："为我一人而使百姓遭此大难，还有什么脸面活在世上！"说罢，就要投江自尽。左右急忙抱住，百姓们见到刘备不惜舍弃自己的生命，如此爱民，莫不痛哭。刘备冒着被曹操追上的危险，令关羽催船速去渡百姓过江。直到百姓全部渡过江来，刘备方才上马离去。刘备就是这样宁舍生命不舍民心。川东万县西北郊，山峰顶上，高高地耸立着一座古老的城楼，这就是天子城，历史上叫天城，相传刘备率兵入蜀时，曾在天城驻兵。刘备为了得到民心，从不允许兵士骚扰百姓。因此，得到百姓的拥护。川东一带，常是冬天淫雨霏霏，夏天闷热无雨。刘备的兵大都是北方人，水土不服，病倒了不少。天城周围的农民立即到深山老林去挖草药，兵士们喝下熬好的汤药后，病很快就痊愈了。刘备更加爱惜当地的百姓。天城这一带地处丘陵，山包光秃秃的，既不能栽秧，也不能种麦，只能收点豌豆、胡豆、木薯等杂粮，不到半年就吃光了，剩下的日子只能靠挖野菜、采野果艰难度日。因此，农民们一个个都面黄肌瘦，老人、小孩儿饿死的不少。刘备见此情景，尽管自己军粮不充裕，还是命令部下将北方带来的玉米分一半赈济百姓。农民们从北方人口里得知：玉米是一种耐旱作物，适宜山区生长。于是，天城的坡上坡下都种起了玉米。玉米出苗了，但一场暴雨将玉米幼苗冲得七零八落。农民去请教刘备，刘备说："这些山包光秃秃的，一棵树也没有，大雨一冲，幼苗就保不住了，你们要在山上多栽些树，从山顶到山下，树成林，林成行，就能保住幼苗。"农民们说："我们一家一户的，人手少，一下子种不了这许多树啊！"刘备哈哈大笑，说："不要担忧，我叫兵士帮助你们。"他下令全军将士每人要栽活一棵树，同时又选了一些玉米送给农民做种子。几年以后，树木长大。玉米有了树林的保护，再不怕狂风暴雨了。农民丰收后，选出金灿灿的玉米棒子送给刘备做军粮。川东的人们都感谢刘备的帮助，都尊他为"天子"，天城也因此改名为"天子城"了。刘备通过舍命、舍物，得到了民心，与老百姓的关系就像茅草下的根，根连根，共损共荣，这样君民一心，黄土成金，"乐民之乐者，民亦乐其乐；忧民之忧者，民亦忧其忧"，筑牢了得天下和治天下的坚实基础。

　　舍得也是"以退为进"的智慧。"退"是舍，"进"是得。"以退为进"就是舍中求得。森林中的百兽之王老虎，在进攻捕食猎物时，先后退几步以提升势能，然后狂奔而上，死死地抓住猎物。老虎尚且如此，更何况万物之灵长的人呢？袁绍不听谋士们迎接汉献帝的计谋，该"进"时，他不进。可是当曹操把汉献帝迎接到许县后，他才看到了这样做的政治优势。袁绍想出了一个亡羊补牢的方法：要求曹操把皇帝送到鄄城，因为鄄城离袁绍的邺城很近，便于他控制皇帝。先知先觉的曹操当然不会听从后知后觉的袁绍这种鸡蛋上刮毛——痴心妄想的要求。但是，为了安抚袁绍，曹操退让了一步，以天子的名义下诏，任命袁绍为太尉，封邺侯。开始袁绍很高兴，因为太尉是全国最高军事长官，三公之一。可是当袁绍得知曹操借天子的名义任命他自己为大将军时，翻脸不干了。大将军是汉武帝以后大汉王朝设置的比"三公"地位还高、权力还大的实权职务。袁绍大发雷霆地对周围的人说："曹操要不是我救他，早就死过好几回了，现在倒爬到我的头上耀武扬威了，他还想挟天子以令我吗？什么东西！"这些话传到曹操耳朵里，曹操很理性，他寻思现在还不到和袁绍决一雌雄的时候，于是遵守跷跷板的法则：压低自己的一端，抬高对方，从而给对方一种高高在上的优越感。曹操又退了一步，向皇帝上表辞去大将军一职，让给袁绍，自己担任了名义上比大将军职务低的司空，让袁绍有了足够的优越感，避免了一场可能对自己极为不利的冲突。袁绍虽说是得到了大将军的头衔，但他不在朝廷中，他的大将军的号令也就在自己的小圈子里好用，和没封大将军一样。但是，曹操却通过这两次"退一步"，缓解了和袁绍一触即发的紧张关系，借机"进一步"地蓄藏和壮大了自己的实力，并很快让追求"进一步"的袁绍"退"出了历史舞台，自己成为这一舞台的主角。

　　陶谦等曹操的父亲一家老小从徐州路过的时候，专门派人护送他们一家回去。结果他派部下张闿带队护送，张闿原来是个黄巾贼人，贼性不改，为图财杀了曹嵩全家。曹操替父报仇，举兵攻打徐州。陶谦这下慌了神，到处拉人帮忙对付曹操。孔融向陶谦推荐了刘备，刘备率兵直接杀到徐州城下，陶谦看到平原相刘备的旗号，便放他们进来。这时陶谦看到刘备，觉得他可不是一般人，便要把徐州让给刘备。面对陶谦的"舍"，刘备很清醒，我刚来做客，就把主人家占了，这种"得"不仁义，吃到嘴里的东西咽不下去更难受，便自然婉拒了。刘备给曹操发战书，正好曹操后方被吕布直捣老巢。于是郭嘉建议表面上给刘备个面子，等回去收拾了吕布，再来消灭陶谦，这样曹操就真的退兵了。这时大家以为曹操都能给刘备面子，陶谦就又当着孔融和田楷的面，要把徐州让给刘备。刘备心想，仗没怎么打，自己也没有什么功劳，怎么能这么轻易就得到徐州呢？刘备再次婉拒了陶谦的要求。陶谦希望刘备留下来，驻扎下邳，这时刘备可就没有拒绝了，既然陶谦希望我留下来保护他，我也正好没有更合适的去处，留下来将来还真可以把徐州拿到手里。后来陶谦老得快死了，这次是真的想把徐州送给刘备。刘备说可以把徐州直接交给你的两个儿子，陶谦认为自己的儿子没本事掌握徐州，然后就一命呜呼了。陶谦的属下都支持和汉室沾亲带故的刘备，可是刘备还要推辞，直到老百姓都出来挽留刘备，刘备这时看到，拿下徐州的机会来了，终于在徐州地方势力和老百姓的拥护下，成功接管了徐州。刘备三让徐州既得到了仁义之名，又不费吹灰之力得到了九州之一的徐州。老子早就说过："是以圣人后其身而身先。"意思是，圣人遇事谦退，不与众人争前，反而会被众人推到领先的前边，越把自己的利益放在别人的后边，别人越往前推你，跟随你。

"退"有时是一种迫不得已的行为，但更多时候它是一种为了更进取而主动采取的舍中求得的智慧行为。功名富贵只能曲中取，而不能直中得。功名富贵的前面往往有陷坑，有南墙，有的人在功名富贵面前得寸进尺，不顾一切地向前争取，结果不是跌进深坑而粉身碎骨，就是撞上南墙而头破血流。古来的先贤圣杰在遇到贤明君主、朝政清明、社会风气好的"应世机缘"，就要入世做官去辅佐君主、大展才干，大干一番事业；如果君主无道，朝政昏暗，社会道德沦丧，那就从官场利禄中退居山林，著书立说，将自己的思想保存下来留存后世，或者再待"应世机缘"，以展平生志向。这就是孔子讲的："邦有道则仕，邦无道则可卷而怀之。"南北朝时期的布袋和尚契此的《插秧诗》："手把青秧插满田，低头便见水中天。六根清净方为稻，退步原来是向前。"也把这种"以退为进"的舍得智慧表达得十分形象、生动，启人心扉。"以退为进"得到的最可能是人生的大满贯。越国大臣范蠡，辅佐国王勾践灭了吴国雪了国耻，勾践论功行赏之际，他抽身而退，隐姓埋名，在陶这个地方隐居下来，不问政事，只做商事，没过多久，累资千万。曾经"三致千金"，并多次散发钱财救济穷人，散了又挣，挣了又散，成为天下首富，生活也过得惬意自如。本来范蠡离开越国之前，也给大臣文种留下一封信，劝他隐退，但文种舍不得官位，为名利财富心醉神迷，没有听从范蠡的建议，最后被勾践逼得自杀了。汉初的三大功臣，萧何因避嫌而自保，张良知进退而逍遥，韩信则居功不逊而被灭身。老子还说："功成身退，天之道。"又说："故知足不辱，知止不殆，可以长久。"世人自当谨记为是。

　　舍得也是一种人生的善举。有些事情，"舍"是为了"得"，甚至要有"舍"小"得"大的心态。但有些事情，如慈善事业，就不要抱着"舍"是为了"得"的心态，而要持为"舍"而"舍"的良好心态，不在"舍"和"得"的旋涡中纠结。至于从中所"得"那是"舍"的一种福报。孟子说："君子莫大乎与人为善。"道德高尚的人最高的德行就是以"舍"的善心和善行对待他人。老子在《道德经》中讲得好："既以为人，己愈有；既以与人，己愈多。"《墨子》中也有和《道德经》中这段话一脉相通的思想："爱人不外己，己在所爱之中。"西方的《旧约全书》中也讲过异曲同工的话："有些人给予很多，却更加富有；有些人过分悭，却更加贫穷。"莎士比亚说："善良的心就是黄金。"舍得是为善最高贵的勋章。一个人的成就越大，福报越多，其所要舍弃的也越多。舍得之间弘扬善心，彰显智慧，就能上演出让人叫好的人生之戏。

第三十五讲　人生的智慧是过刚过柔，还是刚柔相济

孙坚在黄巾之乱时，带兵随官军征讨，作战时孙坚总是一马当先，所到之处犹如暴风骤雨，打得黄巾军一败涂地，因为屡立大功，被封为别部司马。

董卓进京后，独揽朝政，满朝文武官员敢怒不敢言。但孙坚却毫不畏惧，向司空张温历数董卓罪行，请示将其杀死。虽然张温没有采纳孙坚的建议，但大家都为孙坚的刚猛精神所感动。不久，孙坚又用了一个月的时间剿灭了区星的叛军，因功而被提升为长沙太守。后来十八路诸侯会师洛阳，讨伐董卓。

当时发起人曹操推举袁绍为盟主。孙坚自告奋勇要做先锋部队，拿下讨伐董卓的头彩。袁绍很高兴，说："素闻江东猛虎威名久矣，可当此任。"孙坚带着黄盖、程普、韩当、祖茂等人开场就打了个胜仗。孙坚作战时多次身处险境，但毫无惧色，勇猛冲锋陷阵，屡克董卓军。董卓把孙坚看成是自己的大患，曾叹道："关东军败数矣，皆畏孤，无能为也。惟孙坚小戆，颇能用人，当语诸将，使知忌之。"董卓想和孙坚结亲以收归他，结果被孙坚严词拒绝。当时，孙坚忠勇之名被到处传颂。

打仗是要粮草供应的，而后勤部长袁术坚决不给孙坚发粮草。最后，孙坚还是落得个败阵而归。

初平二年（公元191年）袁术派孙坚进击刘表，一直打到刘表的大本营，还包围了襄阳。刘表遣黄祖迎战，孙坚麾军前突，击败黄祖军，又率部追击，刘表守城拒战，半夜遣黄祖袭击，为孙坚所拒，欲收兵入城，又为孙坚所拦击。黄祖

兵败，逃窜于城外十里的岘山中。孙坚单枪匹马乘胜连夜追击，黄祖士兵提前匿于竹林暗处，以冷箭射死孙坚，时年三十七岁。孙坚的行为和生命注解了中国的一句老话："瓦罐不离井口破，大将难免阵前亡"。

韩馥，本是冀州牧，在十八路诸侯讨伐董卓的时候，他也是其中的参与者。韩馥在冀州兵强马壮，本可以成就一番事业，但袁绍抓住韩馥生性软弱的命门，在韩馥被公孙瓒打败时，派人对他进行恐吓："现在公孙瓒势头很猛，冀州可说是块风水宝地，如果袁绍有意进取冀州，你就没有立足之地了。不如把冀州让给袁绍，这样您可以得到贤名，而且冀州也可以安稳了。"

韩馥部下耿武、李厉等人都劝道："袁绍不过一支孤军，还要靠我们补给，冀州雄兵百万，粮食十年也吃不完，怎么能把这样实力雄厚的冀州献给袁绍呢？"

从事赵浮更是主张出兵进攻袁绍。但韩馥软弱怕事，竟然说："我才能低微，本来又是袁家的老部下，不如让贤吧。"这样韩馥将能披甲上阵的有百万人、粮食够支撑十年的冀州拱手让给了袁绍，而自己被剃了光头，成为徒有虚名的奋武将军，遭到排挤，处处受气。韩馥的做法无异于交出菜刀给别人，自己变成板上待宰的鱼肉的自杀行为。

袁绍手下的朱汉趁机欺辱韩馥，派兵包围韩馥的腹地，迫使他逃到了楼上，朱汉还捉了韩馥的大儿子，并将他手脚打断。幸得袁绍及时制止，韩馥才保全了性命。

此时，韩馥就像小媳妇买猪内脏——提心吊胆，于是请求袁绍放他离开，袁绍同意了，随后，他去投靠了陈留太守张邈。

有一次袁绍派使者找张邈商议机密，当时韩馥也在场，使者与张邈耳语，一旁的韩馥以为他们在算计自己，于是就像口中吞食了大把黄连——心苦死了，就起身上厕所，竟然用刮削简牍的书刀自杀了。

智　慧　悟　语

刚柔相济，以柔克刚是自然规律。《说苑》记载：常枞有疾，老子往问焉。曰："先生疾甚矣，无遗教可以语弟子者乎？"常枞曰："子虽不问，吾将语子。"常枞曰："过故乡而下车，子知之乎？"老子曰："非谓其不忘故乡耶？""过乔木而趋，子知之乎？"老子曰："过乔木而趋非谓其敬老耶？"张其口而示老子曰："吾舌存乎？"老子曰："然。""吾齿存乎？"老子曰："亡。""子知之乎？"老子曰："岂非柔存而刚亡耶？"常枞曰："噫！天下之事尽于此矣。无以复语子哉！"这段话的意思是，老子的老师商容病了，老子前去探望："老师，您病得很重，请问您还有什么要嘱咐弟子的吗？"商容说道："你不问我，我也要告诉你的。你知道路过故乡要下车拜访乡里乡亲吗？"老子答道："不是为了不忘故土吗？"商容继续问道："你知道遇到老人要礼让吗？"老子答道："不是为了尊敬老人吗？"商容点头不语，张开口问："我的舌头还在吗？"老子答道："在。""我的牙齿还在吗？"老子答道："一个也不在了。""你知道原因吗？"老子答道："那不是柔软的能够长存，刚强的容易消亡吗？"商容露出满意的微笑："是啊，天下的道理全都包含在这里了，我还有什么可说的呢。"

　　商容以牙齿和舌头比拟刚柔，把世界之中柔弱的事物与刚强的事物相抗衡，刚性脆，易断裂，柔性韧，能屈伸，经过一定时间的变化，刚的东西不复存在，而柔弱的东西更具有生命力这一大自然中亘古不变的道，阐释得形象和透彻。自然界中水是"柔弱"的，石头是"刚硬"的，水可以滴穿石头；风是"柔弱"的，房屋和大树是"刚硬"的，风可以拔山倒树；火是"柔弱"的，铁是"刚硬"的，火可以熔化铁；绳锯是"柔弱"的，木头是"刚硬"的，绳锯能锯断木头。当然，刚柔之间是对立统一的相生相济关系，自然事物中的最佳状态就是刚柔相济，偏废任何一方，都会打破刚柔相济的平衡关系，造成危害。

　　人类社会也是通过刚柔相济的形式发展变化的。东汉末年，董卓专权，祸乱天下。一些自诩为男子汉大丈夫的大臣，也是和尚抓头皮——无计可施。有一天，司徒王允请一些人到家中吃饭，可是饭菜一端上来，王允就号啕大哭，说现在是董卓老贼专擅朝政，奸臣当道，天下良知泯灭，来吃饭的人也都跟着王允大哭。王允是想用哭这种柔的手段激发起别人的斗志和怒火。曹操年轻气盛，当时就拍案而起，发誓要杀了董卓，为国锄奸。虽然没有成功，但是，王允却认识到了用刚的手段是对付不了董卓的。后来听说董卓、吕布都是好色之徒，便设了除掉董卓的美人计。他有个养女叫貂蝉，貌美又甘愿听他的安排。于是王允先答应把貂蝉嫁给吕布，可实际上又嫁给了董卓。貂蝉只身周旋在两个握有生杀大权的大男人之间，冒着随时被杀的危险，把一个离间计演得天衣无缝，离间了董卓和吕布的关系，并借吕布之手于初平三年（公元 192 年）诛杀了董卓。其婿牛辅屯兵于陕，不久也被部下所杀。但是，王允成功后就不任柔只任刚，主张凡董卓党羽全部剿灭。牛辅部将李傕、郭汜等遣使赴长安，乞求赦免，司徒王允不准。当时李傕、郭汜等人心怀不安，都打算各自逃亡，贾诩出面阻止了他们，说："听闻长安城中正在商议着打算把凉州人斩尽杀绝，而诸位阁下抛弃属众独行，一个亭长就能把你们抓住。不如带领部队向西，沿途收敛士兵，再进攻长安，为董公报仇，如果能够幸运地成功，尊奉国家（的命令）征服天下，如果不能成功，再逃走也不迟。"李傕等遂采纳贾诩的建议，铤而走险，以为董卓复仇之名，率兵数千杀回长安。及至长安城下，已聚合十余万之众。李傕与樊稠、李蒙等围攻长安城，因城防坚固攻而不克。后由城内叛变士兵引导凉州军入城，与守将吕布展开巷战，吕布兵败，仅率百余骑出逃。李傕等纵兵掳掠，吏民死者万余人。李傕等拥兵至南宫掖门，威逼献帝和司徒王允，封李傕为扬武将军、郭汜为扬烈将军、樊稠为中郎将。李傕又杀了王允及其妻子。王允诛杀董卓曝尸街头后，是用刚不用柔，打击一大片，逼得董卓旧部铤而走险，结果没有巩固住胜利的局面，自己也被拖到闹市曝尸街头了。王允本来是一个没有驾驭全局政治头脑和政治手腕的人，可令人十分遗憾的是，历史却让他掌握了有驾驭全局政治头脑和政治手腕的人应该掌握的权柄，这样的错位是王允个人及其家人的不幸，更是历史的灾难。王允虽然打着忠贞的旗号诛杀了逆贼董卓，使东汉王朝出现了新的转机，但也仅是昙花一现而已，东汉王朝因他用刚不用柔的愚蠢作为跌入了灾难的深渊，不仅他自己死无葬身之地，也使平民百姓遭受更长期的痛苦煎熬。

人也有阳刚和阴柔两面属性，如果阳刚之气过盛，就会对阴柔之气形成压倒优势，行为上就会刚健雄风，做事就会大刀阔斧，雷厉风行。但是，人过于刚强、过于好胜、过于暴躁，就容易受到攻击、招来灾祸、伤害身体。"刚强"容易折断，"柔弱"能够保全，这是自然规律在人类社会的"天人合一"的表现。戏词里就有"硬死的霸王丧乌江，软死的刘邦坐咸阳"。讨伐董卓的关东军人人各怀私心，但是素有"江东之虎"美誉的孙坚则是一心坚定讨董的人，作战时处处身先士卒。王夫之曾经这样评论："故天下皆举兵向卓，而能以躯命与卓争生死者，坚而已矣。其次则操而已矣。"按照正史的记载，斩杀董卓大将华雄的不是关羽而是孙坚。但是，孙坚刚猛过人，缺少了一些稳重冷静、适度克制自己的阴柔，以身犯险，结果死在单枪匹马追击败军的路上，而且一代优秀的军事统帅，竟然死在黄祖手下一个无名小卒手里，在大业未成时就身先死，太不值得了。正是刚猛轻躁导致了孙坚的悲剧命运。

孙策是孙坚的长子、孙权的哥哥。孙策是东汉末年统一江东一带的军阀，是逐鹿天下的群雄之一，也是后期吴国的奠基者之一，绰号"小霸王"。孙策也是死在过刚上。郭嘉曾经对孙策之死做过预料："孙策不足惧也，轻而无备，性急少谋，乃匹夫之勇耳，他日必死于小人之手。"孙策曾杀死吴郡太守许贡。据《江表传》载，许贡上表给汉帝，说孙策骁勇，应该召回京师，控制使用，免生后患。此表被孙策的密探获得，孙策便责备许贡，并下令将其杀死。许贡死后，其门客三人潜藏在民间，寻机为他报仇。孙策周围的人也曾多次告诫他注意防范许贡的人的刺杀，但是孙策总是认为自己会安全无恙。其实在猎人面前，讲"安全"两个字是最幼稚的。在一次打猎中，孙策自恃其勇而单独行动，被这三个门客暗算，中了毒箭，后毒发而死。历史就是这样无情，给那些刚猛的英雄的生存空间少之又少。

曹操的大将夏侯渊也是因恃勇逞强而死的。在定军山战役中，刘备发动夜袭，烧了曹营的鹿角。这些鹿角离大营有十五里，夏侯渊竟然独自带着四百名士兵去修补鹿角。蜀军的法正看到后觉得机不可失，建议刘备下令猛攻夏侯渊。刘备命令黄忠担任主攻，黄忠从山谷中杀出，目标直取夏侯渊。夏侯渊仓促迎战，被黄忠一刀下去，拿了人头。曹操早在这之前就告诫过夏侯渊："为将当有怯弱时，不可但恃勇也。"意思是，做将军的也有示弱的时候，绝不可以一味地恃强斗狠。可惜的是，夏侯渊这一次把曹操的告诫当成了耳旁风。夏侯渊身为担负整个战场指挥重任的主将，安心待在中军大帐运筹帷幄就行了，却偏要想树立一个身先士卒、冲锋陷阵的勇敢形象，去干不属于他的活，修什么鹿角，主次颠倒，让黄忠捡了个大漏。曹操把夏侯渊的败死写进《军策令》通报全军，在策令里曹操甚至用了这样的语言："渊本非能用兵也，军中呼为'白地将军'。"意思是，夏侯渊本来就不擅长带兵，在军中的外号叫"白地将军"。"白地"就是没有开垦种植的荒地，"白地将军"就是连作战常识都不懂，只知道好狠耍勇的一个匹夫将军。当然，送夏侯渊"白地将军"这个外号，还是有失公正的，夏侯渊在曹操手下也是打过一些值得夸耀的胜仗的。夏侯渊在做征西将军的时候，曾将把曹操打得割须弃袍的马超打败，号称"黄河九曲"的韩遂也是被夏侯渊给收拾的。凉州是民风最彪悍的地方，曹操也是派夏侯渊去镇压。曹操也说过，夏侯渊虎步关右，所向无前。夏侯渊虽然作战勇猛，但他有勇无谋，尤其定军山这一次夏侯渊立功心切，自恃勇力，大为冒进，结果彻彻底底地把自己给玩进去了，而且曹操对死战的夏侯渊也是不褒奖的。

张飞也不是战死在沙场，而是因为对部下过于残暴，逼反了部下而被割了头。张飞性格暴躁，虽然有着视死如归的勇敢，但有时行事鲁莽，不顾及后果。特别是张飞"敬君子而不恤小人"，对此，刘备曾经亲自劝诫过张飞，说三弟你既然待下严苛，动不动就鞭打那些个部下和士兵，打了之后就不要留在身边当差，否则会自取祸端。可张飞对刘备的忠告没往心里去，仍旧我行我素。关羽兵败麦城，张飞十分痛心，为了给哥哥报仇，他要求自己所辖军队三天内制成白旗白甲数万，挂孝伐吴。部将范疆、张达向张飞禀报，"军中的白锦等物品不够"，希望再宽限几天。张飞听后竟然暴跳如雷，喝令将范疆、张达二人绑在树上打五十军棍。张飞打了范疆和张达五十大军棍还不算完，还命令道："若三天内不能完成任务，就砍下你们的人头！"张飞这是硬要麻雀生鹅蛋——蛮不讲理。张飞主观武断又以死相逼，范疆、张达在无路可走的绝境里选择了"你死我活"的"跳墙"行为，趁张飞醉酒，悄悄溜进张飞的营帐，将熟睡的张飞给杀了，并割下张飞的头，投奔孙权去了。可怜张飞一代虎将，雄壮威猛，勇冠三军，未能捐躯沙场，马革裹尸，却惨死于部下小人之手。

诸葛瑾的儿子诸葛恪，就是因为太聪明、太刚愎、太嚣张而被灭族的。诸葛恪当上东吴的大将军不到一年，就表现出当今之世舍我其谁的那种不可一世的样子，把周围所有的人都当作白痴。孙权曾经批评他刚愎自用。公元 253 年，诸葛恪倾全国兵力北伐曹魏，大败而回，但不知反省自己，反而满不在乎，甚至气焰比过去更为嚣张，愚蠢地想以这种方式挽回人们对他的敬畏。更为荒唐的是，在他出征的时候，政务属考选司奏请吴帝孙亮所任用的官员，他竟然下令全部撤职，另行考选。诸葛恪对其他部属也大行严厉的惩罚手段，致使东吴包括皇帝孙亮在内的官员对他敢怒不敢言。诸葛恪又不经过皇帝直接撤调皇家禁卫军的军官，换成自己的亲信。武威将军孙峻向皇帝孙亮密报诸葛恪心怀不轨，行将篡逆，并共同设计了诛杀诸葛恪的计划。孙峻以皇帝宴请诸葛恪为名，在帷帐之后暗伏杀手。散骑侍从官张约送给诸葛恪一封密函，告诫他今天的宴会可能是鸿门宴。诸葛恪拿密函给滕胤看，滕胤说情形可能有变故，劝诸葛恪不要赴宴，诸葛恪自以为自己是冲杀在刀剑丛里的人，什么阵势没有见过，毫不在乎地对滕胤说："这些娃儿能干什么？"诸葛恪连靴子也不脱，带着佩剑就进入宝殿。向皇帝孙亮行过拜谢礼后，就坐到了自己的座位上。酒喝得差不多了，皇帝孙亮起身回到了后宫，孙峻也起身到了卫生间，迅速地脱下长袍，换上短装，抄刀而入，大声喝道："奉皇帝圣旨，诛杀诸葛恪逆贼！"诸葛恪惊跳起来，急忙拔剑，可是剑还没有拔出来，就被孙峻和助手们刀砍毙命。诸葛恪的两个儿子闻听凶信，立刻带着娘亲坐车逃往曹魏，孙峻派人追上后，全部斩杀。

公元 219 年，曹操任命杜袭为留府长吏，驻守关中，但关中营帅许攸（三国时的另一个许攸）不肯归顺，而且恶语相加，曹操决定用征讨的手段歼灭许攸。一些大臣劝谏道："应该用安抚许攸的方式，让他与我们共讨强敌。"曹操把刀横在膝上，满脸怒容，不听劝阻。杜袭又来劝谏，曹操说："我的主意已定，请你再勿多言！"杜袭说："如果大王的决定是对的，我将全力实施；如果大王的决定是错的，即使已经决定了也要改变啊！为什么不让我进谏呢？"曹操说："许攸如此轻蔑我，怎么能不讨伐他？"杜袭说："大王把许攸看成个什么人？"曹操说："一个凡人而已。"杜袭说："只有贤人知道谁是贤人，圣人知道谁是圣人，凡人又怎么会知道非凡人呢！现在豺狼当道，却先去捉狐狸，人们会说大王避强攻弱，进攻谈不上勇敢，撤退也谈不上仁慈。我听说，千钧之力的强弩，不射鼹鼠这样的小兽；万石的大钟，不会被草茎撞响。一个无名小辈的许攸，怎么值得劳大王的英明神武呢？"曹操觉得杜袭的话说得在理，就放弃了武力讨伐许攸的决定，改为怀柔安抚，许攸归服了。消灭武力的最好方式，绝对不是硬碰硬的武力，而是用柔性的智力及其计谋。

司马懿是最富以柔克刚智慧的政治家、军事家、权谋家。司马懿以柔克刚的智慧最集中、最精彩的部分体现在他的"忍"字经上。

（1）面对曹操的歧视和压制，他能忍。忍的功夫在心上，心头插着一把刀，他也耐得住。建安六年（公元201年），郡中推举司马懿为计掾。时曹操正任司空，听到他的名声后，派人召他到府中任职。司马懿知曹操多疑，嗜杀，便谎称自己有风痹病，不能起居。曹操派人夜间去刺探真假，司马懿躺在那里，一动不动，像真染上风痹一般。建安十三年（公元208年），曹操为丞相以后，征召司马懿为文学掾。曹操对使者说："若复盘桓，便收之。"司马懿畏惧，只得就职。曹操察觉司马懿有雄心大志，又听说他有狼顾的阴险狡诈之象，想试验他。招来同行，使他走在前面，令他反顾，他面正向后而身不动。曹操又曾梦三马食于一槽，心中很是厌恶，对曹丕说："司马懿不是久为人臣之人，你以后要防备。"曹操只用其谋，不予实权，一直没让司马懿掌兵。司马懿也以隐忍之心，处处小心，所以曹操也只是说提防，并没动杀机。

（2）面对诸葛亮的"巾帼之辱"他能忍。公元234年，诸葛亮第六次出兵祁山，这次北伐，诸葛亮想速战速决，然后胜利班师。但是，司马懿见诸葛亮的蜀军来势凶猛，斗志旺盛，便以渭水为界与蜀军南北对峙，据守不出战，想以此拖垮蜀军。诸葛亮曾经数次下战书挑战，可是司马懿就是死守不出，他在等待蜀军粮尽，再相机反攻。诸葛亮无奈便派人给司马懿送来妇人的饰品，想以此羞辱司马懿像妇人一样胆小如鼠，激将司马懿出战。司马懿豁达大度地接受了妇人衣饰，还是按兵不战。对此，魏军将士忍无可忍，个个愤怒，请求出战。为了平息部属的不满情绪，司马懿故意装怒，上表魏明帝曹叡请战，然而明帝不但不许，还派骨鲠之臣辛毗杖节来做司马懿的监军，以节制司马懿的行动，从而稳定军心。后来，诸葛亮又来挑战，司马懿假意要带兵出击，"辛毗杖节立于军门"，司马懿和所有魏军便不敢出战。诸葛亮说："司马懿本来就没有和我们打仗的意思，所以用请战的办法来显示军威，以安定军心，做做样子给大家看。"对司马懿以柔克刚的智慧，诸葛亮也只能是隔山打牛——有劲儿使不上。

（3）面对小辈曹爽的欺侮，他也能忍。魏明帝死时，遗诏命曹爽与司马懿共同辅政。但曹爽"有极强的权力欲"，他到处"安插亲信"，排挤司马懿，并用明升暗降的方法夺去了司马懿的兵权。司马懿对曹爽的专权深恶痛绝，但知道与曹爽争斗的条件还不成熟。因此决定行韬晦之计，以退为进。司马懿上书齐王曹芳称自己"年近七十，体弱多病"，故此，请求"退职闲居"，朝廷批准了他的请求。司马懿虽称病不参与朝政，但是曹爽对他还是有戒心，曹爽派新任荆州刺史李胜前往司马懿家中探视，司马懿装作口角流涎，答非所问，一副不久于人世的样子。李胜将情况报告给曹爽，说："司马公形神已经离散，不足为虑了。"本来假象具有不稳定性和不彻底性的特点，只要注意观察和思考是不难识破的，但是曹爽是一个毫无才干的人，对司马懿的假象信以为真，不再加以防备，种下了失败的种子。司马懿采取了两种手法来对付曹爽，他的以退为进和制造假象都是一种"示弱"的迷人烟幕，真实意图是要夺取政权。司马懿在制造假象麻痹曹爽的同时，暗中安排各种力量进行政变的准备，安排儿子司马师任中护军，掌握了一部分朝廷禁军，又暗中蓄养死士三千多人，并取得太尉蒋济等元老重臣的暗中支持。所有这些曹爽竟浑然不知，时机一到，司马懿就"如破竹压卵"，将曹氏兄弟及其党羽一网打尽，把最难喘的这口气彻底喘过来了。此后，曹魏政权便落在了司马氏手中。

过分柔弱，会使人失去战斗的勇气和果敢的魅力，无论是什么身份的人，也无论社会位置高低，都必须柔顺适度，一味地软弱退让，就会自取其祸。韩馥就完全是因为软弱怕事，自剪羽翼，人家活得像雄鹰，他活得像惊弓之鸟，后来又精神错乱，心理崩溃，自己把自己给吓死了，可谓死得最窝囊的一个。在弱肉强食的乱世，像韩馥这种心太软、过分柔弱的人，也是没有资格生存的。

过刚或过柔都是不足取的，真正的智慧是以柔克刚、刚柔相济。黄忠本来是荆州牧刘表的部将。刘表死后，随其子刘琮归降曹操。刘备进攻荆州南郡时，黄忠又投奔了刘备。黄忠在刘备麾下冲锋陷阵，勇猛冠绝三军，斩杀了曹魏大将夏侯渊，威名远扬。陈寿在评价关羽的时候，除了夸奖他勇猛无敌之外，还提出了他的性格弱点——"刚而自矜"。建安二十四年（公元 219 年），关羽围攻曹仁，大败于禁，斩杀庞德，逼迫曹操要迁都。这一年，刘备称汉中王，派遣名声并不响亮的费诗前往荆州，拜关羽为前将军，当关羽得知黄忠担任后将军时，暴跳如雷，向费诗怒吼道："大丈夫终不与老兵同列！"意思是我关羽耻于和黄忠老兵为伍，拒不受命。费诗知道对于强硬固执的关羽，必须掌握说话的技巧，要敢碰硬又不能硬碰硬，要柔中带刚，以柔克刚。费尽思量后，费诗对关羽说："要想建立帝王之业，不会只任用某一个人，需要多方面的人才。因此，必须敞开胸怀，广结贤才。楚汉相争时，萧何、曹参二人与刘邦是相熟的同乡发小，陈平和韩信都是后来从项羽营垒中投奔过来的。结果西汉开国，韩信为王，萧何仅仅封侯，曹参的地位也没有韩信高，却没有听说萧何和曹参发过什么牢骚。现在，汉中王（刘备）虽然因老黄忠的一时之功而推崇老将黄忠，但您与汉中王是情同手足的兄弟，祸福同享，黄忠怎么能够与君侯您相比呢？"费诗的这些话语，是对关羽带着柔性色彩的精神按摩，关羽那张带着愤怒情绪的大红脸也开始由阴转晴了。费诗接着话锋一转，说："您呀，就不应该计较官号的高低和爵禄多少。如果您拒绝受拜，肯定会影响大局，对谁都不利。我不过一介使臣，回去复命就是了。不过我替您着想，如果您一味地执迷不悟，将来会后悔的。"费诗这种软中带刚、不软不硬的话，让关羽自己去掂量，关羽听明白了费诗的话，茅塞顿开，欣然受命，即"羽大感悟，遽即受拜"。

曹操任命尚书郎高柔为理曹掾。按照以往的法令，军队士兵开小差了，不仅要处罚本人，还要连带处罚他的妻子、儿女。但是在这些处罚措施下，军中逃跑的士兵数量有增无减。这让曹操很恼火，要加重处罚力度，不仅把开小差的逃兵处死，还要处罚他们的父母、兄弟。高柔认为不可以这样做，他对曹操说："士兵逃跑，确实可憎可恶。但听说他们当中也常有人产生悔意。所以，我认为应当宽恕他们的妻子、儿女、父母、兄弟，这种怀柔的方式或许可以令他们中的许多人回心转意。只按照旧有的法令规定做，本已断绝了他们的回头路，要是再加重刑罚，军中的士兵见到一人逃跑，因害怕自己受牵连而被处死，也会逃跑求生。可见，加重对开小差的士兵的刑罚不但不能制止士兵逃跑，反而会有更多的人加入逃兵的行列，将不再有人可杀了。"曹操对高柔这种以柔济刚的见地很赞成，便停止了对逃跑士兵处以极刑和连带追究妻子、儿女、父母、兄弟的想法，结果逃跑的士兵数量大大减少，而且一些已经逃跑的士兵又回归队伍。

第三十六讲　董事长是做管理者，还是做经营者

　　有一次，我在一个大学给 **EMBA** 班讲课，有位董事长和我说，听了课很受启发，回去之后一定做一个好的管理者。我看着他没说话。他问我，他说的这话有毛病吗？我说：当然有毛病。你是董事长，听了课"很受启发"，才要"做一个好的管理者"，这样的认知能到位吗？谁说松下幸之助是管理者了，人家是经营者，叫"经营之神"。

　　他说你能具体给我讲讲经营者和管理者有什么不同吗？我就给他讲了经营者与管理者的区别：①组织层次不同。经营者就是公司的董事会或董事长，管理者是公司的经理、车间主任、班组长，管理者可分为基层管理者、中层管理者和高层管理者。管理者在组织中直接监督和指导他人工作，管理者是临场的。周扒皮是管理者，他与长工有契约：公鸡打鸣就要起来干活。为了让那十几个长工一天多干几个小时活，周扒皮半夜去敲打鸡窝，学鸡叫，诱使公鸡打鸣。可是要是有一万个长工，你再敲打鸡窝试试，累死你，你也敲打不过来。而经营者是经营一种制度，你什么时候应该起床、吃饭、坐公交车、到达单位、出工出力等，都用制度规定好了。②思考高度不同。经营者具有长远眼光，思考企业未来的发展方向，善于发现机遇，用创新精神打破现有的企业秩序进行发展的突破。管理者是在经营者营造的稳定经营环境中，为了实现企业当前经营目标，开展组织日常工作。③目标定位不同。经营者的重点目标是，如何"做正确的事"，重在企业战略选择，经营者的眼睛要内外兼顾，通过 **SWOT**（外部环境的机遇、挑战，内部环

境的优势、劣势）分析，在面临不确定的条件时做出正确的决策。管理者的重点目标是，如何"正确地做事"。管理者的眼睛是向内的，在确定条件下正确地做好日常工作以获得管理的最佳效益。

他又问我经营者主要经营什么？我讲了经营者的五项经营内容：①经营公司的战略。战略就是站得高、看得远的能力。经营战略就是为企业把握方向，解决方向比速度重要的问题。一个组织没有经营战略，发展就没有方向、没有目标，组织局面就像用滚开的水煮稀粥一样全盘混乱。②经营企业的制度。建立制度管行为的刚性他律机制，解决员工想偷懒没有机会的问题。③经营企业文化。制度能够管住人的行为，但管不住人的心。经营文化就是把一根软鞭子放在员工的背后，形成自律机制，解决员工有机会也不偷懒的问题。④经营企业人才。建立广纳人才的渠道和激励人才的机制，使人才济济，解决岗能匹配的问题。⑤经营人心。建立命运的共同体，解决企兴我兴、企衰我耻的问题。

接下来，我又给他讲了三国的案例。

三国时期的曹操、孙权和刘备是三大集团的董事长，他们就是经营者。

（1）经营战略。曹操、孙权和刘备经营的是差异化战略，具体地说，刘备经营的是"品牌化战略"，刘备、关羽、张飞初次见面时，刘备就自我介绍说："我本汉室宗亲，姓刘，名备，字玄德。"刘备日后，也始终经营着自己是汉室宗亲，是"皇叔"，要匡扶汉室的品牌。曹操经营的是"规模化战略"，曹操刺杀董卓失败后，回到家乡卖房子、卖地，能卖的家产也都卖了，然后竖起大旗招兵买马，招到了五千人，形成了初步的规模，便和天下豪杰结盟一起征讨董卓。后来曹操发现，这些讨董卓的所谓天下英雄尽是些酒囊饭袋，就不愿意与他们继续为伍了。恰逢黄巾军铺天盖地地从济北涌来。在曹操眼里，黄巾军不过是一些乌合之众，这也正对了自己实现"规模化战略"的胃口，曹操趁机掉头，去攻杀黄巾军，收黄巾军降卒三十万人，百姓百万人，大大地扩大了自己的军事规模，有了开基创业的资本。后来的官渡之战，实现了以少胜多，自己的规模又扩大了。在打荆州时又收降了刘表的次子刘琮的人马，从规模上讲，成为当时天下的"巨无霸"。孙权经营的是"本地化战略"，据《三国志·吴书·鲁肃传》记载，鲁肃和孙权有一段对话，鲁肃为孙权谋划了经营战略，即"肃窃料之，汉室不可复兴，曹操不可卒除。为将军计，惟有鼎足江东，以观天下之衅。规模如此，亦自无嫌。何者？北方诚多务也。因其多务，剿除黄祖，进伐刘表，竟长江所极，据而有之，然后建号帝王以图天下，此高帝之业也。"这个战略的核心是"鼎足江东，以观天下之衅"，在确保江东地盘稳固的前提下，"进伐刘表，竟长江所极"，割据整个江南地区，与北方的曹操相抗衡。如果有可能则北伐统一，就算无法实现这个宏伟目标，至少还可以在江南称帝称王，开创属于自己的基业。此后，孙权就是按照"本地化战略"把江东经营得风生水起的。

那些不会经营战略的袁绍、袁术、吕布、刘表、刘璋等，虽强大一时，但都不过是一个个泥足的巨人，经不起风雨的吹打，作为历史上的过客匆匆地消失在历史的舞台。而经营"品牌战略"的刘备、经营"规模化战略"的曹操和经营"本地化战略"的孙权则能并肩而立，共舞几十年。

（2）经营制度（包括纪律）。曹操治军是很严的，多次下达和颁布各种命令，要求严明军纪。因为曹操很清楚，一支没有纪律的队伍是不能战胜敌人的。曹军制度完整、纪律严明。例如，在行军打仗中，不准踩踏百姓庄稼，违者严惩。即使自己的马因为受惊而误踏庄稼，也要"割发代首"而受罚。曹操为济南相时，面对懒政不作为和腐败的下属，利剑出鞘，绝不姑息，"大力整饬，一下奏免长吏八名，济南震动，贪官污吏纷纷逃窜"。刘备率军平定了益州，叫诸葛亮拟定治理国家的各种条例。诸葛亮从先前益州的刘璋生性软弱，对人民既无恩德也无威望，法令松懈，官吏不敢惩治不法之徒，豪强专横成性、无法无天的实际情况出发，为了解决陈年重疴，实行重法严治，制定了"八务""七戒""六恐""五惧"，"刑法颇重"，要求军民上下一心遵守法律。自此之后，"军民安堵"，巴蜀的社会秩序有了根本性的转变，社会治安问题解决了，人民也能安居乐业，整个蜀地安宁兴旺。制度和纪律就像一块烧红的金子，即便你充满了欲念，也不敢去碰。人人都想从制度之外获得好处，或法外施恩，制度和法律就很难被遵守。诸葛亮也曾挥泪斩马谡和自贬三级。诸葛亮是舍不得斩马谡的，可是公私必须分明，否则难以服众，难以保证组织纪律的严明。诸葛亮挥着泪还是将他斩了。这，就是纪律！这，就叫对事不对人！

（3）经营文化。组织文化是一个组织共同的意识、信仰、价值观念、行为规范。组织文化是组织的灵魂、精神支柱和指导思想。刘备创业之初没有像孙权和曹操一样有可以依靠的乡党、血缘关系的兄弟和亲戚。从同乡上讲，也只有屈指可数的张飞与简雍，那么刘备怎样把没有乡缘和血缘关系的队伍组织起来、凝聚起来呢？那就要经营以"义"为核心的组织文化，统一组织成员的思想。"义"是中国传统文化的重中之重。东汉末年，汉室将颓，特别是董卓专权以后，"匡扶汉室"，成为当时最大的"义"，大举义兵也成为最主要的文化潮流。刘备始终打着

"匡扶汉室"的"义"旗，通过这一组织文化建设，使"信义著于四海"，加强了个人的人格魅力、感召力，也因为重义气而得人望，吸引了大批义士不断加入自己的组织，而且消除了组织未来发展中的内耗或分裂的不良后果。诸葛亮为什么不选择曹操，不选择孙权，而义无反顾地选择当时连立足之地也没有的刘备？就是因为诸葛亮认同刘备所经营的"大义"文化，愿意加盟刘备，与刘备一起"攘除奸凶，兴复汉室，还于旧都"。关羽更是"义士"的典型，曹操"三天一小宴，五天一大宴"，又是封侯赠战袍，但关羽坚决不背叛刘备。赵云骂曹操为"国贼"，先跟随公孙瓒，后"从仁政所在"加盟刘备，在刘备大败长坂坡时，有人说赵云去投曹操了，刘备愤怒地"以手戟掷之曰：'子龙不弃我走也。'倾之，云至。"众多良臣猛将追随刘备，就像荷花结子——心连心，即使在最危难的时候也不脱离刘备集团，就是刘备"义"这种既体现时势要求，又顺应历史发展的文化产生的维系力量，使刘备集团能够人才荟萃，由小变大，由弱变强，成为三分天下有其一。曹操集团经营的是以"功名"为核心的组织文化。在这种博取"功名"的组织文化感召下，那些择木而栖的"良禽"，那些看好曹操，对曹操的成功充满信心，借助曹操来实现自己的政治理想和人生价值的文臣武将，如郭嘉、贾诩、荀彧、荀攸、张辽、曹仁、夏侯惇、徐晃、许褚等人不远千里来投奔曹操，对曹操忠心耿耿，帮助曹操建功立业，并且在危难关头可以随时挺身而出为曹操和他的事业而献身。孙氏集团经营的是以"和"为核心的组织文化。作为孙氏集团创始人的孙权之父孙坚和作为孙氏集团首领的孙权之兄孙策都是横死的，他们的死都使这个集团有生死存亡的危险，但是由于他们弘扬的是"和"的组织文化，没有因集团创始人和集团首领的离世而出现分裂和危机。特别是当孙策临死前把权力交给孙权以后，孙权的几位弟兄一心拥戴，使孙氏集团领导地位稳固并团结一致地发展孙氏集团的事业。在东吴内部高层领导者成员中出现这样和那样的矛盾，可能影响大局的时候，如程普与周瑜争夺赤壁之战的大都督的问题和甘宁与凌统杀父之仇等矛盾，孙权也是通过"和"的组织文化予以妥善解决。正是因为在"和"的文化的影响下，东吴权力过渡才有一套稳定的机制，周瑜临终推荐鲁肃为都督，鲁肃临终又推荐吕蒙为都督，吕蒙临终又推荐陆逊为都督，权力稳定交接。也正是因为在"和"的文化的支撑下，东吴在三国中存在的时间最长，而且最后也是因为孙权死后，孙氏家族的弟兄们背弃了"和"文化，围绕皇权闹分裂、血肉相残而导致东吴彻底灭亡的。

（4）经营人才。刘备、曹操和孙权十分清楚"争天下必先争人"。东汉末年是群雄逐鹿的战乱年代，诸侯要想统一天下，建立帝业，除了自身的雄才大略之外，更要善于招揽和运用珍贵的人才资源。刘备也把经营人才的功夫练到了相当的火候，为求卧龙先生诸葛亮，甘冒风雪三顾茅庐。刘备因善于识人、用人而能"得人死力"。曹操对待人才不仅效法"一沐三捉发，一饭三吐哺，起以待士，犹恐失天下之贤人"，还三下"求贤令"。他强调"唯才是举"，在他的人才队伍中，有亡命之徒，有淫乱之辈，甚至还有为袁绍作檄文大骂自己的陈琳。官渡之战曹操赤脚迎许攸。曹操谋士如云，战将如雨。曹操积极和众人一起"刮"头脑风暴，得到了非常智慧的火花。孙权同曹操、刘备一样，也十分重视招揽人才。吴侯孙策，为求名士张昭，亲自备礼下榻造访。孙策刚刚把东吴交到孙权手上，孙权就去找周瑜请教策守东吴之计。周瑜说："自古'得人者昌，失人者亡。'为今之计，须求高明远见之人为辅，然后江东可定也。"周瑜还向孙权推荐了鲁肃，鲁肃向孙权推荐了诸葛瑾。后来"你我相荐"蔚然成风，人才荟萃。文得阚泽、严峻、薛琮、程秉、朱桓、张温、骆统等；武得吕蒙、陆逊、徐盛、潘璋、丁奉等。由此江东文武咸集，人才鼎盛，政治、外交和军事都保持旺盛的活力。

（5）经营人心。曹操厚待"身在曹营心在汉"的关羽等人。后来关羽得知刘备的音讯决意离开曹营，曹操虽然心有不舍，但还是为关羽送行，并赠战袍，表现了他对人才的胸襟与气魄。官渡之战袁绍被曹操打得落荒而逃，在追击过程中，曹操的手下发现了一车书信。检查一看，原来竟是曹操手下的那些谋士和将军写给袁绍的乞降信。这些书信马上就被送到曹操的大营外，一时间人心惶惶，因为以常人之计，发现军中将士与敌方密信乞降，定会勃然大怒，定斩不饶，于是大家都在担心自己的身家性命。而且当场就有许攸向曹操进言，说："丞相大人，您应当将写信的那些人逐一点对，杀了他们，以绝后患。"但是曹操之言却令在场之人都感到十分意外，曹操说："当今天下群雄四起，旌戟八方；鹿死谁手，难以料定；谁是谁非，漠然不清；所以人心向背，未可定夺。相比之下，我们的人马稀疏，粮草不足；而袁军却声威远播，人众粮丰。当时连我自己都没有一点安全感，甚至都想找一个什么人做依靠，更何况我的这些属下呢？他们怎么会不为形势所迫，暗通关节，给自己留条后路呢？"曹操能换位思考，理解叛徒们的难处，知道己方和对方的实力实在相差悬殊，为了保命不得已留后路是人之常情，非常有人情味。随后曹操的举动更是超人预料，他看也不看这些书信，就毫不犹豫地下令将这些乞降密信"尽皆焚之"，并且不再追究。此事传出后，曹操手下的诸位谋士和将军都感激不已。这就是火烧密信，经营人心。这种做法能使部将对主帅曹操形成一种微妙的信任关系，打心眼儿里服。这种波及效应，在日后的庞德身上就充分地彰显出来。关羽水淹七军时，庞德宁死不降，关羽对他说："你的哥哥还在汉中，你又是马超手下的老人，还不快投降过来和我们一起打曹操。"庞德确实有个哥哥跟着马超去了刘备那里，但是庞德在马超手下时没人待见他。后来庞德到了曹操那里，曹操发现他是个人才，很看重他，拜他为立义将军，封关内亭侯。这是庞德有生以来第一次得到的礼遇和厚待。庞德很感激这种知遇之恩，认为以死相报才能对得起曹操的抬爱。庞德被关羽杀害的消息传回许昌后，曹操大哭了一场，曹操还封庞德的两个儿子为列侯，感动了所有的人，坚定了所有人效忠曹操、"士为知己者死"的决心。

刘备心胸开阔，为人豁达，怀有包容天下之器量，把人心经营得炉火纯青，那些英雄豪杰也就喜欢他，心甘情愿地追随他打天下。《三国演义》第二十六回写道："当刘备得知关羽在曹操营中，修书一封托陈震往许昌投于关羽，书云：'备与足下，自桃园缔盟，誓以同死。今何中道相违，割恩断义？君必欲取功名、图富贵，愿献备首级以成全功。书不尽言，死待来命。'关羽见书毕，大哭曰：'某非不欲寻兄，奈不知所在也。安肯图富贵而背旧盟乎？'"刘备一纸深沉而大义的书信，直抵关羽的心扉，让曹操百般施恩以夺关羽之心的用心顷刻瓦解。

孙权在经营人心方面，信任、宽容职业经理人的过失。孙权只要认定和选定了人，任何来自外界的挑拨都不起作用，任何干预都改变不了他对这些人的充分信任，不管有多大的意见分歧，他从来不怀疑这些人的出发点和良好初心。张昭在赤壁大战之前曾经主张投降曹操，孙权也没有把他当作投降派算后账；周瑜出计策将孙权妹妹孙尚香嫁给刘备，想以此困住刘备，结果赔了夫人又折兵，孙权也没有治周瑜的罪；鲁肃在周瑜和诸葛亮之间和稀泥，荆州始终要不回来，孙权也没有把鲁肃怎么样。中国有句古话说得好："大度集群朋。"孙权心胸格局宽广博大，才能赢得群贤之心，才得到了承载成功事业的各类人才。孙权经营人心而获得了丰厚的回报，文官尽其智，武将尽其勇。黄忠苦肉计诈降，阚泽豁出命到曹营去下战书，韩当拼死保驾孙权。这些都是对孙权经营人心后以死相报、以命相酬的实例。

讲到这里，那位企业的董事长学员说："明白了，我要早日做好从管理者向经营者的角色转换。"从更高的意义上讲，董事长实现从管理者向经营者这种角色的转换是企业家将自己的企业做大、做强、做到基业长青的关键所在。

参 考 文 献

1. 罗贯中. 三国演义[M]. 北京：华夏出版社，2013.

2. 陈寿. 三国志[M]. 杭州：浙江古籍出版社，2000.

3. 郑铁生. 三国演义诗词鉴赏[M]. 北京：新华出版社，2010.

4. 保罗·史托兹. 逆商：我们应该如何应对坏事件[M]. 石盼盼，译. 北京：中国人民大学出版社，2018.

5. 阿弗雷德·阿德勒. 自卑与超越[M]. 李青霞，译. 沈阳：沈阳出版社，2012.

6. 卡罗尔·德韦克. 终身成长：重新定义成功的思维模式[M]. 楚祎楠，译. 南昌：江西人民出版社，2017.

7. 斯坦利·麦克里斯特尔，坦吐姆·科林斯，戴维·西尔弗曼，等. 赋能：打造应对不确定性的敏捷团队[M]. 林爽喆，译. 北京：中信出版社，2017.

8. 鲁智. 跟《三国演义》学做 CEO[M]. 北京：台海出版社，2013.